大鱼

有爱的青春陪伴者

白鸽吻乌鸦

顾青姿

—著—

四川文艺出版社

图书在版编目（CIP）数据

白鸽吻乌鸦 / 顾青姿著. -- 成都：四川文艺出版
社，2024.9. -- ISBN 978-7-5411-7068-3

Ⅰ．I247.5

中国国家版本馆 CIP 数据核字第 2024AS4931 号

BAIGE WEN WUYA

白鸽吻乌鸦

顾青姿 著

出 品 人	冯 静	
责任编辑	李小敏	
特约编辑	欧雅婷	
装帧设计	Insect 姜 苗	
责任校对	段 敏	

出版发行　四川文艺出版社（成都市锦江区三色路 238 号）

网　　址　www.scwys.com

电　　话　0731-89743446（发行部）　028-86361781（编辑部）

排　　版　长沙大鱼文化传媒有限公司

印　　刷　长沙鸿发印务实业有限公司

成品尺寸	145mm×210mm	开　本	32 开	
印　张	11	字　数	444 千字	
版　次	2024 年 9 月第一版	印　次	2024 年 9 月第一次印刷	
书　号	ISBN 978-7-5411-7068-3			
定　价	42.80 元			

目录

目录

第一章
/ 青葱往事

峡谷中成片的葡萄园里,冯豫年接到陈辉同的电话,正是午时太阳最毒的时候,她戴着草帽蹲在葡萄架下面躲太阳。在这个靠近缅甸的寨子里信号真的很差,断断续续的,她喂了几声,电话突然自动挂断了。

葡萄园的主人叫岩召,是本地的傣族人,二十几岁的小伙子,比她年纪还小。高原的太阳太毒了,把人晒得发亮,他亮着一口白牙特别热情地说:"冯技术员,我载你到那边坡上,那边的信号比较好。"

说完,他不由分说地拉着冯豫年坐上他那辆破得快只剩两个轱辘的摩托。

冯豫年的手都没地方抓,只能抓着他的胳膊。

他一脚将油门踩到底,顿时尘土翻飞。她被颠得快趴他背上去了,中途还差点被颠下去。到半山坡上后,她已经吃了一嘴的土。

等她回过去电话,陈辉同说:"也没大事,我就是看你最近有没有假,能不能回来,过两天是你妈的生日,她这几天身体不舒服……"

冯豫年顿了顿,含糊地回了句:"陈叔,我看看时间,要是有时间的话就回来。"说完就挂了电话。

岩召瞪着眼睛,问她:"你要回去?"

冯豫年一手扶在他那辆破摩托的后座上,一手挡在眉头上,说:"家里有事,问我能不能回去一趟。"

葡萄正到了套袋的时候,这段时间多雨,地表温度高,水分蒸发起来,葡萄要谨防霜霉病,岩召真怕冯豫年一走了之。扶贫种植项目,上面能派下来一个技术员,本来就不容易,怎么能让人这么轻易就走了?

冯豫年从最开始就不厌其烦地解释她不是政府的人,只是做技术顾问。但是他们本地人不懂，只要能有人指导种葡萄就行，后来她也懒得解释了。

岩召见误会了，摸摸后脑勺，嘿嘿笑起来，说："那我借辆车送你去机场。"

冯豫年忙说："别，我自己坐车去就行。"

上次就信了他的话，结果他借来一辆漏风三轮送她到机场，偏偏那天天公不作美，还下着毛毛雨，她淋了一路雨，简直透心凉。

岩召特别硬气地说："这回是面包车。"

冯豫年一时间不知道该不该信他。这里实在是太偏远了，到最近的镇要一个多小时，去市里的机场可以抄近路，但是开车起码也要两个多小时。

最终，她狠了狠心，决定再信他一次。

事实证明，人不能有侥幸心理，真的。

尤其是冯豫年看到那辆面包车根本拉不上车门的时候。

一路上翻山越岭，哪怕秋名山车神来了，也至多把车开成这样。

等上了飞机，冯豫年都感觉脑子还在左右飘荡。

北京的五月，天气正好。

她没带什么行李，从机场直奔家里，结果冯明蕊什么事都没有，不光没事，人还不在家，压根儿不知道她回来。

家里阿姨也不知道冯明蕊去哪儿了，只知道她是和人相约出去的。

冯豫年站在门口犹豫了片刻，留了礼物，就出来了。

订了酒店后，下午她一个人去了趟潭柘寺。

烟火缭绕，她仰头看着合眼的神佛。

每年的五月她都会来上香，但从来不问卦、不求签，年年如此。

冯豫年晚上一个人住在酒店，和师兄打了一个小时的电话。师兄杨渊在西疆的农场做技术员，两人分别交换了"吃土"的经验，期间微信消息不停地响。

等她挂了电话，看了眼，是冯明蕊发来的消息。

【阿姨说你回来了，你去哪里了？】

【我明天回来，你等等我。】

【我不知道你今天回来。你说你，回来怎么也不和我说一声？】

……

冯豫年看了半晌，最后回复：【我是出差，顺路回来一趟，明天一早的飞机就要回去了，你玩你的吧。生日礼物我交给阿姨了。妈妈生日快乐。】

人没事就好。

紧接着，冯明蕊的电话就来了。冯豫年站在落地窗前看着窗外的灯火，接了电话。

冯明蕊问："你在哪儿呢？"

"我在酒店，明天早上……"

还没等她说完，冯明蕊就说："我明天一早就回来了，你早上忙完就回家吃饭，不耽误你的时间。"

冯豫年在心里叹了口气，应了声。

四、五月新的项目上马，李劭忱已经连轴转了将近半个月，这才又刚出差回来。

新一轮的原料供应商一直在商讨中，他已经拖了一个星期了，定了第二天早上开会敲定最后的供应商。

晚上叶潮和沈南贺给李劭忱打电话说要过来取车。李劭忱车库里的车很多，但是大多都不怎么开。用叶潮的话说，这位爷买车就图个心里爽，买完就放着当摆设，真是糟践好东西。

所以叶潮隔三岔五开着李劭忱的车出去浪荡。

第二天一早等他们来时，李劭忱已经上了高架桥。

叶潮在电话那边和身边的沈南贺嘟囔了句："我一会儿先回一趟家。"

沈南贺说了句："我昨儿回家在胡同里好像看见冯豫年了，有几年没看见她了……"

他们是一起长大的，都住在一条胡同里，家长们彼此都认识。李劭忱家在最后面的院子里。

那年，冯豫年是随她妈妈一起搬来的，她妈妈嫁给了前面小区里的陈辉同。

李劭忱的车没进胡同，他特意把车停在外面的马路上，一路走进去。进了胡同他频频遇见胡同里的长辈，但就是没有看到冯豫年的踪影。

老爷子大清早锻炼回来见他过来，奇怪地问："你怎么回来了？"

老爷子一直都住在这边的院子里，李劭忱小时候就在这里长大。

李劭忱解了衬衫领口的扣子，随口说："路过，顺便来看看您。"

老爷子听他说鬼话，也不拆穿，手里拿着报纸，问："有段时间没见你了，最近忙吗？"

李劭忱回道："不忙。"

这时候阿姨买菜回来，见他回来了，惊喜地说："劭忱回来了？正好刚才遇见前院老陈他媳妇，我今天去菜市场晚了，没有新鲜的牛仔骨了，她匀给我一袋。我这就炖上。"

老爷子问了句："老陈？"

阿姨见他疑惑，多说了句："就前面小区那个，在后勤工作的陈辉同。"

李劭忱放下手里浇花的喷壶，偏头停顿了片刻，转身准备出门。

老爷子问："去哪儿？一会儿吃饭了。"

"去买包烟。"

李劭忧从院子里出来，沿着胡同大道往外走，一直出了胡同才有便利店。

他又一路走回来，手里拿了一支烟，但始终没点燃。

陈璨开车进来，不经意地看了眼后视镜，以为看错了，等回神才意识到真的是李劭忧。

她停了车，把头伸出去，回头叫了声："劭忧？"

李劭忧看了她一眼，只是远远站着，并没有说话。

他人就立在那儿，清清寂寂，窄腰长腿，一身清贵，似乎谁也亲近不了他。

陈璨把车停在路边，等着他不紧不慢地走过来。

李劭忧过去，抬眸看了她一眼。

陈璨说不上来那种感觉，就好像他看了她一眼，但又没把她看进眼里。

她问了句蠢话："你怎么回来了？"

李劭忧终于点了烟，微微偏头，轻轻吐了口雾气。

"回来看看老爷子。"他只答不问。

陈家就在旁边的小区里。陈璨也不知道该和李劭忧说点什么，这几年很少见到他，他也越发话少，她不论怎么攒局都请不动他。

自从冯豫年离开后，他就不怎么回这边了，也没了十几岁时温柔的少年气，浑身上下有一股说不出来的沉寂，却越发迷人。

陈璨见到了家门口，又解释说："今天是冯姨生日，年年姐也不回来。我回来陪他们过生日。"

李劭忧"嗯"了声。

原来，她没回来。

之后李劭忧回去转了圈就走了，走的时候和老爷子说："公司有事。"

老爷子骂了句："德行！"

李劭忧从西四胡同出来，也没回公司，而是去了潭柘寺。

助理急疯了，一直联系不到李劭忧。

华康的人在会议室等了一早上，助理请了上面的经理已经周旋了一早上，关于配件的设计和适配问题的报告会也已经开了一早上。

这个会议已经准备了一个星期。

董事长李岩是李劭忧的姑姑，等她知道的时候，报告会已经开得差不多了。

华康的负责人，也是老牌职业人，笑着问："李少董是觉得拒绝我不好意思，所以才缺席会议吗？"

接待的经理听到汗颜，李劭忧最属意的就是华康。毕竟华康这几年一直给他们做供货商，品质和服务在业内都是有口碑的。

李岩对李劭忱的助理发了通脾气。这种紧要时候，不能出纰漏，她推迟了和两个董事的会议，亲自接待了华康的人。

冯明蕊的生日宴，冯豫年最后也没赶上。

第二天一早，杨渊急托冯豫年去家里看看他妈妈，说他妈妈早上上楼摔了一跤，扭着腰了。杨渊远在西疆，不能回来。

他家就在不远的隔壁市，冯豫年大清早赶过去，等再回来已经是第三天了。

回北京后，她又重新买了礼物回家。

冯明蕊正在院子里浇花，她这几年时尚了很多，头发剪短了，染成了红棕色，烫了个中年妇女标配的小碎卷，看着精气神不错，比起前两年也开朗了很多。

冯豫年哪知道回去一趟，招来一个相亲局。

当时，她前脚进门，陈辉同后脚回来，见她回来特高兴，毕竟他们快三年没见了。

饭桌上，陈辉同说起他老战友的儿子目前在西安的部队服役，和冯豫年同岁。

陈辉同的意思很明确，让她先聊一聊。

话说到这份上，她不去就不合适了。

妈妈的话她可以拒绝，但是陈叔她不好拒绝。

后来在去往西安的动车上，冯豫年还在郁闷：这稀里糊涂的叫什么事啊？

冯豫年到西安后，站在地铁站，依旧一片茫然，一时间不知道该往哪里走。

她正琢磨着，对方的好友申请来了。

她拉着行李箱到地铁口等着，对方开车过来寻她。

汪腾看了眼冯豫年，五月初的西安，连着几天下雨，天气很冷，这姑娘站在人群里，他一眼就认出来了，长得特漂亮，穿着黑白格的针织外套，看着不张扬，但感觉不是普通姑娘。

汪腾看了眼照片，又看了眼冯豫年，打招呼说："你好，我是汪腾。"

冯豫年正张望，忙说："你好，我是冯豫年。"

说着她就要握手。

一米八的大男生愣了下才有些羞涩地伸出手。

冯豫年这才反应过来，这不是谈工作。

汪腾人很健谈，带她去了曲江池旁边的一家酒店，问："以前来过西安吗？"

见冯豫年摇头，他又说："没来过的话，若是有时间，就多待几天。"

挺有礼貌的一个小伙子。

冯豫年正算着回寨子的日期，岩召给她发微信：【除了杀菌剂还需不需要加其他药？】

冯豫年盯着手机，想了想，回道：【暂时不用。】

汪腾问："听说冯小姐在云南工作？"

冯豫年看他开车都坐得板正，笑着回道："我在乡下做农业技术推广，一年也回不来一次。"

汪腾听出味儿了，这是变相拒绝。他是个实诚人，说："咱们都一样。"

进了城，他单位在城墙里，老街的房子都旧旧的，冯豫年没来过，只觉得新鲜。

汪腾带她逛了一圈后，两人才去吃饭。

看得出来他家境挺好的，晚饭订在五星级酒店的餐厅。她很久没有在这种地方吃饭了。

在酒店餐厅吃饭的工夫，她没想到又被熟人看到了。

叶潮这富二代的日子过得是真的逍遥，前两天还开着李劭忱的跑车满北京城跑，今天人就到了西安。

他这次学精了，先拍了张照片，问沈南贺：【这是不是冯豫年？】

沈南贺：【你怎么跟个娘儿们似的，整天疑神疑鬼？】

叶潮：【你就说是不是！】

沈南贺：【你对人家还贼心不死呢？】

叶潮见他翻旧账，有些气短，不再和他说了，转头发给李劭忱，问：【这是不是冯豫年？】

照片里的人披着头发，对面坐着一个不认识的男人，很私人的两人晚餐时间，明显是偷拍的照片。

李劭忱秒回：【在哪里？】

叶潮没多想就回答：【西安。】

不到凌晨，李劭忱人就追到了西安。

凌晨叶潮还在和人喝酒、唱歌，李劭忱找不到冯豫年，就靠在前台的吧台上给叶潮打电话。他来得匆忙，连行李也没带，一身西服衬衫，整个人都很沉静。

前台的两位客服不好意思放肆地看他，所以只好时不时偷看他一眼。

他真的太耀眼了。

叶潮那об吵翻了天，接了电话喂个没完。

李劭忱听着吵闹声，皱着眉，还没来得及说话，抬头就见冯豫年和一个男人出来了。那个男人看起来像是军人，军人因为职业习惯，走路的时候肩线自觉地挺得笔直。

他心里莫名一顿，她还是喜欢军人。

冯豫年起初没看到李劭忱。

汪腾晚上要归队，说是第二天带她去周边走走。冯豫年对他的印象确实不错，但是相亲的话，还是少了一些眼缘。

汪腾大概也知道，便大大方方地说交她这个朋友，等来日他去了云南，也让她做东招待一次。

人家大方，她也不能太拘谨，饭后和他聊起工作。

汪腾说起工作，神采飞扬，她很久没有这种熟悉的感觉了。

吃完饭，汪腾把冯豫年送到门口，说："快上去吧，我明早过来接你，你早点休息，今天一整天也累了。"

冯豫年看了眼手机，妈妈还在手机上问她今天和人相处得怎么样。

她站在门口笑着目送汪腾上车，一回头，人就愣在那里了。

李劭忱就站在那里，静静地看着她，也不知道看了多久。

她很久没有听到他的消息了，或者说她刻意规避听到他的消息。

这些年，她以为他应该在做他的有为青年。

她以为……

可这样猝不及防地遇见，看起来又觉得不像。

五月的晚上其实还有些凉，李劭忱衬衫领口的扣子敞开着，有些随意，头发还是和从前一样。胡同里这帮男孩从小头发就要剃得利利落落，谁也不许让头发盖住额头。

李劭忱家是因为祖父早年参过军，后来转业做了企业，所以在教育子女方面就特别严格板正，没有那些娇气的习惯。

胡同里这帮小孩从小就被教训得很守规矩，哪有工夫犯浑，小时候也只是在胡同里玩耍。

当然，有天才也有凡人，有人自小就名声远播，有人梦想着一辈子只做个闲人……

然而这几个同龄的人中，最翘楚的两个，一个是李劭忱，另一个就是张弛。

张弛自小的志向不改，进了军校，做了人民子弟兵。

李劭忱当年出了岔子，留在国内读大学，学习语言和国际关系。因着优秀，他大学毕业那年考了选调进了部委。

都是生来就是天之骄子，璀璨得有些不可一世。

矜贵是真的矜贵，和钱没关系，是骨子里养起来的贵气；吃苦也是真的能吃苦，是自小养成的习惯。

静默片刻后，李劭忱先问："什么时候回来的？"

就仿佛他们是昨天才分别，今天遇见是件再寻常不过的事一样。

自那时分开后，冯豫年再没见过李劭忱，连他的消息都再没听过。

她一时惊得站在那里，一动不动。

他变了很多，浑身那股蓬勃的气息消失得一干二净，变得沉寂安静。

冯豫年手里的手机响个不停，她心累地想，真是没有一处是消停的。

李劭忱对她回不回答，好像也不是那么有所谓。

他又问："不介绍一下吗？"说着，朝门外扬了扬下巴。

冯豫年想，要是换成以前，他这会儿应该是气疯了吧。

可此时他脸上春风和煦，她根本看不出他的深浅。

她大言不惭地说："我男朋友，家里介绍的。"

李劭忱左手插在西裤兜里，攥着拳，脸上却微微笑着，点点头。

清浅的交锋，仿佛就是一出寻常的故人重逢的戏码。

他回头看着前台客服，却问冯豫年："你住几楼？"

"1608。"

他就和前台客服说："1608隔壁。"

前台客服不好意思直视他，看了眼冯豫年，接了他的证件。

办好登记后，他毫无不自在，回头和冯豫年说："走吧。"

冯豫年的心就像被人攥住一样，让她呼吸都放轻了，每一秒她都数着。

遇见得太突然了，她都来不及好奇他为什么会在这里。

冯明蕊还在那边喋喋不休地教训她：【你不要太挑剔，你要想一想你现在的工作。我问你陈叔了，男方家里条件很好，以后你也不用受苦……】

她犹豫了片刻，李劭忱已经站到她身边了，一低头就看到了她的聊天界面。

冯豫年察觉后立刻收了手机，整理了情绪，问："你怎么在这儿？"

"出差。"李劭忱原本有很多很多的话说，可看见聊天界面后，什么都不肯多说了。

冯豫年在心里默念，我就是运气不好。

进电梯后，李劭忱低头就能看到她的脖子，她低着头，仿佛拒绝和他交流。

李劭忱又问："什么时候回来的？"

"前几天。"冯豫年也不说实话。

"在哪儿上班？"

"乡下。"答得很是敷衍。

李劭忱问不出来，也不再追着问。

冯明蕊见冯豫年不肯回信息，加上她人不在跟前，所以就又打电话来，咄咄逼人地问："年年，人怎么样？你们聊了没有？你现在在哪儿？"

冯豫年出了电梯径自走在前面，和李劭忱拉开距离，听着电话但是并不回答。

冯明蕊还在催问："年年，你有没有在听我说话？"

冯豫年答道："妈妈，我现在有事，晚点打给你。"

她挂了电话给张弛发消息，问：【李劭忱怎么会在西安？】

张弛回得很快：【你等等，我问问。】

张弛这个人心细，为人正直，自小的性格脾气就好，后来可能是当兵久了，说话办事让人特别舒心。他也从不追问人私事，让冯豫年觉得特别踏实，这几年胡同里的人她唯一联系的就只有他。

冯豫年到门口刷卡的时候，才回头说："我到了。"

李劭忱定定地看着她，让她无端有些心虚，最后他也只说："早点休息吧。"

她进了房间，靠在门上，长舒了口气。

张弛还在加班，他是个常年加班人员，中途出了办公室站在窗前给李劭忱打电话，问："你在哪儿呢？"

李劭忱站在阳台上，看着远处的灯火，淡淡地说："西安。"

"怎么跑那里去了？"

李劭忱沉沉地说："我见到冯豫年了。你怎么想起给我打电话？"

张弛笑了起来，骂了句："德行！你和她的事早翻篇了，还不许人家过自己的日子？"

李劭忱也轻轻笑起来，说："没不让她过自己的日子。"

她不就是，这么多年来，只喜欢那一个人吗？

他当年一心扑在她身上，年少总有一腔热忱。

等最后回头才发现，他什么都没了，家散了，她也走了。

总归是热血年少深爱过的人，总归是心里有偏爱。

当时爱得正热烈，她一走了之。这么多年，要说没点念想是假的，爱也是真的爱，恨也是真的恨。

挂了电话后，他一个人站在窗前静静地抽烟。

不到半个小时，冯明蕊又打来电话。冯豫年接了电话站在阳台上，听见冯明蕊那边在教训弟弟陈尧。冯明蕊生陈尧的时候，冯豫年已经十五岁了。

陈辉同和冯明蕊重组家庭时都已经不年轻了，也算老来得子，两人对陈尧十分宝贝。

冯明蕊教训完陈尧，对着冯豫年又将刚才的问题重复问了一遍。

冯豫年既无奈又觉得好笑，回道："我们聊得不错，但是不太合适。"

冯明蕊立刻问："怎么又不合适？"

冯豫年温柔地说："大概是没对上眼吧。"

冯明蕊口不择言地说："那什么叫对上眼？非要文峥那……"她说到一半才发

觉自己失言，立刻停住了。

冯豫年笑了笑，说："文峥……都去了这么久了，我连他埋在哪里都不知道。你们以后不要拿他乱说，对死者起码要尊重。"

母女俩又聊到没话聊了，冯豫年也就若无其事地挂了电话。

她刚挂了电话，听见敲门声，于是问了声："谁？"

门外的人回答："是我。"

她犹豫了几秒开了门，问："有事？"

李劭忱已经换了身家居服，俯视她，不答反问："不请我进去坐坐？"

冯豫年挑眉，虽然笑着，但是丝毫不退，问："三更半夜请你进来做什么？谈人生吗？"

李劭忱笑了笑，堵在门口，也毫无退意。

冯豫年仰头看着他半笑不笑的脸，那双眼睛仿佛能看进人心里。

僵持下，她让开，也没什么所谓。

她的行李散在地上，李劭忱一眼就看到上面那条红色的吊带裙子。他一手揣在裤兜里，回头问："什么时候回去？"

"明天吧。"冯豫年继续低头整理自己的衣服。

之后两个人静静的，谁也不说话。

李劭忱定定地看了她片刻，问："这几年，怎么样？"

冯豫年停下手里的动作，粲然一笑："挺好的。"

李劭忱看着她叠衣服，漫不经心地问："种葡萄辛苦吗？"

冯豫年听得一僵，心想，他可好本事，早就调查清楚她到底在干什么。

李劭忱也说不上来，印象里的冯豫年不是现在这样的，两人最亲密的时候，她也和他嗔怒，窝在他怀里撒娇……

相同的是，和现在一样翻脸不认人。

冯豫年这几年确实长进了，离开了那个环境，人也变粗糙了些许，事都不放在心上。她整理完东西径自进洗手间里洗脸，并不太把李劭忱当回事，他不请自来，她也不用特意招呼。

总归是自小就认识的人，相处起来也都是熟悉的。

李劭忱站在洗手间门口，就那么看着她洗脸。

冯豫年在镜子里和他对视，片刻后，她问："到底有什么事？总不能是这么久了，你对我还念念不忘吧？"

李劭忱看着她，很久都不说话，他的眼神里早已没有从前的赤忱。

他三分真三分假地问："要是念念不忘，又如何？"

冯豫年挑眉，她的一双眼睛极漂亮，双眼皮饱满，眼尾微微弯起，整个人像春后的海棠，漂亮而绚丽，但是不艳丽，只让人觉得赏心悦目。

她慢条斯理地说："不怎么样啊。我能怎么样？"

李劢忱仿佛又被那双眼睛吸进去了，心里的爱恨翻腾起来，让他简直难耐。

见冯豫年随手别起的头发散落下来，他默不作声地靠近，伸手帮她将开脸上的头发。

冯豫年立刻说："误入歧途的错，我只犯一次。"

李劢忱听得手一顿，松开她的头发，气氛瞬间就冷了，他带着审视的意味说："你的心一直都这么冷。"

冯豫年看着镜子里的人，终于变了脸色，淡淡地问："我们认识十几年了，你不是早就该知道吗？"

李劢忱的话还是让她觉得刺痛，这么多年，她落了个心冷的名声。

她从南到北，东奔西跑这几年，性情已经变得开朗了很多。

唯独对他的感情很复杂。

直到冯豫年洗完脸，李劢忱还一直站在那里，只是再没说话，就那么静静地看着。

她说不上来哪里变了，但不变的是，她还是轻而易举就能吸引他。

他最后还是没忍住，问："你当真……就那么爱文峥吗？"

冯豫年回头看着他，看着看着就笑起来，但是没说话。

李劢忱轻叹了声，他自小骄傲，一路也算顺当，唯独在冯豫年这里尝过的爱恨让他一直都刻骨难忘。

他一直觉得男人受些苦也应该，但不应该是像这样被冯豫年当面驳了面子，和当年一样。

最后两人竟然变得无话可说，只要说到文峥，就是这样。

第二天一早，汪腾过来接冯豫年，要带她去秦岭转一转。

天空放晴，也有些热了，冯豫年换了件珍珠白的裙子。她天生白，但是人不娇气，所以看起来漂亮又大方，如今还带着一股洒脱的味道。

等汪腾过来，也不知道是凑巧还是怎么的，她开门的时候，李劢忱也从隔壁出来。

撞见了，就不好装作没看见。

李劢忱正在打电话，冯豫年就和汪腾简单介绍了一句，然后三个人结伴一起下楼，早餐也是一起吃的。

不久，叶潮也来了。

叶潮就是胡同里那一拨"梦想着一辈子躺平"里的一个，事实上这几年他确实过得滋润，万事不愁，有吃有喝，游戏人生，没那么大的理想，活得自在潇洒。

他的头发染了颜色，抹着发胶，梳着背头，像个粉面小生，长着一双桃花眼，见谁都笑嘻嘻的。

乍一看见冯豫年，他眼睛都亮了。

冯豫年先打招呼说："很久不见你了。"

叶潮年少时暗恋过一阵冯豫年，被院里那帮小子嘲笑，说他就一癞蛤蟆。毕竟冯豫年比他们大两岁，是胡同里有名的漂亮姑娘。叶潮那时候的女朋友，那是乌泱泱的一群。冯豫年那时候看着是个乖学生，见谁都微笑着，但是她和谁都不接触，一直都是独来独往。

她唯一亲近的，就是长她几岁的文峥。

叶潮问："原来你在西安，我就说我昨天看见的肯定是你。"

冯豫年也不纠正，问："你们怎么扎堆都来了？"

叶潮这人有点浑不吝，看上了音乐学院的一个小姑娘，追到这里给人鞍前马后来了。

但是在自小一起长大的朋友面前，他不好意思说实话，撒谎说："我来看个长辈。"他又回头问李劭忱，"你怎么也来了？"

"出差。"李劭忱回道。

李劭忱和汪腾坐在一起，在叶潮和冯豫年说话的空当，他扭头问汪腾："什么衔了？"

汪腾笑了声，他看得出来这两个人是富家子弟，坦然回答："早着呢。"

李劭忱面上毫无轻视之意，淡淡地说："你们这行不容易。"

汪腾笑了笑，没说话。

男人之间的小心思简直一目了然，李劭忱看冯豫年的眼神不一样，汪腾一眼就看出来了，难免就有了比较之意。

叶潮和冯豫年叙完旧，问："这位是？"

李劭忱眼神放肆地看着冯豫年，等着她介绍。

冯豫年毫不尴尬地说："这是汪腾。这是叶潮，我们都是邻居，一起长大的老朋友，他们比我小两岁。"

她这人说话就是这样，总是把五分的交情说成三分。

叶潮笑着说："哎，小你两岁这就不必特意说了吧，你看你还是青春美少女，我都这么沧桑了，一听我还小你两岁，这不打我的脸吗？"

几个人都笑了起来。

因为叶潮的玩笑，话题也就过去了。

叶潮猜到汪腾的身份了，问冯豫年："你们有什么安排？咱们好不容易遇见，凑个局聚一聚？"

冯豫年只想在这顿饭之后让大家各奔东西。

汪腾不好拒绝，说："准备带她去山里，她没去过。"

没想到李劭忱却说："她就在山里工作。"

叶潮笑着"哎"了声，问："我还没问你现在在哪儿工作呢？"

冯豫年似笑非笑地说："在山里扶贫。"

叶潮骤然听到这么新鲜的一个词，服气地缓缓给她竖了个大拇指，惹得几个人都笑起来。

冯豫年当作没看见李劭忱别有深意的眼神。

汪腾邀请说："三山五岳，景色各不相同，可以进秦岭走走。"

这时，李劭忱的秘书给他打来电话，说第二天的会议务必不能缺席。前几天他无故失踪，董事长亲自招待了客户，之后将他狠批了一顿。

明天他再缺席，搞不好新的合作案也会出变故，那可是他们辛苦了半年才谈拢的。

李劭忱最后一个人上楼了，没跟着一起去秦岭。

叶潮爱热闹，又叫了几个朋友一块儿去了。

玩到下午回来，汪腾送冯豫年到酒店门口。

她坦诚地说："很遗憾，要和你说再见了。"

汪腾笑得温柔，说："很高兴认识你。"其他的话也不合适再多说了。

都是性情中人，缘分这种东西，哪是谁能控制的？

汪腾最后说："来，拥抱一下，革命儿女常分手，咱们下次再聚。"

冯豫年笑起来，感谢他的宽容，坦然地和他拥抱时，低声说："你特别像我一个哥哥。"

汪腾问："他也是当兵的？"

冯豫年"嗯"了声。

汪腾了然。

冯豫年上楼收拾行李后，晚上直接就回云南了。

下飞机时已经是凌晨，她就在机场酒店住了一晚。

第二天早上，岩召打电话来问："冯技术员，你什么时候回来？技术推广站的人来看葡萄，他们说的药，我没听过……"

冯豫年当时已经从机场坐大巴再转面包车到了镇上。

村里另一个葡萄种植户叫刀杰，二十来岁的小伙子，比她还小一岁，刚结婚不久。见冯豫年拉着行李箱从车上下来，他热情地拉着她上了他的三轮车。

"岩召说你回北京了，我等着让你帮我看看，这几天葡萄枝条上好像有虫了。"

刀杰来镇上赶集，买了一些日用品，还有一些杂七杂八的东西。

冯豫年爬进三轮车兜里，非常习惯地蹲在前面抓着栏杆，问："严重吗？"

刀杰利落地将她的行李箱放在她旁边，说："不严重，我早上发现的，就是怕会传染。冯技术员，你抓紧了。"说着，他提腿跨上去，一脚踩下去，发动机的声音震天响，冯豫年再也听不见他说什么了。

胡同里那帮人要是看到她现在的样子，怕是要笑死了。

可是她如今已经习惯了。

等回到葡萄园已经快中午了。冯豫年住在村民的旧房子里，院子也没有门可以锁。她回去收拾了一番后，刀杰的老婆阿杏来给她送饭。阿杏是个典型的少数民族女子，娘家就在隔壁寨子里。

阿杏生得十分漂亮，之前和刀杰一样在隔壁的寨子里读的小学，在镇上读了两年初中就辍学了，之后就去城里打工，前两年回来和刀杰结婚后开始种植葡萄。她和刀杰算是青梅竹马，自小一起长大的，感情很好。

冯豫年还在擦洗，见她来，笑着说："我其实不饿。"

阿杏笑说："糯玉米刚长成，吃起来很香，我煮了一锅，配上凉拌的小菜，你就凑合先吃一顿。"

冯豫年擦洗完后才坐下，少数民族小阁楼的屋顶不高，她住在楼上，一楼有一间通铺的大客房，剩下的全是花草。

阿杏看着她从行李箱里拿出来的书，有些羡慕地笑着说："我就羡慕你们这种学习很好的人，我生得笨，学不进去。"

冯豫年笑了，回道："每个人擅长的不一样，老话说得好，就是学个吃饭的手艺，算不上什么本事。"

阿杏说："你的花养得也很好，你送我的那些长得就不如你这里的。我以为你回去，不来了。"

冯豫年失笑，说道："我不会无缘无故就走的，而且就算我要走，肯定会有新的技术员来，不用担心。"

阿杏笑起来，说："你刚回来，肯定累了，先休息吧，那我先走了。"

冯豫年拧干抹布，问："刀杰说葡萄树生虫了，等会儿我去看看。"

阿杏爽快地说："下午再说，这会儿太阳正烈，寨子里其他的葡萄树也有了。"

冯豫年收拾完卫生一个人上楼，见师兄打了两个电话来，她回了过去。

杨渊问："你什么时候回去的？"

"昨晚。"

杨渊叹气，说："咱们俩怕是刚错过，我也是昨晚回来的。我那边完工了，我和老师一起回来。"

冯豫年问："你们不用再过去了吗？"

杨渊笑着说："不用了。要不要我来看看你？你说你一个学花卉的，硬是去种葡萄。"

她推开了桌前的窗户，说："谁知道呢，不过我现在种葡萄很有心得。"

杨渊最后才说正事："我这次回来，到时候会去南边的农林技术研究所，你呢？有计划吗？"

冯豫年琢磨了片刻才说："没有，我和你差了那么大一截，你这次回来就能领项目了，我的资历远远不够。"

"那就回花卉行业，女孩子干这个总归辛苦。"

冯豫年笑了笑，没接话。

没过两天，杨渊果真来看冯豫年了。等他从机场一路辗转到寨子里后，见到戴着草帽站在葡萄园里的冯豫年，服气地说："这可比西疆的路难走多了，连找都不好找，我是靠着地图才找到这里的。"

冯豫年听得直乐。

她正在给岩召讲解兑农药的比例，等说完，岩召才说："中午在我家里吃饭，都准备好了。"

冯豫年笑道："那再加个人。这是我师兄，专程来看我。"

岩召和村里人背着农药壶正准备喷药，爽快地说："没问题。"

冯豫年带着杨渊，穿过山谷爬到半山腰，回望山谷里的景色。五月的景色真好，枇杷正熟，在这里除了容易被晒黑，其他的好处真是说不完，四季花卉、热带水果，就没有养不好的。

她摘了几颗枇杷，边走边剥，说："这批葡萄苗到今年就进入成熟期了。"

杨渊看着山谷里几十亩的葡萄地，难以想象，她一个京城来的姑娘，这几年都窝在这个山坳里，是真的能吃苦。

冯豫年这几天大概是适合接待客人，杨渊还没有走，就接到叶潮的电话。

叶潮开门见山地喊："冯豫年，我在大理，今天想过来看你！"

冯豫年此时站在岩召的院子里，看着杨渊和他们喝酒，服气地说："叶少，我在山里搞扶贫，不是在洱海边上做旅游业。你离我十万八千里，而且我也不知道我去大理的路在哪一边。"

叶潮正在洱海边的酒店露台上晒太阳，李劭忱过生日，他和沈南贺两个也没什么能送他的，两个人一合计，正好李劭忱在隔壁省出差，顺带把人带了这边。他又想起冯豫年也在云南，人多热闹，聚一聚也好。

听见冯豫年说了几次扶贫，他也有点兴趣了，问："那你给我发个定位，我肯定能找着你。"

冯豫年也没当真，叶潮一个遵纪守法的二世祖，除了爱花钱，也没什么其他毛病。

她没想到，他这次这么认真，还真的来了。

第二天一早，县里农林技术推广站的人员和当地的种植户组团巡回参观学习，二十几号人拥进刀杰的葡萄园里，每个人都有自己的种植培育方法和习惯。

见刀杰的葡萄已经套袋，其中一个二十来岁的年轻人，长得跟瘦猴似的，皱眉问："你们这是听谁的？这会儿怎么就套袋了？"

起初十几个人谁也不说话，过了片刻，也有人附和说自家的葡萄也套袋了。

嘈杂声一片。

不远处，阿杏领着问路的叶潮和李劲忱，还有沈南贺，正跟着人群凑了过来。

人群里的岩召下意识地看向冯豫年。

瘦猴见岩召看她，就问："你的主意？"

冯豫年问："有什么问题吗？"

没想到，瘦猴慷慨激昂道："一看你就是大城市书读多了的大学生，啥啥不懂，啥啥都看书。看书能种成葡萄吗？看书能当农民吗？产量大，卖不上价钱，丰收了也没用。肯定要优选，剪掉一半以上，留下来的才是精华，那才是甜度糖分最好的，才能卖到最高价……"

冯豫年许久不见这种神经病了，一个没有规模的散户都这么猖狂了？

她问："这是谁说的？"

瘦猴的话还没说完就被冯豫年打断了，顿了一下，他接着说："你知道追求高产贱卖和优育优选后的收入差多大吗？这个道理，你们只会读书的大学生是真的不懂。"

镇上的种植户们都知道寨子里有个扶贫的女大学生，他们就是故意来找冯豫年论个高下的。

冯豫年听出来了，不打算理他了。

李劲忱起初觉得好奇，就那么听着，听到最后都笑了。

他慢条斯理地问："那你给我讲讲，要是大丰收还贱卖了，到底要损失多少钱？"

人们听到声音，都回头看他。

他说话寸是真的寸，和人挑衅一点都不含糊。

冯豫年听见这声音，犹如见了鬼。

此刻她戴着草帽，脸晒得通红，穿着运动裤和长袖，正被人怼得无话可说，一回头就见李劲忱一身清爽地站在那里，微笑着看她。

叶潮和沈南贺听得也都笑起来。

几个人的精气神和气质在人群中简直鹤立鸡群。

瘦猴不满地问："你们又是干吗的？"

沈南贺胡诌："买葡萄的啊。"

瘦猴看了眼冯豫年，特不要脸地说："怎么也得损失十来万吧。"

叶潮听得直乐，问冯豫年："你一年起早贪黑的，就跟这十来万较劲呢？这地方都快出国界了，我差点找不着。"

他又转头和那瘦猴戏谑地说："十几万也不是大事，你看他那手表，够赔十几年葡萄钱的。"说着，他指了指李劭忱手腕上的表。

李劭忱只是淡淡笑着，并不说话。

瘦猴看不出他们的深浅，输了底气，和冯豫年说："你们城里人有钱，但真不能坑我们这些农村人。"

看得出来，瘦猴应该是镇上比较有钱的人了，浑身都是掩都掩不住的自豪感。

冯豫年还没来得及说话，李劭忱就收起笑，冷冷地说："你种你的葡萄，发你的财，少管她的事。"

人群一下静悄悄的，谁也不敢乱搭话。

刀杰见人群还围在一起，大声说："别停在这儿，你们往里走啊！"

围观的人群这才散开了，朝山谷里走去。瘦猴也不敢再多嘴，跟着人群走了。

冯豫年手里提着药壶，只觉得啼笑皆非。

倒是平时话最少的沈南贺问冯豫年："你手里拿的什么？"

"农药。"

"是杀虫的吗？"

冯豫年点点头，说："对。人喝了也中毒。"

旁边三个人愣住了。

那边还有人回头来看他们。

李劭忱本来没时间，叶潮非说兄弟二十几年了，给个机会，趁着他生日好好放松一场，连哄带骗把他骗到了云南。

其实胡同里这帮小子从小到大都养得糙，没哪个敢当着长辈的面讲排场地庆贺生日，没这个规矩。

李劭忱到成年了，生日都是在家里陪长辈吃碗面，或陪家里人吃一顿饭就算过了。

他到如今对过生日这回事还是没什么大讲究，但是叶潮这人爱热闹，凡是生日都要贺三天。

可今天，他没想到在他生日的时候，能来看冯豫年。

在洱海边上的时候，叶潮撒谎说自己在这儿圈了块地，让他和沈南贺帮忙看看。

当时李劭忱看了眼地图，这地方都快到国境线上了，偏僻成这样，除了种香蕉，还能种什么？

走到半路上了，叶潮才说去冯豫年扶贫的村里逛一逛。

总之，心情愉悦。

刀杰见几个人是来找冯豫年的，忙说："冯技术员，你先招待朋友，我先领着他们去那边了。岩召已经在那边等着了。"

杨渊早上一起来就去隔壁岩召的水塘里看他种的藕去了……

李劭忱看着冯豫年脸晒得发红，想起从前在一起的时候，她皮肤白，夏天经不起晒，一晒太阳脸就通红，皮肤很容易晒伤。他那时候刚拿驾照没多久，舍不得她受一点委屈，新手司机开车在送她回学校那条路上练熟了车技……

来者是客，都到她眼前了，她也不能不接收。

何况都是熟人。

老朋友来，总归是件开心的事。

冯豫年放下药壶，招呼说："那走吧，先跟我回去吧，这会儿太阳太毒了。"

李劭忱从头到尾看着，都不说话。

叶潮以为他没耐心了，和冯豫年开玩笑说："你今天真该好好地招呼我们，李劭忱今儿可过生日，硬是让我们骗来的，特意来看你。"

冯豫年眉眼都带着笑意，轻声说："那我谢谢你们呀。"

李劭忱这下听得真切，也跟着笑起来。

就是没来由地觉得好笑。

几个人跟着冯豫年穿过半个村庄。村庄确实古朴，周围都是梯田，远处群山叠翠。村里的人遇见冯豫年，都会和她打招呼，还随手送了她玉米、荔枝、枇杷……

她一路上都笑着，和遇见的每一个人都能说笑几句。

到她住的院子附近时，路过一条水渠，渠底铺着青石板，溪水清澈，冯豫年在这里洗了水果，分给他们。

然后一行人再爬上一条用石头铺的台阶路才到家。

李劭忱一路上看着冯豫年，他从来没见过她这个样子，她从前很少和邻居们说话，也没这么开朗。

她住的地方是个半遮的院子，四四方方的，院子正中间有口瓮，瓮里养了几棵一叶莲，已经开花了。

院子里还有一座木质的二层小阁楼，古朴又简单。阁楼并不高，二楼露台边的栏杆上挂得满满的，全是花草，一楼的廊檐下也全是花草，紫色的绣球开得特别旺盛。小院像个私人小花园，一看就知道主人是个热爱生活的人。

李劭忱越发觉得异样。

和现在比起来，冯豫年从前活得简直可以称得上是无牵无挂。

房门开着，冯豫年推开门说："你们坐，我先去洗把脸。"

叶潮站在院子里仰头四处望了望，感叹地问："她就在这个破地方窝了几年？"

沈南贺倒是觉得有意思，仰头看了眼隔壁院子那棵巨大的杜果树，然后又低头拨了拨瓮里的一叶莲，惊奇地说："哟，里面还有鱼呢。"

李劭忧站在廊檐下，向屋子里看了眼，里面空荡荡的，只放了一排藤椅和一张桌子，一眼看尽，一贫如洗。

他打量着这个简陋的小院子，听着叶潮和沈南贺新奇的闲聊。

冯豫年进去洗了把脸，上楼换了身衣服，等再下楼，只见李劭忧一个人坐在廊檐下的藤椅上，静静地看着远处发愣，叶潮和沈南贺不见踪迹。她问了声："他们去哪儿了？"

李劭忧不说话，指了指隔壁院子那棵杧果树。

冯豫年仰头看了眼，自言自语地说："还没太熟呢。"

李劭忧仰头，见她换了件白色的短袖和一条到膝盖的短裤，就像个大学生。

冯豫年惊讶归惊讶，倒也没有那么抵触了，毕竟他几个是这几年唯一来看她的朋友。

看到那边树枝晃个不停，她说："我先去看看。"

叶潮看上了杧果，沈南贺却看上了坡下面的荔枝。

冯豫年看着两人像两只猩猩似的，不停向上跳跃，还伸出两只手向上探，便喊了声："我那儿有工具。"

她掉头回去在厨房的屋檐下拿了把镰刀，提了个篮子。

等冯豫年再回来，篮子里都是水果，有杧果、枇杷、荔枝……

李劭忧觉得新奇。

她提着篮子在屋门口右边的水缸前洗了水果，放在廊檐下的桌子上，介绍说："本地的水果，尝尝吧。"

李劭忧是一贯的矜贵，只看着，不动手。

叶潮迫不及待地开了个杧果，赞道："果然就是甜。"

沈南贺倒是说："这里确实是个种水果的好地方。"

冯豫年有一搭没一搭地陪他们聊天，也不问他们怎么想起来这里的。他们这帮人，生来就是主角，俯瞰山川。而她，生来就在沟壑浅滩，半生都在寻找出路。

没什么可共情的地方。

快到午饭时间，冯豫年还指望着杨渊能收揽点吃的回来，好招待这帮大爷。

结果杨渊回来的时候，阿杏也跟着来了，提着一篮子吃的。

杨渊提着两条鱼，进了院子就笑着说："冯豫年，中午烤……"声音戛然而止。

家里突然多出几个男人，他有点蒙了。

院子里三个闲聊的男人停下动作，不约而同地回头看着杨渊。

场面有点沉默。

杨渊见几个人看着自己，笑着说："阿杏说家里来了客人，过来帮忙做午饭。"

"家里"？李劭忱听着这个词觉得实在是不舒服。

冯豫年起身高兴地说："我正想着该怎么去请你。"

阿杏提着食材，手里拿着几片芭蕉叶子，笑道："这有什么，你总这么客气。"

冯豫年回头介绍了一声："这是我师兄，杨渊。这些是和我一起长大的朋友，来这边儿玩儿。你们先聊，我去准备午饭。"

杨渊对这里也不熟悉，把鱼递给她，说："岩召已经给收拾好了。"

冯豫年接过去说："那中午就烤鱼吧。"

几个人都没意见。

阿杏干活十分麻利，厨艺也非常好，做几个人的午饭对她来说根本不在话下。

但是对冯豫年来说，做饭就有些困难了，她的厨艺仅限于煮米线，或是煮一点腊肉，蒸米饭，然后炒一个简单的菜，只能管她自己的伙食。

杨渊这几天来，还都是杨渊在做饭。

李劭忱一改之前的矜贵沉默，问杨渊："你也是在这儿扶贫？"

杨渊看了眼他脚上的鞋和手腕上的表，心里大概估计到他的身家了，开朗地说："我不是，我之前在西疆，也是刚回来，接下来要去南方农林技术研究所，正好休假过来看看她，她读研那几年一直跟着我。"

叶潮"哦"了声，又问："你们学农业的，毕业了每个人都有下乡扶贫的任务吗？"

杨渊听得笑了起来，说："不是，只有冯豫年当时选了这个。其他人直接就业，都去了农林技术研究所或者是植物园。"

话题一下聊到南墙了。

李劭忱却问："她不是学花卉专业的吗？"

杨渊点点头，说："是，所以我这次来，也是看她扶贫期满之后要不要去植物园或者回植保行业。"

李劭忱再没说话。

之后几个人聊起这里的风土人情。

想到今天毕竟是李劭忱的生日，冯豫年待在厨房，坐在灶下添柴，问阿杏："你们这里过生日吃什么？"

阿杏问："你过生日吗？"

冯豫年摇摇头，又犹豫了片刻才说："那就蒸米饭吧，配上各种菜。"

她见过一种吃法，一个竹编的盘子里，中间好像是彩色米，周围都是菜，好像就是当地的一种菜。

她就做简单点，配米饭吧。

阿杏说："这个简单，我先煮一个汤。"

本地人擅长调蘸水，用天然的水果做调味，特别是柠檬的酸味和小米辣椒搭配，味道既爽口又麻辣。

辣炒牛干巴、包烧鸡脚筋、烤鱼、炒腊肉、凉拌折耳根、炒菌菇、本地的炒火腿，还有一个牛肉芋头汤，米饭加玉米。

冯豫年看着菜，由衷地说："这也太丰盛了。"

阿杏站在灶台前，边做饭边笑着说："他们看起来都像是……我也说不上来，反正就是很厉害的人。"

冯豫年不在意地回道："有什么厉害的，这么一帮大老爷们儿，不也只有你一个人会做这么多菜招待他们吗？说明他们都没你厉害。"

李劭忧站在门外听得真切。

午饭实在是丰盛，因为叶潮一来就说了是李劭忧的生日，冯豫年不好装作没听见。她如今给自己的定位是，比他们大两岁的姐姐。既然是姐姐，就不好和他们计较。

所以在开饭前，她大大方方地说："今天是李劭忧的生日，就当我们给你庆生了。乡下简陋，不如你们的生日宴丰盛，你别计较。"

李劭忧老神在在，笑得漫不经心地说："我又不会做菜，哪里敢计较。"

冯豫年定神看他一眼，算是轻微警告，这才起身说："等等，我去拿酒。"说完就"噔噔噔"上楼去了。

叶潮抢先尝了口牛干巴，竖起大拇指赞道："味道真不错！"

见冯豫年下来，叶潮就说："小瞧你了，这里伙食真可以啊。"

冯豫年听得哭笑不得，问："你从哪里看出来的？"

她取了几瓶果酒和一瓶本地的烧酒。等回来，位置只剩李劭忧身边的那个小凳子了。

她坐在小凳子上，比他们都矮一截。

李劭忧低头看她坐在小凳子上，缩在他身边，小小的一团，只觉得窝心。她当初离开北京，躲在这里几年，像自我放逐一样。

冯豫年尝了口折耳根，味道不错。

叶潮好奇，也跟着尝了口，到底有涵养，一个起立站直，扭头缓了几分钟才坐下，说道："这是什么玩意儿？这味道也太得劲了。"

沈南贺笑个不停。

杨渊也说："北方人都不怎么吃得惯这个，也不知道冯豫年怎么会喜欢。"

李劭忧接话："她就是南方人。"

冯豫年仰头看他，挑眉，说："好吃的不分南北，吃多了就习惯了。"

叶潮漱口回来后，变谨慎了，看着菌菇问冯豫年："吃了这个，不会看见天上有鲸鱼吧？"

沈南贺被他逗笑了，问："你不吃不就完了吗？要是好奇，你尝一点。"

叶潮尝了口本地的火腿，赞道："这个火腿，比那什么西班牙的赞多了。"

冯豫年听他们胡扯，笑着承情地说："谢谢你这么给我捧场哦。"

惹得沈南贺挤眉弄眼地笑叶潮。

杨渊尝了口菌菇，问道："你刚来那年，是不是就把毒蘑菇吃遍了？"

冯豫年夸张地说："怎么可能，不过中了几次毒。"

叶潮好奇地问："真的看见天上有鱼有龙吗？"

冯豫年认真地点头说："有，而且我骑在鱼身上跟在龙后面，到处飞。"

叶潮居然有点向往。

李劭忱侧目问："去医院了吗？"

冯豫年摇摇头，说："没有，镇上的医生来给我这儿推了几针，烧了几天就没事了。"她说着在手腕的静脉位置比画了一下。

叶潮几个听着都觉得生疼。

但她说得很无所谓，丝毫看不出来疼的样子。

李劭忱却听得心里发紧。

一顿饭吃了很久，杨渊因为时间有限，计划下午就要走，已经打听好了车——岩召开三轮车，直接翻山送他去机场。

杨渊在饭桌上问："有什么需要嘱咐我的吗？"

冯豫年想起岩召开三轮车的技术，中肯地说："翻山路颠簸，你保重吧。"

杨渊看着她一言难尽的样子，失笑地问："你坐过？"

冯豫年点点头，回道："有次下雨，我赶飞机，他就是开三轮车送我去机场，差点把我翻到山沟里去。"

沈南贺附和："你们这里盘山路确实多，也很偏僻。"

冯豫年尝了口牛干巴，不太在意地说："要不然也轮不到我来扶贫。不过这两年发展很快，山路修得宽了一些，基本快脱贫了。"

李劭忱见她说起工作时，整个人神采飞扬，也不由得笑了起来。

饭吃到尾声时，冯豫年见李劭忱话少得可怜，扭头故意问："这位寿星公，招待得可还算满意？"

叶潮插嘴说："他那人，你就是请他吃满汉全席，他也会咂咂嘴说，一般。听他夸人太难了。年纪轻轻的就如此清心寡欲。这几年不知怎么回事，变得暮气沉沉的。"

叶潮吐槽李劭忱的话，简直说一夜也说不完。

没想到李劭忱粲然一笑，答道："非常满意。"

叶潮气得指指他，说不出话来。

惹得几个人都笑起来。

冯豫年想，虽然曾经和他荒唐了一场，但总归她是姐姐，不想和他老死不相往来，于是先问："你们待几天？"

叶潮又插话："要是舒服，我就待这儿不走了。"

李劭忱问："你话怎么那么多？"

冯豫年笑着说："你们要是方便的话，把我师兄带到机场，村里人骑三轮车翻山路，确实不太安全。"

她就是为了图方便，完全是撒谎。

李劭忱问："山路远吗？"

冯豫年算了一下，说："具体多远我也不知道，反正三轮车要走两个小时。"

杨渊都惊了："两个小时？"

冯豫年点头。

李劭忱又问："所以，你上次去机场，淋了两个小时雨？"

冯豫年反问："不然呢？"

其实不是，之前都是岩召开破车去的，她只坐过一次三轮车。

几个大老爷们儿瞬间偃旗息鼓，真聊不下去了，太惭愧了。

她一个女孩子，真是吃尽了苦头。

最后商定，他们全部第二天走，杨渊坐他们的车到隔壁市里，然后去转高铁。

毕竟对这里不熟悉，杨渊也听冯豫年的。

杨渊说那边河堤边上有老乡在捞鱼，旁边的池塘里种了好几亩荷叶，景色特别壮观。叶潮和沈南贺就跟着他又出去看热闹了。

男人的快乐，有时候真的简单到不可思议。

李劭忱则是坐在廊檐下的椅子上，懒洋洋地说："你们去转吧，我有些累了。"

过来一路都是他在开车。

冯豫年洗碗出来，挑眉问："怎么，还有什么和我说的不成？"

李劭忱问："你就没什么和我说的吗？"

冯豫年的衣服上沾了油，低头看了眼，说："没有，我这个人没有心，你知道的。"

啧，真记仇。

李劭忱定定地看着她，见她进屋，跟着起身。她上楼片刻后，他也轻声上楼，发现楼上的景致完全不同。

她不愧是学花卉的，二楼明显改造过，整个二楼被绿植包围，蕨类高挂，花草依次摆起来，好像是散尾葵的植物高大茂盛，把空间隔开，中间的隔断栅栏上挂了几棵巨大的鹿角蕨，像一个微型的园艺造景。

非常见功底。

冯豫年刚换完衣服，听见了动静，试探地问了声："李劭忱？"

李劭忱穿过隔断，看到她的卧室很小，但是很精致，床边是花草、书桌、落地灯，完全是小女生的私密空间，温馨又简单。

她刚换了件奶油粉的短袖，站在那里，仿佛有些拿他没办法，皱着眉看他。

李劭忱走近，用肩膀和她身体触碰，但是并不动手，问道："这几年，过得怎么样？"

冯豫年有些烦躁地问："你究竟想干什么？"

他轻声叹气，故意说："你暂时忘了你把我睡了又甩了的事，就当我们是老朋友，和我说一说你过得怎么样。"

冯豫年皱眉问："什么叫我把你睡了又甩了？"

李劭忱挑眉问："不是吗？"

非要这么说，好像也对。

冯豫年体谅他是客人，远道而来，忍了忍，说："累了就去隔壁休息吧。"

李劭忱问："我晚上住哪儿？"

冯豫年睁大眼睛，故意说："当然是住老乡家里。"

李劭忱轻叹了声，说："我快二十四小时没合眼了。"

听这意思，他想在这儿睡觉。

冯豫年拒绝道："我的房间不收留外人。"

李劭忱嗤笑了声，问："我的房间都是随便给你睡的，你的床给我睡一觉都不肯吗？"

他们自重逢，这才是第二次遇见，冯豫年很不习惯他这样亲密自如。

仿佛真如别人说的，一旦和一个男人亲密接触后，就很难再产生距离感。

她被说得哑口无言，问："所以，你追到这里，是和我翻旧账来了吗？"

李劭忱坐在床沿上，扭头看着窗外的景色，问："这几年你一直都在这里吗？"

冯豫年拒绝和他谈这些，没好气地问："你到底睡不睡？"

李劭忱仿佛不在意她的坏脾气，她和从前比起来，几乎像变了个人。

从前的冯豫年，活得像个被调好的闹钟，礼貌、温和、见人就笑，却少了生气。

见李劭忱靠在床靠背上，冯豫年也很想睡午觉，催说："你下楼去睡，楼下也有床。"

等她把楼下通铺的凉席铺好，再上楼，李劭忱像是真的累了，靠在她的床上已经睡着了。

她看得简直头疼，真是难搞的男人。

她只好去窗外露台的躺椅上休息，还没等她睡着，就听见院子里几个人回来的声音。她起身探头看了眼，见他们已经进了院子，回头看床上的人纹丝不动，赶紧起身，毫不客气地将人摇醒，催促道："快起来，他们回来了。"

李劭忱其实醒来了，被她粗暴地拉起来，眼睛里有些泛红，是熬夜太久的缘故。

他揶揄道："我们又不是偷情，你紧张什么？"

冯豫年瞪他一眼，扭头先下去了。

李劭忱觉得有趣，懒洋洋地起身，床上有股淡淡的柠檬香味。

他在心里叹息，他已经很久很久都没有和她这样亲近了。

他骨子里依旧是一个不太爱表达的人，还是那个年少持重的人。

可是爱过的人，始终是不一样的，不管过多久，一眼看见她，依旧还是会心动。

这就是男人的劣根性。

他有点鄙视自己的企图心。

冯豫年下楼，见杨渊手里又提着一条鱼。

叶潮一只手里拿着枝荷花，另一只手提着串荔枝，兴奋地和她说："真是个好地方，晚上咱们继续烤鱼吧。李劭忱呢？"

冯豫年指了指楼上，说："累了，在睡觉。"

沈南贺拿着几颗荔枝和枇杷，好奇地问："这个季节怎么这么多水果啊？"

冯豫年回道："都是应季水果。"

叶潮也不嫌弃，在院子掬水洗了把脸，说："睡一觉就行，有睡觉的地方吗？"

这帮人糙的时候，确实很糙。

冯豫年指指一楼左边的房间说："这里面是通铺，铺的是棕榈垫和竹编的凉席，我都准备好了。"

她又上楼拿了几床夏天盖的空调被，李劭忱就这么跟着她下楼。

等她安顿好几个人，叶潮躺在大通铺的凉席上舒服地说："你别说，这屋子凉快，还挺舒服的。"

冯豫年笑了，退出来，站在廊檐下琢磨晚上吃什么。

下午她还要去葡萄园里看看，农业技术推广站给的新药她也不了解，还是要看看效果。

李劭忱跟出来，问："你不睡一会儿吗？"

冯豫年呛声道："和你一起睡吗？"

李劭忱要笑不笑地说："也不是没睡过。这地方待两年也不错，但是差不多就得了，收拾收拾铺盖趁早回家。"

他的话还是一如既往的亲近，却已经变成了成年男人的霸道。

冯豫年想，自己当年真是昏了头，才会和他谈恋爱厮混。

她虽然比他大两岁，但是远不及他聪明狡诈，两人根本就不是一路人。

冯豫年原本是不应该和李劭忧认识的。

她是海边长大的，爸爸梁登义是吴城一个普通的生意人，经营一家海产店，是大街上一抓一大把的普通人，顶多聪明一些，所有认识他的人都说他普通却本事不凡。他人勤快，性格开朗，能说会道，又会赚钱，性格豪爽，浑身江湖气，朋友又多。可以说她小时候过得很幸福。

但是她爸爸花钱的本事也同样不小。

辛辛苦苦赚几年钱，刚刚小有家资，出去赌几场，输得精光。

唯一的可取之处，大概是他输光了就停手，不会输红眼。然后回来继续埋头苦干，赚了钱，还了债，又去赌，又输光，乐此不疲……

然后爸妈开始无休止地争吵。最后妈妈受不了爸爸这种赌徒，受不了这种没有指望的日子，终于在她十二岁那年和他离了婚。

因为梁登义是明显的过错方，冯豫年被判给了妈妈。

爸妈离婚后那两年，妈妈没有工作，也养活不了她，她一直跟着奶奶，直到妈妈安顿好生活，才来接她去了北京。

在去北京的路上，冯明蕊和她说，从今往后，咱们再也不用过那种担惊受怕的日子了。你陈叔是个军人，性格很好，安安稳稳，咱们再也不用担心朝不保夕了。

所以十四岁那年，她跟着妈妈从吴城到了北京，住进了西四胡同，成了邻居们口中"老陈媳妇带来的那闺女"。

从十四岁那年开始，她有了一个继妹，叫陈璨。第二年，妈妈生了弟弟，叫陈尧。

她的人生，仿佛从十四岁开始，走进了完全陌生的路……

冯豫年至今都记得，和妈妈进胡同那天，天气很热，她穿长袖，典型的乡下小孩进城。胡同的梧桐树下有一帮小孩在玩，不知谁喊了声："陈璨，你后妈带那个女孩来了！"

一帮小孩都停止玩闹，扭头看着冯豫年。

那个叫陈璨的小姑娘穿着花色连衣裙，皱眉看着她们，扭头说："我问我爸去！"理直气壮又愤怒。

母女俩是跟着陈辉同请的司机来的，司机也有些拘谨。

冯明蕊回头和冯豫年说："别怕，有妈妈在。"

冯豫年忐忑的心在见到那帮小孩后终于落了地，也终于认命，她要开始寄人篱下了。

她是个自小就很认命的人，从不会有那种不切实际的想法。

从走进那个家当天她就知道，她不属于这里。她来自吴城，不属于北京。

冯明蕊像只护崽的母鸡，生怕院子里这帮有钱人家的小孩欺负了冯豫年，从来都不准她出去玩，还会因为谁家小孩笑话她，而气冲冲地追上门，找到家里去和人家长理论，但同时又时时刻刻提醒她，她比陈璨大一岁，要让着陈璨一些……

听起来简直感动又窒息。

可能所有结局，从一开始就奠定了基调。所以，她和陈璨从见第一面开始，就互相不喜欢。

她闯进了陈璨的生活，但也被陈璨联合着胡同里的孩子们排挤。

十几岁小孩的世界里，爱憎分明，听起来似乎很合理。

而她整个青春期都过得很孤独。

十四岁的冯豫年，站在路边的梧桐树下，不知往哪里走，仰着头一脸茫然。

十七岁的文峥像一棵小白杨一样，路过的时候，闯进了她的世界。

他自行车骑得飞快，路过她身边时，一个急刹车停得稳稳当当，问她："你待这儿干吗呢？"

她当时还不认识这个神采飞扬的少年，只是被他的笑感染，随口胡说："晒太阳啊。"

文峥大概被逗乐了，跟她一样仰头看了眼头顶遮天蔽日的绿荫，一个劲儿地笑。

冯豫年也跟着笑。

他见她笑了，才说："挺有意思的一个小孩嘛，耷拉着脸干什么呢？别辜负了这么好的太阳。"

就因为他的一句话，她心里一叹，就是，多大点事。

不就是院里的小孩不和她玩吗，但是外面有的是小孩，她才不稀罕这帮破小孩。

从此，她就真的再也没和院里的这帮小孩打过交道。

冯豫年的初中三年，因为户口没有转过来，只能借读在西区离家很远的寄宿学校，每个周末才回来一次，寒暑假又都是回吴城陪奶奶过，从来不和院里的小孩玩耍。

直到高中，她的户口才转到北京，因为成绩好，也考回到了隔壁的重点高中。

冯明蕊和邻居们说起她，总会不以为然地笑着说，她天生不聪明，不是吃读书这碗饭的料，只是胜在努力。

冯豫年能看出来妈妈言语里的炫耀，却又装作不经意的样子。

毕竟隔壁的高中是全市数一数二的重点高中，她是凭本事考进去的。

高一的时候，她才摆脱了那帮小屁孩，因为和陈璨一伙的那帮孩子大都去上国际学校了，为将来出国留学做准备。

而她，要老老实实地读三年高中，认真考大学。

当然，这个事情她看得很开，因为当时年少，并不太懂生命中怎么会有那么多选择。

她认识李劭忱，是因为她和李劭忱的姐姐李姝逸在一个班。

中考和高考是两道坎，可以筛选出不同类型的人。

像李姝逸，据说之前在国外读书，因为隔壁高中比较好就转回来了，还搬回院里住。跟着她一起回来的，还有她的弟弟李劭忱。

姐弟俩是两个极端。

李姝逸就是那种天生让人觉得美好的人。她每天的烦恼就是——中午的饭菜不好吃；周末的英语外教有点凶；今年过生日，不知道我妈妈会不会带我去滑雪……

不同于冯豫年，看起来万事不愁，心里却计较着那一点点的青春期不曾被爱护的少女心事。

冯豫年读高一的时候，文峥已经读大学了，意料中的军校，像他爸爸一样。

西四院里有好些军人。

院子里的小孩，每一个年纪有每一个年纪的乐趣。李劭忱和张弛这帮小孩比她小，却声势浩大，胆子大，玩得野，也可能是因为她太乖，见识太少。

高一开学的第一个星期，李姝逸因为认识了冯豫年而欣喜地说："我终于有伴了，果然住在外公这里最舒服。"

她身上有种不谙世事的可爱。

因为她可爱，所以她看什么都觉得可爱，即便被人嘲笑成绩差、不聪明，也不以为意。

院里的男孩子是真的皮，原本去国际学校的那几个，因为张弛和李劭忱玩得热闹，也都追随而来。

胡同里的男孩子多，人多了就热闹，骨子里都是热忱，一起结伴骑车登山，一起使坏打赌，输了的人，就去要女生的联系方式……

每一个团体，总有那么一两个领头人。张弛和李劭忱就是那帮小子的带头人。

李姝逸是这么说的："我弟，你别看他长得好看，成绩好，看着好像不调皮，但是他心眼儿坏，他都是出坏主意让别人去犯事的。你别小看他。"

冯豫年从不和他们打交道，几乎都不熟悉，所以对李姝逸的话并不评价。

李姝逸总说："年年，你真的是天底下最好的女孩子，学习好，话少，长得漂亮，真是哪儿哪儿都好。"

冯豫年后来想，她的青春期，因为有李姝逸，真的是莫大的荣幸。

两个人静悄悄的。

冯豫年先问："你姐姐现在怎么样？"

李劭忱收起隐隐的笑意，看着她有些意兴阑珊，但是最后还是说："挺好的。"

冯豫年提着喷壶给绣球浇水，初夏的绣球品种繁多，她这几年养起来了很多，廊檐下就有好几棵。

李劭忧看着她浇花，随口问："这是什么？"

"这边的全是绣球，至于具体是什么品种，说了你也不懂。"

他听得笑起来，端的是一派的矜贵，回头问："那这个呢？"

"那边的种类比较杂，你左手拿的那个是海芋，右手的是月季。"

月季的花朵繁复浓郁饱满，且色彩艳丽。他过去坐在花团锦簇间的椅子上，看着优哉游哉的，典型的富家公子哥。

冯豫年边剪枝边问："上次没来得及问你，为什么从部里辞职了？"

李劭忧并不避讳，只说："不想干了，就辞了。"

他不肯好好说话的时候，冯豫年就不再问了。

其实这里面的原因很多，李劭忧不想回忆。

里面几个人已经睡着了，此时此刻这里是真的清静，他很久没有这么坐着和人聊天了。

就仿佛又回到了几年前，他们俩一直都这么好。

冯豫年自觉改了很多坏习惯，比起年少时健谈了很多。

她剪了几枝绣球握在手里，又问："妹逸怎么想起去演戏了？"

李劭忧靠在藤椅背上，闭着眼，轻声说："你自己问她。说了也不听，非要去。"

他脑子里还在想西南公司的事。

这就是成年人的可爱之处，起码分手的情人不会搞要死要活的那套。

冯豫年是单纯觉得闹起来没意思。

见他闭着眼，她也不再说话，弯腰给月季剪花苞。

李劭忧睁开眼，就看见她背对着他半蹲着，露出一截细白的腰，他一瞬间想起的全是那腰的软……

冯豫年一抬头就见他盯着自己，缓了一瞬，问："你看我干什么？"

她一手拿着铰剪，一手拿着花，看着他。

李劭忧认真地看着她，去握她拿花的手。

冯豫年要躲，他用力握住，固执地看着她，却轻声说："冯豫年，你要是心虚，就和我说说话，不用躲着我。"

冯豫年低头，看到他手上虎口靠近食指的位置有道疤，浅浅的。那是他给她做饭时切的。

冯豫年用力挣扎开，起身坐在他旁边的藤椅上，问："我用得着躲着你吗？"

李劭忧笑了笑，并不争辩，只问她："什么时候回去？"

冯豫年不喜欢他的态度，这句话太笼统了，有些事早已经不是当初的模样了。

他来这里后，从头到尾的态度都是势在必得，在他眼里，她在这里不过是躲了几年，她早晚会回北京。

她其实不喜欢他的态度，连同对他这个人都觉得陌生。

她扭头看着李劭忱，问："我在你眼里，是个什么样的人？"

李劭忱淡淡地说："不好说。"

冯豫年笑了笑，说："或者说，我就是那个老陈的老婆带进来的闺女，挺好命的，白白得了户口，得了个好出身……"

李劭忱皱起眉，问："谁说的？"

冯豫年笑道："胡同里的人不都这么说吗？"

李劭忱从没有听过。

冯豫年起身说："跟你们相处，有时候很难。行了，我又不是知心姐姐，还要负责陪你聊天。"

她起身绕过回廊进了厨房。

李劭忱看了眼助理的消息，回了个电话。

叶潮点名要吃烤鱼，冯豫年准备出去买点牛肉，晚上做烧烤。

李劭忱再没为难她。

下午她一个人出去，路上碰见岩召。岩召骑着震天响的摩托，停下来问："你干吗去？"

冯豫年提着篮子，说："我去前面看看有没有什么肉，晚上给他们烧烤。"

岩召亮着一口白牙，非常利落地说道："上来！"

冯豫年笑着坐上他的破摩托，他在村里的路上都能骑得飞起来，风吹得她眼睛都睁不开。

来到村口的小市场，结果什么都没了，岩召凶凶地说："我就说这会儿肯定什么都没了。你跟我去家里，我给你准备，走。"

冯豫年无奈地笑了，答应道："那行吧。"

岩召住的地方离她的房子有一段路程，岩召家里特殊，他有个哥哥没了，留下嫂子和两个小侄子，父母年迈，他得养活一家人。

他是一个非常热忱的小伙子。

到家后，冯豫年不好意思地和岩召的母亲说："我又来打搅了，有朋友来看我，我来讨些肉。"

"不碍事不碍事，让岩召给你准备。"岩召的母亲笑呵呵的，眼睛都眯了起来。

岩召要宰只鸡，冯豫年觉得血腥，劝说："还是别了吧。"

岩召那被晒得发亮的脸也看不出来那么多情绪，只说："你等等，我马上就好。"

果真只过了一会儿，他把宰好的鸡、火腿、牛小肠、五花肉，全给她装好，连同烧烤炉都给她带着，说："走吧，我送你回去。"

真是雷厉风行。

冯豫年不好意思地问：“我把你们家打劫干净了吧？”

岩召却说：“今天那个朗瑞，你别理会他，他那个人坏得很。”

少数民族的小伙子，真是可爱哦。

冯豫年听得笑起来，说：“我都当没听见，那种事我见得多了，再说了，我这个人脸皮厚，根本不会当回事。其实他也不是瞎说，只是优选优育的条件很高，咱们是最初级的种植户，只能走丰收的保本路线。”

岩召笑起来，觉得她说什么都对。

他的炸街摩托车一路直接骑进她院子里。

廊檐下四个男人看着冯豫年利落地从摩托上跳下来，手里还提着一篮子肉。

叶潮问：“你上哪儿搞的？”

冯豫年指指岩召，回道：“我把他打劫了。”

岩召笑起来，露出一口白牙。他这个人做得多说得少，淳朴得很，二话不说，将烧烤炉给冯豫年装在院子里，连木炭都给她装好了。

冯豫年忙说：“等等，我还没准备好，先让我穿好肉，你再点火。”

杨渊和沈南贺来帮忙。

李劭忱则跟大爷似的，自始至终都没说话，坐在那里看着她忙忙碌碌。

李劭忱几乎想不起她从前是不是也这样开朗地笑过。

她和从前，简直天差地别。

那时候那个安静的冯豫年，仿佛是他的错觉。

阿杏提着菜篮子又来给冯豫年送菜，知道她家里客人多，就留下来帮忙。

冯豫年让阿杏去叫刀杰，烧烤人多，也热闹。

两个人再来时，刀杰提着一块牛肉，笑着说：“刚好我前几天去镇上买的。”

一顿烧烤，烤蔬菜，还有各种肉，加上两条烤鱼，阿杏用那只鸡炖了汤，冯豫年把家里的藏酒都翻了出来。

有酒就容易起兴，叶潮非要和刀杰拼酒。

阿杏特别善良地劝叶潮：“你别和他喝，我还没见他醉过。”

叶潮不信邪，像平时一样吹道：“你听过我的名声吗？京城一夜不倒。”

沈南贺听得一口水喷出来，忍不住笑了，回头和李劭忱说：“咱们兄弟几个的代表要和寨子里的兄弟拼酒了，你来见证一下，看看咱们院里的一夜不倒，究竟有没有水分。”

李劭忱看着冯豫年和岩召低头商量什么，她说到一半开心地笑起来，根本没在看拼酒的人，然后又像看二百五似的看了眼叶潮，笑笑没说话。

冯豫年觉得她的牛小肠没烤熟，岩召尝了口，说："熟了，只是你没撒盐。"

冯豫年这才反应过来，失笑不已。

等她回头，叶潮和刀杰已经喝上了，她这才惊呼："你别和刀杰喝酒！"

叶潮不以为意地说："你说晚了，我代表咱们兄弟们单挑寨子里的扛把子，你就等着我旗开得胜吧。"

冯豫年哭笑不得，问道："你们都不拦着他吗？"

沈南贺起哄："他的酒量这两年练得可以了，劭忱胃不好不能喝，我酒量也不行，只有他能拿得出手了。"

冯豫年看了眼李劭忱，没做他想。

叶潮"不负众望"，没过三轮，就起身说："不行了，我有点像蘑菇中毒了，眼睛里开始冒星星了。"

刀杰也不欺负他，大家又开始吃肉聊天。

叶潮喝多了，话也就多了，大着舌头问冯豫年："你好好的北京不待了跑这里来，图什么呀？大晚上这也太寂寞了，连个响动都听不见。自己听自己的回声啊？"

他的夜生活可太丰富了，这里白天还行，晚上静悄悄的，根本不符合他的生活习惯。

一群人坐在一起，冯豫年和李劭忱离得太近，他面对面地盯着她，等着她回答。

她倒不觉得有什么，只是叶潮问得太突然，把她问住了。

她又想想，觉得也没什么，就自嘲地说："能图什么，北京待不下去了呗。大家不都逃离北上广嘛。"

叶潮有些半醒半醉，不以为然地说："一北京姑娘逃什么逃？你这是打我们脸呢？我知道你为什么……是不是陈璨又……欺负你了？"

这个"又"字用得可真耐人寻味。

冯豫年否认道："怎么可能，我一个学农业的，不就是要下基层……"

还没等她说完，叶潮就说："你甭跟我讲这些场面话，你不说我也知道，你高考那会儿……"

"叶潮。"冯豫年喊了声他的名字，打断他的酒话。

场面一下就静了。

沈南贺诧异地看她一眼，李劭忱则低声问："他为什么不能说？"

冯豫年闭了闭眼，调整了情绪，笑起来说："别盯着我那点私事，咱们院里谁不知道我走了运。"

李劭忱突然讨厌她这个样子，好像别人戳伤她，她都不知道疼一样，赔个笑脸就过去了。

他了解胡同里碎嘴的人多，但是更多的是热心人，从小到大，遇上谁没吃饭，上别人家吃饭是常事。他是从小住在胡同里，和她不一样。

她十四岁才来的西四胡同。

话题从北京又回到了寨子里，刀杰和岩召说起葡萄园里的事，也讨论隔壁镇种植花卉的收益。

冯豫年也跟着说："这是我第一次下乡，第一次指导种葡萄，你们也知道，我本来是学花卉的。"

岩召说："我知道，你是名牌大学毕业的高才生，来我们这里屈才了。"

李劭忧温柔地看着冯豫年，见她笑着，心情好像不错。

冯豫年喜欢这里的原因很难说，有很大部分是这里的人真的很淳朴。至于究竟是因为什么，她不想细究。

一群人聊到很晚。

杨渊将几个人送走后，回来帮冯豫年收拾东西，低声问："真不想回去吗？老师那里有个助教的活儿，我帮你留着。"

冯豫年笑着说："我的任期还没满。"

杨渊戳穿她："这都五月了，不到七月就到期了，你别说你又续上了。咱们做的是农业技术顾问，他们本地有农业局的人。咱们是农林科技研究所借调的人，和人家本地人不一样，一没津贴，二没职位，其实和实习没差别，还要负担比实习大得多的责任。"

冯豫年点点头，回道："对啊，我是搞扶贫的嘛。这一批葡萄树确实长起来了。"

杨渊趁机说："职位我给你留着了，老师暂时也不招助教。九月开学之前，你务必考虑好。我主要是不放心你，一个女孩子千里迢迢在这种乡下。北京毕竟熟悉，亲朋好友也多。"

冯豫年笑道："谢谢。"

杨渊又教育她，说："你是女孩子，我其实还是建议你回你的本专业。"

冯豫年叹气，小声说："其实很难，毕竟对口的就那么几个地方，而且这两年都不招人。"

主要是收入太低了。

杨渊安慰道："我替你看着，有合适的工作就通知你。"

冯豫年见他操心，催说："快去休息吧，明天跟着他们一起回去。"

杨渊收拾起东西，问："他们是和你一起长大的？"

冯豫年诚实地说："算是吧，都是一个院里的邻居，比我小一点。"

结果第二天一早起来，有点下毛毛雨。

李劭忧一晚上都没睡，开着电脑工作了一夜。等天蒙蒙亮的时候，他听见外面似有若无的雨声才起身，用手机照明上楼，楼上的空间只是虚隔着，并没有门。

他开了楼梯口的灯，冯豫年被他上楼的声音吵醒，迷迷糊糊地问："谁？"

他低声说："我上来在躺椅上休息一下。"

他被酒醉打呼的叶潮吵得睡不着。

冯豫年在昏暗的灯光里，看他像是特别精神，问："你一夜没睡吗？"

李劭忧笑了笑，没说话。

冯豫年不解地问："这么日理万机，你们还能跑这里来遭罪？回北京舒舒服服多好。"

李劭忧看着她睡眼蒙眬，温柔地问："你是不是一点都不喜欢北京？"

冯豫年睡意正浓，根本不想谈人生，催促道："别磨叽了，你在我这儿凑合一会儿吧，等会儿天就亮了。"

曾经肌肤相亲的人，如今，打心眼儿里依旧觉得她不是外人。

看她吃苦，觉得心疼；看她过得不好，心里还是觉得舍不得。

更何况，到如今，他心里还没有过去。

冯豫年从床对面的柜子里拿了毯子扔到床上，在另一侧翻身上床，给李劭忧腾开一半地方。她还属于半清醒的状态，留了一盏小夜灯，然后整个人缩起来，自顾自地继续睡了。

李劭忧站在床边，伸手关了灯，看着她，并不上床。

冯豫年才不管他，倒头就又睡着了。

等她再醒来时，听见窗外还有雨声，发现李劭忧早不在房间里了。她看了眼，好像人根本就没上床睡觉。

她下楼后，几个人也都不在。她进厨房看了眼，也没有他们的身影，不知道去哪儿了。

厨房里有个小陶炉，她经常用来煮米线，她平时不太用柴火灶，主要是她一个人用大灶有点兴师动众，而且点火也费劲。

她蹲在地上点火点到一半，就见李劭忧站在门口看着她，她回头问："你们去哪儿了？雨还不小，等吃了早饭再出发吧。"

李劭忧也不进来，就看着冯豫年蹲在那里点火。冯豫年已经习惯了在乡下的生活，干活虎虎生风，边倒水边说："五个人，米线，然后把剩下的牛肉炒一下就可以了。"

李劭忧搬了张椅子坐在门口，问："扶贫工作好做吗？"

冯豫年答非所问："米线的汤有点辣，你们吃不吃辣？"

反正就是不想和他深聊。

李劭忧问不出来，最后说："冯豫年，回北京去吧。读博也好，留校也好，别窝在这儿。你读了六七年的大学，难道就为了待在这个村子里吗？"

冯豫年停下手里的动作，问："那不然呢？像你们一样，指点江山，挥斥方遒？"

李劭忱深深地看她一眼，问："为什么非要和我唱反调？就算咱们没能走到最后，但是也不用这样。我希望你好好的，一辈子过得万事不愁。"

两个人分手的时候，其实闹得很大。

那时候李劭忱怕是恨不得杀了她。

闻言，冯豫年说不上来是什么感觉，最后还是妥协地说："我的扶贫工作有年限，到期了我自然就回去了。"

李劭忱笑起来，又说："你若是觉得不好找工作，那就换个行业，不用非要在这行耗着。"

冯豫年将汤里用的配菜切好，笑着说道："你成熟了很多。我以为咱俩就是老死不相往来的命了，没想到还能这么聊天。"

她神色里都是释然。

李劭忱收起注视的目光，回头看着外面的雨，说："你也不是从前的那个冯豫年了。"

冯豫年笑问："哪儿不像？"

李劭忱不说话。

哪里都不像，劲儿劲儿的，说话会呛人，会动不动发脾气，脾气还挺硬的。

但是变得很鲜活，好像很开心，但是又不像真开心。

杨渊带着叶潮去看农户家里种的蘑菇去了，等回来时，冯豫年的米线正好出锅。

叶潮尝了口，舒服得长舒了口气，说："真是山珍海味都没这一口来得舒服，雨天吃这个真的不错。"

冯豫年知道他们其实都不娇气，能享福，也能吃苦，矜贵在了别处，不在吃喝上。

饭后几个人出发，车就停在大路上，叶潮的朋友到处都有，从大理过来就是开的朋友的车。

冯豫年打着伞，嘱咐坐在驾驶位的人："路上注意安全。"

李劭忱扭头看着她，问："你什么时候回北京？"

冯豫年对他，其实有很多情绪，但是都不适合讲出来，于是轻描淡写地说："不知道，回北京联系你。"

李劭忱看了她两眼，没说话。

叶潮这趟乡村游逛得非常满意，趴在车窗上，语重心长地和冯豫年说："这地方好归好，但是不适合长时间待。你回北京了一定和我说，不行咱干点别的，甭和这行较劲了。"

冯豫年听得开朗地笑起来，但没接他的话，和杨渊说："师兄路上注意安全。"

李劭忧最后和她说："东西我放你桌上了。"

冯豫年没反应过来，问："什么东西？"

结果，他已经一脚油门，扬长而去了。

她回去后看了眼，桌上放着一枚素银戒指，是当年他送的，分手时她还回去了。戒指大概是从钱夹里掏出来的，光秃秃的，什么都没有。

她还没来得及笑，父亲的电话就来了。

电话一接，那边的人就问："年年，你有时间吗？你奶奶想你了。"

她下意识地问："奶奶没事吧？"

梁登义应该在店里，他那边都是嘈杂声，断断续续地说："人老了，总归有些小毛病，最近一直说想你。"

冯豫年看了眼时间，说："那就等下个月初我回去看她，要是她身体不舒服，你先带她检查一下。"

梁登义那边有人喊："这批鱼刚到，最新鲜的……"

知道他要去接货了，一时半会儿停不下来，冯豫年就挂了电话，给他发微信：【我下个月初回来，到时候我带她去检查。你们也注意身体。】

梁登义前两年再婚了，再婚的阿姨姓卢，和他同岁，丈夫早逝，有两个女儿，都已经结婚了。

冯豫年读研的第二年，梁登义才终于还完债，算是人老有所悟，再也不赌了，又重新租了商铺，依旧做海产生意，很辛苦累。他已经不年轻了，赚的钱得够生活，还要攒养老本。

听着窗外的雨声，她脑子里都是这些，一时间心烦意乱，不知道上哪儿去赚钱，可心里又清楚地知道，自己不聪明，不像别人那样能赚大钱。

结果没几天，梁登义又打电话来，声音隐隐有些沉，问："这几天能回来吗？"

冯豫年心里一紧，问："出什么事了？"

梁登义又觉得吓着她了，定了定神，说："也不是大事，你奶奶这几天住院了，一直说想你。"

冯豫年心里一慌，问："是不是查出什么病了？"

"不是，就是老毛病，血压高。上年纪了，正常。"

尽管梁登义这样说，冯豫年还是觉得不放心。隔了两天，她接到农林技术所的电话，说新的实习生已经到了，通知她回县里去办手续。

她当晚就订了机票，第二天一早收拾行李回了吴城，直奔医院。

冯豫年的奶奶叫方佩珍，七十几岁了，挺开朗的一个老太太，个子小小的，身子骨一直很硬朗。

冯豫年有两个姑姑，大姑姑早年没了，小姑姑就在医院里照顾奶奶，见冯豫年来了，惊喜地说："你奶奶这几天就念叨着你，没想到你爸真把你叫回来了。"

其实离异家庭，像他们家这样安生的并不多。因为她爸爸只有她一个女儿，所以长辈们之间的恩怨不论，都很疼她。她去北京后，因为爸爸欠债没钱，奶奶和姑姑经常给她打钱，就怕她在继父家里受欺负。

冯豫年见奶奶坐在床上，问："做检查了吗？怎么样？"

老太太瘦瘦小小的，一头白发卷卷的，松松地绾在后脑上，看起来还比较精神干练。

见她回来，老太太第一句就埋怨道："人老了总归有点小毛病，能有什么事？你爸也真是的，你上班本来就忙……"

冯豫年回头看了眼小姑姑。梁容这几天寸步不离地守着，神色有些疲倦，倒是看不出来那么焦虑。

等出了病房，梁容才说："老毛病了，血压有些高，暂时没什么问题。就是一直说想你，你爸有点怕就让你回来看看。"

冯豫年这才放心了。

她下午回去时，梁登义人在店里，海产市场里下午人不少，老梁见她回来惊讶得满脸喜色。

隔壁的老板问："老梁，今晚的货几点到？"

他立刻笑起来，高声说："今天不接货了，你帮我看着点，我姑娘回来了，我回家去。"

几个邻居笑道："那你先回去，我帮你看着。"

冯豫年见梁登义眼里都是掩不住的惊喜，俯身帮他一起收拾地上的鱼篓。

梁登义一把挥开她，呵斥道："这个脏，你别沾身上。"

隔壁的人问："你姑娘从北京回来了？"

冯豫年听得笑了起来，听着梁登义边笑边和隔壁老板讲她在农业大学读研的事。

她则坐在柜台前给他收拾柜台上的账目单子。

等父女俩回到家，卢姨已经做好饭了，见到冯豫年，她惊讶地问："年年什么时候回来的？"

卢姨丝毫不嫌弃梁登义浑身鱼腥味，将他脱下的外套顺手放在洗手间的水池里，然后边进厨房边说："我正准备去医院送饭，等会儿你们父女两个先聊着，我再炒个菜，马上就好。"

家里干干净净的，看得出来卢姨是个很爱生活的人。

其实梁登义从前也是个爱干净的人……

冯豫年忙说："卢姨，我吃过了，我刚从医院过来，奶奶这会儿睡了。"

梁登义也说："你别忙了，一会我去送饭。"

梁登义开口了，卢一文也不执着，便说："那等晚上迟一点我再做夜宵。这会儿凑合了晚上就不想吃了。"

梁登义问冯豫年："你放假了？"

冯豫年见梁登义进了厨房，就跟着他站到厨房门口，说："我本来就没有假，这几天进市里办手续，不忙就回来看看。"

梁登义给她煮了一碟子虾，出来递给她。

卢姨开了电视，边陪着他们父女聊天，边笑着说："你就不能再炒一下？这么煮的没滋没味怎么吃？"

梁登义却说："她从小到大就爱吃这种白水煮的。"

冯豫年心里一酸，妈妈都不知道她从小到大吃虾只爱吃白水煮的。

饭后，梁登义和冯豫年去医院的路上，梁登义给她手机转了两万块钱，说："你那个下乡扶贫也没多少钱，别舍不得花。实在不行让你妈托人给你重新找一个工作，这个钱我出。总归女孩子在北京才像个样子，实在不行就回吴城来，不能总待在乡下。"

冯豫年听得笑起来，回道："你别老背着卢姨给我钱，她人挺好的。"

梁登义笑了笑，也不说话，他这么些年起起落落也不是白混，钱虽然没有，但在本地也是有些名声。

其实卢一文比他有钱，卢一文是因为家里不清静，她一个寡妇养大两个女儿，好不容易等到拆迁，家里的亲戚欺负她们孤儿寡母的，闹得没完没了。

大女儿嫁到外地不回来了，小女儿和她整日被婆婆家里的亲戚骚扰，后来她才经人介绍嫁给了他。

他这个人义气是义气，混账也是混账，朋友多，门道也多。

卢一文和他结婚后，他替她挡了很多麻烦，看顾着她的小女儿找了工作，直到顺顺当当地结了婚。因为她小女婿在检察院工作，家里那些人才彻底不敢惹她们了。母女几个安安稳稳，再没麻烦了。卢一文自然会对年年好。

人心换人心，来来回回，就这么回事。

冯豫年见梁登义不当回事，又问道："奶奶真没事？"

梁登义开着车扭头看她一眼，嗤笑道："操的什么心。"

说完他又觉得对不起这闺女。他这辈子就这一个闺女，小小年纪，好好的怎么就在北京待不下去，跑乡下扶贫去了？不用想也知道不过是寄人篱下，住不下去了。

他又开口说："不行就回来吧，爸给你找个安稳的工作，挣的钱少点，再努努力给你买个小房子也安逸，不用住别人家里。"

冯豫年听他语气不对，开玩笑说："这话让我妈听见，她又要骂你一顿。"

梁登义不以为意地说："她不也是住人家的房……"说到一半，却不再说了。

冯豫年见他心情不好，就笑道："我挺好的，不用替我操心。我扶贫到期就回北京了。"

梁登义叹了口气，他是买不起北京的房子，也就不吹那个牛。

医院里，老太太正和隔壁床的人聊天。隔壁的老头得了糖尿病，儿女都不在身边，只有老伴守着。见老太太身边儿孙环绕，他们羡慕地说："你好福气。"

有没有福气，老太太自己知道，她笑呵呵地拉着冯豫年的手，给他们介绍说："这是我孙女，特意回来看我了。"

梁容问了声："年年晚上去我那里住吧？"

梁登义说："我又不是没家。晚上这儿我看着，你也上我那儿去住。"

梁容知道哥哥的本事，卢一文人不错，对哥哥也挺好的，而且她两个女儿都结婚了，确实没必要给年年脸色看。

记得梁登义没胃口，晚上吃得少，冯豫年下楼给老太太买东西时顺带买了些零食，还一人买了杯奶茶。

老太太问："年年有没有男朋友？"

冯豫年见梁登义看她，赶紧说："没有，我回北京再找。"

老太太轻叹了声气，没说话。

梁容就顺着问："你妈妈还好吧？"

冯豫年回道："挺好的。"

都是平凡人，各有各的难处，总归面子上都客客气气的，至少不会在她面前说胡话。

老太太确实没事，过了两天等老太太出院回家了，冯豫年就买了机票要回北京去。

梁登义照例开车送她去机场，路上和她说："要是不想回北京，就回来吧！我没给你攒下家当，但是养你几年还是养得起的。"

冯豫年想，自己后来变得开朗，可能真的和爸爸有关系。他在她早年生活中缺席，没有负责任，但是这几年在心理上给了她很多支持。

等冯豫年回去办好手续回村子后，新的实习生已经到了。农林研究所今年下乡的公告直接下发到了县里农业局的下属单位了，不再像她几年前是直接来的。

人家是有编制的本地人，一个年轻的男生。

岩召黑着脸，皱眉问："那这儿的事，你就不管了？"

刀杰也说："寨子里就三家种葡萄的，今年秋季的销路都是个问题。"

冯豫年戴着草帽，悠悠地说："我就会种葡萄。要说卖葡萄，我也不擅长，县里扶贫办的人肯定会负责。尤其是来的那个新人，你们多和他沟通，这两年产业扶贫肯定会管你们的销路。这个不用你们发愁。等我回北京也帮你们打听的。"

岩召还是黑着脸，刀杰倒是点头说："本地销路也不少，今年应该好卖。"

冯豫年见岩召不高兴，就开玩笑说："葡萄成熟了，你要是有其他赚钱的买卖，也可以承包出去，不一定非要一直种这个。"

岩召没说话，刀杰倒是眼睛一亮，不停地点头。

冯豫年回来的时候，路过隔壁镇的花田，是真漂亮。

她来这里几年，要说伤心也有，但开心也多。

要说回北京，也有回北京的好处，但是要说这里，也有这里的好处，这里的环境是真的好，什么都好养，人也淳朴，她少了很多焦虑。

以为住了几年，行李很多，结果一收拾也就两个行李箱，花草和一些带不走的东西全都送给阿杏。

阿杏帮她收拾行李时还在感叹："你养花真的养得很好。"

冯豫年细致地给阿杏讲了一遍各种花的喜好。

阿杏说："暂时就放在你这里，反正你这里是阿姆家的旧房子，不会有其他人来住。"

冯豫年笑起来，说："你还是搬回去，花草本来就是用来观赏的，放这里也没人看。都不是什么名贵品种，没那么金贵。"

冯豫年的行李刚收拾好，叶潮给她发消息，问：【有个生意，你做不做？】

冯豫年看得笑起来，真是瞌睡来了递枕头，来得真及时。

叶潮：【有几场活动，我把花艺的活儿给你，你帮我包圆了。】

冯豫年：【我光杆一个，拿什么包？】

叶潮：【这你甭管，人我给你找。】

冯豫年：【你不如直接把钱给我更省事。】

叶潮：【你要是收，直接把钱给你，我确实更省事。】

冯豫年笑起来，给他拨电话过去，问："什么活动？"

叶潮懒洋洋地答道："朋友的几个活动，说是预算超支了，让我找个熟人来做。"

难为他一个自在人还要替她操心。

冯豫年开玩笑说："我又不懂艺术，那又不是婚庆公司那种草台班子。"

叶潮笑了声，不以为意地说："你别说，我没觉得那些个时尚活动就比婚庆公司好看到哪里去。"

冯豫年笑着说："你这个狙击范围太大了。我这两天就回北京，回来细说吧。我看能不能找到人一起做，这活儿你帮我留着。"

叶潮一听这事有戏，马上问："哪天回来？我去接你。"

冯豫年回道："我回来不是大清早就是半夜，你好好睡你的。我要是能赚了这笔钱请你吃大餐。"

等她真的到了回北京的那天，心里其实还是有盼头的。

结果冯豫年下了飞机，在机场遇见了粉丝接机，机场被堵得水泄不通。她从机场出来后上了车，隔着乌泱泱的人群远远看了眼，发现那个女明星好像是李姝逸。

第二天一早，冯豫年给叶潮打电话，结果电话那头的人问："你什么时候回来的？"

是李劭忱拿着叶潮的手机。冯豫年被问得一哽，答道："昨晚。"

李劭忱解释叶潮半夜才睡，喝多了，人还没醒。

冯豫年"哦"了声，说："那，我挂了。"

李劭忱多嘴了一句："你妈好像……有什么事。"

冯豫年这二十几年当惯了乖乖女，挂了电话，果真给冯明蕊打了个电话。

冯明蕊第一句就问："你怎么想起给我电话了？"

冯豫年不想说漏嘴，又找不到理由，干瞪眼了几秒后说："我刚回北京，这几天出差。"

冯明蕊追问："什么时候回家来？晚上你早点回来吃饭，我去准备了。"

冯豫年的工作已经交接完了。除非一直留在那里，要不然就是自动离职。

她选择了离职。

决定留在北京，所以她打听了一中午租房信息，不得不说，她可真是穷得明明白白，心里越发珍惜叶潮给她留的那个活儿。

下午她回了趟家，遇见很多老邻居，大家看见她都笑着说："好久没见年年了……"

她又变成曾经的样子了，笑着和每一个人打招呼。

冯明蕊等了她一天。

陈尧也在，见她回来，惊喜地喊："姐姐！"

冯豫年冲他笑了笑，但是什么也没说。

冯明蕊见她没带行李，问："你晚上住哪儿？"

冯豫年把手里的东西放下，自顾自地说："给陈叔的酒，你的是衣服，尧尧的是球鞋。"

冯明蕊见她还是那副寡言少语的样子，又忍不住开始数落："你买来买去，乱花这个钱做什么？你有没有钱我能不知道？让你考试你不考，让你做什么你也不肯。你看看这个院子里和你一样年纪的，哪个不是工作轻松又赚钱？偏偏灰头土脸去乡下种地，脑子怎么想的？"

冯豫年从小就被冯明蕊数落，简直是精神折磨，大学那几年过得尤为痛苦，离开几年后再听到冯明蕊这么说，心里那根弦就没那么紧绷了。

她好脾气地笑了笑，没说话。

冯明蕊回厨房看阿姨做菜去了。陈尧偷偷问："姐姐，你搬回来了？"

冯豫年却问："你周末不上补习班？"

陈尧一秒钟变沮丧，耷拉着脑袋，说晚饭后有两个小时英语课。

冯豫年看着读六年级的弟弟，笑着说："好好学习。"

陈尧睨她一眼："没劲。你有男朋友了吗？妈妈让爸爸又给你介绍了一个。"

冯豫年看了眼从厨房出来的冯明蕊。

冯明蕊赶紧说："晚上就咱们三个，你陈叔不回来，加了个你爱吃的菜。"

饭桌上，冯明蕊又开始嫌弃冯豫年的工作，但是因为她们当初闹得太僵，冯明蕊抱怨了几句，也不好说得太深。

饭后，冯豫年把手机借给陈尧玩了会儿游戏，这才准备回酒店。

冯明蕊舍不得她回家一趟都不住家里，但是前几年自从她搬出去后，房间被陈辉同改成了书房。事实上，现在冯豫年在家里没房间了。

冯明蕊知道冯豫年不爱住这个家里，知道她在陈璨手里吃过很多苦头，可自己又说不出什么理直气壮的话来，只好说："晚上就住这里，家里谁也没有。"

这话，乍一听好像心安理得。

可是仔细一想，却不是滋味。

冯豫年心里一酸，想着如果她能有本事站住脚，妈妈也不必要这样。

妈妈的理直气壮在面对她的时候，始终都带着偷偷摸摸的味道，想直起腰杆，又直不起来。

她安慰冯明蕊："我真有事，明天一早有工作。妈妈再见。"

从院子里出来，她站在胡同大道又仰头看了眼夜幕下郁郁葱葱的树叶。

李劭忧就在不远处的车里等着她，见她就那么仰着头一动不动地站了十几分钟，最后才低头一个人往外走。路灯把她的影子拉得细长，重重叠叠的灯，却照不亮她回家的路。

她真的无家可回。

他从来没细想过，或者说，她掩饰得太好，他从不知道她和陈家早就格格不入了。

是了，陈璨那个大小姐脾气，只有冯豫年吃亏的份，冯豫年本就不擅长吵架，她忍让惯了，所以才变得温和谦让。

李劭忧第一次见冯豫年的时候，张弛偷了老张的车出来带他兜风，两个人从外面偷偷摸摸回来，在外面马路上遇上了文峥。文峥比他们大了好几岁，见两个小子坐在车上就知道没干好事。

文峥生得高瘦，眉目特别标致，用长辈们的话说，是院里男孩子中数一数二的样貌，但骨子里都是野性。

文峥在外头敲车窗，问："怎么，你们俩自己开进去？"

两个毛头小子，怎么敢？

张弛嘿嘿笑着跳下来，文峥上了驾驶位，李劭忱坐在副驾驶。

文峥刚进胡同，就见冯豫年站在路上仰头看着天。离得老远，文峥就问："又晒太阳呢？"

两人像是很熟悉了。

冯豫年看了一眼他们，笑吟吟地回答："是嘞，这会儿太阳可真好。"

两人隔着李劭忱就这么开着玩笑。

冯豫年的笑，就那一眼，李劭忱看进了心里。

她扎着清清爽爽的马尾，笑起来眼睛都弯了。

李劭忱第二次见冯豫年是因为张弛新买了变速赛车，暑假约他们去参加山地赛车比赛。

一帮人天天出去练习。

正巧温女士休假回来探亲，不准他出门，张弛又等不了他，和叶潮几个人就先走了。

他一早上为了躲避温女士的各项精细检查，一直窝在房间里刷题。等午饭后，温女士终于去午睡了，他才得以溜出门。

大中午从院子里出来，胡同的梧桐道上，他就见文峥开着车，载着一个女孩，笑嘻嘻地和冯豫年在说话。

冯豫年一直站在那里，和文峥说笑了几句，然后目送文峥和女朋友走远。

李劭忱看她一个人站在那里仰头看着郁郁葱葱的枝叶，然后捂住眼睛，很久都没有动，看起来孤零零的。

他从没见过哪个女孩子像她一样。他姐姐李姝逸，不管是开心还是难过，都恨不得宣扬得满世界都知道，和他吵架的时候更是会理直气壮地说："你学习好有什么可骄傲的？怎么就这么讨厌，年年学习也好，她就不骄傲，给我讲数学题可有耐心了……"

冯豫年从此频繁地出现在他和李姝逸的吵架中。

他那时候始终没有意识到，冯豫年一直都是孤零零的。

第二章

/

年少荒唐

　　冯豫年一个人站了很久才往外走，李劭忧就那么不远不近一直跟着。起初冯豫年没察觉，等出大门的时候，她回头看了眼，才发现后面那车一直跟着，始终不超她。

　　她这才反应过来，没来由地来气，朝车里的人招招手。车听话地上前，停在她跟前。她低头看着打开的车窗，问：“你是太闲了吗？”

　　李劭忧俯身给她开了车门，她犹豫了两秒上车，又问：“你现在这么闲吗？”

　　李劭忧失笑，答道：“可不是闲的。”

　　她手机响了，看了眼，是叶潮的电话，她接了电话。

　　叶潮人大概在外面，听着热热闹闹的，他喊她：“我正和几个朋友吃饭，你来不来？今晚把人介绍给你认识。”

　　他的朋友们都是吃喝玩乐的高手。

　　冯豫年看了眼时间，心里叹气，太晚了，要是再早几个小时，她应该会去请客。

　　“我还有事，今晚来不及了。你先吃吧，等下次有时间我单独请你们。”

　　李劭忧扭头看她一眼，她毫无知觉。

　　等她挂了电话，李劭忧问：“怎么和叶潮又混到一起了？”

　　冯豫年不喜欢这个“混”字，刺刺地说：“叶潮怎么了？热情、嘴甜又爽快，不挺好的？”

　　李劭忧脸上一派平静，嘴上却说：“是吗？我以为你只喜欢我这样的。”

　　冯豫年被他呛了一句，觉得他不只是幼稚，就不和他斗嘴了。

　　路上他问：“你住哪儿？”

　　冯豫年指了酒店地址后，他皱眉问：“你一直住酒店吗？回来该升职了吧？”

　　冯豫年漫不经心地说：“那你可高估我了，没有职位可以给我升的。我说不准会回吴城，你们北京可太讨厌了。"

李劭忱听得心里一突，问："怎么会想起回吴城？冯阿姨会让你回去？"

"你什么时候和你冯阿姨关系这么近了？你怎么知道她不让我回去？"

她说这话的时候，神色里带着淡淡的倔强和讽刺。

李劭忱将车停了，说："上去取行李吧。"

他现在可真像个滑不溜秋的老男人，刺他毫无反应，说话也堵不住他。

她也没心情和他翻旧账了，她的麻烦还有一大堆，于是拒绝道："不了，我明早有事，要早点休息了。谢谢了。"

李劭忱也不和她兜圈子，直接说："清华园那边的房子你也熟悉，你去那边住吧，要是实在不想住，以后有合适的房子了，再搬出去也行。"

冯豫年撒谎："我房子租好了，这两天就搬出去。"

李劭忱盯了她半晌才笑起来，问："真不回院里住？"

冯豫年像个应付女朋友的渣男似的，说："我工作忙，早出晚归的，打扰他们休息。"

这话一听就让人觉得假，但是又让人反驳不了。

李劭忱也不执着，笑了笑，由着她下车了。等人一走，他就给叶潮打电话。

叶潮人还在酒局上，悠闲地问："你今儿怎么有空？"

李劭忱开门见山地问："你清华园那房子空着吗？冯豫年这两天正找房子，我那房子没空着。"

知道他说话半真半假，叶潮也没多想，豪气地说："就这事？我那房子就没住过人。我明天正好有事和她说，到时候直接把钥匙给她。"

李劭忱也不多问。

叶潮这人就是这样，人要是上赶着问他，他不见得愿意说，但李劭忱要是不问，他偏偏自己忍不住，把给冯豫年介绍的生意详详细细说得很清楚。

最后李劭忱听得笑起来，只矜持地说："行了，我知道了。"

第二天一早，冯豫年和叶潮一碰头，叶潮就问："你住哪儿？我知道你不住胡同。这活儿要是能干成，这一年你会够忙的。我清华园那边有个小两居室，一直没住过人，你要不先住那边去？"

冯豫年看了眼他带来的策划书，犹豫了几秒，说："那行吧，等过年的时候给你发个红包吧。"

谈房租，他又不乐意听。

叶潮笑着说："这才像咱们地地道道的北京姑娘，爽气。"

冯豫年听得失笑："我算哪门子北京姑娘？"

一早上，两人按照之前的计划将花艺的项目谈妥，冯豫年负责整体策划和整个舞台设置，到时候和叶潮三七分成。

这下草台班子算是暂时搭起来了。

中午她在朋友圈看了一圈，给大学的舍友文晴发消息问：【你最近忙什么呢？我有个活儿，你干不干？兼职也可以。】

过了两天，叶潮难得工作了一早上，晚上在饭局上又恰好遇见了李劭忱。李劭忱像是和生意上的人在吃饭，饭后站在门口，脸上带着肉眼可见的疲倦。他看见叶潮后，将手里的钥匙扔过去，不动声色地说："那辆布加迪我一年也不碰，你拿去开吧。"

几百万的车，从他嘴里说出来，仿佛就像给人递了瓶酒一样稀疏平常。

叶潮听得喜滋滋的，问："哟，兄弟这么客气呢？"

李劭忱也不解释，笑了笑，说："我今天开出来了，你送完我，就开回去吧。"

叶潮不知道这位爷今天怎么这么阔气地撒钱，乐呵呵地收了车钥匙，说："那走吧，我送你一程。"

李劭忱一整天都在开会，连晚饭都是陪人一起吃的，上车后就仰头闭着眼休憩。

叶潮试了试手感，兀自说："车就这么几辆，我下手太晚了，现在有钱都买不到喽。"

李劭忱问："你那花艺项目赚钱吗？"

叶潮笑了声，说："看你说的，哪能和你一样动不动项目上亿。就赚个快钱，我和冯豫年都不是专业干这个的。"

李劭忱没接话。

第二天，冯豫年将两个行李箱搬进叶潮的房子里，小两居，看起来确实没有住过人，还是简装的模样。格局非常好，连主卧也有一整面的落地玻璃，阳光照进来，整个房间都暖洋洋的。

等全部安顿好，晚上她发了条朋友圈：【安顿好，准备工作。】

叶潮在朋友圈评论：【乔迁怎么能不庆祝一番？】

隔天一早起来，冯豫年才看到评论区都炸锅了，几年都没有联系的继妹陈璨也留了言：【年年姐什么时候回来的？】

评论里叶潮和几个院里的伙伴聊得挺高兴。

连张弛都给她发消息：【过两天一起吃饭。】

让她有种错觉，仿佛她真的没离开过。

文晴做事雷厉风行，一听是赚钱的活儿，连夜就给冯豫年搞了个很正式的策划书，带着东西就来了她住的地方。

文晴站在窗前看着远处的学校，感叹道："你这房子房租多少？你不过日子了吗？这个地段的房子都敢租？"

冯豫年第一次在家里开火，煮了两袋速冻饺子凑合，逗她："要不要和我一起住？这房子是我一个朋友给我借住的。他应该是不差钱，到时候我给他发个大红包。"

文晴盯着冯豫年，笑着说："不不不，我可不能和你住一起，我怕我忍不住，会对你们院里的那些个男孩子下手。"

冯豫年听得笑起来，又不置可否地说："那你把他们想得单纯了，如今已经没有单纯的男孩子了，都是些人精。"

第二天是周末，冯豫年、文晴和叶潮一起讨论项目。叶潮这人玩归玩，赚钱的事还挺上心的。

整个时装展持续一周。时装周的中国区负责人林女士，据说和叶潮家里关系匪浅，他能拿到这个项目，总体来说并不困难。

文晴听得咋舌，心里暗想，真是背靠大树好乘凉，说的就是此刻的她。

冯豫年没干过这种挑大梁的活儿，可以说是毫无头绪，看着策划书问叶潮："我们两个可都不是科班出身，尤其是我，一窍不通。"

叶潮笑了声，说："看你说的，咱们不会，有人会啊。如果确实不行，那就外包给广告公司。"

冯豫年听得哭笑不得，敢情这位财神爷是铁了心让她坐这趟顺风车。

但她还是很想做这个项目，毕竟她离开快节奏的生活已经几年了，需要快节奏有冲击力的工作，让她快速成长起来，这样才能让她自力更生，能多赚钱自然是最好的事。

冯豫年看完策划书，尽管里面有很多不懂的东西，但还是和叶潮说："我要回去研究一下，请教一下别人。我还是想试试自己做。"

叶潮见她状态不好，就问："住得不习惯吗？我看你没精打采的。"

一边的文晴装模作样地看着冯豫年眨眼睛。

冯豫年装作没看见，只说："看我这个干大事的架势，根本不用在意这些小事。"

叶潮听得直乐，和文晴说："不行，你回来就说聚一聚，再加上认识这位美女，更应该聚一聚了。我做东，大家一起吃个饭热闹热闹。"

冯豫年想，既然一起做生意，就不能像从前一样和他们做陌路人，于是随口答应说："行吧，那就等大家时间差不多了，一起吃个饭。"

叶潮这才笑道："这就对了嘛。我都有段时间没和张弛喝酒了。"

冯豫年认真地和他保证："叶潮，我一定会让你赚钱的。"

叶潮听得大笑。他家里全是生意人。从小到大，要说他不如谁，他认，身边的李劭忱确实是天花板，他自叹不如。但是在交朋友方面，他自认也是风流倜傥的人物。

两人有一搭没一搭地聊天，叶潮突然说："这项目应该能碰上陈璨，你们还行吧？"

冯豫年笑得眼睛弯了起来，问："有什么不行的？"

叶潮嗤笑，知道她不说实话也正常，就自顾自地说："她妈妈就参加了这季时装周的活动，到时候肯定会遇上。"

冯豫年起身说："行吧，不和你说了，我和文晴一会儿要去逛街。"

从大楼里出来后，文晴就开始说："哟，看不出来，你们院里的富二代都是这种的？那我后悔了，我要和你住，也要猎一个给我送钱的富二代男朋友。"

冯豫年推了她一把她才收敛，但是依旧嬉皮笑脸的。

两个人在商场买了一堆家居用品，文晴不死心地问："真不是追你的？"

冯豫年故作生气地说："真不是，我认识他十几年了，他就是那么个人。"

"那真可惜了。"文晴笑得怪里怪气的。

冯豫年气得又推了她一下。

文晴抱怨道："我们公司那些男的，那可真是，为了单子，恨不得和女同事干一架，我可是很久没见这种拿着钱捧到女孩子面前的言情感觉了。我二十几年真是白活了。"

冯豫年失笑，说："就问你赚不赚钱了？"

"赚！"

文晴又被电话叫回去加班，两个人连午饭都没来得及吃。

和文晴分开后，冯豫年站在马路上看了眼导航，结果巧的是，李劭忱的车开过来就停在她面前。她甚至怀疑他是跟着定位追来的。

李劭忱是真的路过，而且他确实要回公司，下午就要去出差。

他这个李少董，接的是他姑姑的班，做事不讲名声，只求效率和结果，平时非常低调。

冯豫年也有事，上车后就低头在各大社交网站查询从前的展季的照片。

李劭忱也不说话，半个小时过去了，她才惊觉李劭忱不是送她回家。

等到了路口，他才说："一起吃午饭吧，我下午要出去一趟，过几天才回来。你和叶潮那项目怎么样了？"

"还在准备阶段，我不太懂这个工作。"冯豫年是个很务实的人，聊工作的时候很认真。

李劭忱顿了顿，说："我给你介绍一个师傅，你去找她帮忙，或者让她做你的策划人。你们先需要成立一个机构。"

冯豫年狐疑地问："什么人？"

车已经进了地下停车场，等两个人进了餐厅，李劭忧都没说是谁。

等到了饭桌上，李劭忧才说："我一个学姐，婚后全职在家。你也认识。"

冯豫年回忆了几秒，试探地问："林越文？"

李劭忧"嗯"了声。

冯豫年想起很多从前的事，多嘴问了声："她和那个师兄，结婚了？"

李劭忧抬眼看向她的一刹那，目光里都是温柔，点点头没答话。

菜上齐后，他手机突然响起，他看都没看，接了电话就说："你好。"

对方是位女士，冯豫年清晰地听到对方叫他："劭忧，我在……"

李劭忧起身站在入口处的窗前，问："什么时候回来的？"

"我回来几天了。你姑姑说你后来回西四院住了？你……"温玉的声音，带着独有的腔调。

李劭忧面上无喜怒，淡淡地打断她的话，说："我今天在出差，过两天回来。回来再说吧。"

温玉仿佛有点遗憾，但也只是说："等你回来，我们一起吃个饭吧。"

李劭忧"嗯"了声，电话挂得毫不犹豫。

母子之间是真的很生疏。

等李劭忧回来，冯豫年已经吃得半饱了，对他的事毫无好奇心，只问道："你有林越文的联系方式吗？我去联系她吧。"

李劭忧微微笑了下，说："你得先通过我的好友申请，我才能推送给你。"

冯豫年听得一窒，继而白了他一眼，但是没说话，然后在列表里找到他，通过了他的微信申请。

他的微信头像是她在寨子里种的那棵鹿角蕨，微信名字还是叫"薛定谔的猫"。

朋友圈空空如也。

通过后几秒，冯豫年收到他发的林越文的名片。

李劭忧几乎没有吃，只是坐在那里，陪着她，看着她吃饭。

冯豫年不问也不打听，他爱说就说，不想说更好。她一门心思忙着赚钱，也没时间和他交心。

见她吃好了，李劭忧才说："走吧，送你回去。"

见车拐进路口，冯豫年皱眉问："你怎么知道我住这边？"

"叶潮说的。"

冯豫年有点不信他的鬼话，但是也没反驳。

等她下了车，他跟着下车，站在车门边，仰头看了眼小区，又看着她说："我今天下午要去出差，等回来后帮你约师姐出来，你们慢慢谈。"

冯豫年拒绝道："那倒是不用，我自己聊吧，你忙你的。"

李劭忱也不在意她的话，只说："你约不到她。你先介绍你的项目，等我回来再说吧。"

冯豫年听得气闷，知道他是好意，但是心里憋闷，好像从来都不知道怎么拒绝他，而且不管怎么拒绝都拒绝不了。

但很快她就释然，她长这么大，认真来说，只和李劭忱有过感情纠葛。在和男人打交道方面，她确实没什么经验，这么一想，也是可以理解的。

冯豫年在高中几年和李劭忱说过的话都很少。

那时候她对李劭忱的所有了解都来自李姝逸，李姝逸说得最多的就是"我弟就是个坏胚子，他自己考满分，害我挨我妈批。我不想要这个弟弟，送给你吧"。

冯豫年彼时也被月考折磨得心力交瘁，心里也忌恨那种不用很用功就能考满分的人，所以对李劭忱全无好感。

高三开学，李姝逸被家里安排出国，不用参加国内的高考。

她从此以后上课就不用那么拼命了，但是坏处也有，周末要补课准备雅思考试，所以还是和冯豫年混在一起。

某个周末，因为模拟考她考得太差，被批得太狠了，就逃课和冯豫年在外面逛了一天。冯豫年向来不打听她的事，她自己忍不住吐苦水："我英语差得要死，这次模拟考我考了 44 分。我弟没补课，拿着我的试卷都考了将近满分。我妈把我骂到恨不得把我塞回肚子里。我弟那是随我舅舅舅妈，我舅妈就是高考状元，然后在外企工作，英语当然好了，我舅舅虽然说以前是当兵的，但是后来也读到博士了。我偏偏没有学习天赋，怎么能怪我呢？我弟害惨我了。"

冯豫年听着她的抱怨，也不开口劝她，等她抱怨完了才请她吃炸鸡。

吃完饭，在书店里，李姝逸低声问："你说我给我弟备注个什么名字，才能让我解解恨？"

冯豫年看了眼书架上的绘本，随口说："那就叫'犬次郎'吧。"

李姝逸听得眼睛一亮，问："何解？"

冯豫年翻开画册，首页是一张长焦镜头拍的景色照片，非常漂亮，她边看边说："就是二狗子的雅称。"

李姝逸听得大声笑起来，又想起这里是书店，赶紧捂住嘴，眼睛里都是笑意。

第二天上课的时候，李姝逸眉飞色舞地和冯豫年说："我弟一看我给他的备注，那个表情太精彩了。"

冯豫年问："这么乐吗？"

李姝逸又抱怨道："但是他太精明了，一猜就不是我取的名字，看见了就问谁的主意。"

冯豫年听得挑眉，问："你没把我供出来吧？"

李姝逸心虚地眨眼，忸怩地说："他一猜就问是不是你的主意。"

之后李姝逸的心思从和弟弟的斗智斗勇转到其他地方了，因为她在雅思班认识了新的好朋友。每天课间十分钟，她都要见缝插针给冯豫年讲雅思班里的趣事。

这让冯豫年繁忙的高三生活也变得鲜活起来。

高考前两个月，李姝逸要提前过去熟悉环境，周末的时候，胡同里的这帮小孩组了饭局，为她饯行。

冯豫年刚放学，还穿着校服背着书包，就被她拉着来了。

显然这帮人成熟多了，她明明比他们还大，可是此刻坐在他们中间，感觉比他们要稚嫩很多，他们早已经对交朋友游刃有余。

饭局上，冯威那几个人笑着说："姝逸仗义，没少帮我打掩护，等明年暑假我去找你玩，你可要好好招待我。"

李姝逸带来一个雅思班的男同学，不像平时那么豪爽，眼睛亮亮的，温柔地说："没问题呀。"

冯豫年一手撑着下巴，静静听着他们计划去世界各地，扭头就见李劭忧低头看手机，一直都不抬头。

忽然，他抬头，就那么目不转睛地看着她。四目相对，两人都有些愣神。

她这才转开视线。

晚上回去的时候，大家都坐地铁，李劭忧就坐在冯豫年的旁边。她扭头看了眼，他低着头看手机，全英文的界面，好像在做阅读理解。

她看得哑然，原来考满分的人也在争分夺秒地学习啊。

自那以后，她对他的印象好了很多。

李姝逸的天才弟弟是一个家教挺好的男生，上车下车都跟在她身后，周到又不失礼貌。

李姝逸出国后，冯豫年彻底变成独来独往了。

备考的最后那个月，冯明蕊几乎和院子里有过高考生的家长打听了个遍，全是关于冯豫年报选专业的问题。大家一致建议让她学金融或者传媒，都夸她的形象好，脸圆，看着喜庆。

那两个月，陈璨一直住在外面，和同学住在一起。她是艺术生，经常缺席文化课。她比冯豫年小半岁，比冯豫年低一届。

冯明蕊一边要照看陈尧，一边为冯豫年参加高考焦虑，结果到了考前半个月，陈璨突然生病了，而且病得很严重。

等到高考前一周，陈璨被确诊需要做手术。

陈璨的生母林茹是个很难说话的人，甚至追到家里来闹了一场，指责这个家里的人没照顾好她女儿。冯豫年放学正撞上她，她见冯豫年和陈璨年纪一样，又见冯豫年好好的，便和陈辉同说："我说我女儿病了这么久，也不见你上心，合着你有了新女儿，就不稀罕旧的了？你要是早说，我早把我女儿领走，不碍着你的眼了。"

冯明蕊觉得委屈，不满她的态度，和林茹大吵起来，当时闹到整个小区院里的邻居都出来看热闹。

总归陈辉同丢了面子，没人能落了好。

陈璨是因为那段时间不住在家里，也不爱惜身体，导致慢性阑尾炎和细菌感染，危险的时候，一度进了ICU。

因为林茹闹了一场，导致冯豫年高考那个星期，冯明蕊都一直在医院里。

冯明蕊没办法周旋，和冯豫年说："你陈叔工作特殊，人在部队里也回不来，他把陈璨托付给我，我不好不管。妈妈知道你受委屈了。但是年年，你陈叔对你一直不错，你不要怪你陈叔，你能理解妈妈吗？"

冯豫年对妈妈的为难和委屈无能为力，只觉得自己拖累了她。

知道家里的阿姨会照看陈尧，冯豫年痛快地说："妈妈，我没事，也不用你们操心，考试的时候我一个人去，还能清静点。"

可惜的是，高考那两天，正逢冯豫年生理期，疼到半死不活。

原本想冲刺一下更好的成绩，结果连平时的成绩都不如。

高考结束那天，陈辉同终于休假，他们都去医院了。而她也知道，她肯定是去不成燕园了。

下午考试结束，所有人都在欢呼，像解放了一样。

她一个人在街上游荡，心里都是失落。她从小的习惯，不开心的时候，就一个人在街上走，不停地走。

沮丧可想而知。

她没想到会在街上遇到文峥，自从他上军校后，她极少遇见他。

文峥停下车，打量她脸上还有哭过的痕迹，说道："今晚月亮不行，走，带你去兜风。"

冯豫年想都没想就上了车。

文峥也不问，只说："有段时间没见你了。小孩子大晚上不回家，在外面晃荡什么呢？"

她擦了眼泪，顺嘴说："等月亮啊。"

文峥问："这次没考好？"

她沮丧地说："去不成想去的学校了。"

文峥刚工作不久，但是也比她有经验多了，老气横秋地说："也没什么。月亮今晚是来不了了。先带你吃点东西，然后咱们去等日出吧，行不行？"

冯豫年不假思索地回答："行啊。"

她当时看着文峥的侧脸，那一刻，只觉得那是世界上最好看的侧脸。

文峥请她吃了烧烤，还让她喝了一点点酒，她心里的郁气散了很多。

最后，他开着车出了市区，一直到山顶时，已经凌晨了。车里放着音乐，她昏昏欲睡。

凌晨四点钟，她被文峥叫醒。

她推开车门，看着远处天光乍亮，混沌中，天际隐隐有一线亮光。

那一刻的静谧，无法用语言来形容。

文峥看起来精神抖擞，指着那处隐隐的光线，和她说："请你看一场日出。今儿这个坎儿，就算迈过去了，往后就是从头开始。人生嘛，形形色色不同的路，都要走一走，要去会一会不同的人，只要目的地不变，那样的人生，才会精彩。"

冯豫年也看出来了，他并不开怀。

失意的两个人，在那个清晨静悄悄地并肩坐在一起，看了一场静谧又绚烂的日出。

看完日出后，文峥显得意气风发，好像前一晚的浪荡不羁不存在似的。他们各自都有不开心，但还是要一起回西四院。

在院子里下车的时候，冯豫年身上穿的还是文峥的迷彩外套，下车后才脱给他。

车一走，她回头就见李劭忱和张弛正从外面回来。她心情正沮丧，也不想和任何人说话，便装作没看到，扭头进了小区大门。

她的少女时代，得到的最好的礼物，都是来自文峥。

虽然都是他的无意之举，但也弥足珍贵。朦胧似雾的感情，甚至都称不上是早恋，因为她一年也就见他一两次。

她自己清清楚楚。

但她没想到的是，文峥会出事。

他年仅二十六岁，去得无声无息，连人葬在哪里都不知道。关于他最后的消息，只在新闻里提了一句。而后文叔叔一家很快就从院里搬出去了。

从此她再也没了关于文铮的消息。

文铮去世那年，正逢冯豫年大学毕业，那半年她过得非常痛苦，在择业和私人的情感中煎熬，没有合适的工作，她已经在准备考研了。

但是她心里凄惶——那么优秀的一个人，家里独子，从小学习优异，个人能力出众。任何女孩子对他了解后，都会对他心生好感的。

那半年冯豫年经常喝酒，前半夜复习，后半夜喝酒，天蒙蒙亮的时候才睡，中午起来，过得非常颓废。

一次她偶然路过燕园的时候，看到燕园里有她很喜欢的一位老师的阅读讲座。

她混进去听了半场，讲座的中场，PPT 上展示的是从一位作者自传里摘录的一句话："人与人的命运交织，感受生活的馈赠，高山流水，与尔同行……"

她怔怔地看了片刻，顿觉热泪盈眶。

后半场她退出来，一个人打车去了趟潭柘寺。

寺里下午已经没什么人了，有位师父见她怔怔地站在殿门外很久了，轻声问："有什么可以帮你的吗？"

她轻声说："我有个挚友去世了，我来给他上炷香。"

自那儿回来后，她继续复习，没听冯明蕊的话考编，考研就保在了本校……

以至于后来，她是真的没想到会和李劭忱稀里糊涂地谈恋爱。

考研后，冯豫年被冯明蕊抱怨了整整半年，嫌她自作主张去学花卉，学那种根本找不到踏实工作的专业，嫌她没有参加国考和省考……

冯女士抱怨得太多了，以至于她实在没办法，就想了个昏招，试图用谈恋爱转移冯女士的注意力。

结果遇上"海王"，她还没上钩，"海王"就嫌弃她答应得不够爽快，竟然和别人"喜结连理"了。

而李劭忱也没想到会撞见冯豫年男朋友的出轨现场，他本就是被李姝逸拉出来陪她挑礼物的。

商场里人不多，当时冯豫年站在栏杆前，他刚进商场就看到了。

她看着毫无怒色，只是细细端详着对面。

李姝逸不愧是恋爱能手，不过片刻，就猜到剧情了，和李劭忱说："年年肯定在看对面的那对狗男女。"

李劭忱顺着李姝逸的介绍看过去，化妆品店里有对亲昵的男女。

李姝逸还在说："那男的，我怎么有点眼熟，好像是我们高中一个年级的，看这架势……"

李劭忱则转头看着冯豫年，她穿了细条纹衬衫和牛仔裤，非常寻常的打扮，但就是有一种说不上来的好看。

她和寻常女孩子不太一样，人前一脸礼貌，一张笑脸，但是在人后对谁都不热络，也不喜庆，仿佛看谁都一样，连眼神都不变。

李姝逸也不敢上前。

李劭忱问："你确定爷爷生日送他手表？"

李姝逸的注意力完全没有被他拉回来，眼神还是紧跟着对面的男女移动。

冯豫年拨了电话，李劭忱看到对面那个男人接电话了。

冯豫年只是简单地说了几句，就见那边的男人看了过来。

这样的场面总是叫人难堪又愤怒。

李姝逸的乌鸦嘴，还挺准的。

直到那个男人追过来，冯豫年还一直站在那里。

李劭忱拉着李姝逸进店去取东西。

李姝逸嘟囔："我就是看看，我是怕年年吃亏。"

他失笑，心想，冯豫年宁愿吃亏，也不想让你看见。

冯豫年完全像处理公事一样，竟然和和气气的，没有咄咄逼人，没有愤怒，让男人一腔表忠心的言论无处发挥。

两个人僵持地站在那里，并没说多久。那个男人离开后，冯豫年还是站在那里，良久，她也只是伸手挡住眼睛。

她站在那里，好像满身疲惫。

直到冯豫年扭头离开，李劭忱都没有出现。

他对那个男人生出一种厌恶，但又有点庆幸。

一些滋生的感情，都在乌云背后。

他好心地想，起码没让冯豫年在应付私人感情时，还要应付熟人，顾及自尊心。

过了两天，李劭忱回家一趟，在门口遇见冯豫年。

她和冯阿姨两个人出来的，倒是看不出什么伤心，可见也没有多喜欢那个男人。

他高兴得有点莫名其妙。

冯明蕊正和冯豫年说："过两天，胡同最后面的李家的老太爷过生日，人家家里摆宴，外面也有宴，到时候附近熟悉的人都会去贺寿，你别又推托没时间，好像就你忙一样。你都多大了？现在的研究生说得好听是读书人，你别把自己的姿态放得太高，李老爷子一家都是高知，不知比你高多少，你一个小研究生这样会让人笑话的。"

冯豫年抬头就看见了李劭忱，她猜李劭忱肯定听见妈妈说的话了。

他手里提着电脑，一身休闲服，那双眼睛极漂亮，在人群里总会让人第一眼就注意到他。

他在这个院子里很有名，院里的邻居们说起他，连说辞都一样——后面李家有个儿子学习非常好，他妈妈早年就在国外工作，他爸爸在银行任高管，他们一家人在西四胡同里算是最高知的家庭……

李劭忱虽比冯豫年小两岁，但是这两年他成熟了很多，看起来已经和她像同龄人了。

据李姝逸说，他当时已经收到麻省理工的 offer（录取通知）了，但那个夏天出了车祸，他爷爷也生病了，加上他姑姑的建议，家里最后让他在本地读了大学。

现在冯豫年读研一，李劭忱读大三，两人依旧不怎么熟悉。

她其实见他的时候不多。以前还总能听到关于他的事，自从李姝逸出国后，她就极少听到关于他的事了。虽说她从小学习也一直很好，但是院里最不缺的就是会读书的小孩。

她和他的境遇天差地别。她是被调剂到农学专业，本科毕业没找到好工作，就一鼓作气考了硕士研究生。

他则不同，家里的每一个人都是各个行业的精英，每一个人都非常优秀。他虽说还在读大三，但听说一直在单位里实习，以后肯定是要继续深造的，反正和她不是一个世界的人。

不止家世好、能力强，他那张脸也叫人忌妒。

看，老天爷就是这么不公平。

而她，就连试图谈个恋爱，还没开始，就被踢出了行列。

李劭忱礼貌地打招呼："冯姨。"

冯明蕊收起说教的架势，立刻笑着说："劭忱回来了？有段时间没见你了。"

李劭忱礼貌地说："我住在学校。"

其实不是，他在学校附近有自己的房子，平时都住在那边。

冯豫年只是冲他笑了笑，并没说话。

李劭忱很多次遇见她，她都是笑笑，极少和他说话。或者说，她极少和这个院子里的人说话，见了谁都只是笑笑。

很多时候她就像个背景，站在人群里看着别人说话，很少参与。

他想起前两天，商场里她满身疲倦的背影。

一个真假难辨的女人。

等李劭忱进去后，冯明蕊又接着教训冯豫年："年轻人遇见，该说说笑笑。你看看人家劭忱，和你也差不了几岁，将来肯定是……"

冯豫年看了眼手表，说："妈妈，我要来不及了，晚上有课，我先走了。"

冯明蕊有些泄气地说："过两天你陈叔叔回来了，记得回来吃饭。"说着，把手里给她准备的行李都递给她。

冯豫年只当自己的耳朵是个摆设，很少反驳冯明蕊，大多时候都默不作声，由着她抱怨。

再婚的女人带着一个拖油瓶，冯豫年太清楚冯明蕊的心酸和委屈了。

她无能为力，心生愧疚，所以只能接受。不管冯明蕊提什么要求，她都不反驳，尤其是关于她和陈璨的矛盾，她从不反驳。

妈妈是个平凡的女人，是一个经历了离异后再婚的女人，一个家庭妇女，自身缺乏安全感，对她恨不得精神控制，这么多年，简直让她喘不过气来。

自她成年后，她慢慢学会了和自己和解，也学会和妈妈和解。

这么多年过去了，即便她现在已经能自力更生，不需要向妈妈讨生活费了，可妈妈的性格已经没办法改变了，还是会习惯性地对她抱怨和控制。

等坐上车，她又想起李劭忱，她那天其实看见他们姐弟了，只是当时太丢人了，就装作没看到。

研一已经接近期末，考试季一过，就开始放暑假，实验室有花草要照看，师兄要去南方植物园实习，两个师姐都是南方人，只有她在本市。

所以就她一个人没有暑假，假期要回校继续照看花草。

李劭忱的姑姑是院里有名的铁娘子，继承了父亲的事业，是一家制造企业的董事长，关于她的传说很多，但都纷杂没有根据。冯豫年进入社会后才懂，当传统制造业的掌舵人有多难。

李劭忱的爸爸是银行高管，妈妈在外企银行欧洲本部工作，常年离家，非常辛苦。

李家的寿宴非常热闹，光迎客的人就有十几个。

来的都是老爷子的老部下、董事长的朋友、银行高管的朋友等。

宴会规格，不是一般的高。

这里不是孩子们的舞台，他们这些半大孩子就是图热闹，才不管大人们的事，大人也不需要他们。

小孩子们有吃、有喝、有玩的，就开心了。

冯豫年进去就见李姝逸在门廊等着她，见她来了，拉着她就往后院走。

后院里的槐树下有一架幕布，李姝逸说："我弟有钱，不知道哪里买来的。今天晚上咱们就有露天电影看了。我要看《罗马假日》，我要看奥黛丽·赫本！"

等冯豫年和李姝逸进去翻了一堆吃的再出来，就见李劭忱蹲在槐树下鼓捣他的机器。张弛抱着一箱酒招呼说："来，咱们今天喝一点。我好不容易休假能回来一趟。"

叶潮几个人是人来疯，陈璨的一身小礼服没有用武之地，就回去换了件白裙子，此时正和几个小姑娘围在李劭忱身边，看他摆弄机器。

李姝逸不知从哪里找来两瓶果酒，和冯豫年坐在后面厢房廊檐下的椅子上，问："你怎么研究生又继续读农业了，你不是说要去燕园吗？"

冯豫年听得失笑："燕园，是我想去就能去的地方吗？"

李姝逸也不执着，她本科毕业就回来了，在一家艺术馆做助理，学艺术的女孩子本身就更注重精神世界。她的感情一直都这么饱满，对生活充满了热爱。

两个人有一搭没一搭地聊天。太阳压着地平线，暮色来临的时刻，电影终于开始了。

出乎意料，播的是《蒂凡尼的早餐》，不是很浪漫的爱情电影，但是很对冯豫年的胃口。

男生们并不在意播什么，坐在旁边开了酒，一边喝一边闲聊。

冯豫年的小专栏最近正写到这部电影，为了赚钱。她琢磨过很多赚钱的方法，万幸写的东西多，到处投稿，最后给一家小杂志做专栏作者。

她歪着头看了几分钟，抬头就见李劭忱手里拿着酒瓶，看着她，她也大大方方地笑笑。他举着酒瓶遥遥和她一举，二十来岁的年纪，满脸桀骜，朝气蓬勃。

她没当回事，只当他是和李姝逸打招呼。

前院的大人们移步去了外面的酒店，那边还有宴会。夜色正浓，留一帮孩子在后院里热闹。

叶潮嫌没滋味，出去了一趟，带回烧烤炉开始烧烤。

电影播完，换成了一个摇滚歌手的演唱会，气氛热闹得一塌糊涂，他们的兴致才起来。

李姝逸开始人来疯，和叶潮他们学习划拳，屡败屡战，兴致不减。

最后因为玩的项目不多，大家提议去外面唱歌，继续来一场。

冯豫年喝了很多酒，以至于整个人都有些恍惚，包括李劭忱来扶她。在湿热的空气中，他的手扶在她的腰上，柔软的唇触碰在一起，她的皮肤触到他的皮肤，她的脸靠在他的脸上……

短暂的清凉，心跳加倍，感觉被放大了数倍。她也没了平常的谨慎，只剩放纵和渴望。

每一秒都让她头晕目眩。

在酒精的放纵下，她糊涂了一场。

等第二天起来，冯豫年发现自己并不在院里，也不在家里。

李劭忱当晚带她回了他在清华园的房子。

她坐在床上茫然四顾，李劭忱就趴在她身边，宽肩劲腰，没有衣服的遮挡，视觉冲击更甚，尤其背上那些细细的挠痕。

可以想象，昨晚他们借着醉酒闹得有多激烈。

羞愧和理直气壮，都是来自于人本身的心理建设。她的心理建设一直都做得挺好的，尤其在安慰自己这方面。

李劭忱突然伸手将她揽过去，压在怀里，瓮声问："你饿不饿？"

丝毫看不出来他有什么不好意思的地方，事实上他心里爽翻了。

这让冯豫年更没有羞愧感了，理直气壮地说："不饿，我想喝水。"

李劭忱生得好看，两个人皮肤贴着，感觉有些奇妙，谁也没有体验过，谁也不说话，两个人靠在一起，静悄悄的。

最后，李劭忱才说："我们先吃点东西再回家。"

冯豫年已经在短暂的静默中，理清了一夜荒唐的乱序。

"今天回去后，就当什么都没有发生。我们昨晚都喝多了。"

李劭忧光着背，僵在那里，半晌都没有动，最后回头看着她，说："你要是不想说我们的事，没人会知道的。我平时就住这里，出了小区，过了马路就是学校，你们学校离这里不远。你想怎么样就怎么样。行了，先吃点东西吧。"

所以说，一个人的性格，从小是什么样子，以后就是什么样子。

李劭忧就这样，从开始就做了掌握节奏的人，后面也是。

冯豫年为了不显得自己没良心，把人睡了不负责，也不好和他争执。

毕竟她比他还大两岁。

她回去后，陈璨和其他人还没回来，冯明蕊一直和她讲昨晚在酒店里的景致，讲李家的阔绰以及面面俱到，最后才问："你昨晚住在哪里？"

她只借口说："和李姝逸住了一晚。"

冯明蕊倒是什么都没说，起身去做午饭了。

四居室的老房子，陈尧一直和家里的阿姨住一个房间。一楼的阳台打通出去有个小小的院子，冯豫年坐在小院子里仰头望着天，心里有点奇妙，说不上来什么感觉。

陈璨回来问："你什么时候回来的？叶潮说劭忧送你回来的？"

冯豫年睁开眼睛，随口说："我回了学校一趟，他去哪儿了我就不知道了。"

事实上李劭忧房子的钥匙还在她兜里。

午饭后回学校，李劭忧给她发消息：【送你回学校。】

其实她第二天去也可以，但是她还是答应了。

出了小区，门口就是公交车站。两个人坐在公交车上，谁也不看谁，肩膀靠在一起。李劭忧扭头看她，问："今晚别回学校，我明天送你？"

她拒绝道："不用。"她太清楚会发生什么了。

李劭忧又凑过来说："我什么都不干，我睡隔壁，你睡我房间。学校这会儿没人，你一个人住不害怕吗？"

她犟嘴道："不怕。"

李劭忧见她故作冷淡，只淡淡地笑，并不反驳，但到站后拉着她就下了车。

这里只有他一个人住，单身男生的宿舍，还是一个挺有格调的男生宿舍，隔壁的书房里收藏的全是语言类的书和影像作品。

他开了机器，播放了一张老唱片，是一种她听不出来的语言。她对语言一点都不敏感，但是李劭忧起码会三四种，而且是交流完全无障碍的那种。

不必是天才，天赋超人就够让人忌妒了。

他跟着音乐轻轻和声，她盘腿坐在小床上歪头听着，打开卡尔维诺的《看不见的城市》，觉得译者的语言很美。她看了片刻，李劭忧靠过来坐在她身边，伸手搭在她肩上，在她耳边轻声说："我一整天都在想你。"

她被他的气息喷得发痒，歪头躲了一下，才看着他。

曾经舍友开玩笑说，和男生对视不能超过十秒，不然准出事。

她早已经过了对男生充满好奇的年龄，只剩下了然和迷途不知返。

李劭忧凑上来的那刻，她没有想象里的悸动，但也不排斥，只觉得亲近得自然而然。

她想，果然肌肤相亲过的两个人，从心里其实会觉得亲近。

但是这种事情，说到底不就图个开心，或者是因为和李劭忧在一起，她是真的觉得自在宁静。她这样安慰自己。

年少荒唐，总有使不完的力气，闹了一晚上。

第二天一早，李劭忧很早就起来了，冯豫年难得赖床，蜷缩着不肯起来。

等李劭忧买早餐回来，她还在睡觉。

大概是空调温度有些低，她有些轻微发烧，李劭忧像个三好男朋友，伺候她洗漱、吃饭、吃药，陪着她躺在床上。手机的消息响个不停，他也不理会，只管和她埋头睡觉。

等中午起来，七月的天气，热得不可思议。

李劭忧说："不着急，等下午天气凉快了，我开车送你。外面这会儿太热了。"

冯豫年抬头看他，惊讶地问："你哪儿来的车？"

他笑了起来，有种懵懂的少年气，凑过来坐在她身边，认真地说："我知道你不开心，但是我们慢慢来，我会一直陪着你。车是去年我姑姑送我的，我很少开。"

她心里大概是开心的吧，所以没有反驳。

一整个暑假，都是李劭忧每天送冯豫年去学校，然后再接回来。

虽然是最初的热恋期，但两个人都在忙作业，她要做的实验室作业很多，李劭忧更忙，当然，忙里偷闲也会荒唐厮混一场。

和李劭忧住在一起，做学霸的女朋友，好处显而易见。

他是翻译文献的高手，可以一夜不睡，将她论文需要的文献翻译得明明白白。

为了求奖励，他困到睁不开眼，还是陪她去植物园看花草，在黎明前带她去追日出的朝晖。

他会在胡闹一整晚后哄她说："我陪你看七十年日出，你就不要为昨晚的事生气了吧？"

研二开学的第一天，文晴就说冯豫年明显爱笑了。

下课后，从大教室往回走的路上，文晴和她偷偷说："研一那个师弟绝对喜欢你，你等着吧，他肯定会表白。"

等下午下课，她和文晴准备回宿舍，刚出教学楼，就见一帮人聚在一起，她们被挡在那里。

她一眼就看到了那个男生，他拿着一束粉白色的洋桔梗，站在逆流的人群中等着她。下课的人很多，很多人都停下脚步等着看热闹。

文晴挤眉弄眼地推了冯豫年一把，笑起来，等笑完后才偷偷和她说："这不太对啊，你和他也没接触过，怎么就来这么一出？"

冯豫年也没来由地头大，还没来得及溜，一眼就见李劭忧站在不远处的花坛边望着这里，并且已经看到她了，抬腿朝这边过来了。

她心里一松，到底还是李劭忧先看到她。

李劭忧过来的时候，那个男生也快步向她走来，文晴挡着她也不是，不挡也不是。

还没等那个男生开口，李劭忧长腿阔步挡在她前面。可能是他的脸太出众了，也可能是他的气质太特别了，人群里有人开始吹口哨。

知道冯豫年低着头嫌太丢人，他就揽过她，用手挡住她的脸，和身边的文晴说："我和年年今天有事，下次一定请你吃饭。今天不好意思。"

文晴左防右防都没防住，一脸茫然地看着李劭忧，直冲他摆手，说："没事没事，明天都没课，你们随意……"

人越聚越多，从最开始吹口哨，到之后的气氛尴尬，最后变得静悄悄。

冯豫年的脸被李劭忧挡着，只听见他和那个男生说："谢谢你对我女朋友的喜欢，你可能没打听清楚，她有男朋友的。抱歉，我们还有事，就先走了。"

说完，他搂着她穿过人群扬长而去。

等上了车，他才不喜不怒地看着她，也不说话。

这是冯豫年唯一一次哄他，好声好气地解释："我不认识他。也不是不认识，就是我只见过他两次，只知道他叫什么。"

见李劭忧还是不说话，冯豫年理亏在先，讨好地说："这个事情，我浑身是嘴也说不清，好吧，我认了。"

说完，她又忍不住问："我就不信，你们学校没有追你的女生吗？你别撞在我手里。"

李劭忧这才开始笑起来。见他笑起来，冯豫年也跟着笑起来。

她的手机响个不停，文晴问：【你到底什么情况？咱们学校没这么帅的校草，你把哪个学校的校草给薅了？】

【你老实交代吧，下次请我吃饭，我不宰你一顿都说不过去。】

【你们走后，观众普遍觉得师弟输得一点都不冤枉，起码脸就输太多了。】

和李劭忧厮混在一起，是冯豫年那几年难得快乐的时光。

翻年到研究生第三年，冯明蕊开始不停地给她介绍工作、介绍男朋友，还强制要求她回家住。

她空余的大部分时间都在李劭忧的房子里。

李劭忧大四毕业这年，他父亲突然离世。整整半年，两个人聚少离多。

他和家人有了矛盾，有那么一个月他一直待在宿舍，哪儿也不去，她难得在家陪了他一个星期。

而后他听从他老师的意见，考了选调，因为他语言方面的特别天赋，无障碍地驾驭五六门语言对他来说稀疏平常，但职场和学校是不一样的。

等冯豫年临近毕业那一年，他已经忙得每日都会加班到半夜。

冯豫年也没想到，他妈妈温女士，是这样难说话的一个人。

温玉女士在院里一直都很有名，因为她最先在外企银行驻香港分公司任职。在大家的眼里，她是很优秀的知识分子，又是在外企工作。

只是冯豫年曾经听李劭忱说过一次，他当时似乎不以为然地说，一个外企银行经理算什么高管！

冯豫年当时只是诧异了一瞬，并没当回事。

但是当温玉女士站在她面前，她才明白李劭忱身上偶尔的那种矜贵且拒人于千里之外的神态是从哪里来的了。

但他的性格和他妈妈完全不同，他大部分时间都很热烈，对生活，也对她。

温玉女士一身高定的浅色套装，从头到脚都是极高傲和冷然。

冯豫年只穿了件浅蓝的连帽卫衣，在最初几秒慌张后，很快就镇定了。

大概是她太镇定，温玉很不以为然地说：“你就是冯豫年？我们家忱忱这几天有事，那就由我来请你吃个午饭吧。”

这话其实很怪异。

人是触觉动物，但凡触感到不善，就会立刻心生警觉。冯豫年从第一眼看到温玉起，心里就知道答案了。

好似这一年多忘情的快乐时光突然被人拉开了一条缝隙，心里那个声音说，看吧，你果然不是一路人。

她心思百转千回，但是面上毫不显露，跟着温玉上车。

到餐厅后，温玉昂首阔步地进去，随意点餐，她都丝毫不示弱。

温玉见她丝毫不变脸色，淡淡笑着说：“听忱忱说你们恋爱了？过了今年，部里会选拔一批新的科员。他的外语基础非常好，家里人都希望他能通过这次考试。”

冯豫年骨子里其实是个很有脾气的人，冯明蕊对她怎么抱怨，她都忍着不出声，连反驳都不会，那是因为冯明蕊是亲人。李劭忱和她闹脾气，两个人偶然生气，互相会哄对方，也是因为亲密。

但听着温玉没完没了地说着李劭忱将来如何，她脾气就来了，起身淡淡看着温玉说：“如果你今天特意说这个，那我知道了。我自然希望他能通过考试，我希望他能好。很抱歉，我下午还有事，饭就不吃了，谢谢阿姨。”

温玉大概也没想到她会这么无礼，只是呆呆地看着她出门，竟然也没再说什么。

等入冬的第一场雪落下的时候，冯豫年和李劭忱已经一个月没见了，连电话都少了，她从来不问李劭忱关于他的家庭、他的工作，以及未来的事。

未来在她眼里，混沌一片。

他们都为不明朗的未来努力着，虽然谁都不说，但是都为彼此在自己的未来留了位置。

冯明蕊每天给冯豫年发消息。

【新的招聘信息，你看到了吗？】

【城南巷那个小伙子人不错，你陈姨领我见过了。】

【年年，妈妈是过来人，什么样的人适合你，我比你清楚。我一个人领着你，半辈子吃尽了苦头，咱们娘儿俩不容易，不要好高骛远望着那些高山，本分踏实的人才适合过日子。】

冯豫年被她的消息和电话轰炸了半个月，终于在冬至那天被她叫回家。

冬至那天，陈辉同也在。陈璨领着陈尧看动漫时，冯明蕊又开始问："你谈朋友了吗？"

她答道："没有。"

冯明蕊抱怨："有合适的吗？你那些男同学就没有合适的吗？"

冯豫年不说话。

陈璨突然插嘴："我前几天见你和李劭忱一起坐车，你们有活动吗？"

冯豫年镇定地回答："没有，路上遇见了。"

其实陈璨看到的远不止这些，她还看到李劭忱给她戴帽子，看到李劭忱用她的吸管喝了她的茶，看到李劭忱牵着她的手，看到他们随意拥抱、亲吻……

冯豫年对陈璨的试探并不心虚，因为冯明蕊不会相信她和李劭忱谈恋爱。

在冯明蕊眼里，李劭忱的家庭条件太好了，不是她能配得上的。

而上大学后，冯豫年在家的时间很少，在家也几乎不怎么说话，和陈璨几乎不怎么碰面。

冯明蕊又开始接着说她的道理："你这个星期天有时间吗？我就把时间约在这个周末。你该谈朋友了……"

冯豫年也不反驳她，要不然她又要长篇大论。

"人生经验"不过是成功人士的名片，这四个字本身就有悖常理，没有谁能参照别人的人生经验。

可惜冯明蕊并不这么认为。

周末，冯豫年被冯明蕊拉着去相亲，路上还收到李劭忱的消息。她的心理素质已经很过硬了，对这种事一点都不怵。

不巧的是，李劭忱刚巧就在那个餐厅里。李劭忱和母亲温玉的关系比冯明蕊和冯豫年都要僵，母子之间几乎不怎么说话了。

温玉优雅而冷静，说话条理比冯明蕊强太多了，冷静地说："这次的机会关系到你的未来，职业的晋升对你有多重要，你不会不明白。难道你想一辈子在部里当个小职员，混到退休吗？"

李劭忱前十几年一直都是"别人家的孩子"，这两年，他把路越走越窄了。

李劭忱并不理会，只说："我工作的事，不需要你操心。我自己会选择。"

温玉有些动气，问："不用我操心？我就是一个不留神……你看看你现在成什么样子了？难道真要庸庸碌碌过一辈子吗？"

李劭忱抬眼，不冷不热地看了温玉一眼，那一眼看得她心里一窒。

她几乎落下泪来，哀哀地问："你觉得我不配做你妈妈了，是吗？"

李劭忱并不说话。他这半年来，心情真的很糟糕，工作繁重只是身体累，有些事是心里累，尤其父亲的突然去世，让他整个人都有些缓不过来。

他低着头在心里叹气，再抬头，一眼就看到冯豫年和冯明蕊坐在隔壁。

他分辨了片刻才明白，她竟然在相亲。

他那一刻的愤怒，比对母亲的不可调和的矛盾更甚。

他面无表情地起身，去洗手间给冯豫年发消息。

她依旧在撒谎：【我在家。】

他面无表情地删掉信息，当作无事发生。

这次的相亲对象极其难缠，冯豫年像个花瓶，听着冯明蕊和对方的姑姑一直互相吹捧炫耀。

中途收到李劭忱的消息，她看着消息有些想笑，又觉得自己真可恶。

可是她能怎么办？

她的工作没着落，李劭忱的母亲一看就不是善茬，他姑姑也不是好说话的人，他家里可都不是和气人，李家的一棵独苗苗，哪那么容易就让她薅了？

只是李劭忱也没想到，温玉会越过他，直接找她的老同学为他申请工作岗位。

他在单位里向来低调，和同期考进去的同事一样，常年白衬衫黑西裤，加班到半夜都一丝不苟。

那是他唯一一次失态——他闭了闭眼，一把扯开领带，将手里的笔摔在地上，把办公室的同事吓了一跳。

全单位都知道了他母亲为他搞小动作。

因为母亲越级干扰，让他在单位里非常被动，他祖父和父亲都是军转干。

甚至部门的最高领导遇见他都会随口问一句："你爷爷身体还好吧？"

他只能无奈地应声："挺好的。"

事实上老爷子并不太好，自从儿子去世后，除了去疗养院养病，其余时间一概不出院子。

因为温玉一闹，母子间的关系几乎降到了冰点。

温玉和李劭忱很严厉地谈过一次，温玉先沉不住气，问："你是不是舍不得院里那个女孩子？"

李劭忱冷冷地看着她，半晌才说："和她没关系。"

温玉不肯罢休，和他解释："你没有在部里工作过，你不知道要努力升上去有多难，有多少人工作几十年，到最后也不过是普普通通的职员。进到部里的年轻人哪一个在学校里不是佼佼者？你已经错过几次机会了，难道就要这么庸庸碌碌过一辈子吗？"

李劭忱平静地看着温玉，很久之后才说："那位梁先生至今没有离婚，你和他没有结果。"

温玉的脸色一瞬间煞白。

李劭忱还要赶回单位写材料，他有些难以启齿，也确实没时间和温玉促膝长谈关于她这段长达十几年的婚外情。

他没想到，因为他和领导谈话后，决定留在部里从基层开始学习，让温玉开始想昏招。

温玉直接去了冯豫年的学校，不光找了她系里的老师谈话，还直接找了她的导师和系里的领导。最恶劣的是，她当着很多师生的面，造谣冯豫年私生活混乱，说她周旋在富家子弟间，蛊惑她的儿子不顾前程，并态度极端，威胁系里领导。若是冯豫年继续读博，她将会想尽办法扩大舆论，继续揭露冯豫年的恶劣行径。

冯豫年明确说过没有特别合适的工作她就会一直读书。

李劭忱夸过她，说她是个目标明确的人，也赞同如果没有好的选择，可以一直读书。

不像他自己，曾经计划本科去国外读金融，可惜最后没去成，那时候父亲身体也不好。本科毕业父亲重病的时候，他发现了母亲的秘密，所以再也不肯答应母亲的招揽，断了出国的念头。

冯豫年在学院里一直是有名有姓的人，她成绩一直是系里拔尖的。文晴总说，她就是天生的女主角命，学习好，能力好，长得也好，还有个外挂一样的男朋友。

她自己也似乎慢慢开始相信，她的努力改变了她的处境。

可惜，光洁的薄冰面，经不起重力，只需轻轻一敲，一条裂纹就能让她坠入万劫不复。

因为温玉的造谣，系里的老师开始约冯豫年谈话。李劭忱的家庭确实不是普通家庭，尤其举报人是李劭忱的母亲，她有口难辩。看起来，很明显的指向，她有不单纯的目的。

学校里到处都是嘴，关于她的事，传得沸沸扬扬。

秋招季已经快结束了，冯豫年可以用万念俱灰来形容当时的心情。

本校的直博已经没有可能了，竞争的人那么多，她出问题，只会有更多的人争取这个名额，这一切彻底打乱了她的脚步。

师兄实在为她可惜，最后说："下属的单位有个定向扶贫的农业技术推广员的工作，有服务年限，可以缓冲一下，你要是想去，我去和老师说一声。"

她红着眼感谢："好，我和家里商量一下，过两天给你回复。"

可她能和谁商量呢？

因为相亲的事，李劢忱还是和冯豫年生气了，两个星期都没打电话。他太忙了，他自己在私人的朋友圈给她报备：【连着工作十八个小时，整个人都麻木了。】

两个人连从容吵一架的时间都没有。

文晴为了陪冯豫年，也没回去，两人厮混了几天，胡吃海喝，醉了在宿舍里睡到午后才起来。

终于在新年的前几天，文晴实在不能再拖了，要去新单位实习。

冯豫年为了躲冯明蕊相亲失败后的唠叨，一个人住在宿舍里，恰好遇上急性肠胃炎，疼到浑身冒汗，后来还是被宿管阿姨送到医院的。

冯豫年突然觉得自己很可怜，和十四岁第一次来北京的时候一样，赤条条地来，什么都没有。对未来茫然，不知该往哪里走。

她哭得茫然失措，却连声音都没有。

一个护士见她哭成这样，实在看着可怜，无奈地说："你和我姑娘一样大，要是你妈知道你这样，不知道该心疼成什么样子。"

她哭着不接话。

挂了一夜吊针，第二天，那个护士交班前还来看了她一趟。

她疼得昏昏沉沉，半醒半睡中，听见有人推门进来，站在她床前。

她仰头看着温玉穿得体面面，简直称得上精神饱满。

这么体面的人，可惜怎么就不办人事呢？

她在心里叹息。

早班的护士开始查房，走廊里声音很杂。她就那么看着温玉，心里那口咽不下的气不知什么时候突然就泄了。那个自尊心满满的小人在轻轻叹息，也认输了。

冯豫年一脸病容，笑得言不由衷。温玉只是去找校领导谈话就能让她无路可走。

即便毁人前程，温玉依旧还是高高在上的样子，丝毫不觉得这有什么错。

她突然觉得厌烦，看着站在那里的温玉，轻声说："这里是医院，我就不请你坐了，你站着听也一样。"

温玉还想说什么，她先开了口："你想说我配不上你儿子，对不对？"

说着，她轻轻笑起来："你儿子和所有二十几岁的男孩子没什么区别，会偷懒、会冲动、会撒娇。和其他男孩子一样，看到漂亮的女孩子也会回头多看几眼。也是愣头青，谈恋爱的时候很热烈，会为我做饭，陪我逛街，会捧着一颗真心讨好我。当然，他是个还不错的男朋友，工作的时候也很拼命。你要说我和你们不是一类人，我承认，你大可不必这么兴师动众，非要去学校领导那里告我的状，你大大方方和你儿子解释清楚，我自然会和他分手。可闹到现在，你无非就是用你的本事，毁我的前程。不过我也受到教训了，和不合适的人谈恋爱，大概总要付出一些代价吧，我认。出去吧，帮我把门带上，谢谢。"

说完，她伸手覆在眼睛上，拒绝交流。

关门声响起时，眼泪流得毫无征兆。

最近的事，已经让她精疲力竭了。虽然她伶牙俐齿，不想让自己看起来输得那么狼狈，但后果她已经预料到了。

温玉想好的措辞一句都没用上，被人这样请出来，难免觉得有些难堪，但她是为了儿子的前程，问心无愧。

一个人的目的太强，没人能劝得住的。

冯豫年太了解了，温玉是如此，冯明蕊更甚。

她在医院里住了四天后，自己给自己办了出院手续，然后给李劭忱发消息：【我不想读博了，也不想谈恋爱浪费时间了，我们分开吧。】

李劭忱被冯豫年的短信给惹急了，半夜追到学校来。

她刚病了一场，面色憔悴；他加班到半夜，满身疲惫。

尽管狼狈，李劭忱还是哄着她，小心赔罪，好话说尽。

"年年，我这一年确实太忙了，顾不上你。等过了今年，我争取到时间，我答应你，带你出去度假，你想去哪里？"

冯豫年看着这张赏心悦目的脸，遗憾地说："李劭忱，我们真的不合适。你回去吧。"

李劭忱抱着她不肯松开，长吁着呼吸，说："年年，气话说说就过去了，你要是不高兴，尽管骂我都可以，我知道你最近很累。"

来回争执几次，李劭忱都不相信冯豫年这样狠心。

他开始变得焦躁，问："是不是我妈找你了？不然好端端的，你为什么不读博了？"

冯豫年很坦然地回道："是。"

李劭忱一时间竟然不知道该气恨母亲无理取闹，还是该怪冯豫年不肯相信他一些。二十几岁的男孩子，都是一腔孤勇。

他生气到有些口不择言地问："你就那么……你是不是，就等着这个机会？"

见冯豫年只是静静看着他不吭声，他捋了把头发，问："从和我在一起开始，你是不是就不开心？我就那么不值得你信任吗？如果我的家人对你无礼，你就不能和我说一声吗？"

冯豫年不知道该怎么和他说，告诉他，你妈妈做事纯属小人行径？她毁了我的前程，你拿什么赔我？

可是错的不是他。

她摇摇头，冷冷地说："我对你，对你们家，没什么想说的。"

李劭忱终于变了脸色，有些愤怒地问："文峥就那么好吗？你真的就忘不掉他？对，冯豫年，从一开始，咱们俩根本就没有酒后乱性一说，所有的都是我处心积虑……"

他说到一半，意识到自己说错话了，立马住嘴，扶着额头，背过身冷静了几秒，又转过身和她说："对不起，年年，我今天太累了，我们都不冷静，做什么决定都不合适。你先休息吧，我明天早上过来接你。不管有什么事情，我们明天谈好不好？今天的事，是我不对。至于我妈，我会和她沟通好的。"

他始终是有涵养、有自制力的人，即便生气到快失去理智了，依旧还是彬彬有礼，始终让人生不出反感，亦不忍心怪他。

冯豫年看着他，心里只觉得荒诞，竟然不知道该可怜谁。

第二天一早，冯豫年就被冯明蕊叫回去了，陈辉同过生日，她不得不回去。

她也没想到，会和冯明蕊爆发一场战争，闹到在这个家待不下去了。

陈璨已经回来了。陈璨本就是艺术生，毕业后自己开了一个工作室，就在附近的商业街，所以经常会回来住。

见冯豫年回来，陈璨难得地问："你们学校的秋招不是结束了吗？"

冯豫年手里提着蛋糕，是给陈辉同买的，听了陈璨的话，她也只是"嗯"了声。

冯明蕊从她进门就开始数落："一天天不着家，我和你说了小张那孩子人不错，是老胡同的人，你陈姨说他们家那片拆迁也定了……"

冯豫年看到陈璨听得笑了。

冯明蕊就是这样，即便十年了，教训她的时候还是丝毫不顾及语言措辞，什么都往外说。

陈辉同比冯豫年迟了几分钟回来，见她在家，高兴地说："这都多久没回来了。你妈天天念叨你，不忙的话就在家住，你们学校离家又不远。"

冯豫年笑了笑，没接话。

陈辉同过生日，陈尧却没有例外，依旧去补课了，不在家。

等菜好了，冯豫年起身去厨房端菜，不知怎的，陈璨看到了她放在桌上的手机。

李劭忱给她打电话，她没接后，给她发了很多信息，为昨天的事道歉。

陈璨突然喊："李劭忱给你发消息了。你们吵架了？"

冯豫年听得心一紧，出去后警惕地看了眼陈璨，收起放在桌上的手机。

冯明蕊见她这个样子，就问："李劭忱干吗给你发消息？"

冯豫年有些生气，所以没接话，扭头回厨房了。

陈璨又在背后说："我听说你和李劭忱在谈恋爱，是不是？"

冯豫年在厨房，依旧没接话。

冯明蕊问："怎么回事？"

冯豫年不想说话。

可惜冯明蕊对她从来就没有尊重子女隐私的自觉，扭头进来就说："你比他大两岁，而且他是什么家庭，你是什么家庭？你让胡同里的人知道了，人家怎么议论你？"

冯豫年本就心情不好，难得呛了一句："我什么家庭？你说我什么家庭？"

冯明蕊被她顶得有些下不来台，落了面子，指了指她，最后说："这都是我的不是了？我拖儿带女地带着你，我怕你饿着、怕你冷着、怕你受委屈，到头来，都是我的错了……"

冯豫年不想在陈辉同生日这个当口和冯明蕊吵架，就低头没再说话。

陈辉同在客厅里遥遥地问："怎么了这是？"

陈璨站在厨房门口问道："你是怎么追到李劭忱的？"

冯豫年心情差到了极点，心里厌烦得要命，冷冷地看向陈璨。

陈璨丝毫不怵，迎着她的目光。

冯豫年看着她，一字一句地说："关你什么事。"

陈璨经不住冯豫年的故意挑衅，迎头就上，口不择言："你勾引人的手段挺厉害的嘛，前几年喜欢文峥喜欢得不得了，文峥死了才多久，你就和李劭忱滚在一起了，把你的文峥忘了？"

冯豫年想都没想，伸手就甩了陈璨一耳光。

陈璨被她打得大叫了一声，就想上来还手，被赶过来的陈辉同拉住了。

其实陈辉同根本没听见陈璨说了什么。

结果，冯明蕊伸手就替陈璨打了冯豫年一耳光。

陈辉同一愣，大喊："老冯！"

陈璨也看着她们母女惊着了。

冯明蕊指甲长，一耳光在冯豫年脸上留下一道长长的红痕。

冯豫年站在那里，半晌都一动不动。

陈辉同上前用力拽着陈璨甩在背后，把人拉得一趔趄，上来就要拉冯豫年。

冯豫年躲开了，扭头和他说："陈叔，我……我对您真的，没有任何不满意。"

冯明蕊打完也有点后悔，握了握拳，喘着气不说话。

冯豫年轻笑了声，问："妈，打了我，你心里就觉得公平是不是？从进这个家开始你一直都是这样，只有这样，你才觉得我摆对了位置。我不能和任何人比，尤其是陈璨。你觉得你是二婚，怕在这个院子里抬不起头，怕人笑话你是后妈，更怕人说你虐待子女。从进门那天开始你就提醒我，我比她大一岁，让着她一些。我忍了，也让了，有用吗？我和李劲忱谈恋爱，我喜欢文峥，那都是我自己的事情。我二十五岁了，已经不是那个跟着离异的妈妈寄人篱下，不是你眼里谁都配不上的小孩。"

她说着，眼泪流了出来。

她擦了泪，匆匆地说："我前天才出院，还不能吃这些有味道的菜。没有其他的事，我就先走了。陈叔，今天真的对不起。"

说完，她提了包就出去了。

冯明蕊嘴巴哆哆嗦嗦，半天都说不出来话。

房子里的三个人一时间静悄悄的，谁都不说话。

等出了门，冯豫年就后悔了，不该和陈璨动手。

可是她今天心情实在太差了，一点都不想忍陈璨了。她已经忍了很久很久了。

冯明蕊从冯豫年出门后就开始哭，呜咽声不绝。陈璨挨了一巴掌，也哭个不停。

冯明蕊心里清楚是冯豫年受了委屈。

陈辉同安慰冯明蕊，说："我知道我知道，小孩子的气话，过几天就好了。你不该打年年。"

陈璨插嘴尖叫道："是她先打我的。"

陈辉同呵斥道："你不该打吗？那是我打你打得少了！让你妈惯得没个样子！"

陈璨红着眼，瞪他一眼，提着包就扬长而去了。

等孩子们都走了，冯明蕊彻底哭得停不下来。

陈辉同听得叹气，和冯明蕊说："年年本来就觉得在这个家里委屈，你一直纵容璨璨纵得太过了。"

冯明蕊边哭，边语无伦次地说："我没有觉得她配不上李劲忱，我没有觉得她比别人家的孩子差劲。就像那年，璨璨妈觉得咱们偏心，又来闹事，我怕对你影响不好，年年脾气倔……"

陈辉同拍拍她的背，叹气："父母的心都是好的，但你方法不对，年年自从上大学后，就很少回家了，难道不是躲你躲的？"

冯明蕊哭得不能自已："她怎么了？好好的，怎么就住院了？这么大的事都不和我说一声，你去问问她。"

陈辉同安慰她："我明天去学校看她。你以后也不能再这么说话了。"

冯豫年回学校的路上就给师兄打电话，说她愿意去云南做扶贫的技术推广员。

她心里后悔，不该和陈璨动手，这么一闹，这个家真的不能住了。

再住下去，这个家都保不住了。

她没有大本事，妈妈这些年辛辛苦苦经营的家庭，不能因为她，最后闹散了。

还没等冯豫年给陈辉同道歉，陈辉同就来学校找她了。

冬季的校园里，临近放假，特别热闹。她请陈辉同在学校门口的一家面馆吃午饭。面馆里大都是学生，陈辉同是个军人，坐在那里端端正正，挺引人注目的。

他是军人，又常年不在家，冯豫年其实见他的时候并不多。他是个话不多的人，看着有些冷，沉默寡言，但是心善。

不像她爸爸梁登义，爱说爱笑，呼朋唤友，一身江湖气。

陈辉同看着她，瘦瘦的，坐在那里孤孤单单的样子。这个继女在他印象里一直都乖乖的，从来不多说话，不像陈璨，嘴甜话多，大呼小叫，被娇惯得厉害。

他先说："陈叔先要和你道歉，对陈璨少了很多管教。"

冯豫年见他肯来见她，肯说一句中肯的话，突然觉得她离开这个家，离开得不冤，突然想把那些说不出口的话说给他听。

陈辉同又说："你妈妈从昨天开始就一直哭，特别担心你为什么住院，是不是在学校里吃得不好。你也知道她这个人嘴硬心善，性格有些急躁。她胆子小，总想着万事安安稳稳的，对你说话总是少了尊重。"

冯豫年觉得陈辉同是个好人，也是最适合妈妈的人。

她真心地说："我妈性格就这样，她在大事上容易糊涂，您多担待。我没事。"

陈辉同见她不介意，就接着说："叔叔替陈璨的口无遮拦向你道歉，关于文峥的事……"

冯豫年坦然地看着他的眼睛，说："陈叔，我觉得我十几岁的时候喜欢文峥，并不丢人，也没什么说不出口的。他那么优秀，值得被人喜欢。我刚来这儿的那几年，院里不管小孩大人，从来都不叫我的名字，提起我，就说老陈带来的那姑娘。你们那里的小孩嘴巴是真的毒，只有文峥叫我冯豫年。他和我说，人的一辈子很长很长，等过了二十几岁再回头看，十几岁那些事，都是些微不足道的小事情。他和我说这话的时候才二十岁。您说，人有这么长的一辈子，他还没开始过，怎么就没了呢……"

陈璨没资格看不起文峥，更没资格侮辱李劭忧。

说完，她眼睛里含着泪，依旧不肯落下来。

陈辉同原本准备说的话就一句都说不出来了。

这姑娘心里顶顶明白，她有多喜欢文峥，而且文峥当年照顾了她很久。

院里小孩没人和她玩。至于为什么，可想而知。

这孩子心里恩怨分明，是个知恩的孩子。

他长叹一声，说："部队今年招文职，你要不考一下吧？部队里清静，没那么多事。"

他知道今天不可能带她回家了，又觉得有些遗憾，这么些年，没来得及帮帮这个女儿。

服务员端面过来，冯豫年周到地将筷子递给陈辉同，把几个调味罐都给他摆在面前，微微笑着说："我的工作定了，这个周末就要去报到，有些远，是我的老师推荐的。"

陈辉同问："哪里？什么工作？"

"云南省下属的扶贫技术推广。"

陈辉同皱眉问："怎么那么远？"

冯豫年淡淡地说："只是下调几年，后面会调回来的。"

没几天，冯豫年收拾好行李悄悄走了，走之前，谁都没见。

第三章

/

喜欢他的证据

李劭忧等冯豫年上楼后，才接了助理的电话。

"少董，资料我都准备好了。"

李劭忧回道："你先和林越文联系吧，关于具体的条款，等我回来再和她细说。"

助理问："要不我去谈吧？您的行程已经安排满了。"

李劭忧挠挠眉心，笑起来，说："这事不用你操心。"

冯豫年回家后，又联系文晴。文晴在一家婚庆公司做经理，主管旗下婚纱摄影业务，每年因为业绩的原因焦头烂额。接到冯豫年的电话时，她刚开完会，职业的局限性，导致她已经没有什么升职空间了。

"年年？我今天下班和你细说那个策划的事。"

冯豫年边翻着策划，边说："我先做准备工作。这本来就是叶潮接的，我一个人肯定拿不下来，要是咱俩实在不行，就让他分包出去吧。"

文晴笑着说："那不行，到手的肉可不能让它飞了。"

"我没做过这种商业性的东西，不太懂，等晚上咱们慢慢说。"

文晴也没接触过这种高端秀场的商务活动，但是这种项目难拿是肯定的，尤其是要和对方的设计师逐一配合，非常难做，但是也非常提升商业价值。

她听得很心动。

冯豫年见她不说话，又说："这个不着急，你先上班吧。"

文晴抱怨道："我其实早想辞职了，每天被盯着业绩，为了达标，我真是比销售都头大。先不说了，晚上吃饭的时候再说。"

晚上文晴订了一家粤菜馆，说是请冯豫年喝汤。

文晴一头短发看着格外干练，见冯豫年的长发有些毛糙，但是看起来特别知性，羡慕地说："你这个状态看起来特别好，可真是怎么都羡慕不来。"

冯豫年苦笑道："我有什么可羡慕的，如今全靠人接济。这不正着急赚钱嘛。"

文晴和她七七八八聊了一通，闺蜜之间无话不谈，包括她的男朋友。

中途文晴去了洗手间，冯豫年回头看了眼，无意间看到了温玉和陈璨，她们旁边还坐了一位女士。

远远地一瞥，她也没在意，只看到温玉一身红色裙子，陈璨坐在温玉对面，两人好像聊得挺开心的。

她低头就看到李劭忱发微信问：【吃晚饭了吗？】

她故意使坏，给李劭忱回微信：【正和你妈妈在一个餐厅。】

李劭忱像没看到似的，继续问：【你们吃的什么？】

她挑眉：【粤菜。】

李劭忱：【哦，那应该是真的，是她喜欢的菜。】

冯豫年搞不清楚他到底什么意思，所以就没回复。

文晴回来后，气冲冲地说："这工作真的没法干了，为了抢单，都快打破脑袋了。我收尾一下，你把策划书给我，让我研究一下新工作。"

冯豫年求之不得。

等她们买单的时候，看到温玉和陈璨还在一起。

冯豫年早知道陈璨喜欢李劭忱，从十几岁的时候就知道了。

要不然陈璨当时也不会那么刻薄地冒犯她。

出了门她就没时间理会这两人了。

文晴是个说话做事雷厉风行的人，婚庆公司的工作已经让她头疼欲裂，虽然冯豫年这根橄榄枝并不可靠，但能让她得以喘息，她就丝毫不犹豫地提了辞职，转头就和冯豫年马不停蹄地开始准备新的工作。

这次的展季是国内设计师的一个专场，是国际杂志和国内行业排名第一的时尚杂志联合举办的。她们首先是要约见参展的主设计师，了解每一位设计师的理念，然后才能配合做展览的线下配置，包括前期的宣传等。

工作很琐碎，而且也很难办，尤其她们对这个行业并不了解。幸亏叶潮做了这个中间人。

她们俩的分工很明确，沟通的部分由文晴负责，线下的工作由冯豫年负责。

第三天下午，冯豫年刚买好去昆明的机票，李劭忱的电话来得不巧。

"明天早上有时间的话，我约林越文。"

冯豫年正在收拾行李，皱眉说："我明天要去云南。"

李劭忱沉默了几秒，问："去联系花卉吗？"

冯豫年尽管朋友不多，但还是不习惯和他这么聊天。

"你不忙了吗？我看你们今年的股票可是一路绿。"

隐隐听到那边的笑声，冯豫年也觉得自己幼稚了，那么大的重工集团，下属就有十几家子公司。传统的基建制造企业，做的是重工的基建、制造工作。

这样一想，她又觉得李劭忱的魄力等闲人不能比，从一个行业骤然退身，转身投入另一个行业，尽管是他姑姑领着他，但小李董的身影还是在财经新闻中时不时能看到，财经点评对他多有赞誉。

等他不笑了，冯豫年也不知道该说什么。

"能不能请我上去坐坐？"

闻言，冯豫年下意识看了眼窗外，二十几层的高楼上根本就看不清马路上的人。她没好气地说："你上来吧。"

冯豫年开了门，没想到李劭忱一身正装，他外套在车里，白衬衫领口的两颗扣子开着，袖子挽在手肘处，身姿挺拔，看起来落拓潇洒，帅得十分张扬。他不言不语地站在那里，浑身有一种说不出的味道。

他已经不是十几岁的时候那么热烈蓬勃、浑身朝气了，而是带着成熟男人说不出的隐和欲。

冯豫年侧身让开，李劭忱的目光笼罩着她，但又并不是直勾勾地看她。冯豫年转身往回走，他跟在身后。

沙发上放着冯豫年的衣服，他坐在旁边，冯豫年正在整理书，在要不要招待他之间犹豫。

静悄悄了片刻，李劭忱先发问："还恨我呢？这么大气性？"

冯豫年警告地看他一眼，不准他提从前。

李劭忱笑起来，撸了把干净利落的短发，说道："你生气的时候比假笑的时候好看。"

冯豫年暴躁地问："你究竟有什么事？"

李劭忱风轻云淡地说："就是路过，顺道上来看看。"

冯豫年才不信他的鬼话，问："林越文现在全职在家吗？"

李劭忱回道："她情况有些特殊，明天见了面再谈吧。"

冯豫年一听，当真不理会他了，盘腿坐在地上开始收拾箱子里的书。

李劭忱觉得她头发随意绾起来的样子好像和从前一样，但又说不上来她哪里变了。

他现在拿她毫无办法，男女之间，需要你情我愿才能有来有往。

他和她之间，他已经寻不到第二次处心积虑的机会了。

这时，助理给他发消息，他借故问："能不能用一下你的电脑？"

冯豫年其实是个很好说话的人，只要不惹她。她起身回卧室拿了笔记本出来递给李劭忱。

他登录邮箱的时候，看到她邮箱里有很多邮件，全是来自一个名字叫编辑纤云的发件人。

他无意点开一封，对方只催：【老伙计，月底了，该交稿了。】

他不动声色地看了眼收件人的域名，登录了自己的邮箱，去收自己的邮件了。

等他处理完，冯豫年的书已经整理出来了。

她不热情也不冷淡，李劭忱开玩笑问："和我妈聊什么了？"

冯豫年听得笑了起来，言不由衷地说："我能和她聊什么，金融风云？国际政治？"

李劭忱见她不想谈起，电话又开始催他了，他这才起身说："我明天早上八点过来接你。我就先走了。"

冯豫年最后也不明白，他匆匆忙忙来一趟，到底图什么。

李劭忱刚上车，温玉的电话就来了，问："小赵说你早就走了，怎么还没回来？"

"我在路上。"

温玉静了几秒，又说："我在家里等你。"

李劭忱看了眼后视镜，轻声叹气，回道："我知道了。"

温玉的职位没有再升上去。她早些年在香港工作，后来升到总部，去了国外，做了行政顾问，这个职位的前身是亚洲区总裁秘书。

温玉在这个职位工作了十三年。

她是书香门第出身，父亲是大学教授，母亲是儿科大夫，自小家教严格，导致她为人十分傲气。

李劭忱到她住的地方时，已经是华灯初上。她等着他吃晚餐，标准的西餐。可惜他不太喜欢，只是尝了几口。

母子都有良好的餐桌礼仪，饭桌上谁也不说话。

见他闲闲地坐着，看着自己吃东西，也不开口，温玉没忍住，说："你如今的发展也没比之前好到哪里去。"

李劭忱听得好笑，问："那你觉得，我上哪里发展才比较好？"

温玉给他规划的道路远不是这样的，在她眼里一个前身老旧的基础工业集团，就仿佛是一架庞大臃肿的机器。她更是觉得，以他的专业和年纪，应该去更年轻、更有发展的行业。

李劭忱在集团负责的是下属分公司的工厂，在她看来，远不如在他的专业专注地朝一个方向走，将来未必不能做驻外的外交大使。

李劭忱太了解温玉了，淡淡看她一眼，问："你这次回来待多久？"

温玉听着这话有些不顺耳，说："我这次回来，就不走了。"

他听了丝毫不为所动。

母亲催了他几次回家，他都没接电话，前天听姑姑说母亲找她谈话了。李劭忱也不问姑姑，母亲找她什么事。

温玉吃好后，放下刀叉，终究按捺不住问："你年纪也不小了，是不是该考虑个人问题了？"

"你今天叫我来，就为这事？"

"我看看我儿子，就非要为点什么吗？"她有些来气地说。

李劭忱不想和她发生口角，就说："这事我不着急，你也别瞎着急。"

每一个妈妈都有一颗爱惨了儿女的心，恨不得替他把这一生活得明明白白。

"你总要接触不同的人，才能知道你适合什么样的人吧？一个合适的妻子，尤其是家世合适的话，会让你事半功倍。"

李劭忱问她："你找到适合你的人了吗？"

温玉的脸色立刻就冷下去了，看着他不说话。

她生气的时候，就会这样冷冷地看着人，不说话。

李劭忱不想和她闹得像乌鸡眼似的，起身说："行了，我今天刚出差回来，明天一早还要开会，没其他事，我就先回去了。"

温玉在背后问："你还是忘不了那个冯豫年，是不是？"

李劭忱豁然回头，看着她坐在那里，仪容端庄，看起来优雅知性。可惜，她丝毫没有同理心，这样的高知女性，在子女教育问题上一塌糊涂，竟然野蛮到还不如一字不识的村妇。

他淡淡地说："我觉得关于她的事，我们在几年前已经达成共识了。"

那年，他最后还是知道了温玉去冯豫年学校闹腾的事，冯豫年没有读博，就是被她害的。

他当时因为找不到冯豫年，求到姑姑那里，才知道人早走了。

他第一次开车载温玉在路上疯狂加速，像寻死一样，温玉当时快被他吓疯了。

他不要命似的加班工作，就是为了给两个人争取一个将来，可是被母亲毫不在意地毁了。

那时正是年底入冬，他感冒了，他厌弃自己的无能，失望伤心至极，拖到最后，竟然大病了一场。

最后惊动了老爷子，家里已经闹得不成样子。姑姑最后和他详谈了一次。他考虑再三，最终辞职，跟着姑姑进了公司。

温玉见他冷着脸，问："你到现在还是怪我，是不是？"

"我不该怪你吗？"李劭忱的脸色依旧冷着。

她好好的人生，被你毁得七零八落。

温玉决然地说："我说过了，我有我的理由。"

李劭忱淡淡地说："那是你的事情。我先走了。"

等门关上，温玉才泄气，闭着眼一言不发。

到最后，她也没机会和他提林茹的女儿。

她挺喜欢陈璨的。

李劭忱到家准备睡了，又想起冯豫年邮箱里的那个编辑纤云，顿时睡意全无。他开了电脑，在社交媒体上搜索到半夜，才发现那个发件人是一家杂志的编辑。

他把与那个编辑互相关联的疑似账号翻了个遍，终于从蛛丝马迹中找到了冯豫年的社交账号。

属于她的，不为人知的写作专栏，笔名：梁园。

梁园虽好，非是吾乡。

她本来就姓梁，应该叫梁豫年。

他看到了她将近十年的文字。

最开始的一篇《小径满园》，写尽了她年少的窘迫。

【我的乡愁无处安放，从北京到吴城两千公里，流落两处，散落在沿途的麦田和群山里……】

看得他只觉得刺痛。十几岁的冯豫年，见人就爱笑的冯豫年，无家可回。

第二天一早，还没等冯豫年睡醒，李劭忱就已经到门口了，距离他说的早上八点还有两个小时。

冯豫年睡眼惺忪地开了门，看着站在门口的李劭忱，异常暴躁地问："你有什么问题吗？"

李劭忱一晚上几乎没睡，很久都不见她这副样子了，有些久违的感怀。

冯豫年抱怨道："你就算是我前男朋友，但是也不能早上六点叫醒我，我八点肯定不会迟到！"

李劭忱诚恳地道歉："我中午要去邻市开会，就想先和你说说林越文的情况。"

冯豫年拢了拢头发，忍了忍，最后才恨声恨气地说："你等等，我去洗把脸。"

她再出来时，换了件长袖的连衣裙，简约又不失优雅。

李劭忱不吝啬地夸赞："很漂亮。"

冯豫年并不接他的话，坏脾气地说："收起你的贼心吧，花花世界这么精彩，我可不会再想不开。"

李劭忱深深地看她一眼，丝毫不以为意。

他穿了件黑衬衫，坐在沙发上，看起来有点瘦，但是身材挺拔。

冯豫年心里骂了句脏话。

林越文和当年校园恋的男朋友结婚后，丈夫外派到国外，她一个人在国内生了孩子。丈夫对婚姻并不忠诚，她全职在家已经两年，小孩现在太小。她今年一直在为事业做准备，也为离婚做准备。

她当年担任过学校党支部的党务助理，个人能力非常强，最重要的是，李劭忧想让她护着一些冯豫年。

林越文全职后，和丈夫关系并不好，丈夫家里人从政，她娘家是做生意的，她想出来工作，家里并不同意。太过强大的家族，有时候个人的意志作用并不大。

李劭忧出资做她的投资人，她个人创业由李劭忧买单，条件是林越文必须带着冯豫年和文晴，这是李劭忧唯一的条件。

三个人见面，谈得很顺利。关于详细的一些条款，林越文和李劭忧早已经协商过了，其实这个饭局就是走个过场，主要是给冯豫年介绍林越文。

冯豫年是在和李劭忧谈恋爱的时候认识的林越文，那时候的林越文已经毕业留校，冯豫年当时陪李劭忧在院办取文件，只是简单交谈过几句。

今天再见，林越文与那时候相比，变了很多，没有当初那么神采飞扬，但还是那个说话条理清晰、干脆利落的师姐。

李劭忧坐在旁边，说的话很少，大多是林越文在说。林越文对冯豫年的印象很深，因为那时候李劭忧在学院已经很有名了，他的外语能力非常强，专业成绩一直保持全年级第一，经常被老师"抓壮丁"干活。

有一次，她和几个学生一起为院里的老师整理稿件。

最后老师请几个学生吃饭，他背着背包，拒绝说："我就不去了，我约了我女朋友吃午饭。"

那个老师开玩笑问："咱们学校哪个女孩子这么厉害，把你拿下了？"

他当时笑得很开心，说："不是咱们学校的，她在农业大学。"

自那以后就传开了，李劭忧的女朋友是农业大学的。

后来林越文有幸见过一次冯豫年，见李劭忧处处小心照顾她。当真应了那句话，爱情是心甘情愿地肝脑涂地。

李劭忧此刻想的却是冯豫年写的那句：关于恋爱，其他人都喜欢向世界展示，可是我更喜欢秘密。我就像一只被灯火吸引的蚊子，被加热到了燃烧点。

分手后，她在一篇很短的随笔里写：【用一点幽默和宽容，再加一点想象力，去回忆记忆里的那个人，可能比恋爱本身更浪漫。】

关于他们之间的恋爱，她同样认真地爱过他，这是他找到的证据。

她爱过他的证据。

这比任何事都让他感动。

冯豫年并不知道，她当初到期交不出约稿，只能拿自己的恋爱经历填坑，此时被李劭忱抓到了现行。

她不是一个擅长用语言表达的人。

林越文看了策划书，和冯豫年交换了意见，等谈完了工作，开始笑着聊起从前："很长时间没见你们了。"

冯豫年笑笑没接话，也没解释。

林越文不知道他们之间的事，事实上，她后来遇见李劭忱都觉得惊讶，他竟然在企业里。

她又问："你们什么时候结婚？"

冯豫年古怪地看了眼李劭忱，李劭忱只说："这个月我没时间，等八月的时候，我给你们庆功。"

林越文听得笑了起来："这都没开始，你庆什么？"

他笑了笑，也不解释。

冯豫年和林越文见面只有一个感觉，物是人非。

几年前那个干练的姐姐现在过得也不如意。不止她一个人落魄，大家看起来都不开心。当然，李劭忱除外。

陈璨的生日就在八月底，现在她自己的工作室已经初具规模，她还是一个时尚穿搭美妆博主，有自己的粉丝群体，有源源不断的合作，总之过得非常滋润。

她为了热闹，特意借了李姝逸的别墅，把生日派对定在那里，工作室里的人为此准备了一个星期。

她逐一拟定了名单，院里那帮朋友全都请了，连同张弛都接到了她的电话。

李劭忱是第一个接到她电话的人。

陈璨请得很客套，问："劭忱，你最近忙吗？"

李劭忱回答得也很客套，微微笑着说："我一直都忙。你就直接说什么事吧。"

"我生日宴攒了个局，请胡同里的小伙伴们一起聚一聚。"

李劭忱客气地说："我知道了，到时候若是有时间，我一定去。"

可惜最后他没去成。

在冯豫年去云南的第三天，李劭忱也出发了，就住在上次住的洱海边的酒店里等着她。

冯豫年此刻人还在葡萄园里，葡萄已经成熟，岩召和刀杰雇人正在采摘。见她回来，大家都惊喜地问："你是不是又调回来了？"

冯豫年解释："没有，我在这边出差，顺便过来看看。"

毕竟是她一手养起来的葡萄。

在隔壁镇上待了两天，没有找到合适的合作方，花农种植受品种的限制。她对几百种花卉了然于心，但是对花农了解得不多。

第三天一早，李劭忱打电话来说："我在大理，你过来，我有个人介绍给你。"

冯豫年蒙了几秒钟，但时间有限，她也不矫情，当天就坐车去了大理。

李劭忱住在洱海边上，应该是酒店不对外开放的 VIP 套房，卧室的露台就连着洱海。她站在露台上回头看李劭忱，问："你要介绍谁给我认识？"

李劭忱合上电脑，说："先吃晚饭吧。"

冯豫年警惕地问："你不会骗我吧？"

李劭忱不轻不重地看她一眼。

冯豫年从他眼神里看出来他确实是在帮她。反正住在这里，冯豫年穷得心安理得。

她一直都知道李劭忱有很多烧钱的爱好，他喜欢收集手表，从前房间的陈列柜里全是各种各样的手表，价值不可估计，她如今也不矫情。

晚饭是米其林标餐，没什么噱头。

饭桌上，她单纯是闲得无聊，问道："你们公司招人吗？实在不行，我上你们公司上班吧。"

没想到李劭忱果断拒绝："不招你这样的。"

"怎么，我配不上你们公司吗？"冯豫年找碴。

李劭忱老神在在地吃了口饭才说："你要是诚心的，我在我办公室里给你单独设个座，工资随你开。"

冯豫年听得又闷又想笑。

她像老朋友一样和他说："我现在的心态特别好，你说你们这帮有钱子弟，我有便宜不占简直是想不开。至于小情小爱都是浮云，跟着顺风车发财才是我的终极目标。"

李劭忱面无表情地说："没看出来你心态有多好，你要坐顺风车发财，有条通天大道，和我结婚，不光能驾驭我这个人，还能驾驭我的钱。"

冯豫年见他贼心不死，"呵呵"笑了一声，不再惹他了。

喜欢一个人，是发自内心地对他格外宽容，且都不自知。

李劭忱见她乖觉了，才瞥了她一眼。

她在《爱过某个人》里写："我从前不相信，会有两个人互相惦念、牵挂，直到开始惦念他，我就信了。分手的时候，我以为我会哭，或者是伤心很久，可最后我也只是一个人每天清晨去爬山看日出……"

她的内心细腻到让人只觉得心里几近潮湿。

晚饭后，李劭忱打开了笔记本电脑，视冯豫年不存在一样，开起了视频会议。

冯豫年坐在窗前，看着远处的景色，氤氲的雾气在灯光中摇曳，夜晚的洱海真的很漂亮。她一时忘了他在开会，回头问："你说，晚上会不会有人划船从露台进来啊？"

电脑里的几个声音立刻就消失了。

李劭忱没听清她说了什么，扭头问她："你说什么？"

冯豫年将食指放在嘴唇上，警惕地不肯再说了。

李劭忱说："马上结束了。"

电脑对面八九个人，都意外地看着这边的李劭忱。

李劭忱见冯豫年出去了，才转头看着电脑里的同事们，微微笑着说："继续吧。"

冯豫年坐在露台边上，听见李劭忱开完会出来，问："你不会让我晚上和你睡一个房间吧？"

李劭忱不说话。

她自顾自地说："关键你现在不年轻了。我昨天碰见两个小弟弟，那才叫好看。"

"你不是说，在你眼里，没有比我更好看的少年吗？"

冯豫年听得僵住，扭头激动地反驳："我什么时候说过？"

李劭忱也不争辩，别有深意地看她一眼，扭头回卧室去了。

冯豫年追进去问："那我晚上到底住哪里？"

晚上，她住在这一间，李劭忱住隔壁。

第二天一早，李劭忱带冯豫年参加了一个饭局，对方是昆明花卉市场的一个股东。

她有点心虚地想，她的工作可能用不到这么大的财经人物。

李劭忱并不吝啬给她介绍任何他的朋友，尤其关于花卉生意都替她打听得清清楚楚了。

冯豫年总觉得他怪怪的，要说他心有不甘，也不像。他明明什么都没说，挺配合她的，摆明了像个老朋友一样。

除了有点会气人。

她一时间竟然拿不住他的把柄。

等见完人，冯豫年和李劭忱又辗转到昆明。她单独去了趟花市，在花市里逛了两天才摸清里面的门道。其间李劭忱就在酒店等着她。

她自己都觉得李劭忱热情得有点过分了。

但是最后，等她蹭到了李劭忱的头等舱时，她昧着良心想，友谊是人类最美好的感情。

冯豫年这一个星期一直跑来跑去，文晴那边有叶潮和林越文的帮助，进行得很顺利，她也不能掉链子。这几天确实很累，等上飞机后，她就睡着了。

李劭忱扭头看她，只觉得她哪哪都那么合心意。

连表达爱都那么让人满意。

温柔的笔触，书写最温柔的爱意。

别人对初恋，可以说是少年不识爱恨，一生最心动。

但他不是。

她同样也是，会温柔地写："突然想起他，想起和他一起厮混到晨昏不知，错过了地铁，模糊了时间的概念，想起昼夜颠倒而界限不清的一日三餐，他身上的淡淡清香，陪他看的白日焰火和满天星光。

后来我想，他的特别之处，是他身上有种介于少年和青年之间的温柔和责任感，还有属于少年人的热忱……"

冯豫年丝毫不知道自己的"马甲"被人扒了。

等飞机一落地，她睡醒就有点翻脸不认人了。

出了机场，她市侩又不客气地说："小李董把我带到市区就可以了。祝你工作顺利，生活愉快。"

李劭忱开着车，忍着笑，凉凉地问："这和'好人一生平安'有什么区别？"

冯豫年听得想笑，但是装作没有听见。

九月底，秀场的准备工作已经到位，冯豫年忙得脚不沾地，文晴带着林越文配备的助理已经都准备就绪了，偏偏赶上冯明蕊生病。

陈辉同已经快退休了，如今退居二线，不再像以前总是不着家，变得朝九晚五，每天都能回家。

冯豫年赶回去时，冯明蕊还在医院挂水，看起来精神状态还不错，见她来了，哭得泪涕涟涟。

冯豫年的电话没完没了，幸亏新招的员工比她有经验，才能让她得以脱身，但毕竟人员紧缺。

连叶潮都夸赞："这么短时间，没想到你们做得不错啊。"

冯明蕊不清楚冯豫年在干什么，只以为她就是寻常打工，早出晚归赚个辛苦钱。

在冯明蕊的概念里，如果不在体制内，就是在无业飘荡，就不算是稳定工作，就是生活没保障。

冯豫年见她精神挺好的，问："你怎么了？前几天都好好的，怎么就病了？"

冯明蕊不在乎地说："就是查出来一个不大的肌瘤，做个小手术就行，不是大事。"

冯豫年皱眉问："医生具体怎么说的？哪里的肿块？多大？检查报告怎么说？医生约谈怎么说的？需要注意什么？"

冯明蕊笑着说："不用你操心，有你陈叔。你要是听我的话，好好考个工作，然后安安稳稳地结婚成家，我就是死了也不担心了。"

她总是这样，蛮不讲理地把你攥进她的手掌心，让你毫无还手之力。

冯豫年不敢和她吵，坐在床前安慰她："行了，我知道了。手术时间定了吗？"

冯明蕊问："那你现在在干吗？做什么工作？你住哪里？租的那些民房能住人吗？房租贵不说，又小又挤，也不安全。你回来住吧，我把你的房间收拾出来……"

原来的房间，在她离开后就改成了书房，怎么收拾？

再说了，成年后住在家里，早出晚归的，本来就不方便。

她和妈妈就像是同乘一辆车去往远方的旅人，妈妈怎么都不肯她半路下车，执着地拉着她，要她陪着自己坐到终点站。

她寻了借口出来，去医生那里详细问了个遍。

子宫肌瘤确实很小，也是良性，危险性不大。她这才敢松口气。

等她再回病房，见陈辉同也在。

陈辉同见她来了，忙说："你妈正让我出去寻你。"

冯明蕊见她回来，就开始说："来了也不陪我坐坐，你到处跑什么呀，还要让你陈叔操心你。等晚上回去，做你爱吃的干烧带鱼。"

冯豫年笑了笑，没说话。

中午她出去买饭的空隙，文晴给她打电话说："今天的秀场非常顺利。明天的布置也已经到位了。你妈怎么样了？"

她提着饭往回走，说："要做个小手术，不严重。"

两人简单交流了几句工作，就各自忙去了。

等她回去，就见陈璨坐在床边正在和妈妈聊天。

自从她和陈璨干过那一架之后，两个人再没有闹过矛盾，也几乎没有交流。

后来见了，也是客客气气的。

冯豫年知道，自己其实不算是讨喜的孩子，性格也不是很开朗。

陈璨见她回来，客气地说："冯姨过生日的时候说你回来，当时准备热闹地过一次，结果你没回来，冯姨就不肯过了。"

陈璨先递了话，冯豫年也顺着接了，说："我当时准备回来，结果有事耽搁了。"

冯明蕊总喜欢这种欢聚一堂的虚假繁荣，总是不厌其烦地喜欢把人拘在一起，冯豫年从前总是反感她这样做。明明不喜欢的人，为什么非要凑在一起？

现在想开了，也就随她吧，也没那么难以接受了。

冯明蕊吃完午饭，又开始唠叨冯豫年。

可能陈璨时不时送冯明蕊的礼物都是价格不菲的单品，而冯豫年的礼物就是简单朴实、价格亲民的日用品，冯明蕊心里难免会有比较，觉得她过得不好，越发盼着她能有个稳定的工作，希望有朝一日她能像陈璨一样生活富足，如果能找个家世比较好的老公，那就再好不过了。

冯豫年在心里叹气，她想不开吗，和一个美妆博主比漂亮？

陈璨和冯明蕊说了很久，包括上次自己的生日宴。

陈璨对冯明蕊其实还算尊敬，冯明蕊这个人嘴不饶人，但是心善，见陈璨从小妈妈不在身边，对陈璨是真的不错。

冯豫年不在的这几年，陈璨时不时住在家里，经常送冯明蕊礼物，合作商送的化妆品太多，她都成套成套地送冯明蕊。

在一个家里生活了十几年的人，感情和纠葛并存。人就是这样矛盾。

陈辉同坐在一边，看陈璨给冯明蕊看生日宴的视频，确实非常奢华，就教训她："过生日回家吃个饭就行了，铺张浪费成这样，花几十万过个生日，像个什么样子。"

等他闲下来了，才发现陈璨的生活习惯他一点都看不上，骄纵奢侈成性，不像样子，他反而更喜欢冯豫年的朴实。

陈璨撒娇道："哎呀，你就别骂我了，我好不容易过个生日。再说了姝逸姐也来了，咱们院里这帮同龄人好不容易才凑齐了，就是乐一乐。"

说着，她回头和冯豫年说："姝逸姐还问起你了。"

冯豫年正在整理床头柜上的东西，"哦"了声，迟疑了几秒才说："我很久没见她了。"

冯明蕊对李姝逸还是很熟悉，毕竟当年她们两个整天形影不离。

"你们俩读书的时候可是天天形影不离，怎么就没联系了？"

冯豫年心累地想，妈妈什么时候能学会说话分场合一点。

陈辉同见冯明蕊这话说得有些不像样子，就接着说："年年搞扶贫是苦差事，姝逸那是做明星，行业差别太大，谁也没时间，哪顾得上联系。"

冯明蕊不客气地反驳："现在通信那么方便，又不是从前。"

冯豫年见她过不去这个话茬，笑着问："你要不要吃点水果？"

她这才住了嘴。

午饭后，陈璨回去了，冯明蕊也睡了，陈辉同劝冯豫年："你工作忙就去忙吧，这里有我看着呢。"

冯豫年笑着说："没什么忙的，我陪着她吧。"

陈辉同是个粗人，讲不出什么大道理，只是和她细聊："你们农业对口的工作不好找。"

冯豫年正在看文晴发的现场图和今天对接的问题，抬头"啊"了声，才说："还行。"

陈辉同也顺着冯明蕊的话劝她："你要是愿意，部队还招人。"

她笑着说："要是二十岁出头，我会考虑，现在生活习惯已经定了，已经不适合进部队了。"

陈辉同听着觉得也有道理，便没再提。

第二天一早，冯豫年去了趟现场，叶潮也在，他坐在秀场下面。冯豫年在秀场里还看到了陈璨的妈妈，那位很难说话，一直在时尚圈工作的林女士。

等她赶回医院时，陈辉同不在，冯明蕊一个人正在同病房的阿姨聊天。见她来了，冯明蕊照例又是一通埋怨，埋怨过后，又是关心，反反复复的一个人。

冯豫年也不犟嘴，问："陈尧呢？周末也不来吗？"

冯明蕊回道："他那么小，知道什么，来医院干什么？"

冯豫年也不指望他来，就是为岔开话题。

冯明蕊又说："我给你发的信息你看了吗？最近几个区的事业单位都在招人。虽然每年公务员招收应届生的比例很高，但是你努力也能考上。"

冯豫年见没办法躲过去，就说："我看到了，但是我最近真的没时间。"

冯明蕊不能理解，她整天在瞎忙什么。

"我是没钱，我要是有钱，我养着你都可以……"

冯豫年问："我外婆是不是又问你要钱了？"

冯明蕊和她毕竟是母女，从心里都亲近，叹气道："你小舅前年才结婚。他就比你大三岁，也没个正经工作，你外婆年纪大了，也指望不上他。"

冯豫年反驳："他有两个妈给他操心，没本事结什么婚？老婆都娶不起结什么婚？"

冯明蕊嫌她说话不好听，忙说："你说的什么话，你不也一样？我倒是愿意给你花钱，你倒是结婚啊。"

冯豫年硬气地说："我没钱，所以我也不结婚，不拖累别人。"

"你说的这是什么鬼话？"

冯豫年和她真的没什么共同话题，除了结婚、工作，或者别人赚多少钱，其他的都没得聊。

冯明蕊手术前，冯豫年特意给文晴打电话，让她帮忙盯着，展季已经结束，只剩最后的收尾工作。

这一单她们拿得还算轻松，文晴高兴地和她说："果然不一样，比我的一个大单都丰厚，天知道我去年一年都没签到什么大单。"

冯豫年听着笑起来，安慰道："别太累，和林越文沟通一下，后续的工作招人吧。"

叶潮起初说是分红，但到最后一分也不要。

冯豫年打电话和他说起这事，他就来气地问："冯豫年，是不是瞧不起我？多大生意我都能送人，你这点小生意，还给我分红，你故意寒碜我呢？让劭忧知道，不知道要怎么笑话我呢。"

冯豫年失笑道："我不知道这几年咱们叶少做了散财童子。"

叶潮听得也笑了，豪气地说："就这么笑笑，咱院里出来的人，没那么多讲究，跟我说话就理直气壮的，甭不好意思。"

冯豫年等笑完才说："谢谢。"

叶潮臭屁地说："客气。"

冯豫年一个人采购了冯明蕊做手术需要的日用品，冯明蕊第二天手术，等手术后她可能要回去陪冯明蕊住一段时间。

她在超市里买东西的时候，接到卢姨的电话。在冯豫年的印象里，卢姨一直是个很有涵养的人，说话斯斯文文的，脾气也很好，和冯明蕊的性格完全不同。

可此刻她哭着说："年年，你爸好像生病了，他这段时间一直不舒服……"

冯豫年听得心里一慌，问："他怎么了？"

"肠胃一直不舒服……"

冯豫年手里提着消毒液，听得心里一紧，站在超市里茫然四顾，一时间不知道要去哪里。

她用最短的时间让自己镇定下来，安排卢姨："我晚上给爸爸打电话，你先帮他准备一下行李，然后我给你们买票来北京。先不要慌，把检查结果一并都带着。"

等她回去时，陈辉同带着阿姨和陈尧都来了，连同陈璨也来了。

陈尧和陈璨比较亲近，两个人腻在一起，陈尧想玩游戏，冯明蕊不肯给他手机，他就凑在陈璨身边用她的手机玩游戏。

病房里热闹成一片。

见冯豫年提着两大包东西进来，阿姨赶忙接过去。

冯明蕊和陈辉同聊天说手术后过三四天就能回家，这也不是大手术，问题不大。

冯豫年听着有点走神，在想去哪个医院挂号，哪个医院的消化科比较好……

冯明蕊见没人应她的话，问冯豫年："你明天有时间吗？"

冯豫年抬头见大家都看着她，下意识地说："有时间。"

冯明蕊见她脸色不好，就安慰说："就是个小手术，你不用这么紧张，我都不怕你怕什么，你要是忙明天就不用过来了。"

冯豫年晚上没有陪床，特意回去了一趟，在地铁上给梁登义打电话。

老梁人还在店里，已经收摊了，正和市场里的邻居们聊天。

冯豫年问："你体检是怎么回事？"

梁登义抱怨："你卢姨也是多嘴。"

冯豫年激动地说："生病了就治，什么多嘴？我帮你买票，你过两天就过来，认真检查一下……"

梁登义打断她的话："我能有什么事，小孩子别整天操心这些。"

地铁到站了，梁登义听见地铁报站的语音，问："大晚上你一个人怎么还在外面？路上注意安全，大晚上一个人尽量别出去。"

冯豫年出了地铁，忍着泪意，和他说："爸，我预约了医生，你过来检查一下，就当是为了让我放心。你又不是前些年一穷二白一个人混日子，你现在上有老下有小，一家子人都指望着你，你别不当回事。"

梁登义听得双眼一热，顿时说不出话来。

要不都说女儿贴心。

隔了半晌，他才和旁边喝酒的邻居说："我就喜欢姑娘，还是姑娘贴心。"

冯豫年回去就开始在网上查医院，预约医生，专家号早已经满了，已经都排到下个月了。

她在微信群里看了一圈，在上次云南乡下的几个人的小群里问：【谁认识消化科的专家？我想挂个号。】

杨渊最先看到，私聊她：【你给谁看？】

她回：【家里亲戚。】

叶潮在群里问：【谁生病了？】

冯豫年在群里统一回复：【家里亲戚。】

沈南贺回了句：【我有个同学好像在301，我帮你问问。】

等她躺在床上又开始研究各大医院的消化科时，李劭忱的电话过来了。她躺着接了电话，问："什么事？"

李劭忱不像在家里，身边还有人在说话，他问："给谁看病？"

"说了，是亲戚。"

他也不多问，只说："李姝逸的姑姑算是权威的内科专家。你亲戚到了给我打电话，我领你们过去。"

冯豫年的话，他半句都不信，他太了解她了。

不到万不得已，她绝不会向他们开口。

李劭忧此时还在下面的工厂里，重工机械制造业的每一项研发耗资巨大，他虽然在外面被人称一句小李董，但是他比其他经理责任都要大，工作也繁重得多。

他本来计划休息半天，但还是连夜回来了。

第二天一早，他给冯豫年打电话，她人已经到了医院，这几天她过得简直心力交瘁。

冯明蕊胆子小，虽然之前说得满不在乎，但进手术室前，哭得跟个泪人似的，怎么都控制不了情绪。

冯豫年哄了又哄。

三个小时后手术完出来，冯明蕊已经清醒了。

她整个人还处在极度紧张的状态，一动不敢动。

冯豫年也没想到，冯明蕊做完手术会这么娇气，吸管杯里的水偏热也不喝，枕头太低不想枕，需要人时时刻刻看着她的眼睛，陈辉同只好回家给她取家里的枕头。

等麻药散后，她开始哼哼，一直喊疼。冯豫年如临大敌，吓得每隔半个小时就去请一次医生。管床医生是个年轻小伙子，过来看了两趟后委婉地和她解释，病人由于紧张过度，就会放大感官感受。

她这才舒了口气。

这两天，她根本没空去给爸爸联系医院，只哄着让他们先来北京。

等冯明蕊出院回家后，家里有阿姨和陈辉同在，她才得以脱身。

梁登义将店托付给妹妹梁容，和卢一文一起出发去往北京。

冯豫年出了门就打电话，得知他们已经到了，便从陈叔家里直接坐地铁去接人。

梁登义和卢一文出了车站，在外面的快餐店吃东西。

冯豫年进去，见梁登义穿件旧的灰色外套，背对着她坐在门口的位置。

她看得鼻子一酸，忍了忍，才上前招呼两个人："我过来得晚了，先跟我回去，咱们回家吃吧，你胃不好不能吃这些。"

梁登义见她来了，站起来说："你忙你的，我们自己去医院。"

冯豫年见卢姨有些拘谨，招呼说："先不说这个，等午饭咱们吃点好消化的。"

她带两个人中途下车，在商场里给两人买了几件衣服。

梁登义心情好，竟然没拒绝。

卢姨不好意思，一直拒绝说："不用花这个钱，我们有衣服，你爸嫌新的衣服穿着不舒服，才非要穿这身旧衣服。"

冯豫年笑着哄道："就当讨个吉利，一人买一件新的。"

事实上，她给两人买了两身从内到外换洗的衣服，顺便在商场里吃了午饭。

等回到家，梁登义看了眼窗外的景色，问女儿："这个位置的房子什么价？"

冯豫年听得笑了起来，开玩笑说："你要给我买吗？那你得好好看病，养好身体，加把劲好好赚钱才行。"

卢一文转了一圈，知道这房子的位置不得了。两室的房子，收拾得干干净净，很有格调，和普通的装修不一样。

冯豫年把次卧收拾出来，安排两人睡午觉了才借口出门，给李劭忱打电话，结果电话一直没人接。

陈璨本来不准备回家，结果被陈辉同打电话教育了一通。

她这才大清早起来磨磨蹭蹭回家去，走到半路才想起要带礼物。冯阿姨从医院回来，她要送礼物才合适，就半路上进了商场，她没想到会在商场里看到冯豫年。

冯豫年带着一对中年夫妻在商场里买衣服。

陈璨直觉那就是冯豫年的爸爸。冯豫年很像她爸爸，身高将近一米七，五官很大气，和冯阿姨并不像。

冯明蕊因为伤口有些隐隐胀痛，尽管手术很成功，但她还是有些怕。

冯豫年又不在身边，她心情就很沮丧。

陈辉同端着汤进来劝她："你不要乱动，医生说过半个月去复查一次，然后隔三个月再去复查一次。"

"年年呢？"

陈辉同顺口就说："听璨璨说在商场遇见她和她爸了。她也没时间，家里有我和阿姨在，孩子们就让她们忙她们自己的事吧。"

没想到，这一句彻底惹急了冯明蕊。

她怔怔的，半晌都没说话。

等陈辉同出去后，她就给冯豫年打电话问："你在哪儿呢？"

冯豫年正在等李劭忱，李劭忱正在给她联系医生。

她被冯明蕊问得一窒，顿了顿才问道："我在家里啊，你怎么了？哪儿不舒服吗？"

冯明蕊见她不回答，继续问："你现在在哪里？和谁在一起？"

冯豫年说："我在等一个朋友。"

冯明蕊觉得她此刻还在撒谎，太过分了，气愤地说："你现在回来。"

冯豫年还要等消息，第二天一早就要带梁登义去医院，就哄道："你哪里不舒服吗？陈叔在家吗？"

冯明蕊听得眼泪都出来了，哭着说："我算是白生你了，你不想回来以后都别回来了。"说完就挂了电话。

冯豫年吓得赶紧给陈辉同打电话问："我妈怎么了？"

陈辉同还不知道发生了什么，愣愣地说："没怎么啊，她好好的。中午的汤也喝了，这会儿正睡觉呢。你别担心，家里有我和阿姨，你忙你的，别操心家里。"

李劭忧给冯豫年安排得很详细，打电话的时候他已经在来接她的路上了，下午带他们过去看看。

李劭忧的助理姓赵，比李劭忧大两岁，人很细心。

开车来的路上，李劭忧交代："下午的会议我自己去，你先陪他们去医院，等我开完会给你打电话。"

冯豫年站在马路上，等人来了，她就先问："我怎么联系医生？"

李劭忧见她满脸倦色，安慰说："我下午有个会要主持，不能缺席。小赵带你们去，人我都联系好了，直接去办公室找人。"

冯豫年松了口气，点点头说："那你去忙吧，我下午再联系你。"

从医院一出来，冯豫年面色就不好，医生看了眼片子和检查结果，直接确诊胃癌，不需要做其他检查。

确诊胃癌，尽快安排住院，其他项目等住院后再进一步检查。

她一个人站在消防通道门口缓了很久，闭着眼，强迫自己镇定下来，但握着单据的手还是一直忍不住发抖。

尽管心里有猜测，但她还是不敢相信爸爸得的是胃癌。

小赵执着地不肯先走，一定要送他们到家。

直到晚上李劭忧的电话都没来，他在微信上通知她：【今晚走不开了，我明天过来。】

冯豫年看着消息，突然觉得和前几年好像。

可惜谁也不能依靠着谁。人不能一而再再而三地心存侥幸。

她回复：【你忙你的吧，检查结果没事，虚惊一场。】

李劭忧再没回复。

住院部那边暂时没有床位，梁登义其实已经知道自己的身体状况了，他原本计划等他把店里的事都安排好，就在吴城做手术，也不惊动家里人。结果卢一文不同意他的决定，先告诉了冯豫年。

冯豫年执意让他去北京，卢一文也劝他，手术还是在北京做，咱们后期复查可以在吴城。

冯豫年已经在联系床位，给他办理住院手续。

大概还是李劭忧请的人帮她都联系好了，下午时医院那边就通知她办理住院手续，然后安排后续检查，签了告知书，先带着两人回家了。

晚上她还要赶回去看妈妈。

用别人的话说，梁登义是个性情中人，性格大开大合，十分的爽朗。年轻的时候浪荡恣意，但对家庭不负责任；如今年过半百，他终于也知道家的重要性了，出入之间，对卢姨非常细心。

冯豫年安顿好两人才出发，等回到西四院已经晚上九点了。冯明蕊心情不好，在房间里哭了一场。

陈辉同在客厅里陪着陈尧写作业。

阿姨在厨房里炖汤，见冯豫年回来，努努嘴，悄声说："她今天哭了很久。"

冯豫年见阿姨还挺严肃的，一头雾水。

陈尧看她回来，惊喜地问："姐姐，你今晚不走吧？"

她迟疑地笑了笑，点点头，然后轻轻敲冯明蕊的房门，见里面的人不应声，她就轻轻推门进去。

床头壁灯亮着，冯明蕊背对门躺着。

冯豫年绕过去，见她醒着，轻声问："怎么了？是不是哪里不舒服？"

冯明蕊理都不理冯豫年。

冯豫年坐在旁边的椅子上，看着她，两个人静悄悄的，谁也不说话。

冯豫年叹气，想了很久措辞，却还是不知道该怎么劝她，只好说："陈叔和阿姨都很担心你。你哪里不舒服一定要说出来。"

冯明蕊冷淡地说："对，他们担心我，家里的阿姨都知道心疼我，我生的就不知道担心我。"

"你说什么呢，我怎么可能不担心你？晚上我陪你好不好？"

冯明蕊淡淡地说："你们梁家的人，都一样没良心。我养你十几年，到头来还是比不上梁登义那个狗东西？"

冯豫年这才知道，冯明蕊知道爸爸来北京了。

她忍了忍，耐心解释："我爸病了，来北京检查身体。"

冯明蕊翻身坐起，盯着她，气愤地说："他病了，你就撇下我去陪他？我病着你怎么不知道陪我？是不是我要是拦着你，不让你给他看病，他要是死了，你都不认我了？"

冯豫年不知道冯明蕊为什么会变得这么刻薄，怔怔地看着她，一时间不知道说什么。

冯明蕊还有满腔委屈发泄不出来，她这几天一直卧床，还不敢下地，冯豫年就撇下她去看那个狼心狗肺的爸去了。

"他但凡有点当老子的自觉，就不该拖累你！我拉扯着你这么多年容易吗？到头来，他来当现成老子了？"

冯豫年见她激动，长舒了口气，语气缓和地劝说："他身体不好，你的身体也不好，至于从前那些恩怨，我们暂时不提好不好？都先把身体养好再说。"

冯明蕊拉着冯豫年的手，紧紧攥了攥，可能一时间没想到什么有力反驳的话，也知道见好就收。

她躺在床上，又开始求冯豫年："年年，你听妈妈的话，认真考试，安安稳稳上班。女孩子好高骛远没有好结果的，嫁一个安稳的人，好好过日子才是正经。"

冯豫年握着她的手，看着她，心里说不出来的难过。

等冯明蕊睡着后，冯豫年才出来给文晴回了个电话。

文晴问："阿姨怎么样？我明天过来看看。"

冯豫年站在阳台上，轻声说："别来，你明天早上给我打电话，就说找我有事。记住，在七点之前给我打电话。其他的明天再说。"

文晴着急地问："怎么了？出什么事了？"

一两句也说不清楚，冯豫年叹了口气，回道："没事，明天和你细说。"

陈辉同还在陪陈尧做作业，她打了声招呼，又出门去了。

已经晚上十点多了，梧桐路上一个人都没有。她习惯心情不好的时候一个人散步。

她站在树下，仰头看着郁郁葱葱的树荫。

旁边有人问："你看什么呢？"

冯豫年转头看了眼，李姝逸正站在不远处静静地看着她。

李姝逸很久很久都没见冯豫年了，感觉她看起来比十几岁的时候还要不开心。

李姝逸因为她和弟弟李劭忱的事，气恨了她很久。

要知道，李劭忱当年大病的时候，医生说他没有求生的欲望，差点熬不过去了，李姝逸当时吓得号啕大哭。

外公膝下就只有舅舅和劭忱两根独苗，舅舅已经没了，劭忱怎么能再出事？

就这样，两人不约而同就这么失联了几年。

此刻遇见，也没有重逢喜悦一说，两个人静悄悄地站着，谁也不说话。

最后还是李姝逸先问："还走吗？"

冯豫年大脑在放空中，茫然地问："走哪儿？"

李姝逸看她整个人笼罩在路灯的橘色柔光里，但就是让人看着难过，于是又问："这几年过得怎么样？"

冯豫年温柔地笑起来，和第一次遇见李姝逸时一样。

"挺好的，你呢？怎么想起去做演员了？"

李姝逸还是和小时候一样，有点娇气地说："我不想按部就班地工作，就想做比较有创意的事情。"

冯豫年点点头，觉得李姝逸就该是这样恣意。

李姝逸见她好像不忙，问："就住在这里？"

冯豫年摇头。

李姝逸又问："一起喝一杯？"

冯豫年有些心累地说："我明天早上还有事，不能喝酒，等下次吧。"

李姝逸的提议本就突兀，被拒绝又觉得有点不自在。

冯豫年先说："能加你微信吗？"

李姝逸掏出手机笑着说："可以啊。"

她的微信头像是只可爱的猫，朋友圈里有很多活动的照片。冯豫年看了眼，笑道："非常上镜，比其他的小明星漂亮一大截。"

李姝逸笑得特别开心地说："那是。"

年少的情谊还是不一样，记忆总是偏心。虽然生疏得让人有点无所适从，但还是固执地觉得她依然是记忆里那个最好的朋友。

冯豫年看了眼时间，抱歉地说："我该回去了，等过了这一阵，我们再聚。"

李姝逸看着她匆匆进了巷子，才想起哪里奇怪——已经变天的初秋，晚上已经有些冷了，她只穿了件衬衫，看起来还是那么瘦，匆匆忙忙的，眼睛里总有说不出来的愁。

李劭忱这几天被分公司的一起事故给拖住了，华康股份的前身是华康制造，后来兼并其他小型制造企业后，整合成华康股份。

李劭忱负责的是下属分公司的精密制造，工厂里因为机器维修导致的电路事故造成一名员工死亡，一名员工重伤。

这几天关于安全、制度等一系列的会议一个接着一个，事故责任报告也要从他这里签发，他要一场一场地安排妥当。对已逝员工家属的抚恤和受伤员工的慰问，所有的后续工作都要由他来主持。

温玉联系不上李劭忱，就去找小姑子。

李岩虽然执掌华康多年，但说话一直文文静静，一点都看不出来强势。

接了温玉的电话，李岩温和地说："他这几天应该在下面的工厂，有的工厂在下属乡镇里，信号差也是有的。"

温玉明知道她信口一说，来气地抱怨："他一个分公司的小经理，哪有那么多事整天日理万机，我见他一面都难。"

李岩并不理会他们母子之间的官司，只是安慰道："企业和体制单位毕竟不一样，要想出成绩，就要吃苦，忙些也正常。"

温玉见李岩并不接话，只好主动说："他年纪也不小了，因为前几年的荒唐事，还是和我闹得不愉快。"

李岩原本看不上温玉一门心思的清贵高傲，而且做事鲁莽且自大，但也知道她就是那么个人，所以就没说话。

温玉接着继续说："你说说，人家二婚带来的一个女儿，比他年纪还大几岁，他昏了头了？是，我当时的反应也过激了，他自那之后对我也没个好脸，可我要不是为他，何必做这个恶人？"

李岩体谅她，哥哥前几年去了，她一个人不容易，便劝她："劭忱还小，做事也兢兢业业，未来的路还长，他是个聪明孩子，会对自己负责的。"

温玉碰了个软钉子，也不再说了。

等李劭忱忙完，李岩打电话劝他："别和你妈闹得那么僵，她一个人这么多年也不容易，好不容易现在退休了……"

他开会到中午，结束后直接开车回来，此时正站在医院的走廊里，看着墙上的内科知识科普，"嗯"了几声，并不反驳。

李岩见他不想谈，就说："你爷爷这几天刚回来，你有时间就回去一趟。"

挂了电话，李劭忱转头就见冯豫年从病房里出来。李劭忱靠墙站着并不动，见她面对墙站了片刻，才扭头看过来。

见他来了，冯豫年也不惊讶，低声说："已经住院了，医生说尽快安排手术。"

她不想说里面的人是谁，李劭忱怎么可能不知道，病人和她什么关系，病情如何，他清清楚楚。

她也不想李劭忱进去看人，就说："出去走走吧。"

等两人出了医院，她才问："我回去，你去哪儿？"

"我也回去。"

冯豫年没精力多想了，赶紧说："那我蹭个车，我也回去。"

路上她就睡着了。

半路上李劭忱还下车买了趟吃的。

等她醒来，见车就停在马路上，她含含混混地问："几点了？"

李劭忱说："你只睡了半小时。"

她"哦"了声，又说："谢谢哦。"

李劭忱也不多问，把喝的递给她，沉默良久后才说："先什么都别想，等手术后再说。"

她笑了笑，没说话。

他已经不是从前那个热烈的李劭忱了，如今做事有些按兵不动，但还是一样的伺机而动。

两个人默契地不提各自的处境，也许是从前几年开始，就有了默契。

家里，冯明蕊就躺在沙发上等着冯豫年。

见她回来，冯明蕊就问："明天还去吗？"

冯豫年看了眼从厨房出来的陈辉同，和气地说："应该会去。"

冯明蕊看着她，质问道："你一句都不肯听我的，是不是？"

陈辉同劝道："你好好养身体，别东想西想。年年工作那么忙，别折腾她。"

冯明蕊只当听不见。她休息了一晚，已经养足精神了，一心想着她一个人带大的女儿，凭什么梁登义来摘果子，凭什么让梁家的人来占这个便宜？

冯豫年支使陈辉同，说："你去盯着尧尧做作业，要不然他不认真。"

陈辉同知道母女俩有话要说，也就避开了。

冯豫年在心里警告自己，不能再像几年前那么任性，和冯明蕊大吵一架就一走了之，妈妈如今是病人，也已经不年轻了。

她今年才二十七岁，十几年都在几处辗转，从小到大被时时刻刻提醒最多的就是"你要懂得感恩"，要感谢的人很多，要感谢在家徒四壁的时候帮助她们的邻居，要感谢奶奶收留她，感谢姑姑隔三岔五地接济她，感谢陈叔一视同仁，感谢邻居们对她的照顾……

她背着这些人情，那时候的愿望其实很简单，就是能理直气壮地活着，但是后来发现，没有人能理直气壮地活着。

她不容易，妈妈更不容易，她们这些年过得都没有多开心。

见她坐在旁边不说话，冯明蕊气得肚子疼，捂着肚子皱着眉，开始哭诉："你别指望他会心疼你，我也不逼你，等他做完手术回去了，你老老实实回来考试，安稳地上班，其他的我不过问。你要真的不管我的死活，以后也不用回来看我了。"

冯豫年怕她这么一直闹，爸爸手术都做不成，她身体也不好。

犹豫了片刻，冯豫年狠了狠心，说："我答应你。"

冯明蕊又说："今年年底的考试你赶不上，你先准备着，考不上也没事，先为明年的考试做准备。"

冯豫年点头。

冯明蕊见她答应得很干脆，又怕她是哄自己的，威胁说："你若是敷衍我，我这个复查也不去了，我就跟你耗着，你也别管我死活了。"

冯豫年马上回道："我答应你，肯定听你的。"

冯明蕊这才收起眼泪，又变得温和地说："我想送尧尧去国际学校，他以后一定要有出息。我不会让他以后高不成低不就，那样拖累人。我呢，和你陈叔一起这么些年，养老是没问题的，也不会拖累你。你只管照顾好自己就可以了。"

她自己被年幼的弟弟拖累，没办法改变，只能教育好儿子，不去拖累女儿。

冯豫年嘱咐她："别操心这些，一个星期后咱们先去复查。"

冯明蕊见冯豫年面色不好，抓着她的手，哀戚地提醒道："年年，咱们和别人不一样，也没法比，你不要和别人比，胡同里那些有钱人咱们比不了，咱们只管过好自己的。"

说着，她回头看了眼房门，低声说："陈璨喜欢李劭忱，胡同里谁不知道？前几天我听见她给老陈打电话，说李劭忱的妈妈回来和她妈妈一起去度假了，怕是好事近了。你看陈璨她妈，离婚后单身了这么多年，不照样着急撮合女儿和李家的儿子嘛。女人嘴上说一个人过生活自由自在，可哪有那么容易。她要是自在，她为什么不让她女儿别结婚，还这么巴巴地和李家那个儿媳妇搞好关系……"

冯豫年没办法反驳她，松开她的手，起身给她倒了杯水，回来和她说："喝点水，她们的事，你也别问。你只管养好你的身体，其他的都别操心。"

冯明蕊的话题已经远了，但她还是继续："我知道，她要结婚，我肯定是要去的。你比她还大一岁，你什么时候成个家，我也就放心了。"

冯豫年见她扯得更远了，就没作声。

等冯明蕊睡了，冯豫年才给梁登义打电话。梁登义和卢姨在医院里，这几天每天检查抽三大管血让他有些虚弱。

卢姨嘟囔说："本来身体就不好，再这么抽血，更不好了。"

冯豫年听着他们两个人嘀嘀咕咕地低声聊天、互相鼓励，就知道两个人挺好的，她也放心。

有的人就是这样，不一定能做负责任的家长，但是适合做朋友，相处起来不累。

冯豫年把工作托付给文晴，觉得有点对不起她。

文晴劝道："咱们本就是个小型工作室，再说了，我辞职不就是为了不受那些气吗？我反正现在心情非常好。而且，林越文不简单，她的员工非常专业。咱们发大财可能不太行，但是温饱不成问题，你放心忙你的吧。"

第二天等冯豫年到了医院，卢姨高兴地说："医生说手术时间定了，下个星期五。"

梁登义劝道："没有你想的那么严重，你不要着急。"

冯豫年又找医生谈了谈，虽然还没到术前谈话，但是她还是不放心。

医生说得很清楚，这是常年饮食不规律导致的。

冯豫年从医生办公室出来，文晴就来了，见了面就骂她："你和我客气什么，这么大的事，都不和我说一声。"

她听得鼻子一酸，乖顺地笑起来。

文晴气得捶了她一拳头，问："阿姨怎么样？我下午和你去看看阿姨。"

冯豫年忙说："别，千万别去。她见了你就会灵魂拷问，你多大了，是不是北京本地人，一个月赚多少钱，有没有男朋友，然后劝你早结婚，以及科普早结婚的一百种好处。"

文晴听得笑起来，也不执着，笑着和她说："咱们第一单开门红，林越文想开一个小小的庆祝会。"

冯豫年听李劭忧说了，林越文想出来工作，先需要接触接触熟悉的人，然后再慢慢开始。

"那你就代表咱们俩吧。林越文和我不一样，我是借了东风，接了这一个单子，林越文则是有完整的商业计划，你多和她接触。"

文晴嗔怪地看她一眼，说："我可没那么大本事，我一个小人物，够吃够喝就行了。我看得出来她不简单，她的工作助理和生活助理都不是等闲人。最近招的人都是重本的硕士生。"

冯豫年也不好解释林越文的身份。

文晴没想到林越文的小型庆祝会开得这么隆重，在私人的花园酒店包场，有专业的团队筹办。她看了眼，受邀的都不是简单的人，还有好些名媛。她给冯豫年拍了张照片，冯豫年一眼就看到了里面的陈璨。

冯豫年没去，也就没出声，只让文晴玩得愉快，还安慰她："反正就当是公费聚餐，你玩开心就好。"

叶潮也被邀请了，胡同里的年轻人有好几个都在。

叶潮不怎么和其他人玩，每个人的性格、习惯都不一样，他们几个已经成固定组合了。因为冯豫年坚持，所以叶潮占了工作室的一成股，这样，叶潮就和林越文成同事了。

叶潮对林越文的丈夫略有耳闻，知道他家世不简单，但也仅限于知道一点。一整晚他都兴致缺缺地坐在一边，和有些茫然的文晴倒是成了搭档。

文晴对这些人完全不熟悉，大部分人根本不认识。

叶潮的绅士品质这时候就得到了极大的发挥，他靠在椅背上，浑身上下都散发着贵公子的气质，偏头给文晴一一介绍，指指穿着黑色短裙，俏皮又性感的陈璨，漫不经心地说："那个就是冯豫年的妹妹陈璨。真是哪儿哪儿都有她。"

语气里都是不以为意。

说完，他又指指旁边一个穿短袖和牛仔裤的男生，说："那个是我们一个胡同的，他爸是军人，这么多年一门心思追陈璨，死性不改。"

文晴惊讶，觉得叶潮简直像个人物百科，在场的人他都能说个七七八八，而且都清楚到上一辈。果然都不是简单的人。

到最后了，叶潮才说："你们这个老板真是大刀砍蚊子腿，这么大阵仗，其实没什么用，做生意闷声发财才是长久之计啊。"

文晴诧异地看着他，她还以为叶潮和林越文应该是很熟的朋友。

她"哦"了声，转头看着人群，还在复习他刚才讲的重点。

林越文并不忙碌，有专门的人招待客人，她只是清浅地和相熟的朋友随意聊几句，每一个人都不会聊很久，但是又照顾到了每一位客人。她真是个面面俱到的人。

最后，她看到文晴和叶潮坐在一边，过来问："怎么没看到冯豫年？"

文晴替冯豫年推得干干净净地说："她家里有事，参加活动的事就由我负责。"

林越文点点头，这才说："李劭忧也没来。"

文晴被问住了，李劭忧？这是谁啊？

片刻后她才想起，他是冯豫年从前那个男朋友，那个最高学府的学霸前男朋友。

她莫名其妙地转头看叶潮，听叶潮说："劭忧忙着呢，他和我可不一样。"

林越文的涵养特别好，根本看不出来她是失望还是释然，笑起来温柔地说："也是，他们企业里事情多。"

叶潮并不接话，矜贵得有些傲娇，实则心里门清。

文晴冲林越文笑了笑，然后目光炯炯地看着叶潮。叶潮坐在那里稳如泰山，一动不动。

林越文也不执着，她有耳闻，李劭忧这个兄弟对冯豫年有点殷勤，有些保驾护航的意思。她也就是顺带一问，毕竟李劭忧是她的投资人。

文晴看着神仙们打架，有点一知半解，看多了也觉得无趣，于是给冯豫年发消息：【你说叶潮和林越文，不会有恩怨吧？】

冯豫年还在医院里照顾梁登义，今天挂的药已经完了，三个人正在聊天。收到信息，冯豫年想了片刻，回道：【应该没有吧。】

梁登义见她皱眉，为她宽心说："手术的事你不要操心，人各有命，强求不来。再者我自己有钱，你不用着急。"

卢一文也说："我那里也有，你爸和我的钱够做手术的。"

冯豫年特别感谢卢一文对爸爸的照顾。虽然是半路夫妻，但是他们感情确实挺好的。

爸爸的性格，江湖气来的时候，有点像没笼头的马，桀骜得厉害。

而妈妈则缺少和人沟通的智慧，但凡和人说话，总少不了冷嘲热讽。

显然卢姨就比较适合爸爸，说话虽然温温柔柔的，但是无论爸爸有什么事，都会第一时间考虑冯豫年的意见。

冯豫年还没说话，梁登义就说："医院的大夫，是你托人了吧？"

冯豫年老实地说："一个邻居朋友帮的忙。"

梁登义却说："我那天看见了，挺年轻的一个男孩子。"

冯豫年听得有点窘，她没有和爸爸聊男生的经验，尤其是和并不是很亲密的父亲聊起男孩子。

卢姨看得笑起来，说："那下次见了，咱们请人吃个饭，不能让年年一个人舍了面子。"

冯豫年拒绝道："不用，下次遇见了，我请他吃饭就行了。"

梁登义笑呵呵的，并不说话。

他的心态其实还不错，可能他本来就是个性格开朗的人。

手术前的准备，冯豫年一直都很小心，每一次医生的约谈，每一个检查报告，都是她自己去，她宁愿自己一个人紧张害怕，也不敢影响梁登义。

等晚上梁登义睡了后，卢姨和她站在楼道里，悄声说："我这里带了十万，我想让你爸做完手术在这里待一段时间，等术后复查好一点再回去。"

冯豫年忙说："当然可以，术后他也不能多动。"

卢姨有些不好意思地说："我没有别的意思，主要是他那个人闲不住，只要回去了，肯定要去店里，我看不住他，而且店里现在让你小姑看着，你奶奶现在还不知道。"

冯豫年感谢卢姨的细心，又觉得有些惭愧。

"我来和他说，我来准备。"她自己揽下了这个工作。

冯豫年晚上回去，见李劭忱就站在小区门口，车停在路边，他自己站在车旁边。

她看了片刻才提醒了一句："这里不能停车。"

李劭忱看着她，要笑不笑的。

冯豫年问："你笑什么？"

他只是问："什么时候手术？"

冯豫年明白，他肯定知道谁做手术了，便也不隐瞒，回道："下个星期。"

李劭忱跟着她往里走。

冯豫年问："你进来干吗？"

李劭忱有点无赖地说："问你个事。"

冯豫年站住脚，瞪他一眼，没好气地说："有事说事。"

李劭忱问："你怕我干什么？"

冯豫年想骂他不要脸，但是又刚从医院回来，对他还心存感谢，就骂不出口了。

李劭忱跟着她进了电梯。

冯豫年还在想卢姨说的事，她其实有点怕冯明蕊来闹。

李劭忱问："听说你妈也病了？"

冯豫年听得一僵，呛他："你每天日理万机，听说的可真不少。"

他失笑："那可不，今天送老爷子，家里阿姨去看你妈了，还说你妈刚出院回来，我听了一耳朵。"

冯豫年沮丧地问："你说，我是不是命里有什么不对劲的地方？怎么这几年接二连三地出事？"

李劢忱听得好笑又心疼。

但见她炯炯有神地盯着他，他才说："不要相信鬼神之说。"

冯豫年怀疑地看他一眼。

她的专栏停更在一年前。

她在最后一篇小记里写：【我要从怀念里走出来，从那个满是惆怅的青春期走出来。每个人都有自己的步履，我有我的路，他有他的行程。命运给的礼物，我都收下了。我该走的弯路，一点不少地都会走过去。等我再次回归的时候，我还是那个满是少女心的梁园。谢谢你们的一直陪伴。】

李劢忱看得怅然若失。

冯豫年开门进去，李劢忱跟着进去的时候，冯豫年扭头问："我说，你尾随进门，未免也太过轻车熟路了。"

李劢忱这才说："我最近住隔壁，钥匙忘在那边家里了，进不去。"

冯豫年怀疑地说："密码锁，根本不需要钥匙。"

李劢忱看她一眼，矜持地站在客厅里，被她说得也不坐了，只说："就是帮个忙，你紧张什么？我帮忙的时候，也没盘问过你。"

冯豫年现在特别认同李姝逸曾经说的话——"别看我弟光风霁月的，其实他心眼儿最坏。"

她一时竟然觉得自己理亏，没什么有力反驳的说辞，就进厨房拿水去了。

李劢忱坐在沙发上，随手翻看了一眼她放在茶几上的书。

一本叫《堂吉诃德在北美》的书，他想了好久都没想起来这书写的是什么。

学语言之初，他的阅读量非常庞大，但是离开那个行业久了，慢慢就遗忘了。

冯豫年出来，见他低头拿着书，开玩笑说："你要是看上这书了，送你。"

李劢忱笑着问："我要这个做什么？"

冯豫年不明所以，说："这书本来就是你的。"

李劢忱略惊讶地问："是吗？"

"我也是前段时间整理行李翻出来的。"

李劢忱拿起书，又认真看了眼，但是还是没什么印象。

冯豫年见他看得认真，就说："你当时说这本书的翻译作者很有名。"

他这才看了眼译者，认同地说："是很厉害的一位老师。"

他的语言学依旧不错，但是离开一个行业，那一部分知识和能力就会随着时间慢慢遗忘，最后归于曾经。

冯豫年见他不动，一时间觉得有些唏嘘。

他本来就是路过这里想进来看看。

冯豫年现在对他有种"我管你是谁，在我这里一律是老朋友"的固执感。

冯豫年看到和文晴的聊天记录，突然想起什么，问："你能让林越文以后多照顾文晴吗？我和她没什么交情，虽然说工作室是几个人的，但是我和文晴什么本事，我们自己知道。"

李劭忱问："你干什么去？"

"我暂时顾不上。"

"说实话。"

冯豫年瞪他一眼，见他丝毫不为所动，有些来气地说："你……"

说着，她摆摆手，不再说了。

李劭忱又问："碰见李姝逸了？"

冯豫年听得一僵。

他继续说："李姝逸说你看起来不太好，好像比十几岁的时候还忧郁，而且太瘦，让人觉得可怜巴巴的。"

冯豫年反驳道："那是你姐。"

李劭忱笑起来，说："没说她不是。娱乐新闻不还说我是她男朋友吗？我也没见她吱一声。"

冯豫年听着他抱怨，笑起来，说："你活该。"

他最近真的太忙了，没工夫盯着她，直到晚上十一点了，他才自觉地起身，说："那我先走了。"

出门前，他突然又想起什么，说："张弛昨天还问起你了。"

冯豫年不在意，张弛常年在部队，忙得脚不沾地，等他休假的时候再请他吃饭。

冯明蕊果真消停了，只是打电话问了声梁登义什么时候手术。

冯豫年知道，她肯定等着老梁手术后，然后二十四小时盯着自己参加考试。这种事，她真的干得出来。

老梁手术的那天，冯豫年前一夜没睡，大清早就赶到了医院。

老梁拉着她的手，眼泪流得无知无觉，沉声说："年年，别为爸爸担心，你只管做好你的事。爸爸对不起你，你别怪我。"

冯豫年紧紧握着他的手，听得心里一片潮湿，忍着不肯哭，鼓励他："爸爸，做完手术，你在北京待一段时间，就当是陪我。等养好病了，我陪你去香山看红叶。我们学校就在那边，顺便带你去我读大学的地方看一看。"

研究生毕业典礼，邀请家长出席。冯豫年当时给梁登义打电话了，但是冯明蕊强硬地表态，如果梁登义去，她就不去。所以梁登义最后也没有来，他没有见过冯豫年任何成长中生活的地方。

卢一文看这父女俩，联想到自己坎坷的命运，也哭成个泪人。

送梁登义进手术室后，卢姨出去接女儿，冯豫年一个人坐在外面大厅的椅子上，一时间脑子里空白一片。

过了二十分钟，护士在门口叫："梁登义家属在不在？"

护士连着叫了几声，冯豫年都没反应，还是卢一文回来听见了，喊了她一声，她才进去签了字。

等冯豫年出来，卢一文给她介绍："静静，你见过的，她刚请了假赶过来。"

卢姨的大女儿看着和她年纪差不多，比她之前见的时候胖了一点，和卢姨很像，看起来很温柔。

钟静一身风尘仆仆，先伸手，不好意思地说："我只在我妈和梁叔结婚的时候见过你一次，当时匆匆忙忙，都没来得及和你多说话。"

冯豫年也不好意思地说："现在假都不好请，我爸这里有我在，没事的。"

钟静特别有做姐姐的担当，和气地说："之前有个同事休了产假，要不然我能早一个星期过来。正好快中秋节了，之后就是长假，现在不忙了。"

冯豫年是个心软的人，尤其是别人对她温柔，她就会更温柔。

她安排钟静说："你带卢姨回去休息休息吧，估计昨晚都没怎么睡。我在这儿等着就行了。"

卢一文拒绝道："我一整天也就是坐在这里，什么忙也帮不上，我又不累。"

这段时间在医院，李劭忧让助理把能办的都办好了，连老梁的饭都是外面餐厅里定好的，三餐准时送来。

李劭忧对冯豫年称得上是无微不至。

三个人坐在外面闲聊。卢一文自从和梁登义结婚后，过得很平静，再也不惧怕家里那些泼皮亲戚的骚扰。她也是厚道人，为梁登义花钱她是真心舍得的。

她女儿也知道，自从妈妈和梁叔结婚后，妈妈的生活好过了很多。

三个人聊得挺好的。

一直到下午，梁登义才从手术室出来。

冯豫年看到移动推床上还在沉睡的梁登义，登时脸色煞白。

即便知道他人没事，她还是忍不住红了眼，哭得毫不自知。

梁登义还在密切观察期，她站在床边心里慌得要命，突然意识到，她长这么大，也只有在爸爸面前，才打心底里觉得理直气壮。即便快三十岁了，收他发的红包依旧心安理得。

他不是一个好父亲，让她年少窘迫，但是他性格疏朗，即便三言两语，总能让她开心。她从前以为那是因为他是她爸爸，那是他该做的，后来才明白，那是因为，他其实算是个还不错的人，未必是妈妈嘴里说的那个可恶至极的人。

钟静见冯豫年红着眼，悄悄拉着母亲出去了。

李劭忱来的时候，就见冯豫年握着昏睡的梁登义的手，贴在她自己脸上，一个人自言自语哭着说："爸，等你好了，你带我去看海吧，你不是和我说你是海里长大的吗……"

她边哭边断断续续地说，李劭忱听了很久，等钟静和卢一文再回来的时候，冯豫年才看到李劭忱。

钟静见她哭得眼睛通红，俯身抱抱她，安慰道："梁叔手术很成功，肯定会没事的。咱们都要好好的。"

她迟疑了稍许，才同样伸手抱了抱她的继姐钟静。

冯豫年平复了心情才出门，问李劭忱："你怎么来了？"

李劭忱回道："我就是来看看。"

事实上他早上来过一趟，下午工作一结束就又赶过来了。

冯豫年这次是领他的情。他真的帮助她太多了。

李劭忱见她哭得眼睛发红，就安慰道："手术很顺利，你不要太焦心。"

冯豫年笑了笑，算是久违地放松了片刻。

李劭忱还有事，走之前说："这几天应该还有人来。"

等第三天她才知道，是叶潮、沈南贺一帮人，连张弛都来了。

几个大男人还领着李姝逸的小助理，小姑娘一直好奇地看冯豫年。

梁登义已经转到普通病房了，虚弱地看着病房里的几个小伙子，看起来心情很好。

卢一文一时间也拿不准该怎么招待他们。

张弛身量最高，一脸正气，站在床边和梁登义说："梁叔，不好意思，第一次见面，我们都是和冯豫年一起长大的朋友。她前段时间还不肯和我们说，我今天休假才知道您住院了。"

叶潮刚准备接话，张弛就转头和叶潮说："你就别说了，梁叔刚做手术，就让他休息吧。"

说完，他又和卢一文和钟静说："阿姨，不好意思，我们人多，这么站着，打扰到病人休息了，我们和冯豫年出去说。"

冯豫年站在门外，看着他们浩浩荡荡的气势，问："谁的主意？怎么都知道了？"

叶潮憋了这一会儿，早忍不住了，问："你说你，这有什么不能说的？之前问你，你还撒谎。"

张弛瞧他一眼，挑挑眉，没吱声。

沈南贺也开玩笑说："你这也太见外了，咱们可是有一起下乡的交情。"

冯豫年也不好多问，说："那等等，我请你们吃个饭吧，正好午饭时间了，谁也别推辞。"

她进去和卢姨母女交代了两句，拿着外套出来。

张弛和她走在一起，问："手术怎么样？姝逸的姑姑就在这里面，你要是不放心，我表姐在隔壁空军医院里。"

冯豫年见他认真，忙说："挺好的，李劭忱帮忙安排的。我爸的病情算是早期，我阿姨细心，所以发现得早，医生的态度也比较乐观。"

张弛这才点头。

隔壁街上就有一家粤菜馆，叶潮提议去那里。

一行人的几辆车都足够拉风，等他们到了不久，李劭忱也到了。

小助理跟着一帮男人，竟然全程一句话都没轮到说，等到了饭桌上，她才说："姝逸姐让我务必来一趟。"

张弛随口问："李姝逸最近忙什么呢？"

助理有点怵张弛，他身上的军人气太重了，人看起来还有点严肃，忙说："姝逸姐今天有活动，而且她也不太方便出来。"

叶潮开玩笑说："她又不是女团第一名，哪儿来那么多疯狂粉丝。再说了，有她妈和李劭忱给她保驾护航，街上走一走能出什么大事？"

李劭忱在叶潮身后接了一句："我可没那么大本事。"

叶潮回头惊喜地说："你说你，就不能早点来？"

李劭忱进来，就坐在冯豫年旁边，冯豫年另一边坐的是李姝逸的助理。

冯豫年："你要不要加个菜？"

李劭忱不解地看她一眼。

张弛瞥他一眼，了然解释："今天冯豫年请客。"

李劭忱"哦"了一声，就说："那就加一个吧。"

冯豫年想说，你怎么这么不客气？

一桌菜小几千，她还是舍得的，他们真的帮了她良多。

小助理叫乔冰冰，低声问她："你和姝逸姐是同学吗？"

冯豫年愣了下，问："姝逸姐没和你说？"

助理摇摇头。

张弛和李劭忱在说老爷子的事。

张弛问："老爷子又回家了？"

李劭忱捋起袖子，说："这几天李姝逸在家，他回来快半个月了。"

张弛这才解释道："我中午去隔壁给老领导送文件，他问起老爷子，还问起你了。"

李劭忧想了几秒才想起他说的领导是谁。

叶潮凑过来问："是不是把孙女介绍给你的那个？"

李劭忧瞪了他一眼。

沈南贺开玩笑说："他跟他爷爷出去溜一圈，遇上十个老爷子，八个都想招他做孙女婿。"

冯豫年也听得笑起来。

饭桌上，大家难得地开怀，他们说话开玩笑也就图个乐，冯豫年听着他们开玩笑，也不插嘴。

李劭忧则由着张弛讲他的糗事，直到末了，他才淡淡笑着说："别尽给我胡说八道，坏我名声。"

冯豫年毕竟要回医院，一顿饭吃得也快。

最后冯豫年结账的时候，服务生和她说："已经结过了。"

冯豫年警惕地问："谁结的？"

服务生也茫然了，特意回去问，回来说："结账的先生留言说，让你不要管了。"

冯豫年一听这话就知道是李劭忧说的。

张弛和她同路，捎她回医院，车上他问："怎么样？"

冯豫年明知故问："什么怎么样？"

"和劭忧真没可能了？你看他这样子，像自己老丈人住院一样上心。"

冯豫年笑骂："你们这帮人真是……"

张弛也笑起来。

冯豫年正式地说："年少无畏，荒唐一次，可以原谅的吧？"

张弛扭头特意看了她一眼，附和道："当然可以，在劭忧这里，不论你干什么，都可以原谅。"

冯豫年见他一副生怕李劭忧吃亏的样子，失笑着说："行了，我知道他是好人。我也不是坏人，好不好？"

张弛笑了笑，歪着头说："我是希望你能好好的，只有你好了，他才能好。"

冯豫年听得一室，什么话都没再说，也没再问。

李劭忧开车带了沈南贺一程，听沈南贺问他："我听说你在那边包了上百亩的试验田。"

李劭忧看了眼后视镜，笑问："听谁说的？消息这么灵通，我还没动作，就都知道了。"

沈南贺这几年一直在搞旅游业，李劭忧给他周转过几次资金。

沈南贺说："你承包的地就在游乐园附近，有人听到风声，就开始打听了。"

李劭忧笑了声，回道："八字还没一撇的事。"

沈南贺也不执着，和他说起其他生意上的事。

上了环城路，老爷子打电话来，问："你在哪儿呢？"

李劭忧随口说："路上。"

老爷子顿了顿，就说："那你回来一趟，你妈回来了。"

李劭忧不动声色地问："她怎么回来了？有什么事吗？"

老爷子笑骂："没事就不能回家吗？"

李劭忧也笑起来，答应得爽快。

老爷子挂了电话，瞥了眼坐在对面的温玉，没说话，和阿姨说："劭忧一会儿回来，晚上姝逸也在，到外面订菜吧。"

阿姨笑着说："这才几个人，哪用得着订菜，我早点准备晚饭就行了。劭忧和姝逸都爱吃我包的抄手。"

温玉再次说："爸，我觉得劭忧的工作……"

老爷子看了温玉一眼，她不自觉地停了。

等阿姨进厨房后，他才端起茶杯，问："你们那边，对退休怎么说的？"

温玉回道："按照正常退休。"

老爷子也不再问。

温玉继续说："我不希望他……"

老爷子再次看她一眼，轻吁了口气，淡淡地问："那你希望他做什么？做成了吗？"

温玉被问得语塞。

老爷子一字一句地说："李岱当年不是不想留在部队，可是政策出来，他以身作则转业了。他是个成年人，想做什么就做，我也没有拦着。他需要我帮他，我就帮一帮。至于其他的，我就无能为力了，可他后来的事业照样做得很好。"

温玉狡辩："劭忧不一样，他从高考开始就走错了路，他就不该……"

老爷子冷冷地问："你没有责任吗？他都快三十了，不是三岁，怎么可能还由着你摆弄，你想让他干什么就干什么？"

说完他又后悔，儿了早丧，对这个家来说，都是伤痛。

他不自觉也带了颓气。

李劭忧进门就见两人静悄悄地坐着，谁也不说话。

他问了声："姝逸不在家吗？"

老爷子说："她早上出去了，说下午回来。"

李劭忧也不问温玉，和老爷子说："那你该说说她，她最近可有点飘了。"

温玉喊道："劭忧。"

李劭忱笑问："又怎么了？又要给我介绍女朋友，还是给我介绍工作？"

温玉被他当着老爷子的面这么调侃有些难堪，起身说："你出来一下，我有话和你说。"

李劭忱对老爷子笑了笑，并不在意。

等一出了门，他的脸就冷了。

温玉见他冷着脸，说："你别不高兴，我也没和你爷爷说什么。"

李劭忱看着她，一字一句地说："老爷子身体一直不好，前几天才刚从疗养院回来，你有什么事和我说，别打扰他。"

温玉有些心虚，又觉得被他这样警告实在是失面子，急着解释："我不知道……"

李劭忱淡淡地说："你只知道你想知道的。有什么和我说的，出了这个院子再说。"说完瞥她一眼，就回去了。

温玉被李劭忱提醒，也觉得理亏，等再回到客厅时，也不再提之前的话题了。

李劭忱进了门，就像是刚才不曾和母亲冷过脸，一脸笑意地问老爷子："你今天没去遛弯儿？"

老爷子白他一眼，他也不在意，依旧笑眯眯的。

阿姨洗了水果端出来，老爷子说："你做饭别惯着姝逸，只管做你们俩爱吃的。"

阿姨笑呵呵地说："哎哟，姝逸根本就不吃饭，整天都是吃那些个生菜！好好的炒菜不吃，你说，吃那些个生菜也不怕闹肚子。"

李劭忱笑着，跟着附和。在这个家里，他把所有的耐心都给了老爷子。

阿姨在这个家有些年了，问温玉："这次是不是调回来了？在国外待了这么些年，搁谁都肯定想家。"

温玉正准备说话，李劭忱笑着说："她今年也退休了。"

温玉补充："刚确定，入职高校，以后就教学生了。"

李劭忱笑道："那挺好的。"

老爷子看着母子俩，就想起早逝的儿子，心里满是伤怀。

儿子李岱真的很优秀，李劭忱很像他。

一直到下午，三个人都在聊从前的旧人。李劭忱对父亲的旧事也是知道的，老爷子也乐意给他讲这些。

说起张弛，老爷子笑着说："他就是天生的军人。那时候没把你送军校，要不然你今年也能参加大练兵。"

李劭忱笑道："可千万别，我吃不了这碗饭。"

温玉也说："他从小在体能上就不占优势。"

老爷子说到兴处，又说："你爸小时候也和你差不多，贪个子，身体偏瘦，但是进了部队，一样很优秀。"

提起父亲，李劭忱少了前几年的伤怀，满是温馨地说："他经常和我吹牛，他那时候单臂做引体向上，一打十都能赢得轻轻松松。"

老爷子听得笑起来，神色里全是怀念。

等李姝逸回来，就见三个人坐在客厅里聊天，还都说说笑笑的。她惊诧地和舅妈打招呼。温玉对李姝逸的印象一直不错，觉得这个女子很聪明，做了最适合自己的工作。

晚饭后，李劭忱起身，先和温玉说："走吧，我送你回去。"

温玉知道他不想她多和老爷子接触。

等母子俩出门后，李姝逸问外公："我舅妈找你什么事？"

老爷子哼了声，没搭理她。

李姝逸也不恼，笑嘻嘻地问："您甭和我较劲，我又不是不知道我舅妈，肯定是李劭忱惹她了。"

老爷子还是没说话，李姝逸本来就是李劭忱叫回来的。她回来陪老爷子，结果他自己跑得没影了。

温玉问："老爷子身体怎么了？"

李劭忱老神在在地回答："没怎么，上年纪了，经不起折腾。"

温玉解释："我没有和他说别的，就是想让他帮帮你。"

李劭忱不作声，路过冯豫年的小区时，他有点走神。

温玉见他不出声，继续说："就算在企业，你的位置也该挪一挪了，不至于总在一个小分公司里做一些鸡毛蒜皮的小事。"

李劭忱听着也不解释他这几年究竟在做什么。

到家门口了，温玉见他不下车，问："你晚上还要回去吗？"

李劭忱回道："我明天要上班。"

温玉也不摆姿态了，直接说："林茹阿姨你记不记得？"

林茹是陈璨的妈妈。

李劭忱淡淡地说："不记得了。"

温玉自顾自地说："我们前段时间遇见，我好久没见她女儿了。"

李劭忱冷冷地回道："我倒是遇见过几次。行了，你先休息吧，我走了。"

说完，他一脚踩下油门，掉头就走了，气得温玉头疼。

等李劭忱掉头回来，冯豫年还没睡，正在收拾屋子。钟静今晚和她住，卢姨执意要留在医院，不愿意回来。

钟静家离这里并不远，她是个和气的性格，丈夫在政府上班，她自己也在单位上班，家庭挺好的。

冯豫年把次卧收拾好，出来说："等我爸出院了，让他们俩在这儿住段时间，让他们也出去转一转。"

钟静也说："在这里住一段时间，然后去我那里，我也带他们转一转。"

正说着，听到敲门声，冯豫年犹豫了片刻，猜到肯定是李劭忱。

除了他，没人会晚上敲她的门。

李劭忱没想到家里有人，那天他在医院里见过钟静一次。

冯豫年问："你不忙吗？"

钟静站起身，笑盈盈地看着他，冯豫年这才介绍："这是我卢姨的女儿，比我大，是我姐姐。"

钟静和冯豫年看起来感觉很像，都是偏安静的人。

李劭忱笑起来，他笑得淡淡的，让人觉得赏心悦目。钟静赶紧进厨房去倒水。

冯豫年看着他，古怪地问："我怎么发现你怪怪的？"

李劭忱故意说："我路过这里，怕你一个女孩子住不安全。"

冯豫年白他一眼，才不信他的鬼话。

李劭忱问："医院那边怎么说？"

冯豫年长舒了口气，回道："等术后休养，还要看后期复查的情况。"

李劭忱却说："我和医生聊过，她说养护好，应该是没问题的，你不用太焦虑。"

冯豫年问："你什么时候问的？"

李劭忱说："昨天。"

冯豫年看了眼时间，问："你最近不出差吗？"

李劭忱听得笑起来，起身说："时间不早了，我先走了，有事你打我电话。"

冯豫年也没察觉，他越来越自如了。

等人走后，钟静和冯豫年说："看着挺好的一个人，挺细心的。"

她话里探问的意思很明显。

冯豫年也解释："医院的医生都是他联系的，是他的亲戚。"

钟静接着就说："那咱们该请他吃个饭。这样吧，咱们三个我最大，我来请他，务必要谢谢他。"

冯豫年很少有这种被人护着的时候，笑道："也不用，都是一起长大的朋友，今天我也请过他们了。"

钟静说："那不一样，我觉得……也不知道感觉对不对，我觉得他对你不太一样，你不能在这种时候模棱两可。感谢他的事交给我，如果你觉得合适，可以和他认真谈谈。"

冯豫年听得笑起来，温柔地说："真的不用，他是个拎得清的人。谢谢你，姐。"

钟静也温柔地笑起来。

卢姨的两个女儿都很善良。

拎得清的李劲忱回去后开了电脑，看到冯豫年时隔一年多后更新的一个短篇。

评论里都是读者的呼喊声，欢迎她的回归。

她的回复看起来很轻松，应该是心情不错。

他看着那句：【生命里面有很多事，沉重婉转至不可说。】

他看得久久都一动不动。

冯豫年是个心思细腻的人，曾经的梦想是能继续读博，又或者是去燕园读书。

他突然生出种幻想，若是她能平平顺顺长到二十八岁，是不是此时已经是一位有名的作家，或者是一个自在潇洒的科学从业者。

他想，他一定补偿她，把欠她的人生补偿给她，把他那一半无用处的人生，也一并补偿给她。

梁登义出院那天，冯明蕊给冯豫年打电话问："他做完手术了吧？你该回来复习考试了。"

卢一文和钟静母女正在厨房里做饭，客厅里的电视开着，梁登义躺在沙发上，几个人正在聊天，家里正热闹。

冯豫年回头看了眼，沉着地回答："今天出院，一个星期后复查一次，复查完我就回来。"

冯明蕊抱怨："我复查的时候也不见你这么上心。"说完深深地叹气。

冯豫年道歉："妈妈，对不起。"

从胡同到医院打车就五分钟，但爸爸和卢姨找不到路，冯豫年不敢放他们两个不管。而且，爸爸毕竟患的是癌症，她不敢大意。

等冯豫年挂了电话，梁登义问："你家里都不开火，你平时吃什么呀？"

她笑着随口说："楼下什么都有，外卖、速冻饺子，什么都可以吃。"

钟静端着汤出来，笑道："你和雯雯一模一样，不到最后肯定不会开火做饭。"

卢姨端着菜出来，说："这段时间年年最累，从你开始住院，一直都是她一个人在忙。"

冯豫年失笑，回道："哪有，要是我不在这里，钟静姐和我一样。都是一家人，不说这些。"

结果还没等到一个星期，冯明蕊打电话说肚子一直不舒服，冯豫年吓得连夜就回去了。

冯豫年着急地要带冯明蕊去医院，冯明蕊却不肯去，只说："医生交代了，多卧床休息。"

冯豫年没办法，知道妈妈不想让她回去，连房间都给她准备好了。

冯豫年只好保证道："妈妈，我每天回来看你行不行？平时陈叔在家，你不要什么都操心，尧尧也不调皮。"

冯明蕊又开始说："你们两个就是我的债。"

冯豫年安慰道："别这么说，我就算不考公务员，也能活得好好的。尧尧以后是个男孩子，只要你不要太惯着他，他自己知道自力更生的。"

她现在很怕妈妈把弟弟的以后安排得明明白白，让陈尧少了男孩子该有的担当和责任。

冯明蕊笑她天真，回道："你说得轻巧，当妈的哪有不操心的？等你以后成家当妈了就明白了。"

冯豫年知道她听不进去，也就不说了，和她说起其他的。

冯明蕊又说："院里原来住的那个冯威，你记不记得？"

冯豫年点点头，说："记得。怎么了？"

"他姐姐说他快结婚了，昨天见他妈说要请老邻居们。他们搬出去有十来年了吧？"

冯豫年应声："差不多吧。"

母女俩难得聊天，冯豫年也不提梁登义的事。

爸爸对妈妈来说，是她前半生输得一塌糊涂的根源，她的大部分偏执都是来自于那场失败的婚姻。

冯豫年不评价谁对谁错，也没精力再去计较、埋怨了，只希望他们都能好好的。

晚上陈辉同回来时，陈璨也回来了，冯豫年便起身准备回去。

陈辉同叫她："大晚上回去也不安全，明天早上再回去吧。"

冯豫年不在意地说："我明天早上再过来，晚上回去还有事。"

她只是简单地和陈璨点点头，并不说话。

冯明蕊终于学会在陈璨面前不为难她了。

第四章

全都补偿给你

陈璨原本有话问冯豫年，但是不好当着大家的面问，就追着冯豫年出去了。

结果追到胡同里，她就看到李劭忱把车停在路口，他人站在车前等着冯豫年。

冯豫年也没想到又碰见他。

她抬头看了眼路灯，无语地问："你是不是给我装追踪器了？走哪儿都能碰见你。"

李劭忱笑了声，他是真的赶巧，回来给老爷子送药，听家里的阿姨说见到冯豫年了。

冯豫年盯着他看，也不知道在想什么。

李劭忱给她开了车门，她在车门前站着，仰头说："好人一生平安。"说完，她也不客气了，低头钻进车里，反正都占了那么多便宜了。

李劭忱笑起来，好脾气地替她关上车门。

陈璨看着车走远，在那里站了很久。

文晴给冯豫年发消息：【林越文好大的手笔，直接承接了几个高端商务活动，工作室这几天一直在招人。来的都是全国排名前十的大学里出来的学霸，我怎么感觉咱们就是个摆设？】

冯豫年看得笑起来：【那你就坐稳这一班顺风车。林越文的能力非常强，她是从排名第一的大学出来的，这个工作对她来说不难。】

文晴：【！！！】

冯豫年看得一直笑。

李劭忱见她一直笑，问："送你回去吗？"

冯豫年反问："要不然呢？"

他如今非常喜欢看她泼辣娇气的样子，就笑着开玩笑说："去处很多，看你想去哪里。"

冯豫年突然说："你对我也不用觉得愧疚，你不欠我的。"

李劭忱扭头就那么看着冯豫年，看到冯豫年心里发毛，大声喊："你不用这样吧？别看我！你看路！你是想把咱俩送上明天的社会新闻吗？"

李劭忱又笑起来，他很想说：冯豫年，我欠你的，我欠你的根本就没办法补偿给你。你所有说不得的那些委屈，我都没办法补偿你。

他长舒了口气，问："你晚饭吃了什么？"

冯豫年有点怕他人来疯，他以前明明没这个毛病，就皱眉问："你又想什么幺蛾子？"

"我没吃晚饭，你等等我，我吃点东西。"

他直接把车开进餐厅的停车场，冯豫年跟着他坐在海鲜粥店。

她又想起车里的问题，问："离开原来的单位，你后悔过吗？"

他粲然一笑，很短暂。

冯豫年看在眼里，觉得那就是遗憾，沉重地说："我不希望你这样。我们太年轻的时候，觉得爱是一种互相成就，或者是变成更好的人，又或者是一种自虐，以为那是因为爱情。其实和爱情没关系，爱情不会把人变好，努力是我们原本的样子。我不知道你当时发生了什么，但是当时你那么累，都觉得值得，那么那个工作肯定有你喜欢的理由。只是因为私人的原因离开，太不值当了。"

她为他荒废曾经那么出色的语言能力感到遗憾。

李劭忱没办法和她说那些纠葛，他的离职远不是因为和她分手那么简单。

当然，有她一部分原因，但她好好的人生都被毁了，他有什么资格去追求那些人生理想？

他突然想，他为什么会爱冯豫年，因为他始终觉得，她就是那个最好的人。

大概因为她太懂他了，或者说，他的孤独，她都经历过，她太懂了。

他问："那你呢？温女士去学校闹到你不能读博，你当时在想什么？我记得，我们当时还大吵了一架，你当时怎么忍得住，还能好声好气地和我说话？"

他说这话的时候，人显得特别成熟，仿佛是回头看着她说，你是怎么忍受那个傻小子的？

冯豫年无奈地笑起来，说道："都是什么年代的事了，早过去了，就别回头看。你和我不一样。"

"哪里不一样？就因为你比我大两岁，所以就不一样吗？"

冯豫年严肃地说："别和我胡扯，你和我一样吗？你的起点和我一样吗？你没有想做的工作吗？大学的时候，你有想到过，你现在做的工作和那时候半毛钱关系都没有？"

李劭忧淡然一笑，好似对那些过往真的不在意了，淡淡说道："我的很多学长，有人从政、有人创业、有人出国，没有人规定我做什么。事实上很多想法就是随着环境和人的心性慢慢改变的，只要自己觉得不错，就没有好坏之分。"

冯豫年也知道自己话多了。

这时，正好粥上来了，李劭忧回头问服务生："有盐水花生吗？"

冯豫年喝海鲜粥时喜欢配盐水花生。

等服务生端花生出来，冯豫年已经把刚才的情绪都收起来了。

她自己都一地鸡毛，哪有时间管他。

李劭忧也不多纠结，两个人安安静静地喝粥。

等吃完，到车上冯豫年就收到冯明蕊发给她的考公公告，分门别类。她都不知道冯明蕊从哪里收集到这么多的消息。

送她到门口，李劭忧下车认真地嘱咐她："年年，每个人心里，都有一个时间规划局。人生就这么长，你要学会好好享受生命、自由，和你的爱。"

冯豫年怔在那里，半晌没有动，最后回头冲他笑了笑，什么都没说就进去了。

冯豫年到家时，梁登义已经睡了。卢姨母女俩坐在客厅里等她。

见冯豫年回来，卢姨问："你吃过了吗？"

冯豫年出门前就说了是去上班，点头说："吃过了，你们别等我，赶快睡吧。"

钟静和她商量："你也上班了，我想等复查后，带梁叔和我妈先去我那边住一段时间，你看行吗？"

只要梁登义同意，冯豫年是没意见的。

她看看卢姨，笑着说："我没意见，但是要等爸爸复查后。"

结果和梁登义商量后，他不愿意去。

他不止不愿意去，也不愿意待在北京，执意要回吴城。

卢姨没办法，想让冯豫年劝劝他。

梁登义难得固执地说："我这个当爸的什么都没给过你，只给你留了一身麻烦。"

冯豫年只觉得自己现在浑身都是哄老年人的本事。

她拉着椅子坐在他身边，哄道："你要这么算账，那你欠我的可就多了。你要和我细算吗？"

梁登义听得笑了起来，说："我这辈子没本事，但是我生的闺女有出息。要说对不起谁，就对不起你，我如果不那么糊涂，就能给你攒个小两居。"

冯豫年笑话他："哟，你口气挺大的，你是不是对房价有什么误会？"

梁登义也笑了起来，说："北京的房子我是买不起，吴城还是能凑一凑。再干几年，给你攒个小房子。"

冯豫年怕他回去不爱惜身体，赶紧劝说："真没必要，好不容易做了手术，你海产店该转让了。老太太还不知道呢，到时候她知道了能饶了你？"

梁登义不甚在意地说："她身体还好，也有养老金，有我呢，不用你操心。你别总偷偷摸摸给她留钱。"

梁登义几乎没有长辈的那种压迫感和深沉感，管你做什么，只要你高兴，随你的便吧。

最后复查后，梁登义执意要回吴城。

第二天，冯豫年只来得及带他去天安门转了一圈。

回来就见他朋友圈里都是两个人在广场拍的合照，她才想起他们父女这么多年，好像真的没有什么合照。

于是她也在朋友圈晒了一张他们父女的合照。

朋友圈里都是点赞的，没有人留言。

等他们一走，家里就只剩冯豫年一个人，空空荡荡的，没什么人气。

冯明蕊要求她回家吃饭，要亲自盯着她复习。

她还要上班，新的策划已经到岗，文晴做了人事主管，她就要负责线下联系，第一天就忙得焦头烂额。

冯豫年心情莫名其妙地低落，边工作边开始复习，让她开始整夜失眠。

冯明蕊打电话劝她："我觉得你暂时就不要上班了，认真复习，争取一次考上了，就不用整天这样奔波了。"

冯豫年终于等到爸爸做完手术，结果目前来说还不错，但又要折回来和妈妈老生常谈，只觉得无力。妈妈困在自己的过去里，一心觉得稳定的工作就是最好的，固执地不肯听她的任何争辩。

冯明蕊天天催，整日拿自己的身体威胁冯豫年，她最后还是报了名。

她又开始写东西，也开始酗酒。

喝酒喝到凌晨，慢吞吞地写东西，写完后，再细细地查收妈妈发来的上百条微信消息。

妈妈的消息很杂，大部分都是劝她听话，夹杂着道歉和一些肺腑之言……

看到最后，酒劲上来，熏得她眼睛发红。

十月的最后一周，冯豫年再遇见叶潮。

叶潮惊讶地问："李劭忱不是说你爸手术挺好的吗？"

她笑了笑，回道："挺好的。"

"那你怎么瘦成这样了？"

她摆摆手，匆匆地说："我还有事，不和你说了。"

叶潮拉住她，问道："别呀，我怎么觉得你这样子不太对劲？"

冯豫年笑起来，说："瞎说，我好着呢，要不是你们帮忙，我现在可穷着呢。"

现在的收入确实让她生活没什么大的压力，只要兢兢业业干活，就不会饿着。

叶潮不依不饶地说："不行，再怎么着我也得和你先吃个饭。走！"

冯豫年其实是刚从考场里出来，莫名其妙的区域经济化考试，她脑子里一团糨糊。叶潮开了李劭忧的那辆布加迪，她坐在这种车里，还提着帆布包，一身素净，让她有种错觉——感觉抢银行其实也是个不错的活。

叶潮见她好奇地回头观察后座，就解释说："车是李劭忧的。你也知道，他车库里全是车，他只开那辆SUV，其他的都不怎么碰。"

冯豫年心说，我上哪儿知道去？我哪儿知道几年不见，你们都成散财童子了。

因为叶潮极力挽留她吃饭，她也没再推拒，结果叶潮选在一家非常有名的川菜馆里吃饭。

正值饭点，店里人还不少，叶潮也是造作，偏要点店里的招牌麻辣兔丁和毛血旺。

冯豫年看着他，犹豫了几秒，问："我能不能点个青菜？"

叶潮点头道："当然。"

她又问："你没什么事吧？"

叶潮回道："好着呢，你们女生不就爱吃这个吗？"

冯豫年喝了口可乐，由衷地说："谢谢你的贴心，我有点无福消受。"

但两个人还是都吃完了，冯豫年是心情不好，叶潮是被小姑娘甩了有点郁闷。

两人吃了顿伤害值非常高的午饭，等出来，冯豫年的胃就开始不舒服了。叶潮这个铁胃，则什么事都没有。

他还拉着她，说是顺路去李劭忧在东城的家里取东西。

冯豫年心里吐槽，你的顺路可真是多啊。

他骚包归骚包，但是开车还算稳重。冯豫年在车上，听着咆哮的发动机的声音，感觉有些反胃。

直到了李劭忧家里，她都还不舒服，偏偏赶上李劭忧本人还在家。

冯豫年有点慢半拍地看着穿着睡衣，一脸睡意惺忪的李劭忧，忍着胃疼和恶心，没开口。

李劭忧比她机敏多了，一句话没说，伸手就把人拉进去了。

叶潮喋喋不休地说："我来拿上次落在你这里的车钥匙，要去给我的车……"

李劭忧眼里只有冯豫年，对他只"嗯"了声，然后问冯豫年："要不要喝点什么？"

冯豫年第一次来李劭忧这里，他后来在企业上班后，就住在这个并不大的小别墅里。这应该是旧房子，修建得很紧凑，建筑面积也不大，小小的院子，拐出去就是街道。

这里并不像时下的各大别墅楼盘宣传的那样占地多少，景观绿化高达多少，景色有多么开阔，但是地段是绝无仅有的。

客厅里的布置也简单。

见她四处张望，李劭忱就给她介绍："这是我爸的房子，我装修了一下。你们想喝点什么？"

叶潮也说："这片再没有这种格局的小楼了。我怎么一点运气都没有呢？"

李劭忱也接话："这房子其实有些年代了。"

见冯豫年坐在沙发上，含着胸，李劭忱问："你胃怎么了？"

她抬头偷偷瞪他一眼，生怕叶潮看出来点什么。

李劭忱被她瞪得笑起来，进房间拿了药，给她分门别类地准备好，然后问："你们中午吃了什么？"

叶潮回道："川菜，最辣的。"

李劭忱瞥了眼冯豫年，回头问叶潮："音乐学院那姑娘把你甩了？"

"哎哎哎，说什么呢！"叶潮有点急眼了。

平时的话，李劭忱也不会揭他的短，但今天他祸害了冯豫年，李劭忱就有点口下不留德。

冯豫年的帆布包就在沙发上，李劭忱看到了一半的准考证。

他起身打了个电话，又回来。沙发宽大，他就安排冯豫年，说："靠上去躺躺吧，要不上楼去睡一会儿也成。"

冯豫年不肯上楼，就盘着腿，抱着抱枕靠坐在沙发上。

叶潮也没想到她胃不好，抱歉地说："早知道不带你吃那个了。"

李劭忱又说："那吃什么？东北菜，顺带和她对瓶吹？谁先倒谁孙子？"

"哎，你这人，今儿来劲了是吧？"叶潮真急眼了。

李劭忱尽揭他的短。

冯豫年听得笑了起来，看了眼对面光秃秃的墙，为了转移注意力，问："有什么能看的吗？"

叶潮立马说："他楼上有间特宽敞的书房，里面有专门的设备可以播放电影。"

冯豫年一听，有点心动，但又想起他的习惯——他很少会邀请外人进他书房。

李劭忱看着她，不说话。冯豫年见他看着自己，就岔开了目光。

李劭忱其实是从床上被叫起来的，上身还穿着睡衣，他笑着说："去上面吧，你想看什么？"

冯豫年不挑剔，就说："随便什么。"

李劭忱其实刚清醒，还有点没反应过来，有点不敢相信冯豫年就在他的家里。

三个人上去，书房的大窗户和门口一个朝向，站在窗口能看见大门口。

靠门口左边是书架，旁边是书桌，有一组大沙发，对面就是设备和陈列柜……

并不像时下那些商务总裁的办公室，他的书房非常私人，也非常日常，里面的东西很多，有他喜欢的唱片、书、模型，以及李姝逸的海报。

叶潮看了眼李姝逸的海报，赞叹："姝逸姐这个拍得挺漂亮。"

李劭忧拿着薄毯进来，递给冯豫年。冯豫年自动缩在沙发上，书房里的沙发很宽敞，她缩起来用薄毯将自己裹起来，可以半躺平。

她开玩笑问叶潮："明明我和姝逸同岁，为什么你叫她姐，就不叫我姐？"

叶潮被她的问题问住了，下意识地看李劭忧。

李劭忧听得轻笑了声，蹲在那里闷头开设备，然后在冯豫年手边的矮几上放了杯热水。

她喝了水后，感觉胃里明显舒服了很多。

叶潮看着陈列柜里的模型，啧啧称奇。冯豫年对那个不感兴趣，就没问。

把投影仪打开，李劭忧起身拉上了窗帘，书房里立刻一片黑暗，银幕上的亮光反射的光芒将他照得半隐半暗。

看得出来，他很久没有打开设备了，都是些老片子。他挑拣了很久，问冯豫年："看不看科幻片？"

叶潮先抢答道："就科幻片，有酒没？这种环境没有酒，可惜了。"

冯豫年看着李劭忧不说话，想笑，但还是忍住了，善解人意地说："你们拿了酒，过来坐。"

李劭忧出去后好半晌都没进来，电影一直没开始播放，还在等他。

叶潮在短暂的黑暗中慢慢习惯了这个亮度，和冯豫年说："劭忧很少让人进他这间书房。据姝逸姐说，他书房里藏了很多前女朋友的东西。你说他前女朋友是什么人物？这么神秘，咱没见着人，东西也不能碰？"

冯豫年愣住了。

李劭忧进来提着一听可乐，叶潮立刻不敢再翻找了，跟着他乖乖坐在他旁边。

李劭忧挨着冯豫年。

疼痛让她的神经都有些迟钝，尤其吃了药后，整个人都钝钝的，意识开始变得昏昏沉沉，也可能是因为吃饱了，人就开始困顿。

电影开始后，身边的两个人还在说话。

电影里，沙尘暴从玉米地的远方席卷而来的时候，冯豫年还是清醒的；等飞机坠在玉米地的时候，她就有点迷糊了；没等到男主角起飞出发，她就睡了。

李劭忧微微背对着她坐着，伸手轻轻碰了下她的手指，见她没反应，便回头一看，她已经睡着了。

他轻轻地笑起来。

叶潮正在说："这美国佬可真不要脸……"

李劭忧一句话不说，偏头用余光看着睡觉的人，不动声色地替她拉了拉薄毯。

冯豫年睡觉很乖，几乎一动不动，她从前睡在他身边都是当他的抱枕，现在看起来，还是一样乖。

电影里放的什么，他一概不关心，即便女主角是当年叱咤好莱坞的小公主，于他而言，远没有冯豫年有吸引力。

叶潮讲了一阵单口相声，见没人捧场，就问："你们今天都没加班？"

李劭忱轻轻"嗯"了声。

叶潮又问："冯豫年呢？"

李劭忱顿了顿，说："她吃了药，正迷糊着。你别吵她。"

叶潮向左边瞟了眼，但逆着光，没太看清楚，自责地说："今儿这事怪我。"

李劭忱也不多说，问："她就没说什么？"

叶潮不解地问："说什么？"

电影里的男主角在其他星球穿梭的时候，叶潮也吃饱喝足，躺着有点迷瞪了。

李劭忱偏头看着冯豫年，她歪着头缩起来，半张脸藏在薄毯里，睡得沉了。他轻轻握着她的手，手指摩挲着她手心的皮肤。冯豫年睡得一无所知。

李劭忱推了推叶潮，说："你去隔壁睡吧。"

叶潮正困着，二话不说，当真起身跟跄着找床去了，出门前还在说："先让冯豫年在这儿睡着，我午休起来带她回去。"说完打着哈欠去睡觉了。

等他走了，房间一片黑暗，李劭忱把电影的声音调至最低，脱了鞋向上靠了靠。

他顺势将她揽在怀里，淡淡的柠檬味，也不知道是谁身上的。

冯豫年这一阵都没好好睡觉，难得做梦，梦见的还是从前。

她梦见李劭忱带她去看日出，车开得飞快，路上遇见迎亲的车队，他们混在里面。晃眼间，不知怎的，结婚的人变成了他们俩，她还在人群里，大家都看着她，她窘得要命，去拉李劭忱。

结果他就站在人群里，笑吟吟地看着她，并不说话。她非常气恼，但是拿他没办法。

所以，她踢了一脚，结果把自己踢醒了，醒来一时间都忘记了自己在哪里。

李劭忱就在她身边靠着，银幕上播的已经不是之前的科幻片了，而是变成了文艺片《触不可及》。

此时黑人男保姆推着瘫痪的富豪，在午夜的街上飞奔……

她扭头看了眼，李劭忱看得很认真，而她窝在他怀里。她一时间不确定是自己歪进来的，还是睡着后他动的手脚。

她很怀疑是他动的手。

但是，他此刻一动不动，任她靠着，她又不好意思出口栽赃。

怀里的人窸窸窣窣的，李劭忱猜她醒了，当作不知道。

冯豫年当惯了乌龟，缩了一会儿，轻咳了声，问："叶潮呢？"

"去睡觉了。"

冯豫年心说，我的队友怎么这么猪，都跑到人家里来睡觉了？李劭忧的家里是格外催眠吗？

李劭忧不知道她在想什么，低声问："喝水吗？"

她醒后，胃不疼了，整个人钝钝的，有点闷，也可能是刚睡醒，人还没有彻底清醒。

李劭忧自始至终都没有看她，也没有碰她，自己起身去倒了水，递给她，又坐在那里看电影。

这让冯豫年不得不怀疑，他是不是看上和男主角相亲的那个女演员了……

冯豫年喝了水，人清醒了，掏出手机看了眼时间，已经是下午三点了。

冯明蕊给她打了十七个电话，发了超过五十条信息。

她赶紧回复：【妈妈，我睡着了，忘记开手机了。对不起。】

李劭忧不是故意看的，只是一偏头看到了她手机里的内容。

他皱眉看着她，想了好一会儿。半明半暗的光线里，他突兀地问："你妈对你……是不是……"

冯豫年赶紧说："怎么了？"

他想说，你家冯女士比我家温女士都离谱。

但是见冯豫年一脸戒备，他就没说下去了。

他这才了然，怪不得她大部分时间是沉默的。她沉默以对的是最亲近的人，因为最亲近的人，才能让她毫无还手之力。

那年就算到最后，她也不至于极端到远走乡下，除非家里人丝毫没有保护她。

他这样一想，心里只剩过和心疼。

冯豫年的消息一回，冯明蕊的电话立刻就来了。她还在等冯豫年考完试回家吃饭。

冯豫年头痛地起身，示意李劭忧关一下电影，跌跌撞撞地走着，寻找窗户的位置。李劭忧给她开了灯，她接了电话一句话都还没说，就听到电话那头的人开始喋喋不休。

直到最后，她才低声说："我知道了。"

李劭忧故意问："你今天去考什么了？"

电话那边的冯明蕊听到了男孩子的声音，立刻问："你身边是谁？"

冯豫年回头瞪了李劭忧一眼，知道他就是故意的。

李劭忧吊儿郎当地俯身拾起水杯，丝毫不以为意地转身出去了。冯豫年这才细细观察他的书房。

她一边踱步，一边听冯明蕊和她讲考试的事，一抬头就看到书架上有本她的书。

冯明蕊说完了考试，已经开始说晚上做什么菜……

李劭忱再进来，手里端了盘水果，简单粗暴，一个苹果切两半。

冯豫年看得想笑又想生气。

李劭忱丝毫不以为意，把盘子放在桌上，坐在书桌前，翻开一本书，叫《秋灯锁忆》。

是一位清代文人的散文集，读起来略拗口，但是全文内容很甜蜜。

银幕上的电影播完后，接着开始播放一部冯豫年叫不上名字的英剧。

她听不懂口语，只听到时不时传来打斗声和枪声。

冯明蕊追问："你身边是谁？"

李劭忱站在桌子对面俯看她，近在咫尺，看着她装模作样回答电话那边的冯明蕊："一个同学。"

冯明蕊装作不经意地又问："干什么的？也是农学专业的吗？"

冯豫年回答："不是。"

李劭忱抬眼看她，目不转睛。

她也盯着他的眼睛，发现他眼里少了从前的雀跃，变得沉静，让人看不出情绪。

冯豫年没看透他，却被他看得脸热，先败下阵来，错开视线，和冯明蕊说："妈，我晚上回去再和你说吧。我不确定能不能回来吃晚饭。"

等冯豫年挂了电话，李劭忱又问："你今天去考什么了？"

"事业单位。"

李劭忱点点头，看不出来是赞同还是不赞同。

她拿起半个苹果，忍着笑，但是又咬不下去。

李劭忱解释："家里只有这个了，等会儿让他们送一些水果来。"

冯豫年为了岔开话题，问："叶潮什么时候醒？"

李劭忱却问："你想不想继续读书？或者换一种活法？"

她不解地看他。

李劭忱继续说："去植物园，或者找个读书的地方，清清静静地读书。"

冯豫年提醒道："我今年二十八岁了，不是十八岁。"

他笑起来，喟叹："对啊，我也不是十六岁了。"

冯豫年警惕地看他。

他撒谎说："我在南方有块地，连着植物园，那边想征用，但是我不想卖。"

冯豫年思考了片刻才说："不应该啊，一般不会征用商业用地。"

李劭忱摇头，回道："不是商业用地，是实验田，做科研的，捐赠也没什么，但是我需要保证是真的做科研实验用。"

冯豫年听得失笑，说："这种项目肯定会有政府单位牵头，你只管去谈，而且你是捐赠，到时候就是你说了算。"

李劭忧见她没懂自己的意思，挑挑眉，问："那你愿不愿去？"

冯豫年果断地拒绝："不愿意。"

李劭忧看着她，眼睛里蕴着笑，带着无奈。

冯豫年继续拒绝："李劭忧，我说过了，你不欠我的，你不用这样。"

李劭忧站起身，走到她身边，他的身影几乎笼罩着她。

两个人一时间静悄悄的，谁也不说话，银幕那边传来一个男声：

"And there's a woman，a woman...who I love.（有一个女人，我爱的，一个女人。）

"And I got close.（我已经很接近了。）

"In early got fucking everything！（我差点，就得到了我想要的一切！）"

冯豫年其实没听懂，她的英语贫瘠到只听出来一个词——love。

但是男人愤怒的吼叫声，让她不由得回头看了眼银幕。

李劭忧却站在那里，自始至终都没有动。

因为他全都听懂了，也想起这个片子的剧情了。

这是李姝逸上次来书房看剩的英剧，盘就在设备里。

两个人静悄悄的，谁也不说话。

李劭忧突然收起了放肆的眼神，不再用眼神打量冯豫年了，沉默地收起矮几上的可乐罐，转身出去了。

冯豫年觉得他怪怪的，但也没说话，看着银幕上丑帅丑帅的男主角，颇为欣赏地看了眼。

李劭忧再进来，伸手关上门，盯着她，严肃地说："我需要和你谈一谈。"

冯豫年莫名其妙地问："你和我有什么可谈的？"她不想和他谈接下来她能想到的内容。

李劭忧去窗前拉开窗帘，阳光照进来，银幕上的光亮立刻弱化成一片浅白。

李劭忧说："我不想你一味妥协。你还是和从前一样不开心。"

冯豫年反驳道："你就开心吗？有多少人能自由自在地活着？"

李劭忧从来就吵不过她。他们俩其实从来没有吵过架。

他退了一步，说："年年，我是个男人，很多事不能当作没发生。毁你前程，这是我欠你的，你不要否认。退一万步说，从我处心积虑开始，你原本根本不会和我有交集。关于那些爱恨，我们可以先不提了，我只想让你开心一点。"

冯豫年很难和他说，她那些复杂的纠葛，就算没有他，她也未必就能如愿，她有很多很多不为外人道的难处，但是都不适合对他说。

她摇摇头，说道："也不能这么说，但是读博后，我也未必就有大好前程。"

李劭忧固执地说："有我在，你一定会有大好前程，也必须有大好前程。你明

123

白吗？"

冯豫年听得一怔，看着他，说不出话来。

他又说："这事不着急，你慢慢考虑。林越文那里，你不用担心。如果你不想去植物园，燕园的导师我替你联系。你想去的话，我替你找推荐名额。但是，你不能一味退让，有些路闯出去，改变的不只是你一个人。不要怕，我会一直陪着你。"

冯豫年见他情绪有些不对，说："你让我想想。"

这时，叶潮推门进来，问："你们都睡醒了？"

两人一同看去。

叶潮打着哈欠说："我也被电话吵醒了。"

李劭忧想说的话还没说完，就和他说："你去洗洗吧，浑身都是味。"

叶潮立刻警惕地扭头闻了闻，问："什么味？"

说完，他立刻矜贵起来了，忙说："那我去洗洗，我一会儿还有个局呢。"

叶潮出去后，冯豫年立刻说："你是不是出什么事了？"

李劭忧笑了声，摇头道："没事。和你说的事，你认真想想。至于从前那些事情，你不需要考虑，我们就算没能走到最后，一样是亲人，你只需做你最喜欢的。"

冯豫年点头，回道："你让我想想吧。"

李劭忧也觉得自己鲁莽了，目前他还没有给她准备好。

冯豫年觉得自己不说点什么好像也不行，就老实说："工作的事，我已经在考虑了。至于考试，我八成是考不上。"

李劭忧也顺着说道："考试的事，是你妈的意见吧？"

冯豫年轻描淡写地说："家长不都这样。"

李劭忧笑了下，但是没反驳。

叶潮洗澡出来，见两个人坐在客厅里，冯豫年正给李劭忧讲客厅里那棵蕨的养法，说空气干燥，蕨类很难活。

他好奇地说："我还没发现，你们俩挺能聊的。"

冯豫年朝他翻了个白眼。

他晚上有局，正准备走，结果听到外面有人按门铃，接着人就进来了。

李姝逸带着小助理进来，看到李劭忧家里有人，有点惊讶，尤其是看到冯豫年。

冯豫年不知道该说点什么。

李劭忧先问："你破门而入的习惯能不能改改？今天怎么有时间？"

李姝逸挑挑眉，说："我当然有时间了，有热闹我就要瞧一瞧。"

叶潮开玩笑说："姝逸姐现在是大美人，越来越漂亮了。"

他是一贯不吝啬夸赞美女。

李姝逸对这里很熟悉，换了鞋，翻了瓶可乐，故意说："你年年姐不漂亮吗？

我记得以前，你一直觉得她比我漂亮。"

叶潮赶紧在嘴上做拉拉链的动作，表示自己多嘴了。

冯豫年左手攥成拳，抵在嘴边忍着笑。

李劭忱就站在她身边，半个身子挡着她，问李姝逸："老爷子这两天怎么样？"

李姝逸不客气地说："你指挥我回家陪老爷子，结果你一天都不回去。你是姐姐还是我是姐姐？没王法了？"

她又和冯豫年说："和你说了，他就是个坏胚子，你少和他玩儿。"

冯豫年被她突然点名，有点想笑场，但还是忍着说："叶潮把我拉来的，说是来取钥匙。"

叶潮狡辩："这成犯罪现场了？这么刨根究底？李劭忱，你现在名声这么差的吗？"

李劭忱看了眼时间，说："你拉着人去吃变态辣，都不考虑后果吗？冯豫年有肠胃炎，可经不起你折腾。"

冯豫年一看这个话题又回到了她身上，马上说："吃了药，胃没有不舒服了。"

李劭忱回头看了她一眼，淡淡地说："出息。"

李姝逸一听又不乐意了。

李劭忱先说："晚上就在这里吃吧，我要是不招待你们，又成一桩罪过了。"仿佛很不乐意收留他们似的。

李姝逸立刻说："快点快点，我们先点餐，他有一张会员制餐厅的卡，我根本吃不到那家餐厅的菜。"

李劭忱恐吓她："你再吃就超过九十五斤了，没人找你拍戏了。"

李姝逸瞪他一眼，就热情地招呼几个人说："走，去他书房，里面有好东西！"

冯豫年不确定她说的好东西是什么。

叶潮来劲了，问道："你说他前女朋友的东西在书房，我翻找了几次都没找到照片，他前女朋友到底是个什么人物？"

李姝逸被他问住了，顿了顿，回头和乔冰冰岔开话题说："冰箱里有饮料，你自己去拿。"

乔冰冰见他们都熟，便和李劭忱说："姝逸姐不能吃辣。她明天还有个活动要参加。"

叶潮还等着李姝逸爆料李劭忱的前女朋友。

李姝逸想笑，但是见李劭忱低头看着手机，好像不是很在意，她就故意放了炸弹，说："他前女朋友，其实你也认识。"

"什么？我认识？你让我想想。"叶潮觉得有点邪门，开始逐一排查。

冯豫年被他俩搞得心里莫名开始紧张。她看了眼李劭忱，见他还在低头看着手机，丝毫不在意他们两个鬼扯。

叶潮问："漂亮吗？"

李劭忱突然插嘴："废话。"

李姝逸立刻笑得花枝乱颤、风姿摇曳。

李劭忱淡淡提醒她："注意你的仪态。"

李姝逸只管对冯豫年挤眉弄眼的。

冯豫年感觉自己像游戏里一个等着被抓住的平民，狼人和巫师都盯上她了。

李劭忱突然起身，说："冯豫年你跟我来，我给你找找胃药，你还是再吃两次。"

叶潮也跟着说："对对，你多吃两次药。"

等冯豫年跟进了房间，李劭忱顺手关上门，翻身就将她抵在门上，轻声笑着问："你瞎紧张什么？"

冯豫年轻吁了口气，没好气地压低声音说："你让姝逸瞎说，你不尴尬吗？"

他俯身和她平视，突然靠近，使她下意识伸手挡着他。

她警告他："你别得寸进尺。"

他轻轻地笑，但是并不执着，被冯豫年挥开来。

李劭忱的房间里并不奢侈，典型的单身汉的房间，青灰的色调。

他俯身在床头柜里取了药递给她，哄她："别怕，我肯定不会把你供出来。"

冯豫年用眼神警告他，不许他再多嘴了。

见她站在那里不动，他失笑问："是要看我换衣服吗？"

冯豫年骂他："我才不稀罕。"

等她出去了，他才舒了口气，皱着眉换衣服。

李姝逸和叶潮进了书房，像寻宝二人组，叶潮每拿起一个东西就要问："这东西是谁的？"

李姝逸笑着摇头。

其实她也不确定这里还有没有冯豫年的东西。

她只在这里见过一次冯豫年的照片，照片里的冯豫年坐在沙发上低头看书，照片当时夹在一本德语书里。

照片背面写着：【要见风生长，或是做阵雨，随你的意。】

明明平平无奇的一句话，甚至什么都没有说，却让李姝逸觉得酸酸的，满是遗憾。

叶潮在书架上小心翻找时，李姝逸先看到那本德语书，怕叶潮真的翻到，先拿在手里，顺着翻了一遍，可是照片已经不在书里了。

李姝逸一看照片不在了，安心了两秒，但又怕夹在其他书里，跟着叶潮继续在书架上搜索。她顿时后悔自己出的馊主意，不知道自己到底图什么。两个正主都不操心，她上蹿下跳地白操心。

见乔冰冰正好奇地看着银幕，李姝逸赶紧催叶潮："与其自己找，还不如问他自己呢，咱俩翻一天都未必能找得到。"

叶潮其实翻到了，他翻到了一本冯豫年的植物图册《中国植物志》，里面很多手绘的植物图，非常精美。最后一页有冯豫年写给李劭忱的一句话——

看着你，有时候觉得很喜欢，有时候又觉得好陌生，说不出来原因。

只是他没翻到最后。

李姝逸看了眼，其实认出来了。

叶潮边翻书边啧啧称奇："李劭忱的爱好还挺别致的，连这种书都有。"

他们正说着，冯豫年推门进来，手里真拿着胃药。

李姝逸看了眼叶潮手里的书，然后看着冯豫年，眉开眼笑的，就是不说话。

冯豫年也看了眼叶潮手里的书，一时间只觉得浑身是嘴也说不清了。

紧接着，李劭忱也进来了，他换了件青灰的 T 恤衫，见叶潮在书架里翻找，问："你找着东西了吗？来一回翻一回。"

叶潮顺手把画册搁进去，摊手说："你要是直接和我说你前女朋友是何方神圣，我自然不用这么费心机了。"

冯豫年看到李劭忱瞟了自己一眼，心里一紧，不动声色地坐在沙发上。

李姝逸坐在冯豫年旁边，先问："你这几年藏在哪里了？我怎么都没碰见你？"

叶潮可真是万金油，哪里需要，哪里就能润滑。

"她在云南下面的村子里扶贫，种葡萄。那地方真绝呀，物产真是太丰富了，李劭忱过生日那天我们就在那里吃了顿饭……"他还在喋喋不休地说着，李姝逸已经脸色都变了。

看吧，言多必失。

互相踩坑，总有一个会溅你一身水。

冯豫年赶紧说："我这几年一直在村子里，之前叶潮在洱海边度假，说来看我，就在村子里待了一晚。"

李姝逸说道："我不管，你们都去，就不带我！还吃烧烤、摘葡萄，你们够意思吗？"

李劭忱拉了窗帘，淡淡地说："你日理万机，连和媒体说一声我是你弟的工夫都没有，哪儿有工夫去乡下？再说冯豫年待的那个村子偏僻到连信号都不太好。"

他说"冯豫年"三个字的时候，带着一股冷冷的味道，仿佛他们真的不熟悉。

李姝逸断定他们有猫腻，根本不认，只和冯豫年说："你说，他们怎么想起去看你的？"

冯豫年想了想，毫不犹豫地甩"锅"说："这回应该真的是叶潮的'锅'。"

叶潮无奈地说道："得！我的'锅'我接着，咱们下次团建就去那村子，那里有冯豫年种起来的葡萄，好几十亩。"

李姝逸听得来了兴趣，问："那你什么时候给我准备起来？等我去云南拍戏，那得等到猴年马月去。"

李劭忧提醒她："带着你确实不方便。"

李姝逸扭头凶道："你闭嘴，别说话。"

冯豫年站在书架前，细细端详李劭忧书架上的书，很多都是她的。他从前的专业书都不见了。

叶潮和李姝逸还讲得很火热，乔冰冰已经习惯他们拌嘴了，自己开了设备，又开始播那部英剧，血腥又暴力，但是角色又带着英伦独有的风度。

李姝逸夸道："我最喜欢他那双深邃的大眼睛。"

叶潮看了眼男主角，问："他得有一米九了吧？"

冯豫年看了眼那边看剧的人，低声问李劭忧："你的书呢？"

李劭忧正在拨小棋盘上的棋子，头也不抬地说："收起来了。"

冯豫年偷偷咬牙切齿地问："那你干吗把我的书放在这里？"

他低声说："想你的时候，就看看。"

冯豫年一时愣住了。

他们正说着，传来叶潮的声音："你们俩嘀嘀咕咕说什么呢？"

冯豫年被李劭忧说蒙了，而且她本就心虚，低着头不说话了。

李劭忧则瞥了眼叶潮，不在意地说："商量大事。"

这时，楼下的门铃声传来，晚饭到了。

连带着水果也到了。

冯豫年看到水果，就想起那个一个苹果一切两半的果盘，忍不住笑起来。

李劭忧瞟了她一眼，她的笑还没来得及收起来，就被他看见了。

李劭忧端了水果进去洗。

李姝逸将菜都打开，催促道："快快，这家的菜我馋了很久了，就是不送外卖。"

叶潮摩拳擦掌地附和："那我得好好尝尝，哪家的龙王爷祭灶，搞这么大的噱头。"

李劭忧并不理会那两个人，将混在一起洗的水果分开，先给小乔的碟子里放了蓝莓、草莓。

乔冰冰没想到他这么平易近人，有点受宠若惊。李少董平时话很少，虽然向来说话都温温和和的，但是不像今天这么让人觉得离他很近。

李劭忧给其他几个人发完水果，就把水果盘子放在冯豫年跟前。

她和他目光对视了几秒，她接不住他的目光，转过头不再看他。

李姝逸还在问她云南哪里好玩。

李劭忧几乎没吃，就坐在冯豫年对面，一直端着杯子喝水，时不时看她。

饭后冯豫年就要回去了，冯明蕊的电话催了她几次。

李劭忧靠在大门口目送他们。

叶潮晚上的局也迟了，问："你要没事，你送送冯豫年？"

李劭忧抱臂看了叶潮一眼，问："你日理万机的，忙什么呢？"

叶潮以为他不想去，央求道："家里的朋友，不去不成。冯豫年就拜托给你了，我把人带出来，让她一个人回去可不像话。咱没这么办事的。"

等他求够了，李劭忧才松口："行了，你先去吧，我等会儿把人送回去，正好也回去看看老爷子。"

矜贵得要命。

叶潮一脸"好兄弟，够义气"的表情，急急忙忙走了。

他连楼都没上，直接进了车库，把车开出来。

冯豫年还在外面等着，见叶潮飞驰而去，惊讶地看着远去的车。

接着，李劭忧开车出来，说："叶潮有事，托我送你回去。"

冯豫年心说，你蒙鬼呢？

李劭忧故意说道："不信你打电话问他，我从来不骗你。"

他这话，冯豫年没法接。

最后她还是上车了。

关于考试的事，冯明蕊盘问了冯豫年几句。

她顺着说："我没有复习到那个领域，肯定是考不上的。"

冯明蕊没再说话，不像之前那么执着了。

冯豫年见冯明蕊接了外婆的电话，母女两个人来来回回唠叨那些家常。

梁登义给她发微信，她就起身站在阳台外的小花园里接语音。梁登义最近一直在家休养，妹妹梁容替他照看着海产店。

聊了几句，语音换成了视频，冯豫年出门到了路上。

梁登义看到视频里的她，开口就问："怎么看起来又瘦了？你要不要回来待一段时间？明年再找工作？"

冯豫年笑着说："不用，我上班上得好好的。"

父女俩天南海北地聊，梁登义说："这个季节的海鲜是最肥美的时候，你回家来，可以好好吃一段时间。"

她说："北京最近天气正好，也很舒服。"

等挂了视频，已经过去快一个小时了。

等她再回去，冯明蕊的电话还在聊。

陈尧偷偷说："外婆和妈妈一直说你的工作和你男朋友的事。姐姐，你有男朋友了吗？"

冯豫年摇头，回道："没有。"

陈尧小声说："那你小心了，妈最近又在给你物色对象了。"

她听得失笑，吓唬他："男孩子太八卦，女孩子就不喜欢了。"

陈尧瞪她一眼，怪她不识好人心。

果然，冯明蕊挂了电话就给冯豫年介绍："你袁阿姨给你介绍了一个还不错的小伙子，北面村里的，确定拆迁了，家里有个姐姐已经结婚了，户口还在，姐夫是山东的，家里就两个孩子……"

冯豫年没说话，起身说："妈，我明天要上班，一会儿要回去了。"

她这段时间很少违背冯明蕊的意见，几乎冯明蕊说什么她都不反驳。

冯明蕊劝道："你见见人，先看人，相处一下，加个微信聊一聊，年轻人嘛，多交交朋友。这些年你在北京也没什么朋友，就当是认识一个朋友。"

冯豫年很难说这是一种什么感觉。这根本不是认识什么朋友的问题，她根本不想去认识新的人。

而她们俩真正的矛盾也根本不在于要不要去认识什么拆迁户。

和过去切割，并不容易，尤其连接着有些听起来并不开心的过往。

她解释："我暂时不想这回事，等今年过了再说吧。"

冯明蕊想再说，见她不想提了，便也住嘴了。

母女之间的隔阂还在，冯明蕊也不再像从前那么一味的强势。

冯豫年回去的路上，不出意外，又收到了冯明蕊的微信。

晚上回去，她忍着不看那些消息，但又一直睡不着，就开了一瓶酒，一个人喝了很久，想了很久往后的路。

她开了文档，写了删，删了写。

【因为年少得到的太少，所以也不敢太期待未来会得到很多。

我以为在他们有生之年，我不会提起这个话题。

我也以为，我能挨过去。

可是酒后，还是觉得很悲伤。基因是遗传的，我没有得到那么多的爱和宽容，所以我也不会有那么多的爱给我未来的孩子……

想起来，真是件遗憾的事。

可人生不该是这样的，不该被这些束缚，人生有伤害，有所得，也应该有其他的……

那应该是我们为之活着的原因，那才是我们称之为人生的东西。】

最后也只更新了这短短的几句话。

而且，她确实喝多了。

冯明蕊第二天一早接到袁阿姨的电话，两个人聊了很久关于给年轻人介绍对象这个事。这个事，本来是个挺平常的事。

挂了电话，冯明蕊顺着袁阿姨的话题，就又给冯豫年打了电话。

冯豫年前一晚喝多了，还在睡觉，大清早被吵起来，头痛欲裂，也只能静静坐在桌前，沉默地听着。

直到最后，冯明蕊见她静悄悄的，问："年年，你在听吗？"

她哑着声问："妈，我明确地说过了，我不想去见，也不想谈恋爱，你为什么就是听不到我的声音呢？你为什么连一次都不肯听我说话呢？"

冯明蕊顿时哑然，好半晌后，才缓缓说："年年，怎么说话呢？我知道你心情不好，这段时间你压力也很大，但是年纪不等人的。"

冯豫年伸手擦了眼泪，吸着鼻子说："所以呢？"

冯明蕊也哭了，不再像之前发泄情绪一样地哀号，而是哭得无声无息。

"年年，我知道你怪我，妈妈真的不是故意的。你是我生的女儿，我怎么可能不疼你？我只是……"

冯豫年静静地说："你的意思我懂了，我现在不想谈恋爱，我不想过你指给我的人生，你能放过我一次吗，妈妈？"

冯明蕊第一次听她这么静静地哭，她们母女已经很久很久没有这么说话了。

冯明蕊擦了泪，断断续续地解释："我要怎么说你才能明白？我一辈子没有上过班，我只想把我走过的路、我的经验，都教给你，我只想让你往后尽可能别走弯路，能幸福。"

冯豫年掐着眉心，回道："可我并不适用你的经验，你明白吗？你是不是从来都没有想过我的感受？或者说，你想过，但是仍然觉得你的想法最重要？"

冯明蕊固执地哭着说："我是你妈，我能害你吗？我吃了那么多亏，我就怕你受委屈，怕你吃苦头，我恨不得替你把那些苦头都吃了，让你能一辈子都平平顺顺过下去，我有错吗？"

冯豫年听得泪流满面。

"可我的人生是我的，我往后还有几十年的时间，我要是能还给你，我就把剩下的几十年都还给你好了。这不是不能吗？那就还是按照我自己的意愿过，对不对？我自己过肯定要按照我的方式去活。你已经把我养这么大了，已经很好了。你就放开我，往后的路就让我自己走吧，行吗？"

冯明蕊没想到她说话这么绝情，她第一次表达厌恶和决绝。

冯豫年没想到李劭忱大清早来，她开门时两眼通红，还在吸鼻子。

李劭忱是给她送包的，她前一天把包落在他那里了，包里有证件。

见她哭得眼睛通红，李劭忱吓了一跳，皱眉问："出什么事了？"

冯豫年扭头说："没事。"声音哑得厉害。

前一晚喝完酒，酒瓶、酒杯还在，她喝了两瓶多。

李劭忧拿起酒瓶看了眼，不动声色地问："要不要洗洗，出去吃点东西？"

冯豫年不置可否。

他原本是路过，给她送完包就去公司，可见她这个样子，也去不成了。

冯豫年进了房间去洗漱。

李劭忧看了眼桌上还开着的电脑，替她收了酒瓶。入眼的短短的字句，他看得不动声色。

说不上来是什么感受，有些事别人是不能帮的。

她不得自由，他曾同样是。

但是如今，他舍不得她再受这种煎熬了。

冯豫年的眼睛还有些水肿，就戴了口罩，出来若无其事地问："你不上班吗？"

李劭忧顺着说："半天不去，又没什么关系。"

冯豫年穿了件焦糖色的外套，跟着他出门。路过大学城的时候，她问："能不能出去走走？"

李劭忧见她情绪还好，就说："走走吧。"

这条街上大部分都是学生。

冯豫年看着人来人往，又仰头看了片刻太阳，暖融融的，刺到眼睛都睁不开。那一瞬间，她突然就想通了，还在心里叹了口气，然后回头和李劭忧说："你说的我考虑过了，我想去南方的植物园。我不想这么混下去了。"

李劭忧不知道她经历了什么，只觉得她看起来难过极了。他转身拥抱着她，安慰说："好，我尽快安排。或者读博，或者做研究，随你的意。"

冯豫年轻声说："李劭忧，我有没有说过，有你在身边，真的很好。"

他听得心里一片柔软。

两个人在大学门口的餐馆吃了早餐。

饭后，冯豫年以为李劭忧要去上班了，结果车出了市区，他带着她去了北郊的山上。

深秋的山顶，山风猎猎，她眺望着远处依稀的村庄。

李劭忧看着眼前的人，轻声说："冯豫年，你可以浑浑噩噩一段时间，可以用一年、两年、三年去整理你的心情，但是不要沉溺进去。如果你跨不出这一步，我来帮你。我会一直站在你背后，推着你往前走。"

冯豫年过了那一阵，已经从情绪里走出来了。

又觉得他认真得可爱，她突然就释怀了，对来自家庭的缺失和伤害，都释怀了。

她回头问："你准备怎么帮我？"

李劭忧见她挑眉，就顺着说："那就上门提亲吧。"

冯豫年释然地笑起来，说："我说没事了，就是真的没事了，你不用这么哄我。有些话忍着说不出口，是因为怕太伤人。可是说出来了，也就那么回事，没那么大所谓。"

李劭忧看她一眼，同样眺望着远处。

她问："你说，我是不是挺难相处的一个人？又别扭又拧巴，一点都不可爱。"

李劭忧扭头和她四目相对。

冯豫年的笑都没来得及收起来，意味不明地转头，躲开了他的视线。

"不，你太好说话了，有时候甚至有点好骗，所以很可爱。"

闻言，冯豫年白了他一眼。

李劭忧伸手搭在她肩上，她拍开他的手，凶道："别跟我动手动脚。"

他忍着笑，将人拘在身前，问："有想过我吗？"

冯豫年看着远处橘色的山头，问："我想你做什么？"

李劭忧说："可是我很想你。"

冯豫年咳了咳，回道："我不想，你也别想。"

有人陪着，心情确实会好很多。

回去的路上，冯豫年说起在云南的事情，在村子里的事。

"种葡萄比较辛苦……"

李劭忧突然问："那个种葡萄的小伙子是不是喜欢你？"

冯豫年被他打断，不由得顿了两秒："怎么可能？你想什么呢？你特别像个八卦狗仔。"

李劭忧不接话。喜不喜欢，他比她清楚。

冯豫年接着说："待了那么久，我只去过一次西双版纳的植物园。"

李劭忧介绍："这次是华南植物园。除了有些远，其他的没有问题。以后有机会再去西双版纳植物园。"

冯豫年轻笑了声，说："云南我都能说走就走，还有什么远的地方？我是注定不能留在这里。"

等回去，已经是下午了。

李劭忧的电话催到他不能不去了，冯豫年催他："快去忙你的吧，我没事了。"

李劭忧接了电话，李岩问："你去哪儿了？一早上都找不到你人。"

他淡淡地说："没事。我下午回去。"

李岩又问："你妈说打你电话没人接，问到我这里来了。"

李劭忱"嗯"了声。

李岩生气地说："你嗯什么嗯，没事给她回个电话。你们姐弟两个一模一样，不省心。"

李劭忱看了眼手机，挂了电话，并不太放在心上。

大概是因为哭着吵了一架，母女两个人心照不宣地不再提起早上的事了。

冯豫年从来没有和妈妈说过她的不开心、她的委屈。她有那么多不愿意的事，她都没有说过，所以妈妈大概觉得她的不愿意也没那么所谓。

当划开冰面后，冰下的一切，其实并没有想的那么暗涛汹涌，也没那么难以接受。

人就是这样，有很强的适应能力。

冯明蕊知道管不住她了，抑或是觉得各自退一步，以后的事，还是有商量的，便给她发微信：【你袁阿姨介绍的人，你不想见，就不见了吧。】

冯豫年看了眼消息，没有回复。

她还有很多事要做，有很多专业的书还放在李劭忱隔壁小区的房子里，就给他发消息：【我的书很多都在你那里。】

他回复：【钥匙在你客厅电视下面的抽屉里。】

冯豫年觉得奇怪，起身打开抽屉，里面有一大串钥匙，也不知道他什么时候放进去的。

她想着回去看看，先拿回来一些专业书，出门前便带了一个提书的帆布包。

等她回了李劭忱的房子，开了门才发现，里面还是和从前一样。门口玄关上的那只放钥匙的碗，还是她在饰品店里淘来的。

灯还是从前的灯，人还是从前的人，仿佛什么都没变过。

她直奔书房，原来他的书全在这里。

大概有人打扫，书架上还盖着一层一次性的膜，撕开膜，全是她的书。书架上还有她的照片摆台和她的手办小玩意儿。

座椅上是她买的抱枕……

她绕着屋子转了一圈，发现连卧室里的东西都没收起来。

她脑子里只有一个疑问，李劭忱有病吧？

她发微信问：【你这房子有点吓人。】

李劭忱正在大学门口等人，温玉入职大学，教的是行政公文，暂时看来她的新职业适应得很好，他应邀在学校门口等她。

他看了眼消息，回消息问：【哪里不对劲？】

【像个被封起来的玻璃盒子，你怎么有这种爱好？】

冯豫年首先不是感慨，也不是感动，而是惊讶。

李劭忱看得失笑，不知道她想哪儿去了。

【我有时候在那边住。你打开衣柜，看看我的衣服就知道了。】

冯豫年听他这么说，才觉得正常点了。

他若是不住在这里，还把这里保持成这个样子，就真的是心理的问题了。

衣柜里确实有他的衣服，不光有他的，还有她的，只是她的东西都收在箱子里了。

她在书房待了一晚上，清点了一些她自己都不记得的书。

结果，还没等她回去，李劭忱就回来了。

冯豫年见他回来，惊讶地问："你还真住这里啊？"

李劭忱手里拿着车钥匙，放在她之前放钥匙的大碗里，边换鞋边说："我哄你做什么。"

冯豫年手里还拿着本书，有些悻悻然，赶紧说："书我挑好了，我这就要回去了。剩下的，我下次再来拿。"

李劭忱笑起来，问："你急什么？坐。"

冯豫年在犹犹豫豫中，过去坐在沙发上。

李劭忱陪母亲吃晚饭，温玉的工作都就位了，可能学校的环境让她有了些微的改变，人也少了之前的高傲，也可能是她上年纪了，感到了孤独，不复从前那么孤傲不可接近了。

李劭忱很难和她聊私人的事，他们母子之间早已经分道扬镳。

如今他们之间只剩责任，这一生都不可能有天伦之乐了。

想一想，还是挺让人唏嘘。

饭桌上，温玉问起："你打算什么时候成家？"

李劭忱问温玉："你为什么会对我的婚姻充满期待？"

温玉被他问得哑口无言，半晌才说："我不是一个合格的母亲，因为工作缺失了很多对你的陪伴，但我们母子真的不能好好相处了吗？"

他听得无端地笑起来，安慰她："妈，人不能太贪心，得到了什么，失去了什么，自己心里知道就好。我们如今好好坐在这里吃饭，就很好。"

温玉被他说得哑口无言。

他比起那几年，可以说已经不会和她发脾气，不会和她吵架了，却多了威严，更多了说一不二的决绝，越来越像他爸爸了。

冯豫年见李劭忱心情不错，问："你总问我这几年怎么样，你呢？你这几年怎么样？"

李劭忱笑了下，进厨房拿了水出来，拧开后递给她一瓶，然后拿着另一瓶并不拧开，坐在她身边，淡淡地说："挺好的，我在哪儿过得都不会太差。"

冯豫年听在耳朵里，心里却觉得不是这样的。

"当时你在想什么？为什么就辞职了？"

闻言，他放下水，伸手握着她的手。冯豫年用力挣扎了下，没挣扎开。

他细细地一根一根梳理她的手指，轻描淡写地说："辞职和你关系不大，当时的情况也有些复杂。不说这个了。"

冯豫年见他不想说，也就不问了，抽出手，不轻不重地说："你别拉拉扯扯的，我又不是你女朋友。"

他忍着笑，点头道："也对，应该注意。"

冯豫年白他一眼，虚伪的男人。

他长舒了口气，说："林越文那边，你们工作室的股份给你留着，你不用管，她的心思大着呢。你那个同学跟着她不会吃亏的。"

冯豫年问："这么算来，看起来我吃亏了，其实我赚了？那何必绕这么大弯子，你直接把钱给我得了。"

李劭忱伸手拍拍她脑袋，微笑着说："还这么傻，怎么就这么好骗？"

冯豫年瞪他一眼。

他起身说："行了，走，送你回去。"

冯豫年恨恨地起身踢了他一脚，这才回书房拿包。

等她出来，见他站在门口等着她，头顶有盏小黄灯，光线淡淡的，照在他身上，像昏黄雀色，照得他整个人满身寂寥。

她察觉出来了，他心情不好。

拿钥匙的时候，她问："这是你的钥匙吧？你把这一把给我就行了。"

他提着她的帆布包，随口说："不用，我还有。上面有院里和我那边的门钥匙。"

"那我丢了怎么办？"她惊讶地问。

他笑起来教训她："你怎么不把自己丢了？"

冯豫年觉得他好烦人。

冯豫年住的地方。

她把餐桌当成了书桌，吃饭都放在沙发旁的茶几上。

餐桌上摆了很多东西，很多是成册的文稿，还有一些植物绘本，五花八门，什么都有。

李劭忱问："你怎么不养花了？"

她指指阳台："那不有嘛。"

李劭忱回头看了眼那一排仙人球，也不和她抬杠，把包放在桌上，又看了眼电脑。

冯豫年忙说："你看什么！"

里面有她写的文稿，不能让他看。

李劭忱也不执着，立刻收回目光。这里一看就是女孩子的家，沙发旁边的边柜上放着两支口红和指甲剪，到处都是她的东西。

冯豫年回厨房泡了柠檬水，出来问："你跟我讲讲你那个项目吧。因为植物园有自己的研究院，我要是应聘根本不可能被录用。"

李劭忱接过水，说："你心虚什么？普通的招聘都是硕士学历，只要求论文，没你想的那么严格。再说了，你的论文我都知道，都符合他们的要求。"

她语塞，她的论文，他确实都知道。

见她认真，他也认真解释："中科院的分院，关于土地的事已经在办了，你的资料我也提交了。你先什么都不要想，去上班就行了，后面的事，再慢慢考虑。"

冯豫年问："你确定我能去上班？"

他笑起来，低声说道："你要相信自己的能力，你的履历其实很亮眼，我只能帮你争取到一个上班机会，其实还是看你的能力，我能帮你的其实很少。"

李劭忱咨询了关于她读博的事情，甚至提出出资成立研究基金。但院方的老师反而更看重她的专业成绩，尤其是她曾经下乡助农的经历。所以她是凭自己的本事拿到这个工作机会的。只是在选择导师的时候，他整理了她的成绩，替她争取了老师。

冯豫年不再问了，等喝完水后，和他认真地说："李劭忱，如果，我说如果，我坚持读博，并且最后能顺利毕业，我会在论文最后只感谢你一个人，而且注明你是我读博的唯一赞助人。"

虽然她的经济独立在李劭忱面前贫穷得还不如一个乞丐。

李劭忱并没有笑，伸手轻轻拂开她耳边的头发，认真地说："年年，我不需要你感谢我，我只想你按照你的意愿，一路平平顺顺走下去。至于那些辛苦，我就不能帮你了。我只希望你能开心，把你没有得到的理解和支持，全都补偿给你。"

冯豫年握着他的手，一字一句地说："李劭忱，你这叫趁火打劫。你现在比以前还狡诈了。"

李劭忱低笑出声，说："你看出来了？"

冯豫年恨声恨气地问："你什么时候回去？"

李劭忱仰头看着屋顶，悠闲地说："别这么过河拆桥，我就坐会儿，什么都不干。"

冯豫年感觉自己越活越回去了，起身咳了两声，这才大方地说："行吧，你坐，我去看个东西。"

等到了餐桌旁，她又问："你看不看电视？"

李劭忱笑起来，回道："不看，你忙你的。"

冯豫年当真不管他了，在那里写东西。

李劭忱在手机上看东西，一直皱着眉，和科技大学合作的研发这几年一直都是他在负责。这几年他成长得很快，李岩都说他在董事会上已经有话语权了。

这是他作为中层领导，在集团用个人能力站住了脚。

基础工业的发展，远不及其他行业迅速，每一步都走得缓慢。从李岩手里的大型机械设备集团，到如今的更新换代，每一代都是一代人的更迭。

而到现在，一代人能发展出几代机器的更新。

冯豫年看了一会儿就扭头观察他，他坐在那里一动不动，一直低头看手机。

她又问："你到底怎么了？一晚上怪怪的。"

李劭忧笑起来，心说，年年，你还是一样的心软，一点都没有变。

见冯豫年有些恼，他招手说："你过来坐。"

冯豫年又过去。

他握着她的手把玩，她要缩回去，他抓着不放，一个人笑起来，但是一句话都不说。

她又觉得他不是难过，是高兴出毛病来了。

李劭忧并没有待很久，等人走了，冯豫年给师兄发消息：【我过段时间会去植物园，不用再为我操心了。】

杨渊：【定了吗？那真是太好了，我就说还是植物园适合你。】

冯豫年：【大概是定了。】

她一个走后门的，和带资进组也差不多，不敢太张扬。

第二天一早，冯豫年在公司和文晴认真聊了这件事。

文晴顿了两秒，问："回植物园去了？"

冯豫年抱歉地说："下班咱俩逛一逛吧，我这几个月过得真是浑浑噩噩的。"

文晴都觉得她累，父母没人能帮她，还接二连三地生病，看她恨不得一个人分成两半。

她从前觉得冯豫年是运气好，生得漂亮、学习好。

如今看来，她的磨难也多。

下班后，两人约在火锅店，文晴听冯豫年说完去植物园的始末，想了片刻，斟酌着说："我也觉得你去植物园比较好，第一专业对口，再者我觉得你离阿姨远一些，比较好。就像我妈，她也是个催婚选手，但是架不住距离远，她奈何不了我。远香近臭，大概就是这么个道理。"

冯豫年笑笑，没反驳。

"就是对不起你，拉你辞职，结果我要跑路了。"

文晴听得大笑。

上菜的小哥哥路过，被文晴的笑声吸引，看过来，回头给她俩说："两位用餐愉快！"

文晴回头冲小哥哥江湖气地喊："愉快愉快！"

说完，她又转头和冯豫年说："我觉得我跳出圈子，怎么说呢，上了一个台阶。和从前完全不是一个概念，至于薪水，也比从前多。从前那些狗屁倒灶的事真是一件接着一件，那时候哪儿会想到我有一天能和娱乐圈的不老女神合作，反正有点魔幻了，比之前的工作爽多了。"

冯豫年也知道，林越文把公司做得更商业化，后期只会接最贵的商务。

她和文晴说："林越文那边我已经托人打招呼了，你以后就代表咱俩。"

文晴听得窝心，说道："你可真像一个家长，我知道怎么做。摸爬滚打这几年，什么有利什么有害，我清楚着呢。你顾好你自己。"

冯豫年也笑起来。

文晴问："你前男朋友怎么回事？"

冯豫年夹肉的动作都停了，盯着她，有点不知道怎么解释。

文晴见她这副样子就说："庆祝那天我和叶总一起，林越文和叶总问起李劭忱，我当时没想起来，后来才想起他是谁。"

冯豫年吃了菜，慢吞吞地说："一个胡同的人，又不是老死不相往来了。工作的事也是他帮忙。"

文晴听得眼睛发亮，感慨道："我至今记得，他穿着卫衣，帅得有点过分。"说着还向冯豫年扬扬下巴。

冯豫年想了下，煞有介事地说："现在上年纪了，没那时候浑身少年气好看了。"

文晴嗲笑道："瞎说什么呢？这才多久，不是说男人越上年纪越成熟、越好看吗？"

冯豫年被逗得笑起来，回道："看惯了，男人不都那样。"

文晴啧啧地说："你可真是饱汉不知饿汉饥。"

冯豫年没好气地回道："你把嘴闭上。"

文晴的兴趣来了，问："他现在干吗呢？请我吃饭那次也是来去匆匆的，我当时就想，是什么家庭养出这么极品的男生来？"

冯豫年想了想，回了句："谁知道呢。"

文晴问："那你们？"

冯豫年摇头，说："别多想，男女这种事，谁知道呢？"

文晴也附和："就是，男女这回事，不到最后谁知道呢。"

等冯豫年和文晴吃完饭后，李劭忱发来消息问：【吃完了吗？】

冯豫年瞪着眼睛问：【你怎么知道？】

李劭忱其实去公司接她了，南方植物园那边已经准备好了，那她现在就能过去了，他准备送她过去。他去了她公司，办公室的小助理说她和文晴出去吃饭了。

李劭忱也不逗她：【有事和你说。】

冯豫年看了眼消息，这时她俩已经在地铁站了，文晴和她不在一个方向，和她抱了抱，摆摆手走了。

她这才回复：【我在地铁上了，一会儿到家。】

李劭忧看着短短几个字，笑起来。

等冯豫年回来，他已经在家了。

冯豫年为了公平，拿了他房子的钥匙，就把自己门上密码锁的密码告诉他了。

见李劭忧就坐在沙发上像个乖宝宝，冯豫年提着水果，进门问："什么事？"

他看了眼水果。

冯豫年见他看，就提起来说："门口买的。我去洗一下。"

她站在厨房里面洗水果，李劭忧站在门口说："那边定了，现在就可以过去。你把时间定一下，我送你过去。"

冯豫年奇怪地问："干吗非要送我过去？我又不是个学生。"

李劭忧不动声色地说："因为土地的项目还要等当地政府的手续，我正好过去签一些文件，顺带送你。"

冯豫年也没多想，点点头，和他认真地说："那能不能等我两天，我回一趟家，这回一走，过年不一定能回来。"

李劭忧以为冯豫年回胡同，结果她说的是回吴城。

第二天中午等他打电话时，她已经到吴城了。

冯豫年没想到卢姨的小女儿钟雯也在，钟雯小她两岁，性格十分活泼，因为离娘家近，可以不时回家。

钟雯虽然和冯豫年没那么熟，但是年轻女孩子不缺话题，见她回来，有种有伴的感觉，并热情地拉她去逛街了。

钟雯比钟静活泼，和冯豫年说起时尚八卦和娱乐头条来头头是道。

尤其知道她和李姝逸认识，开始和她八卦李姝逸的男朋友。

冯豫年起初看着钟雯试衣服，没察觉，结果她说："李姝逸还是和其他的女明星不一样，家里背景好，她男朋友家境更好，人长得还特别帅……"

冯豫年这才反应过来，她说的李姝逸的男朋友，是李劭忧。

冯豫年顿时有些忍俊不禁，忍了又忍，最后还是和她解释："你说的，应该是她弟弟。"

钟雯正照镜子，回头惊讶地问："那你也认识啊？"

冯豫年笑着点头，回道："我们一个胡同里的，挺熟悉的。"

钟雯惊讶地说："我的天，那她弟弟可真帅啊，不愧是姐弟。果然营销号不能多信，都是假的。"

因着李姝逸姐弟的话题，钟雯视冯豫年犹如知己。

两人给梁登义和卢姨买了很多东西，晚上吃饭，卢姨还在埋怨女儿："你这大手大脚的毛病就不能改改？"

她不好意思，觉得冯豫年一回来女儿就拉着冯豫年去逛街买东西，仿佛像是不给冯豫年台阶。

冯豫年笑着说："我们俩就是闲逛，看到合适的，就买了。"

梁登义比之前手术那个月胖了一点，他是个闲不住的人，每天去店里看着，收银点货，并不干什么重活，卢姨心细，给他的饭都是单独做的。

饭后，父女两个人坐在沙发上聊天，梁登义问冯豫年："怎么突然回来了？"

冯豫年老实说："我要去南方植物园工作了，短时间内没时间回来了，走之前回来看你。你要定期去检查。到了三个月记得去北京复查，到时候我会托人等你过去。再就是平时注意饮食，不能抽烟不能喝酒。不过卢姨心细，这方面我还是放心的。"

梁登义见冯豫年像个大人一样安排得头头是道，长舒了口气，有些遗憾地问："不能留在北京吗？"

冯豫年笑起来，说："现在还不能，你也知道花卉植物，大部分标本都在南方。等我读博后，能回来就回来了。"

梁登义也高兴，说："那就等你读博，你只管读，学费我出。"

他对她努力读书有种盲目的支持，至于结婚，在他眼里，好像不太重要。

冯豫年笑起来，说："不要学费，我自己有钱。你不要管钱的事，只管照顾好自己的身体。"

第二天，冯豫年陪老太太待了一天，老太太已经知道儿子生病的事了，不是很开心，念念叨叨道："都是早年落下的病，他就坏在爱赌上，说了多少次就是不听，好好的家也没了，一个人抽烟、喝酒，也没个人管着……"

冯豫年静静听着，并不说话。

老太太上年纪了，等唠叨完，又偷偷给她塞红包，偷偷嘱咐："奶奶给你的，你拿着，别让你妈知道。"

她笑着收下，转身偷偷塞到老太太的枕头底下。

冯豫年看完家里的人，还去看了趟小姑姑。梁容之前在粮食局工作，已经退休了，因为哥哥的病，如今在帮着照看海产店，见冯豫年回来也高兴。

冯豫年在小姑姑家里吃了顿饭，晚上她就要坐火车回北京了。

梁登义在小区外送她上车，五十几岁的大男人，第一次红了眼。

冯豫年抱抱他，安慰说："等我有假了回来看你。"

梁登义扭过头，不想让她看见。

冯豫年上了车。

车走远了，她从后视镜里还能看到他站在那里张望，于是忍着泪给他发消息：【我到了给你发消息。】

离异家庭，让她太早就学会面面俱到，学会了照顾每一个人的情绪，学会了从小就看人眼色。但是他也是爱她的。

等回北京，冯豫年回去看冯明蕊。

冯明蕊还是老样子，生活范围就在这个家里，至多和小区的同龄妇女相约一起去春游或爬山，再没有什么其他的活动了。

等从那个环境里走出来了，再回头看，莫名多了慈悲。

母亲的强势，让冯豫年整个青春期都特别痛苦，直到如今依旧被困扰。

但是她已经走出来了，妈妈作为家长已经尽到责任了，再回头和妈妈计较，已经没有意义了。

妈妈一辈子的遭遇和她的固执是否有关系，她也不知道，但是都不想谴责妈妈作为家长的错误。

冯明蕊见她回来，高兴得有些不知所措，见陈尧拉着她玩游戏，骂陈尧："整天就知道玩！你就不能学习上点心吗？非要人盯着你才肯学，你姐姐那时候……"骂到一半，不知道想起了什么，又不说了。

陈尧被冯明蕊骂得耷拉着脑袋，垂头丧气的。

冯豫年偷偷说："等会儿再玩，她等会儿肯定要自己做饭，不会全让阿姨做。"

陈尧一听，眉飞色舞的。

她笑着摸摸他脑袋。

冯豫年背着陈尧和冯明蕊说："你不要在人前教训他，他已经不是小孩子了。"

冯明蕊刚要反驳，转头见冯豫年静静地看着自己，就没再说话。

冯豫年最后也没有和冯明蕊说她要去南方了。她们还是少见面为好。

等把家里的东西都整理好，李劭忱安排说："你还是把东西都搬到隔壁吧。"

冯豫年盯着他，真的很想说，他就是属黄鼠狼的。

最后她还是听了他的话，都搬过去了，把钥匙交给了叶潮。

叶潮不知道她要走，问："好好的，你搬哪儿去了？"

冯豫年坦言："我要去南方植物园，就不住这里了。"

叶潮还要说什么，李劭忱就抢先说："东西收着也好，我那边的房子也空着，再回来住那边。"

叶潮仍想说什么，但是没说出口。

第五章

别担心我

　　等飞机起飞后，冯豫年心里全是淡淡的伤感。

　　来来回回这么多次，飘零不定，始终没有归途。

　　李劭忱见她心情不好，问："要不要看点东西？"

　　她对李劭忱说："如果我们不认识……"

　　李劭忱打断她，说："这个假设不成立。我们从小就认识了，这是故事的基调。"

　　冯豫年看着窗外，突然少了之前的恐慌，她心里有个声音在安慰自己，因为这次有人陪着她。

　　李劭忱是特意送她去的，正好可以顺带参加一个会议。

　　她第一次去云南，他不知道。

　　她当时是怎么去的那个村庄，他也不知道。

　　他只知道她在那个村子里吃尽了苦头，从前打针疫苗，都要做几天心理建设的人，是怎么面不改色地看着大夫在她手腕静脉里推药的？

　　她淋着雨穿过山路，翻山越岭地赶路……

　　他从前舍不得她吃一丁点苦，可是在他看不见的地方，她吃尽了苦头。

　　飞机落地后，冯豫年还怔怔的，依旧觉得有些不真实，她仿佛和几年前的生活接轨了。

　　李劭忱提着她的行李箱，她跟在他身后。南方的天气比北方明显暖和一点，不同于北方的干燥，空气里都能感觉到水汽的湿润。

　　李劭忱的人来接他们，她看着城市里的绿色，颇有兴趣地和他说："北方入冬后，景色已经荒凉一片，南方至今都入冬失败。我骨子里可能就是个南方人吧。"

李劭忱见她心情好，也顺着她。

酒店的大厅里，冯豫年看着李劭忱办理入住，脑子里冒出来一个问题——他不会只订一间房吧？

李劭忱拿着一张房卡，带着她上楼。

冯豫年见他轻车熟路的，想起上次在洱海的时候，也就没提醒他。

商务型套房里空旷，她站在落地窗前看着远处的景色，问："什么时候去植物园报到？"

李劭忱送完她，要在这里开一个行业的论坛会议。

两人安顿好已经是中午饭点，午饭后还真去植物园走了一趟。冯豫年进了植物园确实感觉熟悉，给他介绍植物园的前身和馆里植物的特性，就像是普通游客一样。

李劭忱穿得有点不合时宜，黑色风衣，整个人看起来甚至有点不近人情。

她才察觉，她眼里的李劭忱和别人看到的是不一样的。

从植物园回来已经是晚饭时间了。周末一过，第二天周一，冯豫年就要去办理入职。

晚饭后，她终于忍不住，问："为什么只有一间房？"

李劭忱脱了风衣放在沙发上，回头问："终于忍不住了？"

冯豫年听得特想踢他两脚。

他就等着她问。

冯豫年有点以前的样子了，不高兴了会和他使小性子了。她白他一眼，自己找喝的去了，等回来看了眼证件，问："那我还要租房子，以后就背井离乡在这儿扎根了。"

李劭忱笑着说："确实要扎根了，好好干。"

冯豫年又白他一眼，感觉他像哄小孩。

第二天一早，公司的人来接他俩。

去植物园的路上，当地的那个经理聊起，说："曾先生这两天一直问起你，本来植物园那边的仪器就有咱们其他分公司的……"

冯豫年没听明白，李劭忱却听明白了。

等到了地方，一切都很顺利，她的职位虽然暂时是助理，但是比在读的实习研究生高一级，薪金也可以。

李劭忱原本想让冯豫年做甲方的人员，那样她的工作环境相对会好一点，但是考虑到并不利于她以后读博，就托人走了正式应聘的路，让她跟着博导，但还算甲方的人。

冯豫年并不知道李劭忱花了这么多心血。

当天入职，第二天报到。

李劭忱下午就要去开会，直接带冯豫年去了离植物园一站路远的小区。小两居的房子，面积不如北京的房子大，可以拎包入住，不知道他什么时候准备好的。

真是比她父母都贴心。

第二天两人都有工作，冯豫年入职正赶上植物园举办花展，整个植物园的工作人员都非常忙碌，她一整天都在办公室里打印整理文件，给各部门递交她的个人资料。

带她的那位博导姓仲，人还在外地参加会议。

冯豫年一整天虽然累，但是心情颇好，晚上回家的路上，在小区门口买了束很小的洋甘菊，感觉突然就多了生活的小情调。

她开了门，见李劭忱已经回来了，坐在沙发上。

她整个人都有些错乱，问："你怎么回来了？"

李劭忱还在看东西，论坛会议要发言，而且后面会有采访，他的助理和秘书都没有来，只有他一个人，所以这些工作都要他自己准备。

他头也不抬地说："下班就回家了，有什么可奇怪的？"

冯豫年酸他："你不是该住在郊外的别墅里吗？或者是酒店的套房里？"

李劭忱还是低着头说："别墅确实在郊外，你一个人住不方便。你要是想去，我把钥匙给你留着，你自己过去住。但是没车的话不方便。"

冯豫年瞪他一眼，自己找瓶子醒花去了。

等她从厨房出来，李劭忱才抬头问："今天上班感觉怎么样？"

冯豫年有点不适应他像个家长似的。

李劭忱见她不说话，就那么看着她。

冯豫年先声夺人："你别这么看着我。"

李劭忱老神在在地说："你想哪儿去了，难不成你对我还有什么企图？"

冯豫年简直有理说不清。

李劭忱笑得自在，哄她："早点睡吧，明天上班了。"

他今天听到一个消息，和母亲有关系的那位梁先生高升，调任回国。

这并不算一个好消息，让他一整天都有些心烦。

这个房子是他提前找好的，小区大门对面有个大型商场，门口就是公交站和地铁站，一站路外就是植物园。几乎锁定了冯豫年的活动区域，也是让她生活最便捷安全的区域。

她刚搬进来，带的行李有限，只在对面商场买了些日用品。房子里暂时还是空的，连装洗衣机的人都还没来。

李劲忱也是不挑剔，次卧里就只有一张床，四件套还是她的，那么简陋的房间他也能睡着。

住在一个房子里，心理上就会有种互相的联系。

冯豫年也由着他嘴上占占便宜，两人并不当真。

关于感情，两人都有些不言而喻的默契。

冯豫年上班的办公室里还有两个人，男生叫张闻，女生叫余小雨，一两天互相就熟悉了。他们两个都是南方人，对她挺照顾的，整天和植物打交道，不是在实验室，就是在办公室里，办公室环境并不复杂。

余小雨正和冯豫年闲聊，问："你从农业大学毕业后就下乡了？"

冯豫年忙着和她聊天，就没回李劲忱的消息，等聊完低头给他回复：【晚上在外面吃吧。】

余小雨一扭头就看到了冯豫年的手机界面，惊讶地问："你结婚了？"

冯豫年茫然地抬头，迟钝了片刻，回道："没啊。"

张闻还是研究生在读，就跟着两个姐姐开玩笑，说："那就是男朋友嘛。"

冯豫年一时间解释不清楚。

余小雨羡慕地说："那可真好，两个人能在一个城市。"

冯豫年又说："不在一个城市啊，他在北京。"说完又觉得自己真是欠的。

余小雨是南方人，普通话里带着一股撒娇的感觉，特别可爱。冯豫年笑了笑，也不再继续这个话题了。

结果下班后，李劲忱就在门口等着她。

他一个北方人，身姿挺拔，黑色风衣显得人有些严肃。

余小雨看到他，惊讶地问："这是你男朋友啊？"

冯豫年见李劲忱看到她，并向她走过来了，来不及仔细解释，含混地应了声。

余小雨啧啧称奇，觉得李劲忱帅得有点过分了，用开玩笑的话说："一身正气，感觉像身居高位的人，不太像打工人，而且看着不好接近。"

怪不得单位里传说冯豫年是空降来的，背景不简单。

李劲忱见冯豫年和同伴一起出来，严肃的脸色也温和了，想来她在办公室里没有被排斥，就先说："你好，是年年的同事吧？"

余小雨一听，突然有种心跳加速的感觉，一下子有点紧张了，客气地说："你好，我叫余小雨，是和冯豫年一个办公室的同事。你们逛吧，我就先走了。"

冯豫年看着同事走了，别有深意地看着他问："这样你就高兴啦？"

李劭忧粲然一笑，说："走吧，先去吃饭，我明天就要回去了。"

晚饭她吃了不少广式面点，李劭忧和她嘱咐："仲教授暂时没回来，到时候你直接跟着他。你是根据他们的招聘信息应聘的，你的条件也都符合，不用觉得走了后门。"

冯豫年听得好笑，说："我这么大个人，还在乎这种事？"

李劭忧也是处处都替她考虑到了。

晚上回去的时候，两个人又在超市逛了一圈。李劭忧也是个神奇的人，自己家里"一贫如洗"，还一直提醒她买水果、买零食。

两个人慢悠悠地逛超市，李劭忧说："等我有时间，就过来看你。"

冯豫年对他的心思太清楚，但是她不能回应，于是漫不经心地说："你忙你的吧，我真的挺好的，等我准备好了读博的事，再和你说。"

李劭忧也不执着。

第二天，李劭忧走的时候和冯豫年说："卡我放在你房间了，是给你的生活费。"

冯豫年好笑地问："你是真的打算供我了？"

李劭忧笑起来。

"我还等着登上你的博士论文，毕竟我本科毕业生，连研究生论文都没写过。"

冯豫年无端觉得这话很刺耳。

李劭忧对自己的学历并不避讳，说起来十分坦然，也并不觉得遗憾。

他知道自己可能短时间内抽不出空过来看她。

冯豫年突然就有了一种漂泊在外的感觉，有点伤感地说："我好像每次都把自己折腾成孤家寡人。"

李劭忧拍拍她头顶，笑着说："瞎说什么。我到周末了就过来看你。"

送走李劭忧后，冯豫年在朋友圈发了张植物园大门的照片，配文字：【继续努力吧。】

李劭忧在飞机上看到，笑着给她点了个赞。

冯豫年已经做好应付所有人盘问的准备了。

果然，所有人都在询问她。

文晴着急地打电话问："怎么样？都安顿好了吗？顺利吗？"

冯豫年说："都安顿好了，你下次来这里，我招待你。"

文晴感慨道："都好就好，我之前碰见咱们的同学，有几个竟然都在复习考试，现在的压力都很大呀。我下次一定找你好好玩！"

冯豫年失笑道："你也加油。下次一起玩。"

文晴爽朗惯了，回道："我现在不会遇见动不动就和我抢生意的男人了，顿时觉得男人这种生物都顺眼了。但是我现在没时间，真是遗憾。你加油吧，争取让我认认真真地参加一场婚礼。"

冯豫年笑着继续和她聊了会儿。

　

陈璨看着冯豫年的朋友圈，有点没反应过来，没想到她又离开北京了，毫不留恋。

她们俩一直在对方的微信联系人里，但是两人默契地谁也不会和谁说话。

看了眼显示的地址，得知冯豫年已经在南方入职了。

直播完已经很晚了，工作室里乱哄哄的，有的人在整理东西，嘈杂声一片，大家都点了外卖，陈璨坐在灯前低头看着朋友圈，半晌没有回神。

她心里有种淡淡的、无以名状的感觉，仿佛自己一直掐尖要强，而对方只是轻轻巧巧地看你一眼，根本没把你看进眼里。

冯明蕊的反应就没有陈璨那么平静了，她打电话过去的时候，冯豫年已经在等她的电话了。

冯明蕊想生气，又克制着问："到底怎么回事？怎么就突然去南方了？"

冯豫年很平静地回答："我找到了专业对口的植物园的工作。"

冯明蕊知道这个单位并不差，工作也不错，但是心里就是有一股说不出来的憋屈，气弱地问："那也不一定要这么着急，就不能和我商量一声吗？而且那么远……"

冯豫年撒谎道："当时递简历的时候没想到会被录取，人家打电话让我尽快入职。"

冯明蕊心里有万千思绪，但是一时间一句话也说不出来。

两个人都静悄悄的。

冯豫年已经远在千里之外，她的女儿又一次远走千里之外了。

冯明蕊最后无力地说："那你一个人在外，人生地不熟的，要注意安全。"

冯豫年见她没有那么激烈地反对，就顺着她说："我知道，你要是有时间可以过来玩，南方和北方景色还是不一样。"

冯明蕊下意识反对："我才不……"说了半句，又忍住了，"再过几天，尧尧就放假了，等他放假了，我到时候看。"

冯豫年也不多说了。

其他人就简单直接多了，比如叶潮，一听她去了南方，一张机票就飞来了，还带了个小姑娘。

冯豫年这几天正和办公室的人忙花展的事，导师也回来了，和她谈了一早上。

准确地说是一早上单方面碾压，导师基本都在提问，她答得乱七八糟的。

仲伯雄是个六十来岁的老头，话也不多，最后点点头说："那就先这样吧，等熟悉熟悉，咱们再安排下一步的工作。"

和蔼得让冯豫年有些惶恐。

余小雨说："仲教授就是这样，而且他的徒弟很少，没想到你还不是他的博士，就拜在他门下了。"

语气里有些羡慕。

冯豫年也不知道李劭忧花了多大心思，含糊地说："我也不确定是不是读博，为后面做准备的。"

余小雨也是随口一说，三个人一起忙了几天，已经成一个小集体了，做科研的人还是简单。

因为植物园太大，花展期间要去北区的植物园，余小雨就骑着小电动载着冯豫年。

叶潮给冯豫年打电话的时候，她人已经在植物园了。

园里有很多创意园，很多企业入驻，余小雨和冯豫年在园里穿梭了好久才找到人。叶潮带着小女朋友正在咖啡馆里喝咖啡，冯豫年找到他的时候，他正举着手机给小女朋友拍照。

也是，植物园里每天专业拍照打卡的人很多。

叶潮一回头，就见玻璃窗外冯豫年正注视着他，顿时有点臊眉搭眼的。

他见了她也不好意思，说："姝逸姐也在这边拍戏，你不知道？"

冯豫年心说，你们这帮人，日子过得可真是滋润啊。

又想想李劭忧，他除外，他就过得挺辛苦的。

冯豫年介绍："这是我同事，余小雨，这是我朋友叶潮。"

叶潮笑了声，说："这是董圆圆。"没说是女朋友。

冯豫年也不深问。

余小雨送她找到了人，还要去趟实验室，便说要先走了。

叶潮好客的劲儿又来了，招揽说："来呀，认识就是有缘，一起吃个饭。"

冯豫年说："下次吧，这几天花展，办公室那边事很多。"

叶潮这才不执着了，给李姝逸发消息。

李姝逸比他都着急，直接打电话过来，问："你到这边了？我正好这两天没通告。你现在在哪儿呢？"

叶潮是个大嘴巴，忍不住话，就说："我正和冯豫年一起，在他们植物园，景色是真的漂亮。"

李姝逸一听，立刻说："你们在植物园等等我，我正好缺点照片。"

得，也是个任性的人物。

中午休息就两个小时，冯豫年带着叶潮回了办公室。

等李姝逸来的时候，她要去实验室那边送资料。

李姝逸见她一身休闲，有些挑剔地问："你怎么一点都没变？还和个大学生似的。"

冯豫年失笑道："我都快三十的人了，哪里能和大学生比。"

余小雨进来顿时吓了一跳，小办公室里满满当当的都是人。

更吓人的是，还有个女明星。

李姝逸如今虽然算不上顶流女星，但也是娱乐圈里有名有姓的知性美女。她见冯豫年的同事进来，立刻说："你是年年的同事吧？真漂亮，皮肤真好。"

余小雨被一个女明星夸得整个人都凌乱了。

冯豫年笑着制止李姝逸，说："你别吓唬人，好好说话。"

李姝逸故意伸手捏她的脸，趾高气扬地说："我偏偏不。"

冯豫年抓着李姝逸的手，和余小雨介绍："这都是我的朋友。这位你也认识，李姝逸。"

余小雨伸手抓了本书，两眼冒星星地说："给我签个名吧。"

李姝逸笑着说："我们拍个照。"

冯豫年给两人拍了照片，余小雨怎么看怎么满意。

李姝逸带着助理小乔来给她拍照。

冯豫年下午要上班，就打发他们几个人去园区里逛，等她下班。

等人走了，余小雨问："你们是不是就像八卦娱记说的那种，神乎其神的家庭出身？"

冯豫年见她问得小心翼翼的，笑着解释："我不是，他们应该也不算是。"

余小雨看着照片，啧啧称奇："李姝逸看起来是真的漂亮，比营销号上说的和气多了。"

冯豫年笑笑。

每一个知道李姝逸的人，都要打听她的男朋友。

冯豫年犹豫之后，还是给她辟谣，那是她弟弟。

余小雨一个网瘾少女，仿佛掌握了什么娱乐圈大秘密似的，连连说："怪不得，我就说！你们这帮人太坏了。她弟弟……"

她突然想起什么，盯着冯豫年，片刻后问："你男朋友，是不是就是她那个男朋友？"她马上又肯定地说，"我就说，他看起来非常眼熟！"

冯豫年也没想到把火点到了自己身上。

余小雨边摇头边煞有介事地说："豪门纠葛多啊，真复杂。"

冯豫年特想把自己的嘴缝上。

因为有了共同的秘密，关系就不自觉地更亲近了，余小雨也开始叫她年年，到下班时间，就催她："快去啊，他们还在等你呢。"

冯豫年出来，李姝逸的车就在门口等着她，一行人去了酒店的餐厅。

李姝逸一下午拍了很多照片，而且全都发给了李劭忱，她就是故意耀武扬威——

【你把年年藏起来，我偏偏就能找到。】

李劭忱看着照片，他太知道李姝逸的小九九了，只回复了一句：【好好玩。】

李姝逸就故意给冯豫年拍照片，然后继续发给他。

照片里，冯豫年穿了件红色的连帽衫，戴着眼镜，扎着简单的马尾，显得一身书生气，确实看起来像个学生。

尤其是她还冲着镜头笑着。

李劭忱看着照片，问：【有什么事？直说吧。】

李姝逸秒回：【我想住你那个小公馆。】

李劭忱：【那你要找姑姑。】

李姝逸：【我晚上和年年住。】

李劭忱：【去住吧。】

李姝逸气结。

饭桌上，叶潮的女伴自我介绍："我是董圆圆，是做自媒体的。"

冯豫年点点头，她对周边人的交友呈包容态度。

叶潮带着董圆圆来也有点不好意思，尤其在朋友面前。

冯豫年是个专心吃饭的人，上来的菜只有她吃得最认真。

李姝逸见她一门心思吃饭，问："饭比我都香啊？"

冯豫年无奈地看着她，问："你拍什么戏？什么时候结束？"

李姝逸借机和冯豫年撒娇，回道："拍现代剧，很累啊。"

真是和十几岁的时候一模一样娇气。

冯豫年就说："那拍完就休息一段时间。"

李姝逸气结，回道："你怎么和李劭忱说的话一模一样？我还指望你心疼心疼我呢。"

叶潮没忍住，笑着说："那你是不知道她那几年过的什么日子，你跟她一比，简直活在天堂里。"

冯豫年看了眼叶潮，并不太想提起之前，就说："扶贫工作嘛，就是每天下乡干苦力。"

李姝逸突然觉得冯豫年和李劭忱好像。

两个人自分手后，都变得很沉寂，好像比他们几个都要成熟，只管看着他们笑闹，但是再也不会参与进来了。

冯豫年并不知道李姝逸这么多感想，她真是单纯饿了。

但是在座的都不是好好吃饭的人，就显得她吃得最香。

李姝逸看到冯豫年就会想起弟弟，问道："那几年都不想我们吗？"

这个"我们"用得可真妙。

冯豫年笑起来，说："想啊，怎么不想。"

李姝逸对她简直是爱恨交加。

吃到一半，那位董小姐大概觉得没意思，该拍照的也拍了，社交媒体该晒的也晒过了。

李姝逸指着最后的汤和冯豫年说："尝尝这个，李劭忱最爱喝这个。"

冯豫年听得失笑，老神在在地问："是吗？那我尝尝。"

李姝逸发现自己在他们两个面前都讨不到便宜。

想了几秒，她就又说："我舅妈今年回来了，你见没见过？"

冯豫年见李姝逸像个上蹿下跳的小孩，觉得好笑，就说："见过。"

叶潮接过话茬说："有些年没见温姨了，她还没退休？她得是什么职位了？"

李姝逸极少见这位舅妈，从她有印象起，那位舅妈就在国外，联系也不太多，就含糊地说："退休了，现在返聘在高校教学生。"

冯豫年听了觉得意外，温玉那样的一个人，竟然在高校里做老师。

等她吃完后，收到李劭忱的消息：【李姝逸胡闹，你别惯着她。】

冯豫年一边看着消息，一边听着李姝逸揭李劭忱的短，觉得好笑，回道：【她是你姐姐。】

【没说她不是。】

真是个固执的人。

李姝逸问她："你住哪儿？"

冯豫年确实听李劭忱的话，不和她胡闹，回道："我住植物园附近。"

叶潮遗憾地说："劭忱不在，他在华侨村有套老房子，修得很漂亮，只是离植物园有点远。"

冯豫年好奇地问了声："是不是旁边有个公园？"

叶潮点头，说："对，你知道？"

冯豫年回道："我知道那个地方，但不知道他有房子。"

叶潮又开始夸李劭忱："他也没什么爱好，但是置业投资的眼光很毒辣。大家都去买靠江边的房子了，就他爱住在老区里。那房子我见过，装修得非常漂亮。"

李姝逸就说："这有什么难的，让他把钥匙寄过来，咱们过去看看。"

冯豫年一时间都不知道她兜里的钥匙该不该拿出来。

她是真的不知道，李劭忱说的别墅在华侨村。

饭后，叶潮要带着小女朋友去江边逛，就先走了。

李姝逸执意要送冯豫年，最后她也如愿进了冯豫年的小两居。

家具冯豫年已经置办得七七八八了，次卧里李劭忱住过，但是毫无痕迹。

李姝逸看了眼，有点失望，八卦兮兮地问："李劭忱是怎么偷偷把你安排在这里的？"

冯豫年给李姝逸和助理每人泡了杯柠檬水，无奈地笑着问："我又不是个婚外情人，什么叫偷偷把我安排在这里？"

李姝逸盘腿坐在沙发上，抱怨道："你们可比婚外情都隐蔽，谈了那么长时间的恋爱，我都不知道。"

乔冰冰听得吓了一跳，原来冯豫年是那位李少董的女朋友。

李姝逸胡搅蛮缠地问："你就说，你们到底什么时候开始的？这个总可以说吧？"

冯豫年终于懂李劭忱的心情了，这位大小姐是真的难缠，她以前顶多娇气，现在变本加厉了。

冯豫年抿了口水，犹豫着说："那都是多久前的旧事了。"

李姝逸马上说："那就是说说也无所谓，你们俩一模一样。李劭忱简直把你藏得像个谜，你看叶潮好奇了多少年了，都一点探不到。"

冯豫年握着杯子，突然想起李劭忱书房里的那本画册，问李姝逸："你记不记得，他大三的时候，你外公过生日那次？"

李姝逸激动地说："当然记得了，那天他跟你表白的？"

冯豫年摇头，那天两人一头扎进歧途，再没出来。

"也不是他和我表白，就是那天开始的。"

其他的她就不肯说了。

李姝逸立刻在微信里诈李劭忱：【原来你们是从外公过生日那天开始的！】

李劭忱：【收起你的小心思。】

李姝逸不死心：【年年可是什么都招了，哈哈哈。】

李劭忱：【那你还问我干什么？】

李姝逸使诈根本不是李劭忱的对手，她是个藏不住秘密的人，她的那点恋爱经历，李劭忱一清二楚，可惜李劭忱的秘密，她一点都不清楚，真是让她憋闷到了极点。

李姝逸又问："你喜欢他什么呀？他心眼儿多得要命，我跟你说过多少次，他心眼儿最坏，你还是不谨慎，在他身上吃亏！"

冯豫年缓缓地笑起来，特别温柔地说："喜欢他聪明啊，他比我聪明那么多。"

李姝逸简直不能理解。

李姝逸不甘心，继续问李劭忱：【年年说，她只是喜欢你的聪明。】

李劭忱：【除了你这个笨蛋不懂聪明的好处。】

李姝逸真被弟弟气死了，也不问了，和冯豫年聊起云南的事。

晚上李姝逸要赶回去，第二天下午有通告。

冯豫年送她到小区外。

李姝逸最后上车前，回头说："李劭忱对你一直都执迷不悟。现在看来，你们两个都是执迷不悟，真好。"

冯豫年笑了笑，没说话。

还没等她回家，李劭忱的电话就来了，她进门时听到他那边的关门声，问："你在外面？"

李劭忱回道："和人吃饭，刚回来。"

好一会儿，两个人谁都不说话。

李劭忱问："工作怎么样？还顺利吗？"

冯豫年问："你怎么不问我李姝逸？"

"她有什么可问的，她一天乐乐呵呵的，又没什么忧愁。"

冯豫年听得笑起来，再次提醒他："她是你姐姐，别这么说她。"

李劭忱像是喝了酒，和她抱怨："你怎么不说让她少算计我一些？她整天除了和我生事，可一点正事都不干。"

冯豫年才不管他们姐弟的事。

李劭忱看到李岩的电话过来，就和冯豫年说："我接个电话，你早点休息吧。"

一个星期后，新年放假，冯明蕊打电话想让冯豫年假期回家，冯豫年还没确定新年能不能放假。

仲教授要给研究生上课，放假前一天她去研究生办公楼里取报批的单子，结果在楼下听见有人问她："你好，请问，研究生院办的路怎么走？"

来人是个和她年纪相仿的男人，一身西服，见她转头后，对方试探地喊道："冯豫年？"

冯豫年惊讶地问："你是？"

"我们应该在北京见过。"

冯豫年很久没见过这个人了，有点不确定。

对方见她好像没有想起来，也不刻意拉近关系，说："那时候你还在读研，我叫梁政。"

冯豫年其实想起来了，但只是礼貌地和他握了下手。

梁政大概也觉得遇见冯豫年有些意外，以为她没想起来，就继续解释："周炳胜是我舅舅。"

周炳胜是冯豫年的硕士研究生导师，她读研的时候，梁政经常开着车去学校。

梁政和杨渊很熟。冯豫年那时候经常和李劭忱在一起，和他们相处的时候不多。

她就顺着问："老师还好吗？我毕业后再没见过老师。"当初云南下乡的工作就是杨渊通过周炳胜的介绍给她推荐的。

梁政点头，回道："挺好的，一批一批地带学生。"

他不是农学专业的，冯豫年也不知道和他该说什么了，隔得太久了，是真的不熟悉。

梁政也说："我出差来这里，顺便看一个亲戚家的小孩。"

冯豫年借机就说："那你先去忙吧，直走就行，我就不打扰了。"

冯豫年没想到之后又遇上了梁政。

因为假期要有人值班，加上仲教授有工作，冯豫年没能放假，便拒绝了冯明蕊的提议。本来就只有三天假期，来回都很赶。中间两天假，她坐车去了华侨村看看李劭忱的房子。

南方不同北方的寒冷，她第一次在冬天体会这个温度。

步行进入住宅区的时候，冯豫年又遇见了梁政。

她当时还没有找到门牌号，和他在路上遇见。梁政明显很惊讶，她也觉得有意思，冲他笑笑。梁政对这里显然比她熟悉得多，带着她到目的地。

这里确实漂亮，老华侨的别墅区，房子也漂亮，只是很多都没有人住，看起来有些荒凉。

李劭忱的房子靠近公园，应该装修过，里面装修完还没有家具，但是风格很现代，也确实漂亮。

梁政在路上和冯豫年说起这里的植被和路政，他明显比她的社会经验要多得多。

几天里多次遇见同一个并不熟悉的人，彼此都觉得神奇。再次分别后，第二天，冯豫年去商业区买东西，从地铁站出来，又遇见了他。

两人相视一笑，这一刻，仿佛成了老朋友。

梁政特别绅士地说："遇见就是缘分，那就一起吃个午饭吧？"

冯豫年都不好意思推辞了。

两人的话题也大多是聊从前在学校的日子。

梁政和杨渊同岁，说起杨渊，冯豫年就说："师兄去了农林技术研究所。"

梁政点头，回道："我知道，上次就是他托我去看他的表妹，他应该是不知道你来了这里。"

冯豫年笑着说："他知道，但是他没和我说他表妹的事。"

梁政和杨渊太熟了，也就直说："是他表妹租房子的事，估计知道你是女孩子，也帮不了她。"

他说话很有礼貌，冯豫年和他聊起从前，感觉那些事就像不久前才发生的一样。

因为她联系的同学其实并不多，所以才显得梁政这个旧人弥足珍贵。

等饭后，她礼貌地说："让你破费了。你什么时候走？"

梁政被问得愣住了，而后笑起来，回道："我确实是出差，但是在这里起码要待一年多时间。"

冯豫年知道自己误会了，有些不好意思。

就这样，她在这里有了一个朋友。

等冯豫年的工作走上正轨后，她也适应了这里的生活，习惯了早茶，爱上了喝汤，也能听明白她原本听不懂的方言。

李劭忱自从回北京后，再没时间来看她。

临近农历新年的时候，这里新年的气氛很足，她在新年前和杨渊沟通了很多读博的事，博士考试已经报名，考试时间就在农历年后。

这几个月她都是两点一线，办公室和家里，再没去过别的地方。

终于年前放假时，老师和她谈了一次关于考博的事情，对她年后的考试以及工作做了简要的安排，并且肯定了她的工作能力，这里面也许有李劭忱的功劳。

放年假的时候，她整个人都放松了。

冯豫年回北京的那天，李妹逸一听她回来了，立刻组局，请一众人吃饭。

冯豫年早上才到，叶潮的房子钥匙已经还给他了，她只能回李劭忱的房子。等下午起来，她和冯明蕊说了声。

叶潮开车来接她，她穿了两件羽绒服，见叶潮就穿了件卫衣，诧异地问："你不冷吗？"

北方的零下十几度和南方的湿冷完全不同。

叶潮"嗤"了声，无所谓地说："进了房子有暖气，冷不到哪儿去。"

冯豫年哆嗦着，并不信他的话。

吃饭的地方是个私人的小店，也是他们的老巢。

等他们到的时候，大家果真都到了，有十几号人。

张弛也在休假，他脱了迷彩服，穿一身运动装，在人群里很打眼，气质都不一样，显得特别出挑。

李姝逸坐在人群里，正和冯威说话，见冯豫年来了，问："你怎么穿这么厚？"

冯豫年说："冷啊。"

她正要脱羽绒服，李劭忱开门进来了，他后面跟着陈璨。

冯豫年看了眼，也没在意，脱了外面的黑色长羽绒服，里面还穿了件白色的薄袄。

陈璨问："年年姐什么时候回来的？"

冯豫年顺着回答："早上。"

姐妹俩也仅此一句。

叶潮和张弛说："你们这一年可着劲儿忙，终于能过个悠闲的年了。"

张弛开朗地笑着招呼冯豫年："来，坐这儿，很久没和你一起吃饭了。"

冯豫年失笑："不是上次才一起吃过饭？"

张弛笑着说："上次匆匆忙忙的，也没来得及细问，叔叔还好吧？"

闻言，陈璨扭头看冯豫年。

冯豫年没发现，和张弛继续说："挺好的。"

张弛又问："继续回去读书感觉怎么样？"

冯豫年笑着说："就那样，能怎么样。"

张弛却说："你和我们不一样，我们这帮人看着热热闹闹，其实都是整天瞎混，骨子里对知识少敬畏，就是沾了祖辈的光……"

冯豫年后来见他的时候不多，乍一听，被他的话说得有点感慨，开玩笑说："你这个身份说这话，听着像故意取笑我。"

张弛摇摇头，看了一眼在座的人，觉得说这个确实不合适，随即对她一笑，这个话题也就过去了。

冯豫年也不执着。

李劭忱和在座的打过招呼后，顺势就坐在冯豫年旁边。

在座的有几个都在娱乐媒体上经常露脸，聊的也都是些娱乐的话题。

说起喝酒配什么，李姝逸就在窗台边的钢琴上弹了一曲，冯威助兴，开始弹吉他。

其间几个男生起哄让来个女生跳舞助兴。

冯豫年如老僧入定，仿佛看不到其他人看她的眼神。

陈璨则大大方方地起身，说："我需要个舞伴。"

张弛是肯定不会，他太阳刚了，大概只会唱军歌。

李劭忱穿的还是正装，大概直接下班过来的。此刻他正低头看手机，根本没在意陈璨的目光。

叶潮来来回回看了几眼，坦然地说："我倒是可以和你搭档，但是我不会跳。"

陈璨宽容地说："没事，就是助个兴。"

房间里顿时叫好声一片。

跟着钢琴曲，听着伴奏的吉他，看着陈璨起舞，叶潮像个木桩，供陈璨搭手。

气氛十分热烈，在座的都开始拍视频记录这个画面。

李劭忱突然凑过来在冯豫年耳边问："今晚不回去吧？"

她耳朵被温热的气息激得痒得厉害，缩了下脖子，说："不回去。"

他也不再问。

一晚上大家高声阔谈，喝酒开怀，尽兴之至。

李劭忱和张弛都喝了不少，两人也是很久没有好好聚了。

散场的时候，李劭忱搂着李姝逸。她喝了酒，但是没喝多。

李劭忱搂着李姝逸，将人塞进他的车里，对司机说："送她回西四院那边。"

李姝逸还没来得及说话，车门就关上了。

陈璨也喝了酒，冯威几个人也都多多少少喝了些。

李劭忱要给李姝逸组的局善后，将剩下的人安排妥当，一一叫了代驾。将人安排妥了，最后就剩下冯豫年和张弛。

冯豫年看着张弛的悍马，问："你们两个，真放心让我当司机？"

张弛是个洒脱性子，将车钥匙给她，满不在乎地说："放心开。"

冯豫年拿着钥匙，回头看这两人，顿了顿，问："开到哪儿？"

"我那儿。"李劭忱说。

冯豫年一个人开着，后座上两个男人给她指挥。

张弛说："放心吧，就你这速度，撞了车也就磕个漆。"

李劭忱不动声色地给她指车道，后面有车上来，她自动就躲开了，但那个司机还在按喇叭。她心一慌，有点急，问："怎么回事，他超我就可以了，怎么一直按喇叭？我给他让道了呀。"

声音是她自己都没察觉的撒娇，还带着失措和紧张。

张弛逗她："他逗你呢。"

李劭忱认真地说："他应该是觉得这车被你开成这个速度有点委屈了。"

见冯豫年扭头看过来，李劭忱赶紧说："看路看路！"

三个人的样子，真的有点搞笑。

冯豫年一路上光紧张，等到李劭忱家后才察觉累了，浑身都累，胳膊酸得厉害。

张弛笑着说："还是女孩子开车谨慎，我第一次开车就撞了。"

李劭忱不客气地说："当时胡同边都是榆树，你一脚油门撞树上了。"

冯豫年感叹："你们是真的野。"

张弛感慨："我开车其实还是文峥教的，他的车开得确实好。"

冯豫年听得收起脸上的笑。

李劭忧不动声色地说："他开车确实不错，能把破皮卡开得像赛车。"

冯豫年面色如常地说："我坐过一次，他开车上山看日出，那是真的刺激。"

张弛最后说："我一直都觉得他是个人物。"

冯豫年淡淡地说："年纪轻轻，就没了。"

之后，三个人谁都没说话。

李劭忧就和张弛说起工作上的事。

冯豫年累得要命，说："那你们聊，我就先回去了。"

张弛开口留她："这么晚了，明天再回去吧。"

冯豫年执着地说："我今天刚回来，行李都没收拾，过两天要回吴城一趟，年底事太多了。"

见她态度执着，李劭忧也不强留她，送她到门口的地铁站。

冯豫年催他："不用送了，你赶快回去吧。"

李劭忧这段时间过得心力交瘁。

老爷子住院了一段时间，老人年纪大了，身体并不好，他几乎贴身陪护。

集团的年终会议持续了将近一个月，整日的工作汇报和主持会议，耗尽了他的精力。

公司的科研数字化激光干涉仪初步测验达标，这算是这几年一项完整的科研技术，也是他个人投入精力最多的一项科研成果。

这段时间，高校那边还在申报专利，之后的事情就更多了。

关于那位梁先生，李劭忧通过朋友侧面打听了一下——

梁重瑛调任回国，目前任亚洲区行政总裁。他比温玉大一岁，风评很好，因为他十分低调，名声非常不错，并没有什么不好的传闻。

李劭忧中途抽空约母亲一起吃饭。

温玉目前被返聘在大学任教，可能是因为工作环境十分松，尤其对于她的工作经历，学生们都抱有崇拜的态度，这对她整个人的性格有很大的影响，似乎人也变得好说话了。

李劭忧并不太在意她态度的变化，只是淡淡地和她提起："听朋友说，今年外资银行人事有很大的变动。"

温玉登时抬头看着他，仿佛没想到他会提起这个，眼神里隐隐有些受伤。

李劭忧也不好问得太深，母亲再和梁重瑛牵扯，没有好处。

到目前这种状况，他已经不想谈对错了。

再之后，温玉就一直沉默，对他的事，也不再问。

直到饭后，他送她回去的路上，她才说："你是听说他调任回来了，所以今天特意来提醒我的，是吗？有我这样一个母亲，对你来说很不光彩吧？"

李劭忱静静开着车，仿佛没听见她说的话。

温玉也不是爱倾诉的性格，她孤傲了一辈子，轻易不肯对人低头。

母子俩一时间无话可说。

有些隐晦，越是亲密的人，越难以提起，李劭忱是能不提就不想提。

这导致他这段时间，心情一直非常低迷。

李劭忱看着冯豫年，也不说话。

冯豫年问："你怎么了？一晚上都没怎么说话。"

李劭忱摇摇头。

她再不走赶不上末班车了，犹豫了一下，还是上前抱抱他，说："赶紧回去吧，你们晚上可别再喝了。"

他听得笑起来，用力抱抱她后放开，看着她进了地铁站之后才一个人返回。

张弛在楼上书房里，听见他回来，问："终于舍得回来了？"

李劭忱也不说话。

张弛嗤笑说："你们俩可真有意思，前任男女朋友处成像你们这么和谐的真不多。"

"把你嘴闭上。"

张弛躺在沙发上只管笑，等笑够了又说："你别说，冯豫年和一般女孩子真不一样。你小子眼睛是真的毒。"

李劭忱问："你不去南京了？不去看你的博士后姐姐了？"

张弛一下子被他拿住了软肋。

李劭忱淡淡地说："都是男人，谁不知道谁那点心思。"

张弛伸腿踢了他一脚，踢完后，两人都笑起来。

两个人最后又喝了不少，酒过三巡，谈天论地，畅所欲言。

张弛对那位博士后姐姐闭口不提，李劭忱对冯豫年也讳莫如深。

时间和距离，可以将人的感情拉得很近，也可以隔得很远。

第二天，各大媒体就开始爆料：知性美女李姝逸和男朋友饭局后甜蜜热拥，同返爱巢。

配图还是李劭忱抱着李姝逸，正要将她塞到车里的画面。

冯豫年还在画面里看到了自己，她当时站在张弛身边。

画面里还能看到陈璨和其他人。

当事人看了都觉得很扯的新闻，在网络上却传得很热闹。

八卦小分队的人都很积极。

余小雨：【我又看到李姝逸和她弟弟了，哈哈哈。】

钟雯：【我竟然在八卦娱乐新闻里，看到了我认识的人……】

冯豫年看得失笑不已。

粉丝吵翻天，都是为当时在座的人。陈璨作为一个网红，竟然和家世雄厚的李姝逸是闺密，粉丝自然为她助阵。

弹吉他的冯威和伴舞的叶潮也都是赫赫有名的富二代，总之这场聚会被传得神乎其神。

冯豫年和张弛倒成了陪衬。

冯豫年在家住了一晚，第二天一早回胡同，冯明蕊已经在等她了。陈辉同也在家，见她回来，惊喜地说："大半年都没见你回来了，你妈说你回去读博了。读博好，女孩子还是读书好。"

冯明蕊从厨房出来，见冯豫年把礼物放在桌上，在围裙上擦了擦手上的水渍，责备道："回自己家你买什么东西，整天就知道浪费钱。"

冯豫年笑了笑，并不在意她的嘟囔，只是把东西给她，南方的特产居多。

陈辉同挺喜欢和冯豫年聊天的，冯明蕊嘟囔了几句，就说："你们爷儿俩先聊，再有两个菜就好了。"

阿姨还在厨房里，陈辉同嘱咐冯明蕊："你别动手，有阿姨在。"

冯明蕊充耳不闻。

陈辉同和冯豫年坐在沙发上，陈辉同厚道，问："听你妈说，你爸前段时间病了，怎么样了？"

"做了手术，现在在休养，还不错。"

陈辉同也感慨："人上了年纪，小毛病也就来了。你妈脾气不好，你别和她计较。什么时候回去？"

冯豫年听得笑了起来，回道："过了初二吧。"

陈尧过来坐在她旁边，笑嘻嘻地玩她的手机。

陈辉同又说起陈尧："聪明劲不用在学习上，聪明也白搭。"

冯豫年失笑道："他还小，只要盯着点，不会落下的。小孩子到这个年纪都贪玩。"

陈辉同有些遗憾地说："他们两个不像你，能吃苦又聪明，把心思放在学习上。璨璨自小学习就一塌糊涂，没办法才让她学艺术，要不然她连本科都考不上。尧尧也是，学习不认真，要不是你妈盯着，这会儿也是中下游的水平了。"

冯豫年听着觉得好笑，但也觉得温暖。

这是来自一个老父亲的无奈，承认自己的孩子平庸，并不是容易的事。

但是就目前的赚钱能力来讲，陈璨比冯豫年要成功多了，生活也滋润，什么都不缺。

陈辉同见冯豫年不说话，叹了声气，说："现在的年轻人和我们那时候不一样，但是知识是一样的。现在网络上那些个看着风光，可毕竟不是踏踏实实起来的。"

冯豫年也不好劝他，关于他们父女之间的事，她一概不参与。

除夕那天，叶潮组局又叫了一帮人。

冯豫年当时在胡同里，陈璨当天也回来了，看到叶潮的消息，问："年年姐，你去不去？"

冯豫年刚买了回吴城的票，应了句："应该去吧。"

陈璨笑嘻嘻地说："我开车了，我载你去。"

冯豫年笑了笑，"嗯"了声。

冯明蕊听见了，登时觉得不那么爽气，背过陈璨，问冯豫年："你想不想买车？"

冯豫年不知道她想什么，就说："不想。"

冯明蕊难得说："你出门也不方便，要不我给你买一辆吧？"

冯豫年忙说："我又不常开，买车干什么？"

冯明蕊却以为冯豫年不想花她的钱，就说："你别怕钱不够，我这里有钱。你买了车自己去哪儿也方便。"

冯豫年简直哭笑不得，说："我能去哪儿，堵车堵成这样，再说了我又不在北京，买了也不开。"

冯明蕊执着地说："你读完博总会回来的。"

冯豫年哄道："行了，你省省心，给尧尧留着吧。"

最后冯豫年没坐陈璨的车，李姝逸人也在这边，让冯豫年陪她去试衣服。

陈璨也知道她们是自小的感情，并不执着。

冯豫年比李姝逸高一点，李姝逸怪她："你说你，白长了这么高的个子，整天穿得像个学生，怎么就一点心眼儿都没有呢？"

冯豫年撇嘴道："我一个学农业的，要下地干活儿，穿那么精致做什么？"

李姝逸进娱乐圈是很好的选择，她的性格就是这样，气质也出挑，非常独树一帜，而且家里不缺钱不缺名利，她演戏也非常自由。

李姝逸哼了声，说："你这个人，真的是个死脑筋。"

李姝逸怪过冯豫年，但是也怪自己。在她眼里，年年是万里挑一的性格，弟弟更不用说，是自小的天之骄子，可是恍然间这么些年过去了，谁都没能走进各自的梦想里。

年年没能去成燕园，劭忧没能留在部里。

助理不在，冯豫年抱着李姝逸的衣服，看着她换了件毛衣。李姝逸出来二话不说，拉着冯豫年一起进去换衣服。

她非要给冯豫年买，并傲娇地说："我李姝逸的闺密，必定也是漂亮又有气质。"

冯豫年也不拒绝，由着她造作。

终于等她买满足了，叶潮的电话也来了。

"姑奶奶，你们走哪儿了？就等你们了！"

李姝逸傲娇地说："我们就在隔壁，一会儿就过来了。"

冯豫年这次有经验了，羽绒服里只穿了件薄薄的毛衣。

她们两个确实是最后到的。

李姝逸今天走哪儿都黏着冯豫年，冯豫年一边坐着张弛，一边坐着李姝逸。

张弛对李姝逸开玩笑说："要离你远一些，保不齐就被送上热搜了。李劭忧陪你就够了，就别祸害我们了。"

陈璨特别承情地说："谢谢姝逸姐，因为你的关系，我接了个大单。"

李姝逸傲娇地说："好说好说。"

冯豫年后知后觉地想，李姝逸大概是对营销号写她和陈璨是闺密有意见。

叶潮对陈璨有点意见，但又不是那么有意见，就起哄说："那不行，你这在我的局里感谢人不地道，要是感谢，就另开一局。"

陈璨从善如流地说："没问题，到时候你们可要赏光啊。"

其他人纷纷捧场，李姝逸只清浅地笑笑。

饭局一直闹到晚上，毕竟是除夕夜，各自的家长都打电话来催了。

大家多多少少都喝了酒，因为张弛护了冯豫年一句："她还是学生，别喝酒。"就谁也没敢让她真喝。

最后也只有她一个人能开车。

她开车载着李姝逸姐弟和陈璨，李劭忧坐在副驾驶位置给她指挥。

李姝逸在后座和陈璨聊天，她说到一半，转头问冯豫年："你觉得我的头发颜色怎么样？我觉得好像不如上次好看。"

李劭忧指着前面说："跟着前面的车转弯，要是车多你就停下，让其他车先走。"

冯豫年没有上次那么紧张了，但是也不轻松，李劭忧的车也不便宜，磕碰一下也是好几千的事。

等她一路开到胡同，路灯都亮了，家里都等着他们吃饭。

李劭忧说："车就停在路上。"

停了车，冯豫年靠在座椅上长舒了口气。

李劭忧俯身过来，她一缩脖子，以为他要胡来。

结果他就是给她松了安全带，问："是不是很累？"

冯豫年其实知道，他就是故意让她练车。来来回回这几次，她开车的胆子确实大了。

她推了他一把，开了车门。

李姝逸缩缩着脖子说："咱们买的东西都在我车上，明天让李劭忧去取。"

李劭忧拒绝道："我明天要去拜年。"

李姝逸哼了声，也不执着。大家就此分别。

陈璨背着包问冯豫年："你放假几天？"

冯豫年缓了缓，说："七天。"

陈璨笑嘻嘻地说："那可以好好休息几天。"

冯豫年笑了笑，推门进去。

冯明蕊又是一通抱怨，电视开着，陈尧在房间里玩电脑，家里听起来很热闹。

冯豫年好脾气地笑着，给梁登义打电话拜年。

除夕夜是个特别的日子，坐在一起看着并不那么感兴趣的电视节目，手机里全是短信、疯狂的点赞、五花八门的新闻，充实到让人应接不暇。

临近凌晨，冯豫年从大门出去，见李劭忧就在车里。冯豫年回头看了眼，仿佛自己是出来偷会情郎的。

李劭忧开了副驾驶的门，让她上车。

她犹豫了几秒，还是上去了。

空气里有股清爽的味道，应该是果汁的味道。她问："你是不是遇上什么事了？"

李劭忧看着前方，握着她的手，轻声说："没有。"但是并不看她。

温玉和那位梁先生还在交往。

李劭忧自己都不想去回想，过去的十几年里，他的家庭到底是什么样的。

冯豫年和他没什么能说的。她现在只有一个想法，考博，然后读下去。

李劭忧就那么握着她的手，两个人静悄悄地坐了很久。等心情平静了，他扭头对她说："过两天带你出去玩。"

结果最后也没玩成，她回吴城一直等到收假，直接回了植物园。

双城生活，相隔千里，北京的事冯豫年不清楚，植物园的事，他们也不知道。

有意思的是，她在花市又碰见了梁政，这才知道他是总台驻地方的新闻办的人，还有个妹妹在北大读书，一听就是书香门第。

梁政邀请冯豫年参加本地的花市晚会，她作为花卉专业的学生，和梁政难得聊得来。

梁政是个很有涵养的男士，待人接物十分周到，冯豫年对人防备心并不重，两人就这么成了新熟悉的老朋友。

四月份博士考试结束，冯豫年才终于松了口气。

办公室里的那个男生也转走了，现在办公室里只剩她和余小雨两个人，两个女孩子熟悉起来太容易了。

余小雨是个活泼的性格，可爱开朗，爱追星、爱八卦，像个小妹妹一样闹着要冯豫年请客，指明了要宰她一顿。

自从上次李姝逸他们来了一次后，余小雨认定冯豫年家里也肯定不简单。

冯豫年解释道："非要说家世，我爸就是个卖海鲜的。你想想他能厉害到哪里去？"

余小雨狡辩："马老板还说他是卖百货的呢。"

冯豫年无奈地回道："照你这么说，我爸听着还挺唬人的。"

她由着余小雨敲竹杠，但是博士考试结束确实让她放松了一大截。

她这几个月过得颇有些不近人情，谁都不联系，一门心思地复习、写论文。

终于等到周末，她和余小雨相约逛了一中午，下午找到余小雨心心念念的那家餐厅，两个女生嘻嘻闹闹的。

等上菜的时候，侍应生端着菜过来说："这是一位先生送你们的菜，也是我们今天的招牌菜。"

冯豫年和余小雨茫然地看着侍应生，几秒后，冯豫年才反应过来，回道："哦，谢谢。"

余小雨问："怎么回事？你们那些不一般的人，现在都这么玩吗？这也太浪漫了，我有点招架不住了。"

冯豫年有种浑身是嘴都说不清的感觉，但是这道"蟹黄油蒸波龙"味道是真的很不错。

等吃完菜了，冯豫年才看到梁政从那边过来。

她笑起来，感觉有点不好意思，亲都吃完了才看到送菜的人。

余小雨看到梁政，两眼放光，心里直呼"好家伙"。

梁政大概也是和朋友聚餐，过来和冯豫年打招呼："我和几个同事在那边，你们刚进来时我就看见了，贸然请你们过去不合适。谢谢你上次的帮忙，还没来得及请你吃饭。"

上次他们关于春季本地花卉市场有个调研，冯豫年帮他整理了一个大纲。

冯豫年忙起身说："那个就是举手之劳，真的不值得你这么兴师动众。"

梁政一身黑色运动装，看着特别稳重。而后他看了眼余小雨，礼貌地退场，说："那你和你同事慢慢吃吧，我下次再请你。我就不打扰你们了。"

冯豫年目送他走远。

余小雨悠悠地说："别看了，人走了。可以和我说说了吧？"

冯豫年觉得讲里面的曲折确实有些复杂了，就言简意赅地说："他是我硕士研究生导师的外甥，我们那时候就认识了，算是老朋友吧。"

余小雨八卦地问："是吗？我怎么觉得不像。他干吗的？"

"新闻办的。"

余小雨的联想能力已经打开了，自言自语道："总台的记者，那真是前途无量，是真的不错。虽然你男朋友更帅，看着特别有锐气，但这梁先生也不错，而且比你男朋友年纪大，属于文质彬彬型的，各有千秋。你接下来要好好选一下了。"

冯豫年问："你当是在王母娘娘那里挑蟠桃呢？"

余小雨大笑道："你这个说法很形象，可不就是仙桃嘛。"

冯豫年是真没那么多想法，遇见梁政都是出乎意料的事。

五一小长假马上就来了，冯明蕊终于下了决心，带着陈尧南下，来看冯豫年。

冯豫年在机场接了母子俩。

陈尧虽说从小被娇生惯养，但是被管得很严，出门的时候不多，下了飞机满眼惊奇。

南方空气里都是闷热，让人透不过气，不同于北方的干燥热烈。

两人穿得还比较厚，冯明蕊从机场出来就惊呼："这里也太热了，连呼吸都觉得难受。"

冯豫年提着行李箱，等上车了才说："咱们先回家，把行李放好，然后休息休息，等太阳下去了，再带你们出来逛。"

出租车司机一口本地话，冯明蕊一句都听不懂，冯豫年笑着和他半生不熟地聊着。

等到家了，冯明蕊看了眼冯豫年住的小区，她印象里，在外租房子的学生，大部分住的都是破旧的筒子楼，房子里又霉又潮。

而冯豫年住的小两居是新商品房，房子干干净净，阳台不同北方是封闭的，开放的阳台视野很好，站在阳台上能感觉到远处树梢上吹过来的温热的风，十分惬意。

她又操心地问："这个房租肯定不便宜，还嘴硬不肯要钱。"

冯豫年失笑："我有钱。来换一下衣服，这里用不着穿外套。"

等换好衣服后，冯明蕊坚持要在房子里做饭。

冯豫年从来不在家里吃饭，家里连厨具都没几件，就带他们去外面吃。

本地最有名的风味小店里味道清淡的煲汤很合冯明蕊的胃口，她边吃边感慨："还是人家南方人会吃。"

冯豫年给她介绍了店里的几种煲汤，其实并不难做，但是需要掌握火候，需要耐心，非常费时间。

冯明蕊对冯豫年生活方面好像放心了一些，尤其离开了家里，到了陌生的地方，她开始在心理上依赖冯豫年。

父母在年老时，会在某一刻突然开始变得脆弱，会不经意间开始依赖子女，一遍一遍地确认子女是否会在身边。

其实冯明蕊一直都是一个没有安全感的人，应该和她的经历有关系，她始终觉得孩子待在她身边，走最安全的路，过最安稳的生活，才是最好的，以至于变得固执又极端，甚至不惜伤害孩子。

晚饭后，母子三人难得在饭后散步回家。冯豫年买了新上市的水果提着，把手机给陈尧玩，母女俩边走边聊天。

冯明蕊也难得放松，和她说："这里的气候和北方不一样，感觉湿热得厉害，肯定容易中暑，你们总在田里晒太阳，一定要注意。"

冯豫年失笑地说："我现在就是在植物园，还不是在园区，不像之前在学校要种地。"

冯豫年见冯明蕊不明白，就说："明天带你去我工作的地方看看你就知道了。"

冯明蕊来这里后，茫然又新鲜，她突然明白，冯豫年早已经走出她的羽翼了。

冯豫年远比她想象的要出色，出色到她根本对冯豫年的人生不能提供任何有用的建议，不由得心生惶恐，仿佛要失去冯豫年了。

第二天一早，母子三人去了植物园。

陈尧到了新地方，觉得哪里都新鲜，四处跑，到处看。冯豫年将手机给他，让他去前面玩了。他已经十四岁了，是大孩子了。

冯豫年来植物园的时候不多，更多是在南苑办公区，而且植物园太大了，她根本没有走完过。

湿润的南方，花卉植物和北方的完全不同，就连水边的水草都格外丰茂。

冯明蕊只觉得在这个环境里工作是真的不是受苦，感慨又八卦着："我从前想都不敢想，总觉得院里那些家境不凡的孩子，下辈子都是富贵命，怎么可能花完家里的钱。可是前段时间，听见你袁阿姨说，李家那个最能赚钱的人也不如意，今年督查企业，也是不好过。"

冯豫年还在看着陈尧，问："哪个李家？"

"就后面四合院里的，每年上门探望的人都不知道有多少个。今年听说出了不小的事情，前段时间老爷子还去了专门的疗养院养身体，上年纪了，身体也不好。不是说李劭忱也是跟着他姑姑的吗？"

冯豫年想了下，最近没看到什么严重的查处违纪的问题，就随口说："我只知道他是个规矩的生意人，其他的不清楚。"

关于她和李劭忱的问题，旁人知道得并不多，没人知道他们当时是住在一起的。

冯明蕊顺着冯豫年的话附和："他才多大年纪，平时院里进进出出的，遇见了话也不多。院里的人都说他像他爸，是个有本事的人，可惜他爸去得早。"

她不知道是感慨，还是遗憾，抑或是别的意思。

冯豫年听着这话，觉得有些异样。

他爸去世那年，他们还在一起，那时候他一直和他爸住在一起。当时他爸的病查出来的时候已经是癌症晚期，不到三个月人就没了。

他那段时间非常消沉，都不怎么和人说话。

冯明蕊还在讲胡同里的八卦家常。

冯豫年招手叫了陈尧过来，拿过手机，发消息问李劭忱：【听说督查出事了，你没事吧？】

但是很久没有收到回复消息。

植物园很大，中途冯豫年带着他们出来，到南苑的办公区去吃饭，餐厅里一直营业。

冯明蕊进大学的时候不多，冯豫年读本科和硕士研究生都是自己去的学校，第一次是陈辉同送她去的，因为离家近，冯明蕊要照看陈尧就没去。

等冯豫年读研的时候，冯明蕊当时不同意冯豫年继续读农学专业，哪里会去她学校。

可是这次来植物园，冯明蕊在植物园的研究生院转了一圈，观感完全不同，让她生出一种说不出的悔意和难受。

冯豫年指着远处的楼，说："我平时就在那里，实验室在旁边那幢楼里。"

冯明蕊仿佛怎么都看不够，遥遥地望了很久才回头。

在餐厅吃完饭，看着来来往往的人群，冯豫年解释："这些大都是学校的研究生。"

冯明蕊听着名字，只觉得离自己太遥远了。她真正到了大学里才感同身受。

冯豫年问："要不要去江边转一转？那边旧城区景色不错。"

冯明蕊累了，就说："不了，明天再逛吧。"

陈尧反抗道："你说了带我去游乐园的！"

冯豫年摸摸他的脑袋，说："妈妈今天累了，我们明天去游乐园怎么样？里面还有动物园。"

陈尧特别好哄，性格其实一点都不强势。

回家的路上，冯明蕊问："你一个月赚多少钱？"

她终于还是问了这个她最关心的问题。

冯豫年撒谎道："我有钱，这些年也有些积蓄，每个月也有补助。"

冯明蕊追问："那租房子不要钱吗？那个位置的房子，要是在北京怎么也得上万了。"

冯豫年说："我毕业了有的是企业想签我，有的是人想赞助我。你别操这些心，读书哪有不困难的。"

事实上，她当时读研，一分都没花家里的钱，除了爸爸给她钱，一直写稿赚钱。那时候是真的很痛苦。

冯明蕊也是想到了自己在她读研期间对她苛刻，一句话也不说，最后只问："是不是你爸给你钱了？"

冯豫年奇怪地看她一眼，只说："嗯。"

冯明蕊在离婚十几年后，终于中肯地说："他是浪荡不像样子，但是人不吝啬，有钱了肯定会给你。"

冯豫年也不和冯明蕊多提父亲。

连着陪着他们玩了几天，冯豫年累到浑身都疼。

最后一天，冯明蕊准备行李要回去了。

陈尧买了一堆玩偶和手办，每一个他都喜欢。冯豫年给他打包好寄回去。

冯明蕊呵斥不准他多带，冯豫年劝道："你别动不动就发脾气，他已经够乖了。"

冯明蕊听完怔怔的，而后说："确实，你们两个都是省心的孩子。"

冯豫年也不和她计较，就哄道："你就别想那么多，有时间了多在外面走走，和朋友们出去散心，别整天待在家里。你之前的病就是闷出来的。"

冯明蕊将卡塞给冯豫年，说："这是你的学费，你拿着。"

冯豫年不要，她便强硬地说："你们三个都有，陈璨读的艺术学校，本来学费就比你贵得多。这是你读研究生时候的钱，我一直给你攒着，你拿着吧。"

冯豫年简直拿她没办法，就说："那你帮我攒着吧，我真用不到，我一整天除了实验室就是办公室，要么回家，哪有时间花钱。"

冯明蕊最后还是把卡给冯豫年留下了。

冯豫年送完冯明蕊和陈尧，回家了，才收到李劭忱的消息：【我没事。】

她打电话过去，他应该在公司，说话也很冷静，问："怎么样？读博和读研有什么区别吗？"

冯豫年知道李劭忱不想提公司的事，就说："肯定不一样，实验加论文反反复复，没完没了，我现在有点怀念在村子里的日子。"

李劭忱听得笑起来，嘱咐她："别舍不得花钱。要学会花钱，才能学会赚钱。你就做好你的学术研究，赚钱这种俗事，就交给我。"

冯豫年听得一室，有些话就问不出口了，只和他说："我知道你不开心的时候就不想说话，你可以和我说。至于那些赚钱的事，没那么大所谓，你就是不赚钱了也没关系。等我赚钱了，我养着你都没问题。"

李劭忱听得笑起来，最后说："年年，别担心我，专心做你自己的事。"

冯豫年其实很担心李劭忱，说得不好听点，他这个人缺了些运气，但是他这个人重情。他明知道他们俩未必会有将来，但他就是愿意不遗余力地帮她，他心里认定欠了她的，只是因为他重情。

她最后也只说："我就是有点担心你，没其他的事。"

李劭忱确实麻烦缠身，之前分管销售的人被查处，贪污行贿，还牵涉到一桩陈年旧案中，他这个月一直在配合调查。

年度的财务报告并不好看，研发的批款早已超支，他的业务做得再漂亮，但是这么大的盘子，想翻身哪是那么容易的事。

李岩一直在做调研，董事会的人心思各异，没人会觉得把经营发展放在一条路上是好的选择，而且多的是想发独财的人。

就像很多时候，经过取舍，事情早已经不是开始的样子了，但是能惠及一部分群体，或者是取得一些成就，就不算白做。

他这些年，起起落落经历够多了，后来对这些事看得也没那么重了。

他安慰冯豫年："我能有什么事，只怕是你博士不好毕业，没听说过哪个总经理不好干。"

冯豫年笑起来。

"实验室里新培育出一种白叶花卉，很漂亮，等我下次送你一棵。"

李劭忱答道："好。"

冯豫年又说："我养了一棵很大的鹿角蕨，比你家里那棵还大，你喜欢的话，也送你。"

"好。"

冯豫年也没什么能说的了，最后只好说："那你忙吧。"

李劭忱挂了电话，助理那边催促道："董事长催了几次了。"

他捏捏眉心，说："我知道了。"

老爷子这段时间身体一直不好，李劭忱不敢让他担心，经常回去住。

李劭忱出门的时候，收到冯豫年发来的照片。鹿角蕨生得十分茂盛，长势喜人，和在云南的那棵确实很像。

他看着淡淡笑了下，将图片保存了。

冯豫年其实知道李劭忱应该是遇上麻烦了，要不然他肯定会和她开玩笑说几句。

成年人，早已经学会了自担风险，谁都不会愿意去拖累谁。

她又想起曾经的那个少年，抱着篮球从梧桐道上飞驰而过，认真又执着。

她现在想起来，觉得有点心疼和惋惜。

那个少年早已经不是当初的模样了。

博士生的日子确实不好过，实验加倍，论文没完没了，干不完的活儿，累到不想说话。苦中作乐就是和余小雨一起吃遍了周围的小吃店。

生物学的终极，生命是有周期的，冯豫年和余小雨开玩笑说："我的命就那么短短几十年，却要研究这些有周期的生命，可真是见证轮回。"

余小雨感慨："果然谈恋爱的人都是诗人。"

不论冯豫年和她说什么，她都能扯到恋爱上。

因为她最近相亲被人拒了，整个人都处于暴躁期。冯豫年请她吃了几顿饭她都没有释怀。

再遇见梁政的时候，同样很巧。

李姝逸在隔壁市里参加活动，活动结束后又过来看冯豫年。鉴于李姝逸身份特殊，冯豫年就跟着她出入会员制的商城和餐厅。

当天冯豫年陪李姝逸在商城里买衣服，看到一位女士挽着梁政迎面过来，那个女生看起来年纪很小。

梁政见了冯豫年身边的李姝逸丝毫不奇怪，只是和她笑着说："又遇见了。"

他身边的女生戏谑地眨眼笑问："不介绍一下吗？"

梁政坦然一笑，介绍道："这是我的老朋友冯豫年，当时和杨渊一样，是舅舅的学生。"

说完，他就和冯豫年介绍："这是我妹妹，梁西。"

梁西很漂亮，有股书卷气。

原来这就是他那位在北大读书的妹妹，冯豫年伸手和她简单握了下手，给他介绍："这是我朋友李姝逸。"然后对李姝逸说，"这是我读书时的一个老朋友，梁政。"

李姝逸看着梁政，觉得他有点眼熟，又觉得他确实好看，就很认真地和他握手，彼此说了"幸会"。

分别后，梁西拽着梁政的胳膊贼兮兮地问："这位小姐干吗的？真漂亮！我怎么不知道你有这么一位老朋友？"

梁政不为所动，并不理会她。

梁西拽拽他的胳膊，继续问："她做什么工作的？这总能说吧？"

"植物园在读博士。"

"真是了不起的姐姐。哥，你抓紧机会吧。"

梁政在她头上敲了一下，开玩笑说："别胡说八道，人家硕士毕业下乡工作了几年，回来照样能考博，你硕士都考了两次，惭不惭愧？"

梁西满不在乎地说："我就是个能力一般的小孩，和你不一样，你们不早知道吗？"

梁政也是拿她没办法。

李姝逸这次出奇地没一惊一乍，只是问："这是谁啊？"

冯豫年想了一下，说："他是总台驻地方的新闻办的人。"

李姝逸赞叹："怪不得，看着就有点不一样。"

冯豫年笑了笑，当她是夸赞了。

而后李姝逸又说："你知道的，李劭忱就是个闷葫芦，说话肯定不如刚才这位男士。"

冯豫年心说，你对李劭忱是有什么误会？你好意思说他是个闷葫芦？他当年在学校可是辩论的好手。他和我拌嘴的时候，可一次都没输过。

但是她没反驳。

李姝逸又说："李劭忱是不太会说话，他不会和你说话时也赢你吧？"

冯豫年中肯地说："他倒是不赢我，但是会说我笨。"

李姝逸骂了句："他可真是见鬼了。"

冯豫年笑起来。

李姝逸提议道："咱们晚上去看电影吧。"

两人饭后在商场里闲逛，李姝逸突然问道："你猜我第一次知道李劭忱有贼心是什么时候？"

冯豫年奇怪地说："你不是后来知道的吗？都是过去的事了，你怎么还是这么执着？时差这么大的吗？"

李姝逸拍开她的手，说："你别打岔，听我说完。我第一次看到他格外关注你，是我当年正准备出国的时候，咱们一起吃饭拍了张合照，我怎么都找不到了。毕业回国后，在他房间里见到了。照片里他就站在你背后，不过等我知道的时候，他已经得手了。"

冯豫年提醒道："你说点你的事吧。你那个雅思男朋友呢？怎么分手的？"

李姝逸翻了翻衣架上的衣服，不太感兴趣地说："自然是我要回国，他要留在那里当移民，自然就分了。"

冯豫年问："你就没想过留在国外？"

"我出国难道是为了背井离乡吗？我疯了吗？我自然是为了学有所成！留在那里一个亲人都没有。"

李姝逸还是那个恋家的小公主，一点都没变。

冯豫年安慰她："回来也好，身边的人都在一起，你可以继续做你的公主。"

李姝逸傲娇地说："我爸也不准我留在国外。"

她忍了很久，最后问："当时是我舅妈先欺负你了，是不是？"

冯豫年对这事早翻篇了，李姝逸可能是后来才知道的，所以对她带着愧疚。她有些心累地想，要再这么下去，她真受不了了。

李姝逸说："我一直觉得你不会喜欢李劭忱这种男生，可是看到刚才那个男士，我觉得你还是喜欢李劭忱吧。他虽然有时候会气人，但是知根知底，不会犯浑，性格也稳定，能力也比一般人强，还是他比较靠谱。"

冯豫年被她逗笑了，问："谁和你说什么了？你怎么突然热衷我和李劭忱的事了？"

李姝逸不肯说。

她上个星期遇见李劭忱和别人喝酒回来后一个人吹冷风，明显喝多了。

当时他和她说，你认识冯豫年那么多年了，但是你肯定不知道，她其实不喜欢热闹。

冯豫年问："他是不是出事了？"

李姝逸自然最心疼弟弟，忙说："没事，公司的事再复杂也不会牵扯到他，再说了，还有我妈呢。"

冯豫年听了也就不再谈起李劭忱了。

送走李姝逸后，周末一过，冯豫年又开始忙碌，还收到了从北京寄来的包裹，好几个大包裹。

中午在食堂吃饭的时候，她意外遇见了梁政的妹妹梁西。

梁西自报家门，说："你好，我是梁西，梁政的妹妹。我特别冒昧打扰你，其实是想请教你一些关于植物类的知识。我哥说你很忙，不准我打搅你。"

冯豫年听得笑了起来，她还穿着实验室的白大褂，手里拿着手机，问："那你是想了解哪一类植物？"

她们正说着，梁政从门里进来，站在门口张望，看到人后，喊了声："梁西！"

梁西一回头，忙说："我哥果然追来了……"

冯豫年觉得他们兄妹好笑，就和梁政说："我们刚遇上，你们怎么在这里？"

梁政解释道："你们这里申报了一个实验成果，我们是过来采访的。同事们都在那边。"

冯豫年从来没问过他的职务，看样子应该算是个小领导，起码不是台前幕后奔走的角色。

她点头附和："哦，对，隔壁楼的实验室里是有新成果了。"

梁西好奇地问："那你们实验室里都有什么？"

冯豫年说："那个不好说，你们进不去，总之和一般实验差别不大。"

院子里已经很晒了，她下午还有工作要忙，就建议梁西说："你要是不知道要问什么，要不就先去隔壁的园里逛逛，然后再来问我。"

梁西点头，回道："也对，我还没来得及去那里逛一逛。"

梁政见冯豫年匆忙，就问："工作很忙吗？"

她看了眼手机里的消息，随口应了声才回神，说："我这几天要帮老师代课，有点忙。"

梁政也不计较她的搪塞，颇有涵养地说："那你快去忙吧，我们去园里转一转。"

她扔下梁家兄妹，转头看着关于李劭忱的消息。

算是个好消息：精密仪器研发初有成效，前景可观，李少董是否有能力挽救颓败之势……

看得让人莫名觉得悲壮。

第六章
/
他心里的废墟有了生机

　　李劭忱从会议室回来，整个人陷在椅子里，一句话都不想讲，整个人都郁郁的。

　　年度预算收紧，财报显示市场份额减少，又因为最近的发票造假的丑闻，已经有一位驻外的经理引咎辞职，下属市场部已经被波及了。

　　李岩去参加经济论坛，一直没有回来。如今主持工作的王董是个守旧派，且一直不支持他们姑侄的改革。

　　小赵进来问："供应商的饭局已经订好了，您能出席吗？"

　　李劭忱睁开眼，说："可以，之后有事直接打我电话。"

　　小赵将文件交给李劭忱，转身出去，然后回头看了眼，见李劭忱低头蹙眉的样子，也觉得最近的工作实在是繁重。

　　下午李劭忱给袁阿姨打电话，袁阿姨正陪老爷子在院子里散步。老爷子如今在家，他都要操心。

　　袁阿姨笑说："劭忱？老爷子今天状态不错，吃得也不错。饭后在院里锻炼，你不用操心。"

　　李劭忱还听到了旁边冯明蕊在说："年年那边的气候是真的好……"

　　他没来由地笑了起来。

　　晚上的饭局上，他喝了酒，小赵送他回去的路上，问："咱们直接回东边？"

　　李劭忱沉默了片刻，才说："清华园那边。"

　　他一个人回了冯豫年住的房子，家里什么都没变，他进房间靠在床头，酒劲上来后给她打电话。

冯豫年还在加班，实验报告没有写完，接到他的电话，还有些惊讶。她接了电话，那头的人静悄悄的，两个人谁都不说话。

冯豫年试探着问："怎么了？你喝酒了？"

李劭忱半醉半醒，突然说了句："我突然醒来，怎么都找不着你了。"

成年人已经很少能被直白浅显的表白打动，却心悸于唇齿之间那一句不经意的亲昵。

冯豫年停下敲键盘的手，说："现在你闭上眼睛，然后什么都不想，我陪着你睡觉。"

李劭忱喝多了很安静，就那么和衣而睡。

第二天一早他才看到通话记录，但也想不起来那四个小时中和冯豫年说了什么。

冯豫年很多时候其实是个很理智的人。第二天她甚至都没有问一声，仿佛前一晚的颓然是一场错觉。

天光大亮，大家各自奔忙，谁都顾不上谁。

七月底，植物园联合科教频道推出了纪录片《会说话的植物》，仲教授没时间参加这种活动，他的工作太满了。冯豫年就被仲教授派出去做他实验室的代表出镜，当时来拍纪录片的带队领导就是梁政。上次在院里遇见他时，他大概已经在准备这部纪录片了。

接下来的七月和八月，冯豫年一直和梁政的团队打交道，他们团队里北方人居多，大家一起开玩笑，工作氛围挺轻松的。

摄影师的技术真的很好，余小雨都说他们拍出来的女生都很漂亮。

冯豫年和她说："要不你来出镜？"

余小雨忙推辞道："别，我在镜头前说话不利索。再说了，你是代表仲教授。"

冯豫年的工作量加倍，配合摄影组的人在北区植物园和他们的实验室取景。植物园里面的植物都是很宝贵的实验成果，至于实验室，倒是拍摄得比较简单

余小雨为了冯豫年出镜，特意催她去买了新衣服，可惜外面要穿白大褂，看着也没什么差别。

拍摄第一天，梁政就说："你的镜头感特别好，这是一种天赋。"

冯豫年当时正坐在实验室的工作台边，听见后，扭头无意识地冲他一笑。

大概是她笑得太自然，也太无意识了，梁政看得失了神。

第一天结束，他们一起拍照留念。

梁政就站在冯豫年身边，穿着一件简单的白 T 恤，稳重儒雅，看着赏心悦目。

虽然全天拍摄，但是纪录片到时候会被剪辑到不到一个小时。

而且人物的重点是隔壁实验室的那位泰斗前辈，冯豫年作为植物学新生代的年

轻人出镜，时间不会很长，只会是只言片语的介绍。这也是她比较放心的原因，毕竟第一次出镜，她表现得算是不错。

八月中旬，等整个纪录片拍摄结束，冯豫年也和团队的人混熟了。

摄影师姓刘，是个西北人，大家都叫他老刘。他带着一个徒弟，姓马，北方人，却白白净净的。

余小雨让冯豫年去要那位小马摄影师的微信。

冯豫年迫于余小雨的"威胁"，但又实在开不了口，就委婉地从梁政那里要来了。

余小雨为了感谢她，说要请她吃大餐。结果她在听余小雨发的六十秒语音的时候，不小心让梁政听到了。

见她尴尬地笑了笑，梁政特别善解人意地问："就是和你一起的那位研究员是吗？"

冯豫年点点头，提醒他："你就当没听到，千万别在她面前提起。"

梁政将食指放在唇间，忙说："我什么都没听见。"

冯豫年失笑于他的可爱，也大方地说："那我就请你吃午饭吧。"

只是食堂里简单的午饭，并没有多丰盛，她下午还有工作。

梁政最后说："等成片出来，我寄给你。"

冯豫年不好意思地说："这是我第一次出镜，可以留作纪念，那就谢谢啦。"

等拍摄结束后，研究院和整个摄影组一起吃饭庆祝。

吃饭的时候，余小雨如愿和那位北方大男孩有了进展。

余小雨这次含蓄了，整个人也不敢大意，每天晚上都要强行和冯豫年讨论怎么追男生，以及和北方男生相处的经验。

冯豫年无奈地说："我真没追过男生，也不清楚将近三十岁的男人们都在想什么。"

余小雨叹气，说："和你真是没办法沟通了。你是不知道，拍摄那段时间，那个梁先生每天就盯着你的镜头，其他宣发、统筹的人也有人打听你，你可真是饱汉不知饿汉饥。"

冯豫年提醒道："你可别瞎说，被人听见了影响不好。"

余小雨逗她："除了你男朋友听见不好，谁听见还能不好？"

她和余小雨每天除了互开玩笑，也没什么能取乐的了。

十月份一整个月冯豫年都在外出差，等回来时，北方已经开始降雪，又一个冬天来了。

十一月份，纪录片的预告片出来了，正片新年开播。

她就在预告片开始的镜头里，戴着眼镜，微微抬头看着眼前的植物，好像植物园里的每一株花草都有故事。

她简直成了纪录片里最抢眼的人物。

全民自媒体的时代，她几乎一夜间被网上冲浪的年轻人所熟知。

冯豫年，二十八岁，在读博士……

一时间，她成了励志年轻女性的一分子。

这种赞誉让冯豫年只觉得惶恐。

余小雨每天的娱乐变成了给冯豫年读评论，之后甚至发展成开始给她组建粉丝群，然后自己做群主。

等冯豫年知道的时候，余小雨已经是小有名气的博主了。

冯豫年简直啼笑皆非，余小雨却振振有词："咱俩这么穷，你要是有号召力了，就可以接广告，然后咱们吃饭就有经费了。"

这个理由确实很有诱惑力，然后余小雨的这个博主做得风生水起。

冯豫年陆陆续续收到很多询问，但她都只是礼貌回复：我就是简单出镜，真正采访的是我们院里的一位前辈。

新年放假的时候，纪录片正式上线。

余小雨说得不错，梁政他们团队的拍摄水平确实高，镜头里冯豫年确实很漂亮，知性又稳重，确实像一位科学研究者。

关于植物学的科普，到分支研究，再到植物园里的景色，画面可以一帧一帧地播放，植物之美展现得淋漓尽致，简直美不胜收。

冯豫年这才见识到粉丝的厉害，之前那都是小巫见大巫。

纪录片里有一个她的邮箱，她的邮箱都被私信塞爆了，然后不停有人想探听里面人物主角的故事，还不停地有人爆料她。粉丝分别从她初中同学、高中同学、大学同学那里得到一些信息，但是口径基本一致，大都是：她自小学习就很好，一直在全年级前几名，人也很聪明，很礼貌，没有早恋过，就是个一心向学的学霸。

冯豫年看着余小雨给她看的那些消息，一时间思绪涌动、情难自抑，突然间有种想哭的冲动。

这么多年，她所有的努力和孤独，一个人在题海里度过的整个青春期，最后时间都给了她回馈。

每一句赞誉，都证明孤独的那些年她没有虚度。

余小雨见冯豫年不对劲，问："怎么了？没有人黑你，没有人骂你，有说酸话的我早把人踢出去了。"

她摇摇头,轻声说:"没事。"

说完,她起身轻轻推开窗,仰头看着郁郁葱葱的大树,努力让自己情绪平静下来。

而后,冯豫年收到李劭忱的消息:【纪录片里,你和我想象的一样漂亮,一个优秀的科研工作者。】

她看着消息,慢慢笑起来。

再看着李姝逸的消息:【你竟然不声不响拍了这么厉害的片子!而且你比我漂亮、聪明那么多!女博士哎!】

冯豫年回复:【漂亮我是万万不及你的。】

李姝逸:【可是我空有漂亮。这样一想,我像个漂亮的笨蛋!】

冯豫年被她逗得忍俊不禁。

接着李姝逸就说:【那位梁先生一直在你们那里吗?】

冯豫年没懂她的意思:【?】

李姝逸:【我就是想认识认识。】

冯豫年:【要不我帮你问问?但是我觉得他话不多。】

李姝逸忙回复:【问就不用了。我要再去看看片子!你们植物园出片真的太漂亮!你现在的粉丝快和我一样多了,果然聪明的学霸女生才惹人爱。】

冯豫年看着她一通牢骚,笑着回复:【你的新电影也很不错,加油哦。】

李姝逸:【还是你最好。我要大力宣传你们的纪录片了!你就等着我把你捧成今年最佳流量女主角吧!】

冯豫年也没想到,一年前自己还是个迷茫青年,身陷困境;一年后她已经被幻化成完美且无所不能的励志女神,成了年轻人的励志典范。

一众亲友纷纷给她发来祝贺,连冯明蕊都看到了。

冯明蕊给她发视频的时候,满是骄傲地说:"你在镜头里看起来真的很漂亮,比你平时拍照好看。你平时就该收拾得漂亮一些。"

然而,冯豫年手里的实验失败了,她还在清洗试管。

她心里想,那你们可能想不到,漂亮的冯博士此时正在清洗实验工具,而且下午还要打扫卫生……

冯明蕊一改之前的态度,仿佛冯豫年走上了一条对的路,前途光明,比起考公这条路更像坦途。

冯女士现在完全不提从前那些事了,似乎也明白从前的路不适合冯豫年。

冯豫年也乐得清静。

冯明蕊唯一旧事重提的就是——"你们院里有没有和你年龄相仿的男孩子?"

冯豫年哄她:"没有,我们读博的都没什么钱,而且三四年都不一定能毕业。

男孩子毕业的时候，保守估计三十几岁了。"

冯明蕊立刻就不再问了，她不了解博士，但男孩子三十几岁还在读书，就不合适。

冯豫年猜，她大概是怕自己想不开真的找一个博士生，三十几岁两个人都还在读书……

比起冯明蕊，其他人的祝贺就正常得多，但是总体来说，这一场飓风，让她扶摇直上。

纪录片本就是科教类内容，李姝逸的大力捧场，引得一众娱乐圈的人士开始关注纪录片，关注绿色植物科学。

叶潮都放话了，一定要南下来庆祝一番，才不辜负冯豫年如今的名声。

不过这话她就是一听，保不齐他是看上这里哪一个女孩子了。

余小雨的社交媒体账号粉丝暴涨。因为初衷是赚个饭钱，她们没那么乐观，只是随口的玩笑。

但是后来的发展就有点出乎她们的意料了，广告商和合作商轮番寻来。

冯豫年只能自己申请了一个账号，分担了一部分工作，开始做一些植物学科普，仿佛又打了一份工似的，更忙了。

所以她不得不请教叶潮，这种蓬勃发展的事态要怎么处理。

结果叶潮问："你这不有现成的人吗？林越文对这个在行，或者根本不用她，文晴就能给你处理得明明白白。"

文晴确实在行，她现在管理着小工作室，挂靠在林越文的公司下，主管商务对接。

冯豫年和文晴视频了一晚上，文晴给她讲了整整一晚关于整条产业链和头部网红的发展史，以及中小层的发展。

网红这个群体，至今褒贬不一，但是经过野蛮发展后，开始逐渐分化出清晰的行业脉络，各行各业开始慢慢规整。

冯豫年一整晚一边看书，一边和文晴讨论，接下来她该怎么为上百万的粉丝服务和引导。

这个工作很难做，起码她目前是真的没时间，也没能力做，只能找人来代理。

文晴就这么给她做了幕后的策划人。

年底，他们院里接到了总台节目组的邀请，参加一期科普类的节目。仲教授的工作太忙了，所以只有冯豫年和隔壁的老师两个人参加。

梁政大概是知道了消息，特意发消息通知她。为此，她专门请梁政吃了饭，咨询了关于节目的事。梁政大概给她讲解了一下整个节目的过程和节目过后她的一些应对措施。

梁政安慰她："这种效应不可避免，你适应就好了。加以正确的引导，会对你未来有帮助的。"

冯豫年确实感谢节目，让她的生活发生了很大的变化。

李姝逸一听这个消息，就开始疯狂给冯豫年发消息：【衣服我都给你搭配好了，我把我的化妆师借给你。到时候你就美美地上节目。】

冯豫年：【就是个科普类的节目，观众大部分是大学生，又不是走红毯，不需要那么正式。】

李姝逸：【那不行，大家可都知道我闺密是植物学女博士，让他们再笑话我是个笨蛋美人。】

冯豫年：【谁敢说你是笨蛋美人，你弟弟那么厉害的人物。】

李姝逸：【别提了，他这几个月一直在出差，人根本不在家，我舅妈都找不着他。】

冯豫年看着消息，轻叹了声气。

北上参加活动的时候，冯豫年回了趟母亲那里。

冯明蕊新烫了头发，虽然小碎卷看起来有些显老，但是她很开心。

冯豫年给冯明蕊带了礼物。

其实她每次回来，都会带礼物，冯明蕊这次却严厉地说："回家就回家，你乱花这个钱做什么？每次都这样。"

她就笑笑，也不在意。

陈辉同这段时间在家被冯明蕊不停地洗脑，纪录片看了不下十遍，据说院里的人都已经看过纪录片了。但陈辉同是真的高兴，在他的眼里，冯豫年做的事和女儿那种美妆不一样，这可是踏踏实实的科研事业。

他招呼说："晚上咱们出去一起吃个饭，庆祝一下年年在工作上有这么大的成就。"

冯豫年忙拒绝，说："真的不用，只是个科普节目。我就是一个普通博士生，要说成就根本就谈不上，这不闹笑话吗？晚上几个朋友叫我聚一聚，我不一定玩到几点，你们别等我。"

冯明蕊抱怨归抱怨，但是心里也高兴，不像之前那么拘着她，由着她去了。

冯豫年给李劭忧发消息：【晚上一起吃饭，你来不来？】

他回复：【我在机场，迟一会儿到，你们先吃。】

饭局上气氛非常热烈。李姝逸最近没工作，见冯豫年来了，整个人都活泛了，开玩笑说："欢迎我们的女博士！"然后带头热烈鼓掌。

冯豫年白她一眼："你来劲了是吧？"

李姝逸笑嘻嘻地说："我又没做过女博士，大家只知道我有个女博士的闺密，我当然骄傲了。"

叶潮也说："是真的不错。可见读书就是好，和咱们这些混子比起来，冯豫年读书是一直好，也就李劭忱能和她交手……"

他说到一半，问："李劭忱，怎么还没来？"

他是万万想不到李劭忱和冯豫年之间有什么剧情，毕竟上次托李劭忱送冯豫年，李劭忱看起来还不怎么乐意。

李姝逸看叶潮就像看傻子，但就是忍着不说，冯豫年并不接话。

文晴也在，她现在单管冯豫年的商务，很多线上的广告和一些商业合作案都要经过她，尤其是商务基本都是她在代理，冯豫年根本没时间。

第二天的活动，文晴会和冯豫年一起去。

他们等着李劭忱来了才开始点菜。他来得匆匆忙忙，进来后见他们几个干巴巴地坐着，笑叹道："不要等我，你们吃你们的。"然后问冯豫年，"你什么时候走？"

"周日晚上。"

闻言，他像是长舒了口气，坐在她身边，话很少，几乎看不出他对待冯豫年有什么特别的地方。

一整晚都是李姝逸在说，叶潮在附和，还都是在夸冯豫年。

晚上回去的时候确实很晚了，文晴和冯豫年一起住，李劭忱开车送她俩。

路上，李劭忱问："现在这些对你生活有影响吗？"

冯豫年笑着说："有哇，最大的影响是我也能赚钱了。"

文晴也笑说："我觉得我一定要把你打造成可持续的网红，网红界的常青树！"

冯豫年失笑道："怎么听着那么不像是好话。"

李劭忱也笑起来，说："过了今年，我的事也能少一些，这几个月都没时间关心你。"

冯豫年笑着问："今年是不是很累？我觉得你今年的状态没有去年好。"

李劭忱开着车，淡淡地说："还行吧，几万人的生计，总要为他们负责。"

文晴听得暗自惊讶。

等到地方了，文晴先上楼。冯豫年见李劭忱面色有些疲倦，问："事情还是很麻烦吗？我感觉你很不开心。"

李劭忱笑起来，回道："没有。"

他什么都不肯说。

冯豫年也就不问了，又说："要是实在做得不开心，就辞职好了，又没有谁规定你必须要做得很成功，天生就要比别人聪明。你看我落魄了这么久，现在不也成了别人的励志典范？累的话就休息休息吧。"

李劭忱看着她，目光里都是温柔。突然，他俯身拥抱她，微微笑着说："科学研究人员不要操心这些，专心做你的研究，写你的论文，然后走你的平坦大道，剩下的事情都交给我。"

冯豫年一句话都不说，直到他放开她，她才说："那你呢？你要往哪里走？"

李劭忱摸摸她的头，说："我会一直跟着你走。"

冯豫年难得孩子气地回道："你说的，说话要算话。"

李劭忱笑起来，说："行了，快回去吧。明天我去接你。"

等冯豫年回去后，文晴就开始盘问："他和你说什么了？当年的国际关系和语言学方面的学霸，这么多年还是魅力不减。我以为他会少了书卷气，浑身都是铜臭，没想到，他现在举手投足都是威严，竟然比书卷气还迷人……"

暖气太热屋子里很闷，冯豫年开了窗，回头说："你就是再夸，他也听不见。"

文晴则完全不在乎。

晚上两人核对了第二天节目里的流程，冯豫年性格很稳，文晴一点都不担心她在台上怯场。

她自己其实看得也淡，尽管她几乎是一夜成名，被很多人解读是幸运儿，但是她看得太清楚了，这是她努力多年才得来的。

就像爸爸打电话的时候，卢姨说，如今爸爸每天在海鲜市场里和人说起她现在火了这件事，爸爸就说，她很辛苦的，读了七年大学，下乡扶贫几年，回来后继续读博士。年纪轻轻的时候，别的女孩子哪一个不是游山玩水、享受生活，就她一直都在读书……

冯豫年听得默默笑起来，心想，老梁是个挺贴心的人。

第二天的节目现场反响很好，冯豫年和院里的老师一起参加，她只是作为新一代的植物学从业者，介绍了植物园里一些稀有的植物品种和一些日常的植物养护工作。

节目结束后，台下有很多大学生都围着她拍合照。

她穿得很随意，并没有穿李姝逸给她准备的礼服，简单的衬衫和牛仔裤，站在一群学生里看着年纪确实不大。

冯豫年这个名字，算是真真正正被主流媒体所熟知了。

文晴感叹道："我真觉得你特别适合出镜，大大方方，一点都不怯场，舞台效果很好。我就不行，上去就容易紧张。"

冯豫年一脸无奈地说："我现在只要不是写论文、发表论文、做实验，干别的事我都不会紧张。"

文晴听得大笑。就是，博士哪是那么容易就能读的。

李劭忧前一天答应来接冯豫年，果然说话算话，此刻车停在外面等着她。周末她就要回去了，回一趟北京很不容易。

文晴还有工作就先走了。李劭忧开车带着冯豫年，感慨道："把你送那么远，现在见你一面都困难。"

冯豫年看着前面说："那怪谁？是你帮我联系的。"

李劭忧扭头看她，她装作不知道。

此时过了下班高峰期，已经不堵车了，李劭忧："先带你去吃点东西？"

冯豫年问："你是不是又没吃晚饭？"

李劭忧开车到了东边，就回了上次来的小公馆。

他大概经常住这里，北方的冬季外面的树早已经秃了，进门后，冯豫年看到客厅里有几棵热带绿植，那棵鹿角蕨尤为突出。

她笑问："你哪里买的？这个很娇气，怕冷怕干，北方冬天太干燥，很难养。"

李劭忧在鹿角蕨下面开着加湿器，家里暖气又足，确实养得还不错。

李劭忧回道："花鸟市场买的，养起来是比较娇气。"

冯豫年跟着他上楼，坐在他的书房里翻看那本《中国植物志》。

这次他家里有水果了，洗了草莓端上来，放在桌上，问："今年休多久年假？"

冯豫年抬头看他，笑起来说："我们有句玩笑话，说只要胆子大，天天都可以休假。"

李劭忧问："下一句呢？"

"没有下一句，因为没人敢给自己放假。一整年都是做不完的课题、访问、博士论文，没完没了的，比读研压力要大很多。"

李劭忧过去靠在桌前，和她面对面，伸手抓着她的手，问："还有什么愿望？"

冯豫年摇头，回道："我是个很务实的人，你又不是不知道，我从来都不许那些不切实际的愿望。"

李劭忧问："也包括我吗？"

冯豫年看着他，眼睛里含着笑意，嘴角却不肯笑出来，对视几秒后，她转过头不肯再看他。

李劭忧俯身和她四目相对，轻声问："关于我，你有什么愿望？"

冯豫年僵着脖子，说："没有。"

"真的没有？"

"嗯。"

李劭忱笑起来，唇触碰到她的唇，说："可是我有，关于你的所有，我都有。"

冯豫年拒绝，说："你这叫趁火打劫。"

她闭着嘴巴，笑意从眼睛里流出来。

李劭忱头一歪，亲得又急又狠。她闭着眼，整个人缩在椅子里，最后被他困在里面挣扎不开。

冯豫年以前还会喝咖啡，后来一直心悸，不用喝咖啡，脑子里那根弦都绷得很紧，根本不用提神，所以她对咖啡没有依赖。

李劭忱喝咖啡的时候，她就着他的杯子尝了一口，味道确实不错。闲暇的时候尝起来才能细品到它的味道。

她从前喝咖啡都牛饮了。

李劭忱顺势低头亲了她，口腔里咖啡的微苦混着草莓的清甜，她下意识地闭上眼睛。

只要耐心，耳鬓厮磨、唇齿相依，都是亲昵的。

两人厮混了很久，李劭忱问："你困不困？"

冯豫年睁大眼睛，忍着笑说："你不要瞎想。"

李劭忱低声笑起来，拉着她起身，直接去了卧室。

冯豫年反抗道："我要回家，我家冯女士不让我和你玩。"

李劭忱抱着她闷笑，说："巧了，我家那位温女士也不让我和你玩。"

两个人都忍不住笑起来。

李劭忱问："你妈妈现在还强制要求你考公务员吗？"

冯豫年惊讶地问："你怎么知道？"

李劭忱不以为意地说："我怎么不知道？你的事我都知道。"

冯豫年又问："那你家温女士给你找到她满意的女朋友了吗？"

"很遗憾，并没有。我也不需要。"

冯豫年听得笑起来，和他相拥着。

李劭忱开了音响，然后两个人在舒缓的音乐里慢慢踱步，慢慢变成在他的卧室里起舞，慢慢的舞步，她总是踩错节拍。

在艺术和音乐这条路上，冯豫年实在是缺少天赋。李劭忱被她连连踩脚，也不躲。她自觉脱了拖鞋，穿着条纹的花袜子，随着他的脚步来回摇摆，但还是要时不时低头看着脚，防止踩到他。

李劭忱将她头抬起来，和她交颈轻触。冯豫年看不到他的脚，就会踩到他。此刻她听到的，是他轻浅的呼吸声，闻到的是他衣服上清淡的熏香味道。

她满心柔软地想，未来的某一天想起今晚，他们曾在这里翩翩起舞，应该会觉得还挺浪漫的。

李劭忱等冯豫年靠在他肩上，猛地用力将人腾空拥起来，让她的两脚踩在他的脚上。冯豫年呼吸都乱了，伸手搂着他的脖子，保持平衡。

他一偏头就亲在她耳朵上，她一个激灵，缩起脖子，整个人被他拥在怀里动弹不得。

李劭忱吓唬她，说："别乱动，再动我就忍不住了。"

她果然吓得一动不敢动。

李劭忱到底没有太造次，虽然耍流氓了，但还是克制着，最后和她躺在一张床上，但是盖了两条被子，和她面对面聊天。

冯豫年嘟囔："我明天一早要回去，晚上的航班。我可真是日理万机。"

李劭忱哄她："你生日的时候，我陪你过。"

冯豫年都快忘记了，她生日与除夕就相隔几天。

第二天冯豫年一早回去，家里已经在准备午饭。陈璨也回来了，大概是听说了她回来参加活动，进门看到她，问："年年姐什么时候走？"

"今晚。"

陈璨这些年过得应该算非常滋润，随着电商主播的发展，她很早就创业有了自己的公司，几百万的粉丝基础，财务稳定，有很不错的商务合作，总之前途一片光明。

陈璨这几年虽然成熟了很多，但性格依旧很霸道。她口齿伶俐，在镜头前的表达能力比较好，粉丝粘度很高。或许这个行业就是这样，真真假假，虚虚实实，每个人展现在荧幕前的样子，谁又能说是假的呢？

饭桌上，陈璨恭喜冯豫年，说："你在纪录片里真的很漂亮，我身边的人都很崇拜你。"

冯豫年尝了口鱼，笑着和她说："你就没和你身边的人说，我前两年还在乡下种地吗？"

陈璨笑着回道："但是纪录片中的你在植物园里工作真的超级美。"

她之前是真的不了解冯豫年的工作，总以为学农业，工作就是下乡种田。

冯豫年很难和陈璨更深入地聊这个话题，开玩笑说："那里面的花卉大部分是观赏型，我的工作一点都不光鲜，才走进分支的一个小领域。我们读本科的时候，一样要去种麦子，七八月你们都在避暑，我们在太阳底下拔麦子。"

陈辉同也说："做科研哪是那么容易？你们看见人家环境漂亮，就觉得也挺简单的。年年苦学了十年才到现在的地步，你们怎么不说？"

冯豫年不欲和他们扯这些，就说："我就是个学生，没有什么成就不成就的，毕业了一样要找工作。"

她读不读博，出不出名，都是她自己的事。

冯明蕊却说："那怎么能一样？你从前读书工作，干什么都是普通大学生。你现在再看看，连院子里的阿姨们都天天问起你，她们又不懂什么植物科学，就知道你在电视里很漂亮，有出息了。"

这可真是个朴实的理由。

冯豫年笑了笑，也不再争辩。

冯明蕊心里有种特别扬眉吐气的感觉，聊起院里的孩子们，她终于觉得自己有资本点评别人家的孩子了。

冯豫年并不反驳她，后来也学会了应付妈妈，对她说的那些偏执的意见只要当作没听见，别接话就行了。

只要不同她讲感情，就不会被她绑架。

冯豫年下午走的时候，冯明蕊给她带了很多零食，还有冯明蕊自己做的辣酱、牛肉酱。她看着行李哭笑不得，说："我带不了这么多。"

冯明蕊固执地说："那边口味淡，天气闷热又潮湿，你肯定是住不惯的。"

冯豫年无奈地说："住的地方有空调，不会冷着我，也热不着我。外卖什么都有，别说南北菜，只要有钱，天上飞的、海里游的，没有我吃不到的。"

冯明蕊被她说得恼了，蛮横地给她装了一大包。

她最后认命地提着。

李劭忱送她去机场的路上，她一路上低头看资料，和李劭忱分开后，就再没有人帮她翻译文献了，她简直学到头秃。

李劭忱问："东西都带好了吗？"

她茫然地"啊"了声，问："什么好了？"

李劭忱笑起来，说："没事，看你的吧。"

她一直到机场都在看东西，李劭忱则提着她的行李箱。从前她去哪里都是一个人，就习惯了，走得了无牵挂，知道没人会目送她走远，她也不会回头看。

可这次等她回头，李劭忱就站在那里，静静望着她，她又掉头回来。

李劭忱在衬衫外面只穿了件黑色大衣，站在那里满身清寂，见她又回来，满面温和地问："怎么了？"

冯豫年看着他，说："我有没有和你说过，我觉得，后来遇见了那么多人，还是数你最好看？"

李劭忱缓缓地笑起来，张开双臂，冯豫年心安理得地和他拥抱。

他俯身在她耳边说："我只知道，你一直都爱着我，这就够了。"

冯豫年听得笑了起来。

等飞机落地，她发消息报平安的时候，李劭忱已经到家了，嘱咐她："打车回去的时候注意安全，到家后和我说一声。"

冯豫年总能从他的言语中听出一种旖旎的亲昵来。

冯豫年回了植物园，又一头扎进工作里，闲暇时要和余小雨、文晴商量商务的合作，忙得甚至连周末都没有了。

但关于她的网络热度一点都没有消退，她曾经在云南下乡扶贫的经历，如今被粉丝翻出来，简直成了她的光荣履历，被人津津乐道。

冯豫年借此机会，联合文晴和余小雨，开始在互联网上为村子里的种植户卖水果。

她在她能力范围内，尽可能帮助那里的人，帮助那群朴实可爱的人。

连张弛看到她账号里的推广都开玩笑说："听叶潮说，那儿是个好地方。"

她中肯地说："确实是个好地方，等下次有时间了我搞个团建，带你们去看看我下乡的地方。"

张弛听得大笑，说："那就等着你的团建活动。"

连梁政都看到了她的推广，特意给了她很多建议。

冯豫年因为之前的事，一直没时间请梁政吃饭。这天，梁政也在加班，晚上两个人一合计，就在大排档里吃了顿简易的晚饭。

即便快午夜了，大排档里人还是很多，烟雾缭绕下，全是奔波了一天的人们。

冯豫年不好意思地说："我刚下班，这会儿真的有点太晚了。"

梁政也说："我也是刚下班。不要紧，晚上就是要坐在马路边上吃点东西，才能真切地感受到一天是真的结束了。你那个助农的项目非常好。"

冯豫年笑起来，将装烤串的盘子放在他面前，解释道："你肯定想不到那个村子里的葡萄全是我下乡扶贫的时候栽起来的。我在那里待了一段时间。"

梁政特别佩服她，她看起来就像个学生，话也不多，但做什么都很认真，走过很多地方，吃过很多苦，后来还坚定不移地读博。

拍摄纪录片的时候，她看着拍摄组的大纲，基本能把植物的谱系讲个七七八八，一看基本功就很扎实。

这样的女性，比任何女生都要吸引人。

"听说过，网上有你下乡时的照片。"

闻言，冯豫年也笑起来。

粉丝经常开她玩笑，尤其是村里的人，提供了一张她背着药壶在葡萄园里撒药的照片。

调皮的粉丝给她制成表情包，在群里到处发，配上文字：【有病吗？给你上药。】

所有看到那个表情包的熟人都笑疯了，纷纷发给她，简直让她无力反驳。

显然梁政也看到那个表情包了，失笑连连。

此刻两人坐在马路边上，谈天说地，从新闻聊到科学，简直畅所欲言。

最后还是梁政坚持付账，他解释："不要在意谁花钱，我知道你们博士的补助很低，现在大家的生活压力都不小，重要的是我们聊得很开心，就不要在意这种小事情。"

冯豫年也不执着，是真的把他当朋友。

饭后，两人像老朋友一样告别。

临近除夕，北方下了一场大雪，南方依旧是艳阳天，大家还都在登山郊游。

冯豫年收拾了行李准备回家过年。

老师将工作的安排都发给她了，她看了眼，保守估计能在家里待两周。

她谁也没通知，准备回家给他们一个惊喜，等落地了，她还不知道李家其实遇上麻烦了。

冯明蕊坚决不准冯豫年住在外面，而且把家里的格局都换了一遍。

冯豫年只好把行李放在新布置的房间里，家里正在准备过年，有些乱糟糟的。

冯明蕊催她："陈尧和同学在隔壁学校操场踢足球，你过去看着他一点，让他少疯一些。"

她提了保温水壶去隔壁学校的操场寻陈尧。

陈尧见她来了，高兴地叫道："姐姐！"

冯豫年将水壶给他，他仰头喝水，脱了衣服，看起来比之前强壮了一些。

冯豫年问："晚上想吃什么？"

陈尧偷偷问："我能在外面吃吗？你在家陪妈，她就不盯着我了。"

冯豫年失笑道："那行，我给你钱，你和同学们去外面吃，但是天黑了就要回来。妈那里，我替你说。"

陈尧高兴得一蹦老高，甚至过来抱了她一下。听见那边朋友在喊他，他边跑边回头说："谢谢姐！"

冯豫年由着他像阵风似的跑了。

她回去时，冯明蕊还在准备晚饭，土豆炖牛肉、清炖羊肉……

都是些费时间的菜。

她看着冯明蕊和阿姨一边做晚饭，一边罗列家里过年需要买的东西。

听她说陈尧不回来，冯明蕊抱怨了几句，见她护着陈尧也就作罢了，几个人一起聊家常。

离过年还有一个星期，冯豫年计划年后回吴城。

结果冯明蕊和她聊着聊着，说起那个袁阿姨，说："李家的老爷子这次危险了，听说差点没了……"

冯豫年听得心里一紧，问："怎么会？他不是平时身体挺好的吗？"

冯明蕊也不清楚，只说："年纪到了，再说了，他早年当兵出身，身体上多多少少有些伤病，他儿子不就早早地去了吗？"

冯豫年听得心堵，一时间坐立不安。

冯明蕊和阿姨又聊起了其他的。

冯豫年低头给李劭忱发消息：【我回来了。】

果然很久都没回复。

她不放心，给李姝逸发消息。

李姝逸回复：【家里出事了，外公在医院。我过两天回来陪你玩。】

医院里，老爷子还在 ICU 里，已经抢救过两次了。

ICU 里让人感觉很压抑，李劭忱自己都不知道这几天签了多少名。医生说得很清楚了，病人年纪大了，这几年身体一直都不好，且一直没有好转，家属要做好心理准备。

李劭忱站在玻璃外看着里面的老爷子，想起几年前父亲也是这样。那时候他还没有资格签字，父亲去得很突然，甚至都没有和他留一句话。

老爷子也这样。

他怎么也没想到，母亲的事会被捅到老爷子面前来，还是由老爷子的老朋友讲出来的。

老爷子要强了一辈子，父亲去的时候都不肯掉一滴眼泪，硬撑着在李劭忱面前说："你爸这个混账！说丢就丢下咱们不管了，以后咱们爷儿俩过。"

父亲去后，老爷子的身体就一直不好。

如今，他也要走了。

明明一个星期之前，他们爷儿俩一起晒太阳，他还敲着拐杖问："你到底什么时候结婚啊？"

李劭忱想了几秒，说："估计还要等等，人家姑娘现在在读博士，怎么也得等人家毕业了吧？"他难得和老爷子说实话。

当时老爷子一听有门儿，来了精神，高兴地问："还是博士呢？学什么的？那先带回来给我看看，我先把小定的礼给她，把人给你先留住。"

李劭忱当时笑起来，应承道："行，过年了带回来给你看。"

老爷子当时很高兴。

他是满心盼着李劭忱能带女朋友回去，尤其是他今年身体一直不好，就格外盼着李劭忱能早点结婚。

ICU里每天都是生生死死，连哭声都是压抑着的。

李岩晚上才来，见李劭忱又是一个人站在那里，劝他："你今晚回去休息，姝逸守着。"

李劭忱充耳不闻，只说："早知道，我就应该警告她的，而不是由着她闯祸。"

李岩很难和他讨论他母亲的不堪，踌躇了很久，问："你什么时候知道的？"

"我爸生病的时候。"

李岩惊讶地看着李劭忱的背影，不知道这么多年他怎么忍得住。

李岩如今是这个家里的家长，也是最需要冷静下来的人。

李劭忱看不出来愤怒，但是李岩知道他在自责，怪自己没有把事情拦住，让老爷子知道了。

最后李岩也只说："和你没有关系，你不要自责。你爷爷上半年的身体状况就很不好。"

李劭忱充耳不闻。

李姝逸晚上过来和他说："年年回来了，联系不上你。"

李劭忱这才转头看她，淡淡"嗯"了声。

老爷子是真的时日不多了。

冯豫年生日那天，李劭忱终于回来了，人瘦了一圈，面色疲倦。

冯明蕊中午给她过生日，家里人一起吃了饭。

下午冯豫年跟李劭忱出去，见他没精神，问："老爷子怎么样了？"

他长舒了口气，沉闷地说："不太好。"

冯豫年喃喃道："怎么会，我上次回来碰见他，人还好好的。"

李劭忱问："你要不要和我去看看他？"

冯豫年没想那么多，点头，说："应该去看看，我那时候还和李姝逸总去你们家，他经常给我留饭。"

李劭忱摇头，说道："不是因为这个，他想看看和我结婚的人。"

冯豫年听得心里一紧，老爷子怕是时日不多了。

她心里有些慌，问："那我需要准备什么？"

李劭忱微微笑了下，说："什么都不需要。"

冯豫年也顾不上，只说道："你等等我，我回去拿包。"

她就这么匆匆忙忙地跟着他去了医院。

等到了医院，保姆、护工、李姝逸见她来，都眼睛一亮，但是很快就黯淡了。

李劭忱谁都不看，牵着冯豫年的手，目不斜视地带她进了里面换衣服。

等她换了衣服，李劭忱领着她进去。

老爷子插了胃管，接了氧气，浑身大大小小的管子，整个人面色青灰。

看得冯豫年心惊。

李劭忱俯身在老爷子耳边轻声说："我把人带来了，你不想看吗？"

老爷子很久都没反应。

他们等了很久，最后老爷子也只是微微睁开眼，看着冯豫年仿佛是笑了下，又好像没有。她不确定。

李劭忱一直都微微笑着，问道："是不是很漂亮？我知道你床头柜里有一对翡翠手镯，我奶奶戴过的，你要是不说，我就自己去拿了。"

老爷子还是毫无反应。

冯豫年也说不上来为什么，突然间就泪流满面。

李劭忱整个人都紧绷着，不肯让自己的情绪泄出来。

等他们出来，外面的人都没敢说话。

李劭忱要送冯豫年回去，冯豫年不肯让他送，他只说："让我走一走。"

他没日没夜地守了几天，整个人状态很差。

冯豫年于是说："那我来开车，我们出去转一转。"

她带着李劭忱转了一圈，最后将他送回医院，她自己坐地铁回去的。

她也没想到，老爷子当晚就没了。

冯豫年等了一晚上消息，看到消息，眼泪登时就下来了。

李劭忱从头到尾都是沉默的，和谁都不说话，更是看都不看温玉。

老爷子的后事，全是由他一手办妥的。老爷子一辈子要强，一辈子不愿给人添麻烦，后事也一切从简。

老爷子去的第二天，张弛和叶潮几个都在外替李劭忱奔波。

冯豫年遇见张弛，张弛接了电话，匆匆和她说："叶潮说劭忱这两天连眼都不闭，幸亏追悼会赶得急，要是再久一些，劭忱肯定会熬不住。"

冯豫年听得惶惶，她去了也是添乱。

追悼会办得急，当时礼堂里有很多亲朋好友来慰问。李劭忱像一棵青松立在那儿，礼貌地和每一位来宾握手致意。

到最后，李姝逸哭得整个人都站不住了。

李劭忱一脸肃穆，整个人紧绷着，连李岩都劝他："你去歇一歇吧，别总不睡觉。"

他熬得眼睛通红，淡淡扫了眼在一旁红着眼的温玉，一言不发。

丧礼结束的第二天，其实还有很多事，李岩不准李劭忱再出去了。冯豫年过去的时候，他一个人坐在后院的树下。

听见她推门进来，他也不转头，坐在那里满身孤寂。

冯豫年问："你吃没吃午饭？"

他回头说："说了给你过生日，又食言了。"

冯豫年安慰说："生日年年有，不差这一回。"

他淡淡地说："年年有啊……"

可偏偏老爷子没了。

冯豫年听得鼻子发酸，轻声哄他："对面新开了家鱼羊鲜，我想去尝尝，你陪我去吧？"

他摇摇头，自言自语："老爷子是个脾气挺好的人，以前胡同里的人都羡慕我爸，因为只有他从小没挨过打。"

冯豫年过去坐在他旁边，静静听着。

李劭忱又说："我爸也是，虽然他们父子都是当兵出身，但是脾气都挺好的。

"我爸去的时候，我当时晚上赶过去的，他已经只剩一点点的生命迹象了，就是我回家吃饭的时间，他就走了。我当时看着他，就想，我们父子一场，怎么会只有这二十几年的缘分？轮到老爷子的时候，又是连一句话都没留给我。我们之间的亲情，就像一盏灯，灭了，就续不上了……"

他到底没说老爷子突然去了的原因。

冯豫年听得酸涩难忍，蹲在他面前，握着他的手，说："李劭忱，我会一直陪着你，一直都陪着你。"

李劭忱摩挲着她的手，脸上都是伤怀。

两个人静悄悄地坐在那里，等天黑了冯豫年才哄他进了房间。

她给冯明蕊发消息说晚上不回去了。

临近年关，大多是聚会，她回来得少，冯明蕊也不强求她。

冯豫年脱了羽绒服，说："你睡一会儿吧，我陪着你。"

李劭忱长叹了口气，在她头上摸了摸，短促地笑了声，却什么都没说，转身进了洗手间。

他进去后就开了水龙头，冯豫年听见哗哗的水声，也安心了。

她下楼接了杯水上楼后，水声还在响，她这才觉得不对劲。

她敲了敲门，试探地问："李劭忱？"

他"嗯"了声，才关了水。

冯豫年听到他吸鼻子的声音。他大概是哭出来了。

她收回手，不再催，等着他自己出来。

房间里开了加湿器，关上窗户，只留了盏夜灯，她坐在床边用手机看资料，等他出来，她当作没看到他发红的眼睛。

李劭忱过去躺在床上，侧身看着坐在椅子上的冯豫年，温蕴的柔光里，她微微缩着。

他问："你爸妈离婚的时候，你多大？"

冯豫年抬眼看他，关了手机。他揭开被子，给她让出地方。

冯豫年顺势靠过去，想了想，说："其实我很小的时候，他们就一直吵架，在我十二岁的时候离婚。我跟着我奶奶住了两年，后来我妈来接我，我才跟她来的这里。"

李劭忱又问："你爸怎么样了？"

"挺好的。他现在的老婆是个脾气很好的人，反而让他没了从前的桀骜，两人做事有商有量。陈叔是个话少的人，我妈的唠叨也不会再引起争吵。可见只有不合适的人，不存在谁是绝对的好人或坏人。"

李劭忱想，那你呢？他们找到对的人了，却让你受尽委屈。

冯豫年见他不说话，就说："我知道你难过，但是你不要难过很久，老爷子那么开朗的一个人，看得也很开，他不希望你一直走不出来。"

他翻身躺平，将一只手捂在眼睛上，半晌都没有说话。

不知过了多久，他突然说："有些事，真的过不去。"

冯豫年抱着他，说："过不去就不要为难自己。你舍不得我吃苦，我也舍不得你难过。"

顿了顿，冯豫年又说："你的亲人离开的时候，你每一次的悲恸，我都在你身边。现在就像是我们站在岸上，和他们隔着一条永远蹚不过去的河。过不去的话，我们就留在这里，有我陪着你。"

李劭忱伸手搂着她，亲了亲她的头顶，什么都没说。

第二天，李姝逸回来得很早，给李劭忱送早餐。

冯豫年起来得也很早，李劭忱后半夜才终于睡着，冯豫年就坐在他房间里翻了纸笔，边看手机边记录。

李劭忱醒来后也不出声，就那么静静看着她。

李姝逸闯进来的时候，冯豫年下意识将食指放在唇上，然后扭头一看，他不知道什么时候已经醒来了。

李姝逸惊讶地问："你们……你一夜都守着他？"

她真是防不住这两人，不知道什么时候又有了故事。

都忙成这样了，梦里约的会吗？

冯豫年笑起来，问："你什么时候醒的？"

李劭忱回道："你起来我就醒了。"

李姝逸没好气地说："你们就看不见我是吗？我一晚上担心你没吃东西，大清早起来给你送早餐。我就是闲的。"

说完，她又问冯豫年："他和你在一起也这样？心情不好了就不吃不喝也不睡？"

冯豫年犹豫了片刻，回道："反正我吃饭就叫他吃饭，我睡觉就叫他睡觉。"

李姝逸没好气地说："你们就适合在一起。"

因为有李姝逸在，李劭忱话也多了。李姝逸总能在他容忍的底线边缘来回横跳，不是不小心把他收藏的手办掰开了，就是和冯豫年："他很难相处的，对不对？"

早饭后，冯豫年就说："我要回去吃午饭，明天就是除夕，我今天晚上陪你们吃晚饭。"

冯豫年走后，李劭忱的温柔就淡了，问李姝逸："她回去了吗？"

李姝逸其实不知道出什么事了，只说："舅妈一直在找你，我妈拦着，两个人吵架。具体因为什么我也不知道，我爸不准我听，就把我打发出来了。"

李劭忱穿了件外套，准备出去，有些事谁说都没用。

李姝逸忙拉住人，说："我妈让我看着你，让你别出去。"

他笑起来，看着她，最后只说："我一会儿就回来，姑姑知道。"

李劭忱出了门就给温玉打电话，说："我在家里等你，你过来一趟。"

温玉过来的时候，他正在整理相册，有父亲从前工作中的照片，还有他们家还没有四分五裂之前，他小时候在公园的照片，以及在外公外婆家里的照片。

他把在外公外婆家里的照片挑出来，单独放在桌上。

李劭忱听见温玉进门，连眼都不抬，问："姑姑说你一直找我，你找我什么事？"

温玉不知道怎么措辞，盯着他不说话。

从老爷子进医院开始，这半个月，儿子一句话都不肯和她说，连看都不肯看她一眼。她知道和她有关系。

她走过来时，李劭忧突然指指对面的沙发，说："你坐那里吧。"

温玉被他的眼神震慑，刚坐下，他就盯着她问："那位梁先生究竟有什么过人的本事，值得你抛家弃业，不惜闹得沸沸扬扬，也要和他厮混？"

温玉脸色一变。

李劭忧的怒气已经快压不住了："老爷子自我爸去了后，身体就不好，今年一直在医院里进进出出，你不是不知道！我提醒过你了！可你呢！甚至能让别人把你的丑闻捅到他面前！他一辈子都干干净净，到老了竟然被人问得哑口无言，犹如唾面自干！"说到最后，他几乎咬牙切齿。

温玉从惊慌到平静，尤其是在看到李劭忧极度厌憎的眼神后，变得面无表情。

李劭忧恨她不争气，可心里知道不能不管她。

温玉惨然一笑，一时间被他骂得哑口无言，半晌后才说："对，不知廉耻，你早就想这么骂我了对不对？"

李劭忧不理会她那点矫情，质问道："我本来就不想管你的事，可老爷子的事和你脱得了干系吗？"

温玉惨然道："是我的错，全都是我的错，你就当是我欠你们家的。"

李劭忧看不得她自欺自厌的样子，缓了口气，问："你有没有想过，如果闹出事情，你的名声、工作要不要了？你就不为你身边的人想一想吗？"

温玉看李劭忧仿佛在看陌生人一样，面无表情地说："对，就是这个口气。从我记事开始，就被这样的口气教训。你和你外公的口气简直一模一样，连表情都一样，你们都可以这样厌恶我。"

她突然来的情绪，让她整个人都崩了。

李劭忧看着她歇斯底里的样子，轻轻拿起桌上的照片。照片里的两位老人都戴着眼镜，外祖祖籍在南方，后来因为工作调动北上，一直在高校任职。

他记忆里确实不太喜欢去外祖家，家里规矩很多，经常会被教训。

老爷子却是个性情中人，极少会把子女、儿孙管束得动弹不得。

李劭忧小时候在胡同里玩，天天身上挂彩。

老爷子常说，一个马圈里踢不死马，小孩子一起玩闹磕磕碰碰不很正常嘛。

可温玉那时候就不准李劭忧出去和胡同里的小孩玩。

温玉的情绪因为李劭忧的指责崩溃，说起从前的委屈，简直喋喋不休。

她并不是个很坚强的女性，不像姑姑那么坚毅，能让人依靠，他很早就知道。

他到底不能真的拿她怎么样，忍了又忍，只说："你自己的事情，自己处理干净！等到时候再闹出什么事情来，我和今天一样，无能为力。"

温玉闭口不提和那位梁先生的事，李劭忧确实也张不开嘴质问她关于她背叛家庭、背叛丈夫的始末。

196

温玉起身要走，也不再和李劭忱说话，等走到门口，才回头说："我当初提了离婚，所有人都不准离。"

李劭忱冷冷地说道："你只要和老爷子大大方方说，他不会不同意。"

温玉自嘲一笑，回道："他当时还管不到我们头上，你父亲不同意，我父母也不同意，所以我才申请去国外工作。"

何止不同意，她母亲以死相逼，父亲骂她不知羞耻，离婚哪是正经人家女儿做得出来的事。

李劭忱坐在那里，闭上眼静默了几秒钟，才说："这不是你犯错的理由。"

这是笔糊涂账，他也不知道怎么理清楚。

冯豫年为了热闹一些，打包了马路对面的羊肉锅，然后张罗在家吃，回去却见李劭忱不在。

李姝逸说："你前脚出门，他后脚就走了，大概是去找我舅妈了。"

冯豫年给他打电话。

李劭忱接了电话，声音毫无异样地说："我一会儿就回来，你们先吃，别等我。"

李姝逸戴着口罩，素面朝天，跟着冯豫年进进出出，寸步不离。知道她心情不好，冯豫年就顺着她，走哪儿都带着她。

李劭忱进门的时候，两个人正在端菜，锅开了，热气腾腾的，窗户上都是雾气。

见他在门口站了几秒，李姝逸问道："你发什么呆？快进来，我们俩准备了一下午。"

冯豫年从厨房里出来，手里还端着菜，见他回来，冲他温柔地笑了笑，但什么都没说，什么都没问。

只有他自己知道，他心里的废墟有了生机。

三个人围着羊肉锅，李姝逸正式地说："咱们是不是该喝一点？"

李劭忱刚脱了外套，正在挽袖子。李姝逸怕他不高兴，就说："明天就是除夕，我们就当提前给外公过年了。"

冯豫年用眼神问李劭忱，李劭忱慢条斯理地和李姝逸说："我觉得你最好别喝，你喝不过她。"

冯豫年反驳道："我又不是酒鬼。"

李姝逸一听李劭忱同意，就起身进房间去找酒了，出来时提着酒说："李劭忱不能喝酒，咱俩喝一点。"

冯豫年问他："你什么时候戒的酒？"

李姝逸岔开话题，问冯豫年："要不要给你倒满？"

李劭忱听得笑起来，说："后来不怎么喝了，只是偶尔会喝一点。"

冯豫年见他们姐弟这么欲盖弥彰，也就不问了。

李姝逸抿了口酒，突然情绪上来了，等一杯喝完后，磕磕绊绊地说："咱们碰一下，这一年真的太糟糕了，这是我迄今为止最不喜欢的一年。这个冬天赶紧过去吧。"

冯豫年和她碰了下，将锅里的肉夹给她，安慰道："别喝那么急，先吃点东西。"

李姝逸想哭又想笑，白她一眼，撒娇地说："你干吗这么贴心？"

冯豫年回道："就咱们两个喝，不是你醉就是我醉，我不想醉，你也别醉。"

只有李劭忱一个人在认真吃饭。

冯豫年哄李姝逸："咱们聊点开心的，就当是讲给你外公听。"

李姝逸哭唧唧地说："我有那么多骗他的事。我一直哄他，说我过了年就结婚，让他给我包个大红包，早知道我不骗他了。"

冯豫年安慰道："他还能不知道你是个什么性格？能不知道你骗他？我上次回来遇见他，他当时一个人散步，心里明明白白的。见了我还问我在哪儿上班。我说我在南方，他说，还是咱北京好，要记得回来。"

李劭忱在吃饭的空隙问："你们高中同学还有联系的吗？"

冯豫年遗憾地说："联系得少了。我后来东奔西走，几乎没再碰见过。"

李姝逸忙说："我有几个人的微信，但是平时也不怎么说话。"

李劭忱就听着她们两个东拉西扯，时不时把话题扯开，不让她俩聊起老爷子。

饭后，李姝逸长舒了口气，说："我不能再吃了，我年后还有活动，不能再胖了。"

李劭忱无所谓地说："正常的饭好好吃，什么审美，瘦成那个样子，有什么好看的？"

李姝逸狡辩道："年年瘦你就不说，我瘦了你就嘲讽我。"

冯豫年无辜地说："我不瘦啊，而且我比你高。"

李劭忱笑了下，过去坐在老爷子常坐的单座沙发上，由着她们两个斗嘴。

李姝逸吃饱了才回神，问端着水果的冯豫年："我差点忘记了，你们两个又是什么时候好上的？我去找过你几次，你是怎么和我说的？"

冯豫年将水果递给李劭忱，一本正经地说："就……后来啊，我半年才回来一次。你又不是不知道。"

李姝逸怀疑地看着他俩，不确定她说的是不是实话。

她根本就诈不过李劭忱，年年现在也不老实了。

冯明蕊给冯豫年打电话，还没等冯豫年起身，李姝逸就喊："冯姨，年年和我在一起，今晚陪我不回去了，行不行？"

冯明蕊连话都没说一句就被李姝逸顶回来了。

冯豫年不好拆穿，就和母亲附和，见李姝逸挤眉弄眼地看她，简直哭笑不得。

晚上三个人窝在沙发上看电视。

李姝逸看着电视里唱歌的人，和冯豫年说："这小子一年换一打女朋友，你看粉丝不照样那么多，还整天为他要死要活的。"

冯豫年都不认识荧幕上的人。

李劭忱问："那你那个绯闻男朋友呢？"

李姝逸顿了两秒，说："我的绯闻男朋友不是你吗？"

李劭忱淡淡地说："和你演戏那个男生，你去西北看人家……"

"哎！"李姝逸有点急眼了。

冯豫年笑起来，问："谁啊？让你千里走西北。"

李姝逸连忙说："你别听他胡扯。"

冯豫年忍着笑，问："你心虚什么？你知道吗，你这个人就输在沉不住气，他诈你的时候，你就当没听见。你这样一被诈就不打自招，真的很好猜。"

李姝逸咬牙切齿道："你们两个……可真是一丘之貉！"

冯豫年摸摸头发，边笑边低声说："我本来就没说过我是好人，但是我也没诈过你。"

李姝逸愣了愣。

李劭忱问："姑姑姑父都知道，只是眼不见心不烦，不想搭理你。"

李姝逸这次真急眼了，大声问："是不是你说的？"

李劭忱叹气，说道："只要打电话问一声卓姐和小乔，就知道了。"

李姝逸像只被放了气的气球，感觉自己仿佛没有秘密，时时刻刻被人偷窥。

冯豫年一听就知道是李劭忱胡诈她，安慰道："你别听他的，他鬼话太多了。"

李姝逸问："你怎么知道的？"

冯豫年被问住，回道："只是直觉。因为李劭忱做事很少说，能让他说得有理有据的，八成就不是真话。"

李姝逸也被她说服了，扭头问："是吧？你诈我呢。"

李劭忱问冯豫年："你怎么确定我说的不是真的？"

冯豫年举了个例子，说："咱们在西安遇见那次，你当时不是在西安出差的吧？"

李劭忱问："你怎么会那么想？"

冯豫年知道，自己说的是事实，她笑而不语。

两个人这点默契还是有的。

李姝逸看着莫名其妙的两个人，直呼："你们两个真的太讨厌了。"

冯豫年起身，说："我回去了，你们睡吧。"

李姝逸不肯让她走。

李劭忱说："晚上你陪她睡吧，她胆子小。"

李姝逸住在西厢房，李劭忱住在东厢房。

他其实一直都是那个细心的弟弟，只是嘴上不说。

冯豫年和李姝逸躺在一张床上。

李姝逸缩在冯豫年身边，她们两个还是高中的时候在一个被窝里睡过。这么多年了，又躺在一起了。

李姝逸问："李劭忱很爱很爱你？对不对？"

冯豫年在黑暗中，握着她的手，想了想，说："我们两个有点复杂，不全是爱。"

李姝逸翻身坐起来，问："你什么时候开始喜欢他的？这总能说吧。"

冯豫年拉着她躺下，笑着说："不记得了，反正在一起肯定是因为喜欢。"

李姝逸低声说："我之前不知道我舅妈那么讨厌，竟然去你学校闹事，所以气恨了你很久，觉得你怎么那样轻松地走了，就不要他了。李劭忱那时候真的很吓人，当时胃穿孔了，连带发烧了很久，内腔都有了积液，医生都说他求生欲望太低了。我当时真的吓怕了。"

冯豫年握着她的手，哄道："他当时应该是病得没力气了，不是不想活了。我们现在都好好的。"

李姝逸真的是个小可爱，很好骗，也很好哄。

第二天就是除夕，大家都要回家。

李姝逸让李劭忱和她回去，李劭忱说："我今年留在这儿陪老爷子过年，之前和老爷子说好的。"

他终究需要独处的时间。

冯豫年和李姝逸回去后，他一个人待在家里，哪儿都不去。助理给他送来了一车的东西，他闭门不出。

除夕的晚上，冯豫年收到所有人的祝福消息，唯独没有李劭忱的。

陈璨去陪她妈妈过年了，晚饭之后，等电视里晚会开场的时候，冯豫年溜出门。

路两边挂着很多灯笼，将远处的路照得很亮。她顺着胡同进来，四合院大门开了一条缝，能看到里面亮着灯。

冯豫年按了门铃，李劭忱出来开门。

她问："晚饭吃了吗？"

李劭忧无奈地笑着，说："吃了，姑姑打发人送来的。"

他一个人待着，并不觉得寂寥，正在打扫书房，老爷子的东西都在里面。

冯豫年看了眼，都是些旧的东西。

李劭忧招呼冯豫年，说："你坐桌子那边去，桌上有平板，你可以看你的资料。还有，你的新年礼物。"

冯豫年看了眼木盒子，有点像胡桃木，打开一看，是一对翡翠镯子。

她对翡翠玉器并不懂，只觉得颜色很翠。

李劭忧只说："老爷子早就给你准备好了，你收好了。"

冯豫年也不能拒绝，看了半晌，问："这个有估价吗？"

李劭忧想了下，说："价值不错，你只管收着。"

冯豫年愣住了。

之后她也不问了。

所以除夕夜，冯豫年在写论文查资料，李劭忧在整理老爷子的东西。

两个人一整晚都不说话，各忙各的。

等临近午夜，冯豫年才问他："我初二回吴城，你要不要和我去转一转？"

李劭忧迟疑地扭过头，就那么静静地看着她。

冯豫年隐隐带着笑，但是并不明显。

他慢慢地笑起来，最后说："那我来订票。"

冯豫年的本意是想带他出去走走，让他散散心，不要总待在老房子里，要不然他心情一直郁郁的。

去吴城的车上，李劭忧坐在冯豫年旁边，问："这个季节能出海吗？"

冯豫年被问住了，想了想，说："我也不确定，应该是能吧。"

因为是大年初二李劭忧回家，冯豫年就提前给梁登义打电话说："爸，我带了个男生。"

梁登义一时间没反应过来，问："谁啊？"

问完后，两人都沉默了。

梁登义反应过来了才说："行行行，我知道了，我到时候去车站接你们。"

冯豫年说："不用，你别开车出来。"

但等他们到的时候，是钟雯开车来接他们的。

热情的司机见了李劭忧，就像粉丝见到爱豆一样，眼睛里都是光，还对冯豫年挤眉弄眼。

冯豫年忍俊不禁，给他们介绍："这是我男朋友，李劭忧。这是我妹妹，钟雯。"

李劭忱觉得钟雯看起来和李姝逸有点像，脸上都带着孩子气。

他伸手简单地说："你好，我是李劭忱。"

钟雯忙和他握了下手，赶紧说："我知道你，你是李姝逸的……"说到一半，她才发现不太对劲。

李劭忱也笑起来，解释道："李姝逸是我姐姐。"

"我知道我知道，年年跟我说了。"

吴城和北京完全不同，风里都带着一股海的味道。等他们到家后，没想到家里人都在，连老太太和小姑姑都来了。

李劭忱尽管带着礼物，但是也被场面震住了。

冯豫年见他明显有点蒙，只觉得好笑。

钟雯的老公小艾是个胖胖的小伙子，正在厨房里帮忙做饭。老太太和小姑姑坐在客厅里聊天，见他们进门，都站起来了。

全家人都开始招呼他俩。

梁登义看了眼李劭忱，见冯豫年在给他找拖鞋，就问了句："路上人多吗？"

李劭忱在短暂的迷茫之后，很快就镇定了，回道："这两天远途出行的人不多。"

梁登义当然知道。

老太太笑呵呵的，很开心，一个劲儿地拉着冯豫年的手，看着李劭忱也满意。

小姑姑开玩笑说："你爸昨天就打电话说你要带人回来，让我们开始张罗了。"

梁登义被妹妹揭了短，也不恼，起身进厨房看菜去了。

冯豫年知道，他害羞了。

她追到厨房门口时，小艾正好出来，迎面就脆生生地叫了声："姐。"

冯豫年也被他叫蒙了，下意识"哎"了声。

钟雯起哄问："我们家小艾有礼貌，你是不是该给红包？"

李劭忱正被奶奶和姑姑捉住打听家庭状况呢，扭头就说："该给该给，红包在我口袋里。"

冯豫年觉得惊讶，都不知道他什么时候准备的。

冯豫年拿了红包，却被钟雯一把抢走到处发，她也不恼，回头见厨房里老梁站在那里炒菜，卢姨替他将袖子，他还不知道在说什么，油烟机开得太大，什么都听不到。

一整晚都闹哄哄的，从头忙到尾，也不知道大家开心什么。

老太太最后拿出四个红包，四个小孩一人一个。

李劭忱的礼物早准备好了，一一送出去。

小姑姑开玩笑说："你奶奶多疼你们，她先把红包拿出来，都定好规矩了，我们都得给四个。"

钟雯是个小孩性格，说道："我可就等着过年发财呢，不过今年的红包，我只等姐夫的。"

李劭忱接了句："那我给你微信单发个大的。"

一家人听得都笑起来。

只有梁登义一反常态，一晚上一句话都没说，就那么看着他们笑闹。

晚上冯豫年和李劭忱去老太太那里住，老太太和姑姑就住在隔壁小区。小城市里就这点便利，把人都凑近了，亲人们都住得不远。

钟雯和小艾送他们过去。

路上，老太太问李劭忱："我们家年年脾气好吧？"

李劭忱笑着说："对，她脾气很好。"

老太太又说："我们家的孩子，都吃过很多苦头。"

不论是冯豫年，还是钟家的姐妹。

李劭忱答道："是，她一直都挺辛苦的。"

冯豫年坐在中间，听着身边的亲人说起那些关于她的辛苦，她都有些不真切了，问老太太："你明天想吃什么？我请你吃大餐。"

老太太笑呵呵地说："哎哟，吃什么大餐。省省钱，结婚要用钱的地方多了。"

冯豫年被她朴实的理由堵回来了。

李劭忱说："她现在很有钱，纪录片出了后，她赚到钱了。"

老太太一点都不含糊，说："那能赚什么钱，人家演员那才叫赚钱，她那个顶多赚的是工资。"

钟雯说："但是纪录片里年年姐非常漂亮！她现在和明星也不差什么。在植物园工作，心情都很好吧？"

冯豫年忍着笑回答："并不会，我每天都为工作感到头秃，环境再好都没用。"

车上的人听得都笑起来。

见钟雯还是觉得羡慕，冯豫年就说："你休假了可以过去，我带你玩。"

小艾开玩笑说："姐，你可别招揽她，说不准她赖在那儿就不走了。"

钟雯气得拍了他一巴掌，然后这才想起来，问："你们，异地啊？"

李劭忱说："没办法，女博士的科学研究事业还是要支持的。"

这话逗得钟雯忍俊不禁。

小艾笑着说："明天带你们在周边逛一逛，海边的景色和北京还是不一样。"

他和李劭忱聊的大多是汽车、股票、科技……

女孩子之间聊的大都是八卦。

晚睡的时候，冯豫年开玩笑说："我们家人多吧？吵吵闹闹的，普通家庭就是这样。"

李劭忱悄声说："挺好的。"

第二天一早，梁登义就打电话喊他们过去吃早餐。

钟雯开车过来接冯豫年。

老太太起来问李劭忱："睡不睡得习惯呀？"

李劭忱给老太太送了一只手镯，老太太现在格外喜欢他。

主要是他的脸很加分，然后加上人又礼貌，大家都对他非常客气。

早饭十分丰盛，梁登义海产店里的鱼做的海鲜粥，味道比起他俩常喝的那家广式粥来，毫不逊色。

冯豫年吹嘘道："我爸厨艺很一般，但是他做的海鲜粥和白煮虾是一绝。"

卢姨失笑，说："白煮虾又不需要技术，虾放水里煮熟就行了。"

梁登义听了只笑，不说话。

饭后一家人出动去海边，老太太原本不想去，想去小姑姑那边休息。冯豫年想陪老太太走走，就叫了小姑姑一家。

出发前，冯豫年说："那就，我来开车吧。"

梁登义马上说："你赶紧坐后面去吧。"

李劭忱就说："我来开，你帮我指路。"

梁登义还是比较放心李劭忱，虽然他们两个没说过多少话。梁登义不同从前的豪爽健谈，见了人就会天南海北地聊，这次招待李劭忱，他很沉默。

钟雯他们在前面开，李劭忱跟着，小姑父在后面。大家集体出动。

海边的堤岸翻修过了，和冯豫年从前见过的已经不一样了。阳光正好，海边走一走都很舒服。

钟雯提议说："我们拍一张大合照吧。"

所有人站在一起，冯豫年抱着老太太的胳膊，站在最中间。

她左面站着梁登义，后面站着李劭忱。

怎么看都是阖家团圆的一家人。

冯豫年看着照片，问李劭忱："我是不是胖了？"

李劭忱看了眼说，没有，只是笑起来了。

梁登义收到照片就发在朋友圈里。他今年心态有了很大变化，感觉自己老了。

老太太说："洗了照片，记得给我留一张。"

钟雯最热衷做这个，回道："没问题，我到时候给你们每人留着。"

一大家人出行，慢慢悠悠在海边散步，因为是节假日期间，没人出海，李劭忧也不遗憾。

中午梁登义执意请他们吃海鲜，小姑父取笑他，今天招待新女婿，他积极地想破财。

梁登义喝着茶，仰头笑着，但是不反驳。

他知道李劭忧家庭不一般，所以心里不想让人家看轻了他，就越发表现得自己不在乎李劭忧的身份。

李劭忧的身份确实有些难以言说，小姑父问起他家里，他答得很礼貌："我父亲过世几年了。"

听了这话，谁也就不好意思问了。

小姑姑偷偷问冯豫年："他们家就是那个什么企业？"

冯豫年回道："是的。"

小姑姑惊讶得目瞪口呆，最后喃喃道："那他确实是不得了。"

冯豫年听得笑起来。

午饭的时候，一家人聊得更多的是本地的新闻，还有生意和生活百态。

李劭忧听得很认真，基本不插嘴，顶多和钟雯的老公聊一句。

钟雯和冯豫年讨论网络上的营销、网络热搜。冯豫年现在的身份确实不一样了，她说："我可以帮我爸卖海鲜，可他不愿意。"

梁登义说："网上那些我也不太懂，但你一个博士整天卖海鲜，像个什么样子。"

他固执地认为女儿不能做他干的这些辛苦活儿。

小姑父说："那就是你不懂了，你没看人家网上那些主播，一天卖好几百万。"

在座的纷纷附和。

梁登义回道："那也不行，她一个博士不能干这个。"

固执得好笑。

冯豫年听得觉得好笑又心里酸酸的。

李劭忧倒是说："叶潮家里有餐饮产业，我完了问问他。"

梁登义病后，海产店里全是雇人，收益也就少了。

卢姨温和地说："够吃喝就行了，再多就没精力了。"

梁登义生病后，家里人都担心了一阵子。幸亏他手术做得及时，后来恢复得也不错，大家对发财就看得没那么重了。

冯豫年就说："等我回去问问，给你找个轻松点的卖法，不用起早贪黑的。要是你舍得，就关了吧，休息几年再说。"

梁登义几乎倒腾了大半辈子海鲜，才不会舍得关门，只说让她别管。

午后散步的路上，李劭忱突然说："怪不得你那时候说想回来。"

冯豫年看着海上朦胧的景色，说："安逸啊，感觉做什么都可以慢一点。"

李劭忱笑着说："那等以后来养老。是个好地方。"

冯豫年笑起来，问："这会儿想养老的事，是不是太早了？"

李劭忱冬天都不怎么穿羽绒服，还是一件黑色大衣，海风将他的衣摆吹得翻飞。他捉着冯豫年的手揣在他兜里，笑着说："不算早了，可以考虑了。"

冯豫年的假期有限，初五就要走。从海边回去后，梁登义就偷偷问她："那你打算什么时候结婚？"

冯豫年惊讶道："不会这么快，起码得我博士毕业。"

梁登义反驳说："你博士毕业都多大了？到时候还要忙工作，一年半载也结不了婚。"

"我又不着急，他也不着急，你着什么急？"冯豫年不以为意。

梁登义被她问得没话说了。

冯豫年和他走在一起，安慰他："别操心我，我挺好的。你好好养身体，海产店能不开就不要开了，反正卢姨也不嫌弃你没钱。"

梁登义听得瞪她一眼，但是无话可说。

年轻人和家长之间，在结婚这件事情上总是无法达成共识。

晚上回去老太太累了，很早就睡了。冯豫年则领着李劭忱出了门，去找小时候的小吃店。

街口有一家牡蛎煎，她买了点炸海蟹，和他在马路上散步，一边吃一边聊。

从这座城市的历史到一些奇闻逸事，再到她小时候的趣事。

从前李劭忱经常给她讲各类逸事。

李劭忱难得说起自己的小时候："我小时候物质不富裕，但是我经常能吃到街口的一家蛋糕，大家便觉得好像我们有什么了不得的地方。小时候我都没有零花钱，唯一的乐子就是跟着一帮人去公园里溜达。我爸总在部队，很少回来，我妈就把一半工资留着给我，因为我那时候要补课，剩下的钱供我们两个人生活花销其实很拮据，我妈后面甚至把结婚戒指都卖了。她为了奖励我，就每天给我买一个小蛋糕，非常小。再后来条件好一点了，蛋糕店也关了。"

所以，即便她犯的错再大，即便她犯的错再荒唐，他也始终记得很多年前，他们母子也曾相依为命了很久，她把全部的爱都给过他。

人不能只接受爱，不接受痛。

冯豫年则说："我小时候其实过得很快乐，因为那时候我爸属于最早发财的那一批人。因为发家很早，我小时候家境很好，我记得我的玩具、玩偶房间里到处都是，零花钱也很多。只是后来家道中落了，人也四散了，我也就跟着穷了。"

两个人再说起这些都很释然，小时候的窘事，现在讲起来，只觉好玩。

李劭忱将手放在她后脖颈上，冯豫年一缩脖子，问："你取暖呢？"

李劭忱兜着她的后脖子，笑着说："可不是取暖吗？"

他手指顺着她脖子蜿蜒向前，触碰到她的锁骨，她扭头瞪他。

他欺身而下，堵了她的嘴。

冯豫年紧张得要命，生怕路上有人看到，李劭忱则有点毫不在乎的意思。等李劭忱放开她，她伸手用手背擦了下嘴，瞪着他，也不知道是要笑还是要凶。

李劭忱低声和她说："冯豫年，我这两天很高兴。"

冯豫年仰头看着他，也不和他计较了，反正她也很高兴，就温和地说："高兴就好，我就是为了让你高兴。毕竟我明天就要走了。"

李劭忱笑了笑，揽着她往回走。

晚上睡觉的时候，李劭忱在她手上套了个戒指，而且是套在了中指上。

冯豫年细细端详了片刻，是个细细的素金戒指，上面有一圈细花纹。

她摘下来，问："这是什么时候买的？你从前送我的那些还在。就是经常进出实验室，我嫌不方便都收起来了。"

冯豫年看了一会儿，觉得实在是喜欢，秀气又精致。她怀疑自己上年纪了，俗气了，开始喜欢黄金首饰，又唾弃自己，年少无知的时候怎么就觉得黄金首饰俗气呢。

李劭忱也不在乎她戴不戴，只说："不方便就收起来。等下次送你一个镶嵌东西的。"

冯豫年问："就是那种，祖母绿、鸽子蛋的那种？"

李劭忱合上电脑，问："你喜欢那个？那我下次送你。"

冯豫年摇头，说："单纯说喜欢的话，不需要那么贵的。我对那些太贵的东西想拥有的欲望不强烈，但是我比较喜欢这种时不时的小惊喜，就算是素银的，我也很喜欢。"

李劭忱只笑不说话，戒指是他昨天下午和钟雯的老公出去取东西，路过商场买礼物的时候看到的，顺手就买了。

现在不是结婚的好时候，不能太束缚她，但是可以送她礼物。

第二天就要回去了，李劭忱将收的红包全给了冯豫年。冯豫年把钱合在一起，放在了老太太的枕头底下。

梁登义大早上让他们过来吃饭，一家人分别前的聚餐。

李劭忧健谈的时候也很健谈，起码和钟雯的老公说起体制内的工作，头头是道。

钟雯好奇地问："你以前在体制里上过班？"

冯豫年吃着白水煮虾，随口说："他学语言和国际关系的，之前选调生在部里上班。"

梁登义停下动作，觉得有点意外。

大家已经相处了几天，聊天也少了之前的生疏客气，起码大家都知道了李劭忧是个挺好说话的人。

冯豫年笑着说："也不用这么惊讶，考试就可以进去。我认识他的时候，他才十四……"

"十五。"李劭忧纠正她。

钟雯"哇"了声，羡慕地说："从小认识的就是不一样。"

梁登义听着确实放心些，从小认识，人还是可靠的。

冯豫年随手给李劭忧剥了个虾，说："你看吧，不管走到哪里，只要说起你的经历，你都是众人焦点，这就是天才和普通人的区别。我们家夸我顶多是，她学习不错，幸亏也努力。"

李劭忧笑了笑，并不反驳。

回北京的路上，冯豫年一路看着风景。

李劭忧问："你想在什么季节结婚？"

冯豫年随口回答："我现在只愁我的博士论文什么时候能写完，结婚对我来说都是浮云。"

李劭忧摸摸她的脑袋，什么也没再说。

他回去后也要工作了，过年这几天，是他们可以短暂休息的时间。

等回到北京，冯豫年就要坐当晚的航班回单位了。

冯明蕊见冯豫年回来带了很多海产品，唠唠叨叨道："这有什么好带的，带这么多也吃不完。"

冯豫年也不在意她的唠叨，只说："这是我爸给我装的，我也不太清楚。"

冯明蕊一秒钟偃旗息鼓，然后又偷偷和冯豫年说："陈璨前天回来，和他爸又大吵了一架。"

冯豫年想要她别偷听人家说话，但又知道她不会改，也就当作没听见。

冯明蕊继续说："说是催他结婚。她说她想谈恋爱的人，人家看不上她；想和她谈恋爱的，她又看不上人家。就这么搁着。"

冯豫年很难不去想，自己竟然喜欢了李劭忧这么多年，够长情的。

喜欢这种事，只要不违背道德，谁也管不着谁。

但是据她了解，陈璨一直有男朋友的，大概是家里没人知道，她也不多嘴。

冯豫年回单位后，余小雨还没开始上班，办公室里就她一个人，老师们已经到岗了，研究生那边也已经有人返校了。她一打听，隔壁实验室的科研大牛们，过年根本就没回家。一对比，她仿佛掉队了很久。只要和实验狂人和论文狂人们待在一起，她就觉得头顶的头发不保，凉飕飕的，脑子里那根弦立刻就绷紧了。

余小雨刚来上班就罗列了一大堆的东西，关于商务的广告、科普工作要继续等等。

冯豫年后来把自己的账号做成植物科普博主了，和同行的人慢慢形成了互动，倒是认识了一群不同年纪的朋友。

等周一早上开完会，冯豫年整个人都升华了，接下来是为期两个月的出差工作，还有在她的母校有一个为期一个半月的学术研讨学习期，而学习过程中，要继续完成论文。

见她马不停蹄地收拾行李，余小雨说："这一通下来，咱们俩小半年都见不着面了。"

冯豫年安慰她："别怕，你来北京，我会好好招待你的！"

余小雨提要求："需要你男朋友作陪的那种，用最高规格的接待礼仪！"

冯豫年眼睛都不眨，回道："没问题。"

余小雨笑着说："成交。"

第一站出发去往西南的植物园，冯豫年是坐的火车。傍晚出发的时候，她看着天边的橘色，只觉得有种转瞬即逝的脆弱美。

她曾经总不屑日本式的那种极致优雅的冷感，但是又觉得源自《源氏物语》的物哀很美，是一种非常私人的感情。

于是她写下：【我曾经总爱看日出，心中生出无限希望。后来却喜欢看黄昏，怕生出太多波澜。】

每日早上和晚上，李劭忱都会打电话和冯豫年聊·聊，很简单的交流，即便这么久了，电话里他们都不会说起爱和想念，仅仅只是闲聊一天的见闻。

晚上她要在火车上过，接到他的电话，她吓得赶紧翻耳机。

李劭忱听见她压着声音，也放低声音问："你在外面？"

她接了耳机才说："我在火车上，去出差，为期两个月，如果顺利的话可以早一点回来，然后去母校参加学术研究学习。"

李劭忱听得笑起来，嘱咐她："为什么不订机票？这样路上时间短一点。"

冯豫年解释道："我查了地图，发现坐动车比较快，车上人也少。机场太远了，不方便。"

李劭忱最后才和她说："我今天遇见你妈妈了，咱俩的事，我也和她说了。"

冯豫年简直措手不及，蒙了几秒才问："你怎么说的？"

"自然是我爱慕冯小姐，倾慕不已，所以激烈追求，被拒绝后也锲而不舍，终于冯小姐被我的诚挚所感动……"

"你说什么鬼话呢！"冯豫年被他的鬼扯逗笑了，再三和他确认，"我妈没说什么吗？"

"当然，她觉得我也是个挺不错的年轻人。"李劭忱好不要脸地自夸。

事实上，他只是打了声招呼，冯明蕊就开始防备他，暗示他不能这样不顾名声，让他身边的女孩子陷入不好的言论里。

反正，冯明蕊挺难缠的，思想固执到李劭忱也拿她毫无办法。

所以关于他们俩的事，他只字未提。

尤其是冯女士还隐隐指责他，说陈璨爱慕他，他没有完全撇干净关系，继而又来招惹冯豫年，这种浪荡行为非常不合适……

事实上，他十几岁的时候就知道陈璨喜欢他，但是他直接拒绝过了。

和冯豫年在一起的日子，他哪里顾得上什么陈璨、李璨。冯豫年下乡走后，他更没什么念头，也拒绝了所有关于陈璨的邀约，从不赴约。

他已经很避讳了，一年都见不到陈璨几次。

冯豫年才不信冯女士会什么都不说，这根本就不像是冯女士的作风，于是安慰他："领教到我家冯女士的本事了吧？"

"领教了。"他忍着笑答道。

冯豫年教育他，说："年轻人遇事呢，不要蛮干，你要先和我商量再行事。要不然就像这次，这不就踢到铁板上了？"

李劭忱虚心认错，说："这次路线性的错误确实有点大，没有向领导汇报、听领导指挥。"

冯豫年笑着，嘱咐他："没事别去招惹我们家冯女士，一切等我回来再说。新女婿的体面，我一定会给你的，放心吧。"

李劭忱听着她的俏皮话，笑着应声。

第七章

/

旧风波

有一天，李姝逸在朋友圈发了一张她一个人看黄昏落日的背影照片，并附了一句：【黄昏好风景。】

但是她显示的地址不在北京。

评论的人很多，有夸她照片好看的，有夸她自拍好看的。

冯豫年问了句：【怎么去了这么远的地方，工作吗？】

李姝逸回复：【没有，心情不好。】

冯豫年自觉还是很了解她的，当晚和李劭忱打电话说起这事。

李劭忱说："大概是失恋了吧，她这大半年都上蹿下跳的。"

冯豫年还说："她心里藏不住事，也没经过什么大挫折，你平时注意一点，别让她吃亏。"

李劭忱失笑道："你和她同岁，你倒是处处护着她。"

其实两人都忙，李劭忱年后因为精密仪器的申报，在行业内声名鹊起，引来新一轮的投资热潮。

这段时间他一直在参加开年的行业峰会，人也极少在家。

最早爆出李姝逸失恋的是一家娱乐媒体，拍摄的画面是李姝逸和朋友在酒吧里喝酒，她明显喝多了，乔冰冰揽着她上了车。

媒体最初也是基于猜测，但很快有业内人士爆料，李姝逸就是失恋了，并附上一张她和一位男士的合照，那个中年男士一看就不是之前的绯闻男朋友李劭忱。

冯豫年对这些一无所知。

她被埋在学术论文里，昏天暗地地加班。等收到余小雨的消息，她再一看，事情已经有些复杂了。

他们都知道李姝逸在娱乐圈的朋友很少，根本不会有什么业内人士爆料，更扯不上什么私生活混乱。

但是各大论坛里到处有人发言，真真假假，毁多誉少，有钱人的私生活就是饭后闲谈，是大家猎奇的话题。

冯豫年给李劭忱打电话时，他人还在外面，冯豫年问："姝逸的事是怎么回事？她人呢？"

李劭忱声音有些低沉地回答："不知道，我让叶潮去处理了。李姝逸这会儿人都不知道在哪里。"

冯豫年好奇地问："她和谁去喝酒了？"

李劭忱头疼地说："我现在也还不清楚。她的性格本来就不适合去那个环境，非不听。她哪里见识过铺天盖地的谩骂，平时和人闹别扭了，都几天不开心。"

冯豫年教育他："别扯这些，你把人照顾好。"

等到了晚上就没什么风声了，大概是李姝逸的经纪人和媒体打招呼了。

但是关于李劭忱家的消息，则是源源不断被爆出来。

尤其是他爷爷的事，作为李姝逸家世显赫的证据，一直被人传播。

这本来并不是什么大事，但是架不住有心人一直讨论，从李姝逸出国读书镀金，到回来直接进娱乐圈发财，连同李劭忱也被盯上了。

李劭忱的经历和同龄人有很大不同，很少有人的经历会像他一样曲折。虽然网上没人知道他真实的履历，也没人知道他是李姝逸的表弟，但是他同样也被称作和李姝逸门当户对的青年才俊，被人杜撰出很多传奇的身世。

攻击李姝逸的话就很多了，比如爆料她妈妈是董事长，父亲是知名的文玩收藏家，她家境优渥的程度不是等闲人能比的。

冯豫年看了很久，觉得也没有什么大事，也就过去了。

事情过去一个星期后，李姝逸给冯豫年发消息，问：【年年，你在哪里？】

冯豫年看了眼消息，心说，姑奶奶，你可算出现了，大家都在找你。

李姝逸仿佛忘了之前的事，又说：【我想找你玩。】

冯豫年也不拒绝，直接给李姝逸发了地址。

没想到李姝逸晚上就到了。

冯豫年自己尚且住在人家学校安排的宿舍里。幸亏园区里有酒店，只是住的人很少。当晚小乔住在酒店，李姝逸和冯豫年住在宿舍里。冯豫年住的宿舍很小，一张床、一个小衣柜、一张桌子、一把椅子。李姝逸有点嫌弃，但是这是冯豫年住的地方，她又觉得亲切。

唯一的小桌子上堆的还都是资料和书，还有笔记本电脑，李姝逸看了眼，除了封面上的"论文开题报告"几个字她认识，里面的全篇都是些什么广紫罗兰酮类化合物、苯丙素类化合物……没有一个她能看懂的词。

冯豫年盘腿坐在椅子上，头发随意盘在头顶，笔夹在耳朵上，精神饱满地看着她，问："所以呢？你上个星期去哪里了？"

李姝逸撒娇道："哎呀，不要在意那些小事，我失恋了心情不好嘛。"

冯豫年悠悠地说："我和李劭忱对你一直有误会。"

"什么误会？"李姝逸坐在冯豫年的床上，抱着她的被子，无辜地问。

"我们俩总觉得你很脆弱，需要人保护，上个星期简直担惊受怕。这真不是好习惯。"

李姝逸立刻撒娇道："我就是需要人保护。"

冯豫年不理会她的撒娇，问："那男的是谁啊？为什么分手？"

李姝逸什么也不肯说。

冯豫年也不强求，她还要熬夜修改第二天的报告，就催李姝逸早点睡。

李姝逸睡了一觉起来，已经后半夜了，看到冯豫年居然还坐在那里，台灯的光环只将她一个人照亮，那个画面真的很美。

李姝逸偷拍了一张照片，偷偷发给李劭忱，并附加了一句：【你女朋友真的超级辛苦。】

但是半夜三更，李劭忱没回复她。

第二天一早，李姝逸闹着要和冯豫年一起去礼堂。这毕竟是人家的地盘，冯豫年就让李姝逸戴着口罩，跟着她混进去了。

中途她的报告时间，李姝逸一直坐在后面。

等报告会结束已经中午了，终于有一个下午的自由时间。

这里的植物园和他们单位的不太一样，属于亚热带植被群。

中午接了小乔，三个人避开高峰期，吃了午饭，在植物园里转了一天。

李姝逸给小乔看她的录像——冯豫年作报告的完整录像，其中有一部分是英语讲述。

李姝逸玩笑道："我要发给我弟，让他看看我的闺密是何等优秀！"

冯豫年失笑，说："我的英语口语都不好意思对着他讲。你成心的吧？"

李姝逸撒娇道："我失恋了，现在就想嗑甜甜的恋爱，我放眼望去，身边现成的就你们俩。"

冯豫年毫不留情地嘲笑她："那你可真够可怜的，你还不如去看纸片人的爱情，那才叫甜。"

李姝逸又忍不住了，问："你说男人到底在想什么？我也不丑，人也挺好的，钱也会赚，怎么就不喜欢我呢？"

合着，你一直单恋着呢？

冯豫年问："他究竟是谁啊？"

李姝逸又不肯说了。

李姝逸就这么和冯豫年待了一个星期，冯豫年每天都忙得昏天暗地的，也顾不上和她聊闺密间的那些话题。李姝逸也乐得自在，看什么都好奇，每天带着相机和小乔在园区里拍照。一个星期里，竟然真的拍出了不少很漂亮的照片，一众粉丝又为她的美颜叫绝。

冯豫年的工作要继续，但是李姝逸的工作来了要回去了，冯豫年难得请她吃一顿像样的饭。

饭桌上，冯豫年鼓励她："和不合适的人说再见，再去遇见合适的人。不要太在意失恋。"

李姝逸觉得冯豫年还和十几岁时一样，善良又贴心。

李姝逸走后的第二天就又上热搜了。起因是李姝逸非让李劭忱来接她，李劭忱也刚回来，就在机场等了她一个小时，两人一同上车一同回家，又被人拍了。

李劭忱已经被拍到和李姝逸同进同出几次了，两人绯闻满天飞，所以李姝逸的下场可想而知。

冯豫年对负面评论倒没那么大心理负担，只是和李劭忱说："姝逸今年的话题度一定很足，她懒散惯了，拍戏也不那么勤奋，要不然也是个顶流女星。"

李劭忱听得嗤笑一声，并不发表意见。

他对李姝逸进娱乐圈从一开始就不同意，至今都没有什么好言语。

李姝逸对于谁都没当回事，她这次拍摄的取景地在大学校园里，碰巧就是温玉女士任职的学校。

温女士自从和李劭忱关系恶化后，一直独来独往。从前和小姑子李岩的关系还可以，自从老爷子的事后，李岩和她也断了联系。

李姝逸在校园里拍戏的时候，温玉也在，并且特意来看了李姝逸拍戏，两人相谈甚欢。

李姝逸的朋友圈也及时更新了两人的合照。

冯豫年后来总结，大概就是这段插曲闹出了大事。

之后的一周，最早从出版圈子里传出关于温女士的那些事情，影影绰绰被爆出来，然后又不断被屏蔽掉。真真假假之后，就越传越离谱。

冯豫年最早根本没意识到这和李劲忱有什么关系。

但是她的社交媒体圈子里有人开始传播这段八卦，而且都是以"那位原配的朋友"自居。

各种各样的猜想层出不穷。

冯豫年对这种社会性的新闻很少关注，只是心里觉得那位插足别人婚姻的女士为爱付出的代价也太大了，被人这样大面积传播，以后工作还怎么做？

不久后，冯豫年在这里的工作已经结束，并且不用回单位，直接北上去母校报到。

去往北京的飞机上，她再次看到那起绯闻事件，还有人在讨论，甚至被人直接露骨地谈起。

冯豫年仍然没当回事，但将新闻翻页后，看到后面的关键词：李岱。

她心里一惊，不可置信地翻回去，才确认那位不停被人提起的女士竟然会是温玉。

她举着手机，久久都不能回神，甚至也不敢发消息问。

她搜了关于这个事件全部的始末，在点开还是不看之间犹豫了很久。

最后她只看了几页，直接将手机关机，闭着眼强迫自己，当不知道这回事。

直到下了飞机，她还是心里惶惶的。

回去后，她给李劲忱打电话，不知道他在哪里，听见那边吵吵闹闹的，她故作轻松地问："你在公司加班吗？"

李劲忱舒了口气，问："你回来了吗？"

冯豫年回道："嗯，我早上回来的。"

他顿了几秒说："我晚上接你吃饭。"

冯豫年想问一问网上的事，但是又问不出口，就什么都没说。

冯豫年回了趟家，冯明蕊乍见她能回家格外高兴，和她唠叨一通家常。

她约了文晴谈事，这半年一些商务的工作都堆在文晴身上。文晴人在公司，正赶上叶潮给她打电话，她就顺势组了个饭局。

三个人在饭局上碰面，互诉最近的状况，冯豫年也不敢问关于温女士的事。

文晴来了后就和她罗列各种邀约，说："你这个形象，真的非常上镜，知性又

215

漂亮，已经有几档节目想让你参加。"

冯豫年忙得头大，哪有时间参加那些，就推辞说："我确实没时间。如果是公益类的我可以配合。"

文晴叹气，回道："我也知道你没时间，但是你不能总不露面，发个日常的小片段都好。那你说同行的那些天花板学历的学霸，怎么就维护得那么好？鸡汤洒得恰到好处，粉丝黏性非常高。我怎么感觉和你说这个，像是引你入歧途似的。"

冯豫年问："你看我像是天花板级的人物吗？那和人家是确实没办法比的。我只能是个老老实实的打工人。"

文晴经历过心态上的大起大落，也有点佛系了，开玩笑说："可别吹嘘谁比谁漂亮到哪里，聪明到哪里，娱乐圈里没你漂亮的一大把。那帮学霸学历的水分也是一拧一大把。"

叶潮也笑着说："这话实在。"

冯豫年听他们俩胡扯，问他："你最近忙什么呢？"

叶潮开她玩笑道："和你一比，我就是瞎混日子，蛀虫不提也罢。"

冯豫年知道他们这帮人的德行，就爱这么恭维人，于是笑说："对外面那些小姑娘自称叶先生的人，和我们自嘲是蛀虫，怕是姑娘们不同意。"

文晴后来也和他们熟了，也笑个不停。

叶潮觉得这有点臊脸了，忙说："别别，你这么叫我，可打我脸了。咱们之间不兴这套。"

冯豫年听得收起笑，迟疑了几秒，问："网上的事，你看到了吗？"

叶潮的笑停在脸上，定定地看着她，仿佛有些尴尬。

冯豫年心惊，有些小心翼翼地问："很麻烦？"

她其实已经确定那事是真的了，她也不知道为什么会相信，但是心里就是知道那应该是事实，也并不是她对温女士有偏见。

叶潮叹了声气，什么话也说不出来。理论上这是他好兄弟的母亲，说人短处，他实在张不开嘴。

文晴不知道他俩怎么了，就问："怎么了？你们说谁呢？"

冯豫年忙说："一个认识的老朋友。"

叶潮也不吭声了。

三个人之后就换了话题闲聊。

吃完饭有些晚了，冯豫年给冯明蕊发消息说和同学住一晚。

文晴走后，叶潮开车送她，路上说："我也是刚知道，打听了一句，是真的。"

冯豫年不说话。

叶潮又说："温姨图什么呀？你不知道当年院里，她可是有名的高级知识分子。

咱们胡同父母那一辈里的女性，她也是首屈一指的。"

冯豫年还是不说话。

叶潮愤愤道："她怎么就这么糊涂，这不是害劭忱吗？"

冯豫年从头到尾都没说话，听着他抱怨了温女士一路。

等到家了，她才说："网络上这种事，不就是图几天新鲜吗？等过几天，就没事了。"

叶潮像是被她安慰了，也点点头附和道："也是，这种事就听个新鲜。行了，你休息吧，我先走了。"

冯豫年看着车尾灯，心里却说，不是这样的，有些事不会这么轻描淡写地过去，也不能当作没有发生过。所有做错的事，都会付出代价的，没有谁能随心所欲，每个人都要为自己做过的事负责任。

冯豫年开了门，没想到李劭忱就坐在沙发上。

李劭忱是看到她人才知道她回来了。

见她进门，他问："回来怎么不和我说一声？"

冯豫年解释道："我和文晴一起吃饭，也没时间陪你，和你说了，白折腾人。"

李劭忱还穿着衬衫，朝她招招手。冯豫年脱了外套，过去坐在他身边。他将她揽在怀里，静静地靠着。

冯豫年能感觉到，他心情不好。

她还是先忍不住，问："网上的事，严重吗？"

李劭忱像是有点心不在焉地回答："没事。"

冯豫年也不好和他讨论关于他母亲的那些洋洋洒洒的绯闻。八卦论坛里讲得详细极了，她没点开看而已。

很久后，李劭忱问："早点睡吧。你明天就去学校吗？"

冯豫年说："周一早上去。"

两人最终什么都没聊。等她从洗手间出来，见窗户开着，他站在窗前抽烟。

听见她出来了，他回头笑了下，解释道："最近加班太累了，开始抽烟提神。"

冯豫年听得难受，也不拆穿他，就说："我去给你泡点喝的，你别抽了。"

她心里突然开始恨温玉，恨温玉从来都没有爱护过李劭忱，不管是几年前，还是现在。

几年前，温玉就是这样自以为是，一副盛气凌人的模样，伤害她的时候就是这样，如今又是这样，把所有的伤害都留给了李劭忱。

李劭忱喝茶的空当，冯豫年安慰他："这种新闻不就图个新鲜，没几天就过去了。"

李劭忱低着头，冯豫年看不到他的脸，只听见他问："倘若都是真的呢？怎么过去？"

冯豫年伸手，想触碰他的肩，但是又将手收成拳，改口说："这是上一代人的恩怨，由他们自己解决，和我们没关系。"

李劭忱轻笑了声，说："冯博士的立场一点都不坚定。"

她起身站在他身旁，揽着他的肩膀，什么话都没说。

这个话题太过敏感，朦朦胧胧的，她只从八卦里窥到了大概。

没有人会愿意和其他人聊关于自己母亲的婚外情。

睡到半夜醒来，冯豫年发现身边没人，起身又见李劭忱坐在灯下抽烟，开着电脑，拿烟的手探在桌边。

冯豫年站在门口看了很久，后来他发现了，回头见她站在那里，好像有些不真实。

冯豫年问："最近这么忙吗？还是一直都这么忙？"

李劭忱是睡不着，他睡不着很久了，整夜整夜地醒着。

冯豫年也不多问，只是陪着他聊天，两人从读书开始聊到大学校园，一直到天亮。

有时候天亮的日出，未必就会带来崭新的一天。

尤其大清早看到温女士和那位梁先生的合照再次出现在网络的头条新闻上。

温女士在个人社交账号上照样发照片发心情。网上的事情，她根本不理睬。

冯豫年看得简直心梗，闭着眼沉淀了几秒，就听李劭忱说："她是个执拗的性格，一条道走到黑。你又不是没见识过她的性情。"

冯豫年宁愿温玉是个窝里横，只会在她这个小辈面前耍本事，大场面的时候识时务一点，起码给李劭忱留点面子。

可是并没有。

温玉依旧我行我素，丝毫不理会那些亲朋好友近乎羞辱的指责。

大清早，李劭忱都被气笑了，和冯豫年开玩笑说："我家这个温女士，可真是让人不省心。"

冯豫年也觉得匪夷所思，按理说她一个高知女性，在能人辈出的工作岗位上那么多年，个人素养应该也是一等一的。

但是这件事上，她像个没有理智的女人，根本不在乎世人怎么说，根本不在乎道德这回事。

李姝逸惴惴不安地给冯豫年发消息：【我要是那天不和舅妈一起拍照就好了。都怪我手欠发了出来。】

冯豫年都不知道怎么安慰她这个小可怜。

李岩在李劭忱印象里是极少生气的一个人，这些年都没发什么脾气，可是此时她极力压着嗓子，训斥李劭忱："你为什么不能和她好好沟通一下，让事情闹到这个地步？我们李家当真是亏待她了吗？我哥哥兢兢业业几十年，名声清清白白！让她这么一闹，像个什么样子！老爷子的事，我都没和她大动干戈……"

李劭忱听到姑父慢条斯理地说："有事你就说事，你冲劭忱发什么火？再说了，关劭忱什么事？"

李劭忱知道，姑姑不和温女士交涉，全是因为他这个侄子的面子。

姑父在电话里头叫他："劭忱，你晚上过来吃饭，别听你姑姑的。辜家有个老爷子，极爱字画，正好我手里有幅合适的，至于赔罪也好，认错也罢，我来处理。"

姑父为人豁达，广交知己，对李劭忱十分疼爱，在他眼里，劭忱就是他的半个儿子。

说完，他又对妻子抱怨道："这种事，你让劭忱去就不合适。"

李岩也知道自己纯属发脾气，也就不作声了。

李劭忱笑着说："姑父，别浪费您的字画，元璋先生的字换这种小事的太平，太不值当了，也辱没了先生的字。字画您收好了，我能处理，您别操心了。"

李岩知道自己话说得重了，忍了又忍，见丈夫皱眉看她，终是吐了口气。

李劭忱给温玉打过两次电话，她均没有接。

第三次，他拨了电话，手机就放在桌上，温玉接了电话，两人默契地谁都不开口。

最终还是温玉先说："要是来辱骂我无耻的，就不必了。"

李劭忱叹了声气，问她："何必要闹到这个地步？"

温玉不以为意地说："我不需要你操心。坏了你们李家的名声，抱歉了。"

李劭忱劝她："安稳做你的老师不好吗？如今看，被中伤的只有你一个人，那位梁先生可是毫发无伤，他的夫人看起来并不好惹，辜、梁两家，还是会力保他的前程。咱们家老爷子若是还在，兴许还能护着你几分，如今老爷子不在了，你只有吃亏的份。"

他心里想，自己真成了不肖子孙，事到临头还是把老爷子搬出来了。

"我自己的事，自己能照料清楚，不用你操心。"温玉听得泪流满面，声音里却丝毫听不出来。

一个月前李劭忱提醒过她，若是闹出事情来，他也无能为力。

李劭忱坚持说："我明天和后天有两个重要的会议走不开，之后我搬过去和你一起住。学校那边你暂时请假吧，之后的事我来处理。"

温玉争辩道："我不需要你可怜。"

"妈，你既然这么多年都没有开心过，就把这些人、这些事忘了吧，离开这个地方，去做点开心的事吧。"

那头的温玉悄然将电话挂断了。

李劭忧不能真的不管她。

网络上的谩骂声还是此起彼伏，其中有一位粉丝很多的女青年文学博主开始写自传，故事讲到关于父母的爱情。

看八卦的网友一眼就能看出来，主角就是最近传得十分隐晦的那两位。

博主用女儿的口吻将父亲的角色刻画得十分生动，没有怨恨，也没有满口的夸赞，只是平铺直叙的描写，她将童年时一家人的趣事写得很动人，获得一致好评，文字功底可见一斑。

李劭忧料理好手头的工作，并请好假，最后还是说服了自己，做好准备，去见一见那位梁先生。

冯豫年已经报到，开始在母校作交流学习。周一报到当天就有一个课题报告，直到晚上她才从图书馆出来。她接到张弛的电话，张弛问："劭忧去哪儿了你知道吗？联系不上他。"

冯豫年顿了顿，问："你在哪儿呢？"

两人在一家面馆相见，她素面朝天，书包里背的笔记本电脑。张弛一身利落，站在门口见她来了，连连失笑。

等饭的时候，张弛才说："这事有些年了，劭忧一直不愿意提起，要不然他当初也不会在国内就业，肯定出国去了。"

冯豫年故作轻松地说："他当初留在这里工作不也有我的缘故吗，怎么还全赖温女士这事了？这一码归一码。"

张弛听得笑起来，之后淡淡地说："你不懂，他爸快走的时候，他就知道他妈这事。当时对他的打击太大了。"

冯豫年听得都怔了，李劭忧竟然那么早就知道了。

怪不得他从来不提他妈妈，几乎没有和她谈论过关于他妈妈的事，再加上后来的事，他就更不提了。

她实在想不出来，他当时用什么样的心情和她开玩笑说他家的温女士可真是让人不省心……

张弛皱着眉，他也是通过一些长辈之间的谈话，听说老爷子当初进医院，和李劭忧他妈妈这事也脱不开干系。

温玉简直是把李劭忧架在火上反复烤。

冯豫年问："闹成现在这个样子，怎么收场？"

张弛说："这个事情影响很坏，那个梁先生和温姨都有各自的工作和社交圈子，不论他和温姨在国外是怎么商量的，肯定是没有结果。"

当初温玉早一年回国，随后那位梁先生回国。

网上有的看客觉得这是原配捉奸，还有人觉得这是温女士逼宫不成。

总之热度不断，每天都能衍生出新的猜想来。

但是冯豫年观察了这么久，知道那位原配辜女士可不是那么好说话的，在这场风暴里，她和她的两个孩子可是片叶都没有沾身，甚至还有大把的人为他们摇旗呐喊。

加上那位隐姓埋名的文学博主写的自传，直接将温女士作为婚姻插足者钉死在耻辱柱上。

这事没得反驳。

李劭忱出乎所有人的意料，在这场舆论中，从头到尾都很平静。也可能是谁都不知道，他到底该用什么样的态度面对这样的事情。

没人知道他提着一个行李包，悄声搬去了温玉的房子。

温玉住在内环高层公寓，李劭忱去的时候，她不在家。所有的舆论性事件，真正伤人的不一定是网上那些张嘴骂人的看客，身边人的舆论才像刮骨刀。

但没等李劭忱打电话，温玉就回来了。李劭忱一见她，就知道她最近承受了多大压力。

向来体面精致的温女士，今天出门连妆都没化，戴了顶帽子，满面老态，再不复当年的意气风发。

母子俩四目相对，丝毫没有外人想象的剑拔弩张。

李劭忱提着包，问："请假了吗？"

温玉回道："没有。"

李劭忱也不重复说教，只说："请假吧，学校的工作目前不适合你，该退休就退休吧。"

温玉充耳不闻，也不接他的话。

她摘了帽子，默不作声走过去，见他坐在吧台边，就给他冲了杯咖啡，然后问："你们公司呢？怎么样？我前段时间看到你领奖了。"

这么多年，李劭忱第一次听到她不带嫌弃地问起他的工作。

他随口说："制造业出科研成果不容易，得奖也正常。"

温玉望着他，见他脸上一派平静，早已不是那个考了满分会仰头看她，满脸欣喜等她表扬的小男孩了。

李劭忱有耐心的时候，是真的有耐心，脾气也是真的好。

一整晚，母子两人就这么无关痛痒地聊一些这些年来彼此都不曾了解的，关于对方的生活状态，难得的和睦。

温玉自己不肯请假，李劭忱第二天自己去学校替温玉请假。学校的直属领导并不认识他，但但凡注意财经频道的人，都会觉得他脸熟。

在外人面前，他还是那个满身矜贵的公子哥，和人交谈温文尔雅，在学校的领导面前不卑不亢。

那位主任主动和他提起："温老师的事情，最近传得沸沸扬扬，也确实有学生在院办闹事。"

李劭忱温言说道："我母亲的事我也不是很清楚，所以我也建议她暂时请假，她目前不适合再继续从事教学工作，只是给学校造成不太好的影响，十分抱歉。"

主任有些诧异，觉得他看起来实在年轻，但说话很老到。

"你在哪里上班？觉得你有些眼熟。"

李劭忱见对方并不为难，就解释："我只是普通职员。"

主任突然想起他是谁，说："那你们姑侄俩一文一理，学的不是一个专业，但是最后一脉相承，也算是佳话。"

说起来这位和姑姑是认识的。

李劭忱惭愧地说："不敢辱没母校的名声。"

等他办好手续回去，温玉出去一直都没回来。

陈尧的生日那天，冯豫年被冯明蕊特意叫回家吃午饭，为了省事，就在外面的餐厅订了一桌。一家人难得齐聚。

也不知道冯明蕊从哪里听说了温女士的事，饭桌上她还啧啧称奇，和冯豫年絮叨："倒是丝毫看不出来她是个那样的人。"

陈辉同不明所以地问："什么样的人？"

冯明蕊说："你们不都说她是高级知识分子吗？看不出来，她生活作风这么不检点……"

陈璨突然用力把筷子摔在桌上，发出清脆的响声，并冷冷地注视着冯豫年。

陈辉同立刻呵斥："你又怎么了？"

冯豫年低着头当作没听见。

陈尧被吓了一跳，呆呆地看着他们。

冯明蕊也有点蒙，但是并不生气，问："怎么了？"

冯豫年低着头，全然不当回事，慢条斯理地说："你刚说什么来着，继续说。"

陈璨突然起身，斥责一般地质问她："亏你和李劭忱恩爱那么多年，你怎么能忍受你妈妈这样说他妈妈的闲话，任意侮辱他妈妈呢？你有没有心？"

冯豫年淡淡地问："和你有什么关系？"

"你就是这么爱他的吗？你配吗？"陈璨愤怒地鄙视她。

冯豫年看着陈璨漂亮的脸蛋、精致的妆容、最新款的奢侈品牌外衣……

冯明蕊一时被小辈这样当面指责碎嘴，顿时有些下不来台。

冯豫年静静地看了妈妈一眼，就是要让她自己记住教训。

冯明蕊正准备争辩两句，冯豫年挥手让妈妈不要说话，看着陈璨温声说："我喜不喜欢他，配不配，和你们都没有关系。至于你有多喜欢他，你私下约过他多少次，你和他的妈妈如何交好，你如何为他们母子操心，你们的家庭、工作、财富有多般配，我也不想知道。我妈妈聊天说了什么闲话，或者是说了谁的闲话，那是她的自由，轮不到你大呼小叫，也轮不到你指责她。你不喜欢听，可以出去。"

陈璨的脸顿时红了白，白了红，一句话也说不出来，只能愤怒地盯着冯豫年。

这本就是陈璨理亏，但她就是见不得冯豫年事不关己的样子，觉得冯豫年太冷血。

陈辉同凶道："消停点，吃饭。吃完饭，你爱上哪儿去上哪儿去，没人拦着你。"

陈璨委屈地带着哭音说："对，你就偏心她！她哪里都比我好！"

冲陈辉同吼完，她掉头就冲冯豫年说："你永远都这么高高在上，仿佛都不屑和我争，可是该你得到的，你全都得到了！我确实争不过你。我明明比你漂亮，比你讨人喜欢，比你赚钱多一百倍，从初中开始追我的男生不知有多少。对，我喜欢李劭忱，那又怎么样，那是我的自由。你有什么了不起的？值得他为了你跑全城去买礼物，值得他为了你连留学也不去了，值得他为了你前程都不要了？我输给你，我就是不甘心。但是没办法，他就喜欢你这样的人。男人都喜欢保护你这种看起来无依无靠的菟丝花吧。但是我就是瞧不起你！"

"陈璨！"

"陈璨！"

几个人都盯着她。

冯豫年听得笑起来，这就是自由自在长大的孩子，觉得爱被辜负，恨不尽兴，就是这世界上最痛苦的事了。

连风雪都没有吹过，可真幸福啊。

她笑起来，难得好脾气地说："你要是早这么大大方方说出来，兴许，你真能得偿所愿。但是这世上的事，哪能都让你占尽呢？没追到喜欢的人，有些事不如你的意，这不是正常的吗？又不是我不让他喜欢你。你忌妒我、瞧不起我，有什么用？我得到的一切，你要是觉得我运气好，那只能怪你自己的运气，你怪我干什么？再说了，你的男朋友不也一直没断过吗？你有什么好叫屈的？"

陈璨被她驳得语塞。

她再也不是十几岁的冯豫年了，也不是小孩子了，有些人就算处不来，还是要尽量打交道。所以我们不能把初始条件设置成老死不相往来，那样不现实，还是要尽可能去沟通。

成年人吵架收放自如，不用动不动就闹得你死我活。

但冯豫年也能理解，或许在陈璨眼里，李劼忱就是她永远得不到的最好的少年，容不得别人有一点点玷污他的形象。冯豫年心想，自己可真是个坏姐姐。

冯明蕊有些不愉快，但又可耻地有些开心，因为明显年年吵架赢了。

只有陈辉同一直皱着眉头，一直都不高兴。

连陈尧都不开心。

冯豫年哄他："我今天没有买生日礼物，你想要什么可以跟我提要求，我都会满足你，不论要什么都买给你。"

陈尧听得眼睛发亮。

陈璨生气归生气，也不甘示弱地说："我给你买了三件，都在车上。"

十几岁的孩子，拆礼物就是最高兴的事，陈尧欢快地说："我祝愿姐姐们，年年都漂亮！"

这才让所有人都笑起来。

冯豫年下午还有工作，所以午饭后也没有回胡同，在回学校的路上，她意外碰见梁政兄妹。

她只是早下了两站地铁，去商城给陈尧买礼物，结果转了一圈没有找到陈尧要的东西。她正准备出去的时候，梁西看见了她，并喊了她一声。

起初她以为听错了，回头看了眼。

梁西又喊："冯姐姐，我是梁西。"

冯豫年诧异地驻望，只见梁西从店里出来，身边站着一位女性，应该是她的妈妈。

那位女士和冯明蕊年纪差不多大，一身真丝的长裙，搭了件风衣，气质偏书卷气一些，但眉目看人十分有力量。

梁西见了冯豫年立刻眉开眼笑，和身边的人说："妈妈，这就是我前段时间和你说的那位姐姐。"然后对冯豫年说，"这是我妈妈，她好喜欢看你们的纪录片，她非常喜欢你。"说完还冲冯豫年眨了眨眼睛。

冯豫年礼貌地说："你好，我叫冯豫年。"

那位女士温和地回道："你好，你叫我辛阿姨就好。"

梁西又说："我哥去取东西了，马上过来。"

冯豫年正想她该用什么理由先走呢，就见梁政提着东西过来，手里还拿着车钥匙，见她在这里，颇感意外。

冯豫年也不问，一看就是家庭出行，便简单解释："我回母校参加一个学术会议，在北京待几天。"

梁西马上说："那我可以请你吃饭吧？"

梁政呵斥："西西。"

冯豫年像个知心姐姐，开玩笑说："当然可以。学校周围最不缺小吃店。"

她无意闯入别人的家庭聚会，看了眼手表，礼貌地说："那你们先逛，下午还有个会议，我就先走了。咱们下次再聚。"

梁政礼貌地和她道别。

冯豫年一走，梁西就说："妈妈，这就是我哥喜欢的女孩子，植物学的博士，纪录片你也看过，就那个女生，漂亮吧？"

辜女士附和："是挺漂亮的，能读到博士，也挺难得。"

梁政无奈地说："你别听她胡扯，只是工作上认识的。"

梁西狡辩："明明你们从前就认识，她是舅舅的学生，要是只是工作关系，你单独留着人家的照片干什么？"

梁政又呵斥："西西，不要胡说八道。"

辜女士听得眉头一挑，问梁政："小姑娘也是北京人？"

梁政回道："是。"

辜女士看起来倒像是有点满意。

回学校的当天下午开完会，冯豫年在餐厅里正好遇上了她的硕士研究生导师周炳胜老师。

饭桌上，老师因为纪录片的事顺势和她聊起了梁政。她这才知道，他和梁政的母亲同母异父。

周炳胜对冯豫年印象很深，因为她当时是本校生，且综合能力非常突出。

周炳胜对她读博十分赞赏，夸道："你磨炼了几年，终究还是走上了这条路，可见你是注定要走科研这条路的。"

冯豫年想起从前被温女士闹没了的机会，那时候真是心灰意冷，如今再看，也没那么恨了。

但是好笑的是，温女士竟然从来都不是她和李劭忱之间的矛盾来源，他们俩好像从来都没有因为温女士吵过架。

她想起来，有些不好意思地说："都是为工作，不敢称从事科研。"

这次遇见周炳胜，冯豫年少了几年前的惶惶，心态上成熟了，更像一个成熟的青年。

在学习研讨期间，她发言很少，更多的是记录和学习，一同参与的还有很多导师的学生，研究生们脸上都是明显的青涩。

冯豫年作为小组的组长，参与这样的课题组，要协助导师，也要带领学生，任务很重，所以晚上回去得很晚。

一天在回去的路上给李劭忱打电话，她才知道他在家陪着温玉。

温玉的情绪难得平静，母子俩这两日十分和睦。冯豫年肯定想不到温玉在给李劭忱讲英国国宴上的菜品。

她还给李劭忱讲她初到国外时的生活。

李劭忱看了眼手机，接起电话，问："你下班了？"

冯豫年问："你在哪儿？"

他靠在沙发上，长腿长脚，看了眼料理台边的温玉，应声："陪我妈。你呢？"

冯豫年说："我在路上，等会儿坐地铁回去，晚上要加班。那你睡吧，我要进地铁站了。"

李劭忱问："你明天几点过去？"

冯豫年回道："大概早上七点钟出发吧，我这几天非常忙，还要带几个研究生，都没时间关心你。"

李劭忱嘱咐："忙也要注意休息。"

李劭忱挂了电话，温玉走过来，问："谁呀？"

"一个朋友。"

"女朋友？"温玉少了之前的咄咄逼人。

"嗯。"李劭忱并没有把女朋友介绍给她的意思。

温玉又问："做什么的？"

"在读博士，还没毕业。"

温玉误会了他的话，以为就是个学生，比李劭忱还小一点，了然地说："之前遇上林茹，她女儿看起来挺机灵的，各方面都很突出。学艺术的女孩子，总之气质很不错。我原本还想和你提一句，你大概是不喜欢学艺术的。"

李劭忱淡淡笑了，说："我对学什么的都不感兴趣，不光是对学艺术的。"

除了那个学植物学的，其他的他都不感兴趣。

温玉没多想，就顺着说："那女孩子叫陈璨，我们一起吃过几次饭，确实挺不错的。"

李劭忱给冯豫年发消息：【到家了和我说一声。】

他嘴上却漫不经心地说："是吗？我不太认识。"

温玉难得有玩笑的心思，问："我不信你不认识她，你们一个胡同里长大，难不成你和那个冯豫年谈恋爱，不知道她家里有个妹妹？"

李劭忱不紧不慢地说："你知道得挺清楚的嘛。"

温玉白了他一眼。

这几日，母子之间的交流比过去的几年都多，母子之间有了很多温馨的时刻。尽管网上的事情还传个没完，但是当事人都冷处理了，没有再被翻起来。

李劭忱和她说："我其实想见一见那位梁先生。我曾经在部里参加过一个活动，有幸听过一次他的演讲，我对他应该是有印象的。"

温玉脸色一变，拒绝："没什么好见的。"

李劭忱还是想让她开始新生活，别沉浸在过去。

他是儿子，至于她的错，不否认。就算她有再大的错，他还是希望她能好好生活。这是作为儿子的责任，至于那些爱恨，暂且可以不提。

李劭忱叹气："你和他呢，该做个了结。我的态度一直都是这样，我不希望你和他再有任何牵扯。"

温玉强硬地拒绝："这是我自己的事情，我自己会处理。"

"你处理不了，从你们开始的时候，就是个错误。"

"劭忱！"

温玉觉得有些难堪，更不想和他讨论这个问题，尤其他态度和蔼，并无轻视之意。

李劭忱和妈妈说起梁重瑛，不过是想让彼此更信任一些，但是没想到，这是妈妈根本不愿意和他提起的人。

在这一点上，他们始终不能达成共识。

第二天一早，冯豫年起床就见李劭忱已经回来了，还给她带了早餐。

见她起来，他就催："快点洗漱过来吃早餐，一会儿我送你去学校。"

冯豫年呆呆地站在门口，迟钝了片刻，问："你怎么来了？"

李劭忱和温玉待在一起也不自在，有些话他真的很难说，但又不得不说。

冯豫年吃早餐的时候，问："你妈，没事吧？"

他笑了下："挺好的。"

冯豫年提醒："我说的不是网上的事，是周围人的议论。"

连她家冯女士都能知道，可想而知，相熟的人大概是都知道了。

李劭忱早已经做好心理准备了，对这些言论，都坦然接收了，所以什么都没说。

见冯豫年好像有话要说，李劭忱靠在沙发上闭着眼，说："你别为她说话，我是为人子女，不得已，也心疼她。"

他心里清楚得很，但是他有他的骄傲，父母是高知，他从小就知道他不能辱没了家人的名声，自小就努力做到最好。可是等成年了才发现，光鲜背后都是谎言。但这些都是他的亲人，那些情绪他只能咽下去。

冯豫年最后也只说："不过是一桩旧情事，社会新闻里每天没有十桩也有八桩。"

李劭忱却说："年年，我不是社会新闻的看客，我是当事人家属。说实话，我还要感谢对方的家人同样也是高知分子，是体面人。假若对方蛮狠一些，带着人直接将她堵在学校，怎么办？又或者，对方为了出口气，带几个人将她堵在学校痛打一场……那样的后果不堪设想。我不敢有任何侥幸，这个烂摊子只能我来收拾。"

冯豫年最后认真地建议："和她好好沟通，带她离开吧。"

他们两个之间什么都可以说，李劭忱也只会在她面前说起这件事，这些难以启齿的话，他只会和她一个人说。

冯豫年第二次遇见梁西的母亲，是在学校的礼堂里，那天的第一个论文专题由她来作报告。她熬夜后整个人看起来很疲倦，一个学妹说她看起来状态不怎么好，但是她一上台立马就能进入状态。

她当时站在台上报告完，接下来由一位导师做最后讲解。

她下来后，向后看了眼，就看到了坐在最后一排的梁西母女。

梁西和辜女士是来找周老师的。

冯豫年当时不知道，辜女士是特意来向周老师打听她的。梁西冲她竖大拇指时，她笑了笑，点了点头。

报告会结束后，组内有个会议，她直接回办公室去开会了。

她并不知道周炳胜在和辜女士谈话时对她多有赞誉。

尤其是前几年她中断博士路，独自下乡几年回来后继续读博。这段经历不论如何讲出来，都带着非常浓的励志色彩。

关于她当年和温女士的恩怨，周炳胜很清楚。

辜女士最后对冯豫年的评价是：一个女孩子，能内敛坚韧，不骄不躁，能忍常人不能忍的侮辱，实在难得。

梁西有些不可置信："她竟然和那个女人的儿子是男女朋友？"

辜女士轻轻一笑，了然地说："那位温女士当年也是佼佼者，她儿子出类拔萃一些也正常。年轻人谈恋爱又没什么。"

梁西有些不想相信："只是听起来意外。那位冯姐姐是真的很不错，很少有女生能让我们都觉得她很不错。"

冯豫年对自己被人称赞有加的事一无所知，等她开完内部会议，还要起草论文的初稿，一个半月的学习期结束后，她的论文必须要通过导师的审核。

第二天中午，冯明蕊竟然来学校找她。

冯明蕊原本在一站路外的地方给陈尧看学校，但是路过这里，就突然起兴，来看一看她。

冯豫年出来就见冯明蕊站在门口和门卫闲聊，这么多年下来，她的口音已经和本地人一模一样。见冯豫年出来，冯明蕊颇有些骄傲地笑起来，介绍说："我姑娘本科和硕士研究生都是在这里读的，读博士去了南方。"

门卫大爷也是个妙人，笑着说："那是咱们农业口的自己人了。"

冯豫年刷卡将冯明蕊带进去。

冯明蕊就感慨："在大学里工作的人就是不一样。"

冯豫年失笑，带她逛校园。

冯豫年先带她去餐厅，正值午饭时间，见有免费水果，随口说："这应该是实验棚里的水果。"

冯女士尝了口，坚持认为这里的水果比外面卖的甜。

冯豫年给她解释口味并没有什么大的改变，但是她还是坚持认为实验棚里出来的更甜。

她在冯豫年硕士研究生毕业时来过一次，当时直接去了礼堂，并没有细看校园。但是这次则完全不一样，学校还是那个学校，她却不是当初那个心情了，如今对这里万分满意。

冯豫年也不知冯明蕊怎么会突然对她的大学充满了兴趣，只好大中午带着冯明蕊在校园里转圈。

冯明蕊还在感慨："你要是能留在这里工作多好啊。"

冯豫年哭笑不得地说："你想得挺美的。"

冯明蕊的世界没那么复杂，而且大部分人生经验都是从和别人的交流中得来的。她的精神世界并不丰富，见识也没有那么多，冯豫年从前总被她这种莫名的人生经验绑架，后来跳出了她的思维圈子，也学会糊弄她了。

冯明蕊问："那你博士毕业，回这里教本科生总行的吧？"

冯豫年开玩笑："行啊，怎么不行。那得等我毕业了再说。"

冯豫年怕冯明蕊中暑，带她在冷饮店坐了会儿。

冯明蕊急着下午回去，冯豫年和她抱怨："我这整天忙得晕头转向的，都没时间带你出去走走，你自己有时间就约上几个阿姨一起出去转一转，别整天待在家里。"

冯明蕊还是照样抱怨："我哪有心思出去转一转？你倒是抓紧解决个人问题，这眼看着我越来越忙了，陈尧马上就中考了，这可是关键时候。"

冯豫年哄她："行行行，我知道了。"

送走冯明蕊，冯豫年还觉得奇怪，冯女士怎么会突然又开始对她上心了？

她哪里知道，冯女士朋友圈里的人给她介绍的对象，已经从拆迁户升级成了金融公司经理和银行中层领导……

所以，冯女士是真的深刻认识到她读博的好处了。

五月放假的时候，冯豫年的交流学习期只剩半个月了，论文写到最后，她就开始通宵熬夜，天蒙蒙亮才睡，睡到快中午。

李劭忧从公司开完会回来，给她送吃的，她还没睡醒。

冯豫年的时间都是断片的，边吃午饭边和他聊天："我看到你们公司今年的潜力非常大，我看到你在财经频道的发言了。"

李劭忧边看手机边问："是吗？你还看到什么了？"

冯豫年坚定地夸他："还看到，一群中年男人里面，数你最耀眼。"

李劭忧听得乐了，问："是吗？"

冯豫年知道他逗她，就问："你就没什么想和我说的吗？"

李劭忧倒被她问住了。

冯豫年沉声说："你应该和我低调地炫耀一下你的成绩，这样比较符合你的身份。毕竟李劭忧同学不管在哪里都能做出让人瞩目的成绩，是非常值得表扬的。"

李劭忧遗憾地说："可惜李劭忧的名声很一般哪。"

冯豫年摇摇头："名声这个东西，没有的话也不行，太盛了也不行，好好坏坏就那么回事，不要太在意这些身外之物。"

李劭忧笑起来，回："冯博士说得很有道理。"

短暂的一顿饭时间后，李劭忧要去姑父那边一趟，冯豫年也要回学校。

五月，正是春深满街飞花的时候，下楼后，两人在大门口站了片刻。

冯豫年仰头看着难得晴朗的天空和漫天的飞花，故意逗他："这么好的天气没时间约会，可惜了。"

李劭忧只穿了件衬衫，真是天生的不怕冷的体质，歪头睨她一眼，说道："春光明媚，不用来约会确实可惜了，那就带你去约会吧。"说完，拉着她就上了车。

冯豫年想自己也是疯了。

李劭忧带着她穿过大半个城市，去了东城的一个院子里，看了很有名的明前家具的收藏品，之后又带她去了一个私人的博物馆，看了很多书画的收藏。冯豫年时常在媒体上看到那位著名的书画收藏家，但是真的见到人，她还是感觉不真实。

最后，李劭忧带着冯豫年在王府后花园隔壁的私人宅子里听了一折戏。

一下午的时光，全是她没有过的体验。

下午四点的时候，从宅子里出来，阳光很暖。

这里离李劭忱家里非常近。

一个路口拐进去，寸金寸土的地界上，居然有一个不大不小的开放操场，里面有不少人在打球。冯豫年手里拿着冰激凌，问："你现在还打得动球吗？"

他睥睨一笑："你记得我打球的时候吗？"

冯豫年特别捧场："当然记得了。"

他进了操场，小跑了几步又回头说："打了球，你今天给我什么奖励？"

他迎风跑起来的样子和他回头时脸上那略有些不可一世的笑容，那才是她记忆里的李劭忱应该有的。

热烈又青春。

冯豫年也玩个大的，不怕死地回答："我满足你一个愿望，你随便提！"

李劭忱伸手指指她，表示记住了，然后头也不回地冲进了球场。

他混进去有点突兀，但是跑起来完全不影响。

应该是一个自由的球局，里面也有成年人，边上零散地坐着一些人。

看台上有个女生还认出冯豫年了。

冯豫年至今都没有作为公众人物的自觉性，偶尔被人拦住合照，她都觉得很羞耻，倒是经常收到私信和她讲心事的，她还能和人聊一聊。

那个女生看着她，大概辨认了几秒后，问："你是不是……"

冯豫年赶紧将食指放在唇上，对她笑了笑，让她别说话。

女生也笑起来，给她让了一半的位子。

冯豫年坐在那里，看着李劭忱在球场上奔跑。他穿的还是衬衫，奔跑起来，衬衫的下摆翻出来，灌了风进去，整个人有种迎风飞扬的感觉，恣意得不可一世。

十几分钟一小节，暂停休息。

冯豫年见李劭忱过来了，问刚才那个女生借了瓶水，拧开递给他。

他出了汗，整个人有些喘，骄傲地问："怎么样？"

冯豫年好长时间都没有见他这么放松了，站在台阶上俯视他，笑着夸："非常不错。"

李劭忱微微仰头看着冯豫年，下午的阳光自带暖色，将两人照得特别温馨。

那个女生惊讶于李劭忱的颜值，偷偷拍照。

李劭忱等气息平了，看了眼坐在旁边的那几个男男女女，才说："正好回家换身衣服，然后带你去吃饭。"

冯豫年和他放纵了大半天，放松是真的放松，疯狂也是真的疯狂。

李劭忱洗了澡出来，见她正窝在沙发上抱着他的平板看东西，便说："那就在家里吃吧。你先看资料，我准备吃的。"

傍晚的夕阳透过玻璃照进来，整个房子里满是霞光，冯豫年恨不得躺平，从此什么都不用做。

李劭忱做好饭的时候，她歪在沙发上已经睡着了。

他喊了声，她都没知觉。

她这段时间真的太累了。

李劭忱看着她，无声笑了，俯身亲了亲她的脸，轻声唤："年年？"

冯豫年在梦里，含糊地嘟囔了句："李劭忱……"

李劭忱轻轻捏着她的脸，宠溺地说："起来了，吃完饭再睡，你这会儿睡了，晚上又要熬夜。"

冯豫年睁开眼，见他真的在身边，愣愣地看着他，过了几秒才回神。

李劭忱以为她有起床气，就哄道："吃了晚饭我陪你睡。"

冯豫年笑骂："谁要你陪睡。"

李劭忱叹气："我如今可是个香饽饽。"

冯豫年问："想和你同床共寝的人很多吗？"

李劭忱一秒钟收起笑容："你就不能想点好的？"

冯豫年忍着笑："我以为只有我才需要你陪睡，想不到其他人也需要。"

李劭忱回头看了眼厨房，然后果断将人抱起来，说："还是先陪睡了再说吧。"

冯豫年被收拾得服服帖帖。

等吃晚饭的时候已经很晚了，李劭忱另叫了外卖。

冯豫年窝在被窝里，恨恨地说："我知道你从来不喜欢在床上吃东西，更不喜欢被子上有菜味。"

言下之意，我就是故意的。

李劭忱微微笑着，看着她闹别扭，说："确实不喜欢，但是既然占了便宜，忍忍也就好了。"

冯豫年瞪他一眼。

李劭忱问："这是相互服务的关系，只有我占便宜了吗？"

"但是你占得太多！"

"这个确实是。所以善后的事情都由我来做，也很公平。"

冯豫年和他闹了一晚上，确实累了，一觉睡到天亮。李劭忱早起来了，已经在楼下打电话了。

冯豫年看了眼时间，匆匆说："我要先回趟家再去学校，不和你吃早餐了。"

李劭忱看她穿着自己的卫衣，露着白生生的一双腿，将人拉住，说："行了，先吃东西，我送你过去。"

"小李董的服务这么周到吗？"

李劭忱把外卖打开："不然呢？我说了，我的善后工作做得很好的。"

冯豫年笑个不停："你把嘴闭上。"

两个人很久都没这么放松了，心情愉悦自不必说。

等冯豫年到学校时已经晚了。她难得迟到一次，索性也不急了，在李劭忱脸上重重地亲了下，说："好吧，谢谢小李董的服务。等我忙完了，下次给你服务回来。"

李劭忱被她说得定了两秒，悠悠地说："你记住你说的话就好，你欠我的可不是一次服务。"

冯豫年这会儿根本顾不上和他算账，满口答应："到时候都还你。"

送完冯豫年，李劭忱回公司的路上接到姑父的电话。姑父姓刘，内行朋友都叫他绍棠先生，是个妙人。他比姑姑年长八岁，一辈子江湖朋友遍地。

"劭忱，你昨天去看字画了？"

李劭忱"嗯"了声。

"我现在就在你昨天看字画的地方，你再来一趟。我在这儿等你。"

李劭忱不明所以，掉头折返回去，等到了地方，他见姑父坐在那儿喝茶，旁边坐着几个朋友。他进去先喊了声："姑父。"

刘绍棠生得端方清俊，见了李劭忱笑起来，朝他招招手。

李劭忱跨过门槛，听见刘绍棠介绍："这是我内侄，算我半个儿子，可惜他不爱这行。"

里面几位李劭忱一个都不认识，但是还是规规矩矩顺着叫人。

刘绍棠说："我碰上了老朱，他和辜家有些渊源。我们家和辜家有些旧事，改日请老朱给我做个中间人，我也去拜访拜访那位辜爷爷子。"

其中一位长发秃顶的老爷子说："绍棠客气了，别说老朱，这个中间人我也能做。改日你有时间了说一声，我也去讨杯茶喝。"

刘绍棠笑着对李劭忱说："你该和老陈喝一个，他可不是一般人能请得动的。"

李劭忱当真给那人敬了一杯茶。

刘绍棠说话办事有股老城根里的侠气，仗义执言，走江湖路这么多年，和姑姑感情很好。

两人回来的路上，刘绍棠和李劭忱说："别怪姑父多嘴，你也不用整日担心辜家那边再给你妈使绊子。这个事我给你办齐。"

李劭忱也承情，顺着说："谢谢姑父了。"

刘绍棠看这些事很淡，不在意地说："本来就不是什么大事，只是现在人说话办事爱闹大，上来就爱打脸，无非丢些面子。为了些面子不值当。"

李劭忱哪知道，他这头说话办事做了解，那头的当事人可不消停，同样等着一个结果呢。

　　冯豫年学习期的最后两周，所有的课题都已经结束了，临时的小组也到期了。她的论文已经差不多了，提交给了仲教授，剩下的就是做最后的细节修改。

　　同组一个月来，她这个组长也算尽职尽责，手底下的几个研究生非要请她吃饭。

　　下周她就要回植物园了，这帮小孩也要投入下一个课题了。

　　其中一个姓杨的男生非常认真地说："地方我都定好了，咱们就是吃顿饭，就当是我感谢师姐的指点。"

　　冯豫年开玩笑说："你误会了，我只是在想怎么宰你一顿比较划算。"

　　一帮人听得都笑起来。

　　他们正好在楼道里碰上周老师下课回来，他也开玩笑说："你们年轻人就该出去吃吃喝喝聚一聚。"

　　冯豫年邀请："那周老师也去吧。"

　　周炳胜婉拒："我晚上也有约，就不去掺和你们年轻人。"

　　年轻人在一起，话题也多。他们爱听冯豫年讲读研的经历，讲她下乡的经历。

　　订的餐厅挺有名的，路上有两个女生还开玩笑说："杨宙对师姐格外殷勤。"

　　冯豫年回头："是吗？我以为是我帮他改论文了他才这么大方的。"

　　小姑娘听得惊讶，感叹："怪不得。但是杨宙有钱着呢，你放心宰。"

　　女孩子的喜欢带着试探，冯豫年看得好笑，但是并不反感。

　　到地方后，才知道餐厅标准确实很高，看得出来杨宙家境不错。七八个人，杨宙招呼他们坐在一起。冯豫年把包放在椅子上，起身和一个女孩子一起去了洗手间。

　　等从洗手间出来，见走廊两头拐角的绿植很大，一模一样的结构，她一时间分不清朝哪边走，一回头就看到了温女士。

　　温女士穿了件墨绿的长袖连衣裙，两人四目相对。

　　组里有个女生出来问："冯师姐？"

　　冯豫年转头和女生笑了下，说："我遇见个熟人，你先进去。"

　　温女士像是有点意外，遇见她也不知道说什么。

　　冯豫年其实也不想和温玉说话，但是因为李劭忱的关系，她还是决定和温玉打声招呼。

　　温玉问："看起来，你现在还不错。"

　　冯豫年定定地看着她，又觉得自己刚才真是自作多情了："这话你说不合适。你可以问点其他的。"

温玉原本就不喜欢冯豫年，觉得她说话太耿直，几乎让人哑口无言。在温玉看来，贫穷家庭的女孩子只剩一身骨气，没什么值得夸赞的。

可冯豫年现在看起来和前几年完全不同，她就像一株白杨树，气质已经完全和前几年不一样了，漂亮还是一样的漂亮，但多了自信、优雅，远不是前几年可比的了。

当然，温玉也不是从前的温玉了。

温玉就顺着问："你现在在哪里工作？"

"还在读书。"

温玉一听，脸上的笑意就淡了，问："在读博士？"

"嗯，还在读博士。"冯豫年看着她理直气壮的样子，一时间不知道该气还是该笑。

温玉想起李劭忱说的女朋友，也是在读博士，又想起老爷子去的时候，家里的人说劭忱的女朋友当时去医院看老爷子了。

她怎么就没想到……

温玉一时间有些不能接受，就那么皱着眉看着冯豫年。

没多久，杨宙出来寻她："师姐？"

冯豫年不想和温玉起争执，就说："我还和同学有约，就先走了。"

温玉也是约了朋友。

李劭忱收到冯豫年的消息：【我遇见你家温女士了，不是很愉快。】

李劭忱安慰她：【没事。】

冯豫年笑起来：【我们俩要是当场打起来，你怎么办？】

李劭忱：【我们家冯博士是个讲理的人。】

冯豫年：【不，你错了，我一点都不讲理。】

李劭忱笑了起来，温玉的电话就来了。

温玉没有冯豫年那么坦诚，问他："你今晚有时间吗？"

李劭忱刚到家，回道："有啊。"

"我们一起吃个饭吧，我把地址发给你。"

李劭忱顿了下，说："你就说你遇见谁了，别跟我打哑谜。"

"你说的那个女朋友是冯豫年，是吧？"

李劭忱叹气："她是谁并不重要。"

温玉压着声音，仿佛自己被欺骗了一样："你……你这叫欺骗。"

李劭忱闻言，笑起来："我这算哪门子欺骗？老爷子早知道，家里人都知道，你也知道。我和你说过的，除了她，不会有别人了。"

温玉半晌都说不出话来，问："你图什么呢？她未必就那么爱你。"

"我大概是遗传了你的基因吧，有些固执，她爱我多少，我并不在意。"

温玉被他堵得气冲冲地挂了电话。

他才看到冯豫年的回复：【我今天在这里遇见了很多熟人。】

冯豫年和李劭忱都不知道，温玉约的人是辜女士，而且她俩是旧相识。

至于两人聊了什么，谁都不知道。

温玉回去后，并没有提起冯豫年的事。李劭忱正在联系南边的旅游项目，已经有眉目了。他想把温女士送到南边去，让她远离这个环境。

第二天，冯豫年难得悠闲，准备回去陪冯明蕊吃午饭，结果冯明蕊不在家，和袁阿姨去看展销会了。她在院里游荡了一圈，然后一个人去买礼物。

进了商城，没看到什么想买的东西，但是路过男装店时，她想起好像都没怎么送过李劭忱礼物，就在男装店里转了很久。等她出来的时候，给他零零碎碎买了不少东西。

但是北京这么大的地方，她没想到又会遇见梁政。

冯豫年一直觉得他是一个很优秀的人，稳重又有威严，游刃于职场，在待人接物方面非常合时宜，是那种别人一提起他，就觉得他是君子的感觉。

梁政遇见她，也觉得意外。

一切赶得那么巧，正值午饭时间，梁政问："你一个人？那就，一起吃个饭？"

冯豫年也顺着说："我一直说要请你吃饭，一直都没遇上你。上次也没来得及问你，你是调任回来了？"

梁政点点头："对，年初的人事调动，我已经回到了总台。"

冯豫年笑着说："那更应该请你吃饭了。"

梁政看了眼她提的东西，但是没有开口。

他们就在一家广式餐厅门口遇见的，冯豫年也习惯这个菜系的口味，午饭顺势就约在了这里。

冯豫年一直佩服梁政的阅历，可能是学新闻出身的缘故，梁政讲事情总是娓娓道来，有理有据。但是她也没想到，意外来得这么快，饭吃到一半，温女士就进来了。

有些机缘，总是这么莫名其妙，让人猝不及防。

温玉看到冯豫年和梁政在一起，那一刻脑子里除了震惊，还有愤怒。她指着冯豫年口不择言："你的心思未免也太歹毒了。"

冯豫年还没有说话，被她突然的训斥吓了一跳，仰头莫名其妙地看着她，皱着眉，不知道她为什么会这样。

冯豫年还在想要不要和她吵几句，自己如今吵架肯定不会输给温女士的，但又立刻打消了这个念头。

结果温玉气极了，也失了理智，继续口不择言道："对，我当年不同意你和劲忧交往，我觉得你配不上劲忧，是我出面让学校取消了你读博士的资格。但劲忧喜欢你，他没有错，你有不满意冲我来，不要欺骗他！"

冯豫年看了眼梁政，又觉得温女士真是越挫越勇的性格，明知道她在和朋友吃饭，还是要执意和她理论一番。

她委婉地提醒温玉："我在和朋友吃饭，你在这儿讲故事呢？"

温玉没想到冯豫年会和梁重瑛的儿子在一起。

她只以为是冯豫年在报复她，也在报复李劲忧，那一刹，她整个人的情绪都崩掉了："你年纪轻轻的，没想到你心思这么深，你恨我只管冲我来，为什么要这么对劲忧？"

她做母亲的本能突然占了上风，心里知道怕了。

已经有其他的客人看过来了，冯豫年觉得实在不像样子，催她："等有时间了，我再和你细说吧。"

温玉执意不肯走，问："劲忧这么多年对你……你对得起他吗？"

她俨然把事情扯成三角恋了，冯豫年气恨她丝毫没有理智，也不看场合，起身呵斥："那你该想想，你毁我前程在先，做不该做的事不肯回头。你儿子为了你受尽冷眼和嘲讽，背了一身骂名，自断前程，还要给你善后，你对得起他吗？你让你儿子受尽委屈，倒是来怪我了？"

温玉被她呛得说不出话来，眼睛里这才有了哀求的意思。

饭吃到一半，也吃不下去了，冯豫年本就不想和温玉吵架。

见周围很多人都看着她们，还有人举着手机，她没好气地喊了声："有什么好看的？"

说完，她和梁政示意，起身出了餐厅。她的本意是避开温女士，毕竟场合不对，她们都少说为妙。

等出了餐厅，她情绪也坏掉了，更不想和梁政解释她们的旧事，就匆匆给梁政道歉："真的不好意思，我下次请你赔罪吧，今天就先走了。"

梁政颇有涵养，什么都没问。

冯豫年上车后，给李劲忧发消息：【我今天又撞上了你家温女士，我又把她惹毛了。】

李劲忧当时在忙，没有回复她。

原本关于温玉的那场旧年情史已经没有风声了，结果第二天，又莫名被翻起来，连同温玉的履历、离退休后的在职学校、教授的课程……

几乎直接爆料了她的所有事情。

这让所有人都始料未及。

最后，连同那段在餐厅里的视频也曝光了。

视频里的温女士咄咄逼人，她本就是站着俯视冯豫年，站着和坐着的视觉差太明显，更显得她不可一世。

视频内容更是证明了温女士做事太过阴狠，嚣张霸道，毁人前程。

只是视频里，冯豫年被人打了马赛克，声音被处理过了，没有人看清她的脸，即便是熟人都听不出来她的声音。

这样指名道姓，附带视频的证据，造成的社会性舆论非常恶劣。

而且根据她的话，立刻有人精准搜索到当事人亲属的私人信息。

冯豫年也没想到，她和李劭忱的旧事会这样被人抖出来。

一时间，网上人人都能唾弃他们母子一句，并感叹一句豪门可真是没有一个干净的。

网络里的评论十分难看。

冯豫年给李劭忱打了几次电话，都没人接。

周末已经到了，她周一就要回单位报到。

冯豫年追到李劭忱家里，结果他不在家，她又给李姝逸打电话。

李姝逸匆匆说："年年，我也没想到，那个梁政先生，会是和舅妈有关系的那位梁先生的儿子。"

冯豫年犹如当头棒喝，张了张嘴，半晌都说不出话来。

李姝逸又说："你知道，我当初在你们植物园第一次遇见他，就很喜欢了。我花了很多心思打听他，后来也约到了人。我约他吃饭，他也赴约，挺礼貌的一个人。他礼貌到让我表白的话也说不出口。你也知道，我追人就那么几下子，我当初追到西北，但是无意间看到他手机里有你的照片，我就懂了，他喜欢你。怪不得他们当时的纪录片拍的主角是你。这种片子出镜的人物，肯定也是经过项目组内部开会决定的，制片人不可能一上来就定你。我那时候只是觉得很遗憾，现在看来，他并不像是好人。"

冯豫年一时间什么也听不进去了，好久都不说话，脑子里什么都想不起。

李姝逸继续说："劭忱这次被害惨了，我妈发了好大的火，连我爸都遭殃了。这些人真的很烦，我也没想到梁家的人这么下作，没完没了，根本就不让人好过。"

冯豫年问："如果我说，我不知道视频的事，你信吗？"

李姝逸本就是和她聊天，想知道她究竟在里面扮演了什么角色，听闻她失魂落魄的声音，忙说："我当然信你。"

冯豫年叹然一笑："现在你信我，又有什么用？"

李劭忧和温玉被她害惨了。

视频爆出来后，温玉和梁重瑛见了一面。

梁重瑛一直出差在外，刚归来。他这个级别的职位工作量非常大，常年都处于工作状态。

温玉面色憔悴，平静地问："这就是我的下场吗？"

梁重瑛也是刚知道这件事："我没想到会这样。对不起。"

梁重瑛还是那个温文尔雅的样子，大概没想到事情会闹成这个样子，抱歉道："剩下的事，交给我来处理吧。"

梁重瑛这样的人，总是让温玉发不出脾气来。

辜玉敏和梁重瑛确实已经办理了离婚，因为他常年在外，当初在总部的时候他常年不回来，但最后升任亚洲区总裁后，他的婚姻状况对他的工作不会再有什么影响了。起初辜玉敏不肯离婚，辜家也不同意。但最后双方还是签署了协议。

辜玉敏见梁重瑛还是那个风姿潇洒的梁先生，自己当年就爱极了他这一身书生气质，明知道他有相知的女朋友，但还是不顾一切地追他。他们家是有名的外交世家，母亲是有名的画家，她生来就没输过、没缺过什么。

唯独求梁重瑛不得。

梁重瑛进门后，发现梁政也在家。

他并不和辜玉敏理论，只是看着儿子，问："你学新闻出身，如今就是这么用的是吗？利用一个女孩子，利用舆论攻击别人，不感到羞耻吗？"

辜玉敏质问他："你有什么资格教训我的儿子？"

梁重瑛看着梁政，依旧平静地说："你的路太顺了，顺到走进迷途都不自知。可是我要告诉你，每一个错误都会付出代价，只是你如今还不知道而已。但愿你以后能记住教训。"

梁重瑛还要回去开会，继而不再看儿子，温和地和辜玉敏说："玉敏，我外调出国的时候，我们已经签署了离婚协议。起初你说要保护孩子，我也同意了，现在你又何必这样？"

辜玉敏被他当面拆穿，毫不意外，依旧气愤："梁重瑛，你当我还是二十几岁的时候？你们初恋情侣一起在国外当神仙眷侣十几年，我凭什么让你们如愿？你离婚就想和她相伴到老？那我呢？"

梁重瑛并不和她纠缠，只是轻轻叹了声气，最后和梁政说："作为家长，我很抱歉。但是你是新闻行业工作者，我对你很失望。"

语气竟然格外严厉。

梁政看着他们，不说话，也不反驳，沉默了良久，开门出去了。

温玉一开始根本不看网上的事情，可是这次不同，李劭忱被人攻击，李家也被翻出来，尽是诟病。

她一条一条看下去，中途退出来平息了很久的情绪，再进去继续看。

多数人指责她恶毒，毁人前程，质问她知不知道一个学生从高考到考研要费多少年心血。

她沉默了一整日，心里那口强撑了十几年的气已经散尽了。

她主动给李劭忱打电话，问："劭忱，我是不是做错了？我是不是从头到尾就错了？我是不是当初不该眼高于顶，不听父母的安排，是不是不该为做一个办公室文书心里叫屈？我是不是这辈子，都错了？"

李劭忱听得心一沉："不过是些纠葛，处理了就行了，没那么严重。"

他越这样，温玉越惭愧，想起冯豫年说的——他为你受尽指责和侮辱都舍不得你委屈，你该心疼他。

她人生中的很多事，都是按照自己的意愿。

是她犯错在前，是她一个人的事，她一句都不想解释。

可是她终究害得儿子四处赔笑脸，受人侮辱。

李劭忱根本顾不上网上那些狗屁倒灶的事，最后还是跟着刘绍棠和那两位老爷子去辜家走了一趟。

刘绍棠带了一幅元璋先生的字，李劭忱舍不得这字画，最后姑父的朋友割爱，将自己收藏的宋代名画让给了李劭忱。

辜家的老爷子退休多年，依旧声如洪钟，让人泡了茶，客客气气地宴请了几位。

刘绍棠的名字还是响亮的，辜老爷子说道："我知道你为谁来，我那个不成器的女儿惹了事，让人追到家里来了。"

刘绍棠客气地说："老爷子爱书画，我也没什么拿得出手的见面礼，劭忱说他有一幅画，他也不感兴趣，倒是便宜了我，今儿让辜老爷子掌掌眼。"

辜老爷子也是个实在人，老脸被臊得有些下不来台，忙说："绍棠说这个可就打我的脸了，也是让一个小辈看轻我。"

几位都以朋友相称，彼此之间客客气气的。

辜老爷子确实有些佩服李劭忱年纪轻轻登他的门，替他母亲处理这桩缠人的旧事。一个二十几岁的年轻人，非常不简单。

他知道网上这么一直闹，无非是女儿不肯罢休，得有个长辈出来拿住她，压着她不准胡闹，让这事彻底过去。

辜老爷子也实在，和刘绍棠说："你们家老泰山去得匆忙，当初也没机会拜谒。"

刘绍棠听得心中一黯，遗憾地说："老泰山性格极爽朗，我俩本就是忘年交，他才把我夫人交给我。"

在座的除了李劭忱，都已不年轻了，说起故人，都生出唏嘘。

直到最后，辜老爷子保证："玉敏性格固执，有些蛮横，我定然会管教。"

李劭忱尊敬地说："我母亲身体不好，即将去南方休养，不方便来拜访，我替她走这一趟，替她向您赔个不是。"

辜老爷子看着李劭忱不卑不亢，身姿端正，一双眼睛很亮，有些羡慕。辜家的几个小辈都不怎么成器。

辜老爷子点点头，收下了李劭忱的心意。

他也没提女婿和女儿早已经离婚的事，到底顾及女儿的脸面，但又觉得有些苦闷，他都这个年纪了，还要为小辈操心这些。

回去的路上，刘绍棠说："这辜老爷子也是个性情中人。"

李劭忱并不这么看，淡淡地说："总归是要偏护自己人一些。"

李岩让人处理了网上的事。

回去的时候，李劭忱只和温玉发消息：【事情都处理了。】

李劭忱想和温玉说他在南边有个生意，修了度假山庄，让她约上几个朋友过去转一转，但是又想，还是等他回家了再和她说。

他今天要跟姑父宴请他的朋友，都是倒腾古玩的，江湖上三教九流的事碰见得也多，他陪了一晚上，饭局散的时候很晚了，他就回了东边自己住的房子里。

至于梁政，他不知道年年是什么时候认识的，也不知道那天年年为什么在那里。

现在快刀斩乱麻，先把眼前的事处理了，剩下的不是大事，可以慢些再说。

人不能被情绪干扰，年年也没错，她对温玉说的话也大半是为他叫屈，那都是事实，只是这个当口说这些不合适。

总之，他眼前的事太多了，暂时顾不上这些。

冯豫年给他发消息，他只是回了句：【我没事。我这几天有事，等忙完了再和你细说。】

第二天一早，李劭忱给温玉打电话，可是怎么也打不通，他这才发觉有些不对。温玉从来不会不接他的电话，而且由于她的职业习惯，她连消息都不会回复。连着几个电话都不接，李劭忱有些着急了，但也只是担心她性格执拗，又和那位梁先生有什么牵扯。

他怎么也没想到，温玉会走极端。

当他进门后看到温玉躺在床上一动不动，他脑子嗡的一声，整个人都绷不住了。

把人送到医院里，他沉着脸站在急救室门外，心里悔得要命，为什么昨晚就不能给她打个电话？明明他昨晚都把事处理完了，明明……

连着几个小时，他一个人坐在那里垂着头，拽着头发，后悔得一句话都说不出来。

李岩气恨温玉让自己的父亲和哥哥遭受这种谩骂，但是又觉得和温玉扯这种事丢份，所以尽管心里十分气恨，但是从没当面指责过温玉。

可当听到温玉自杀的消息时，李岩只有一个想法——她怎么这么自私，她死了一了百了，那劭忱怎么办？

第八章

/

我们领证吧

李岩看着说话温温柔柔的，而且家里的很多事也都是刘绍棠在处理，很少让她出面，但这次她是真的气狠了。其实她脾气比刘绍棠硬气，一个电话直接拨到了梁重瑛的办公室里。

电话第二次响铃，梁重瑛才接。

李岩问："你们欺负温玉孤儿寡母，当真以为我们李家没人了？你告诉辜玉敏，温玉这次要是有个三长两短，辜家老爷子定要上门给劭忱赔不是，我管你们这些狗屁破事！"

说完就把电话挂了。

刘绍棠无奈地看着李岩，劝道："你也别到处发火，人还在抢救……"

李岩抱怨："你倒是处理了，可最后还是闹出这么大的事来。我承认是我们家的人过了界，你也说了没到伤天害理的程度，怎么只怪温玉，姓梁的就没错了？辜家专挑软柿子捏呢？"

刘绍棠听着她护短，又笑起来，安慰道："你给劭忱批个假，让他休息一段时间，我过去看看。"

李岩顿了顿，显然对温玉还有芥蒂，但是眼前的事是大事，最后只说："我让人和你一起去，务必保证先救人，其他的以后再说，你看着点劭忱。"

刘绍棠也说："我带妹逸去，让她陪着劭忱。"

李岩说起女儿，又是一桩心烦事。

"她去了能有什么用？她这么混日子，也不知道什么时候是个头。"

刘绍棠忙说："她挺好的了，不爱钱、没学坏、没有那些个坏毛病，只是懒一些，没那么有上进心，你知足吧。"

李岩和他在对女儿的教育上有很大分歧，她一直觉得就因为她每次教育女儿，刘绍棠就护着，导致李姝逸一点都不上进。

所以后来，李岩对李劭忱抱有很大期望，父亲和哥哥的离开，让她格外疼爱李劭忱。

李姝逸到医院后看到李劭忱的样子当时就哭出来了，他整个人都没精神，坐在走廊的椅子上，脸色沉得吓人。

温玉是先喝了酒，后吃了安眠药，人还在抢救，还没有脱离危险期。就算她挺过去了，后期的并发症和后遗症也可能会要了她的命。

李姝逸蹲在李劭忱面前，泪眼汪汪地轻声说："劭忱，你看着我。没事的，舅妈肯定没事的。"

李劭忱微微抬头，泛红的眼睛看着李姝逸，李姝逸就开始哭。

他静了片刻，才伸手替她擦了眼泪，轻声说："咱们家，不能再出事了。"

我的亲人，都没了。

李姝逸胆子小，听得顿时如雨下，握着他的手，哭着说："我在呢，我一直都在，我哪儿也不去，我一直陪着你。"

李劭忱只是抱着她，也不说话，等她哭够。

刘绍棠过来，见女儿靠在侄子怀里哭得不能自已，说："其他的先别说，只要人没事就好。"

李劭忱如今什么都不想管，也不想问，只想要温玉平安。

叶潮早上从云南回来，才知道事情闹得这么大了。他这次本来就是去办李劭忱指给他的生意，又受李劭忱的托付去云南看项目。房子他都给看好了，阿姨养老的工作也找好了。

结果他回来了，阿姨出事了，这都叫什么事啊？

叶潮还不知道网上的事，等看到了视频，一时间也不知道哪头是债，哪头是情。

他去了趟医院。

这次李岩是真的动气了，把所有探视的人都挡在了门外。

李劭忱那个样子，他看得都心酸，憋闷不已，就找张弛喝酒。

张弛下午去了趟医院回来，两人坐在夜宵摊上，也不讲究。

叶潮气愤难忍，问："怎么又闹出这么大的事了？"

张弛不喝酒，就抿了口汽水，淡淡地说："能有什么事？陈年旧事。你别说，我还真认识那姓梁的。"

叶潮闷头喝了一杯啤酒，意兴阑珊地说："我也认识，百度百科写得清清楚楚，调任回国后升了一级。"

张弛摇头："我说的是他儿子。"

叶潮问："视频里真是冯豫年？我听说那男的和冯豫年在吃饭？"

张弛说："他是学新闻的，我以前见过他，前几年开会的时候和他打过交道。"

叶潮夸了句："你这记性绝了。"但还是觉得匪夷所思，"劭忱和冯豫年竟然是情侣？"

张弛却淡淡地说："劭忱这人，手善，心也善。"

但是他不一样，行伍出身，心里不愉快就想和人切磋切磋。

冯豫年请了两天假，推迟回单位。冯明蕊把她拘在家里，哪儿也不准去，一天给她准备五顿饭。她焦急得头大，心根本不在家里。

她给李劭忱打电话，根本没人接。

李姝逸和冯豫年发消息：【我舅妈出事了，人在医院，劭忱也很不好。】

冯豫年听得心一沉，飞奔去医院。

李劭忱从头到尾都很沉默，见了谁都不说话。

温玉已经从抢救室出来，直接进了ICU，48小时后再看结果，就看她能不能熬过去。

冯豫年后悔得要命，觉得是自己造孽。

李劭忱和她站在外面看着，轻声说："我都给她安排好了，打算这几天就送她去度假，没想到却出事了……"

冯豫年看着ICU里的人，想和他说抱歉，但是太轻飘飘了，她说不出口，就和他在医院的走廊里静坐了一天。

李劭忱的心情太差了，整个人一句话都不想说。

冯豫年最后还是和他道歉："是不是大部分是我的缘故？要不然她不会想不开。我们在一起，总说是别人伤害了我们，但是，其实会不会是我们本身就不合适，或者是我这个人的问题？"

李劭忱摸摸她的头发，难过地说："年年，不要这样想。很多时候我们都需要时间，需要时间去把这些难过的时候熬过去，责任并不在我们，不要意气用事。"

冯豫年听得泪流满面，哭着说："李劭忱，对不起，我真的不应该和她吵架。我也不知道该怎么说。"

李劭忱搂着她，并不出声安慰。人都要给自己的情绪一个出口，不能总憋着。

冯明蕊一直给冯豫年打电话，李劭忱催她："回去工作吧，不要请假了，这里有我。"

冯豫年看着他眼底的青色，抱着他不肯撒手，轻声说："我明天过来，你记得要吃饭。"

李劭忱不想让她担惊受怕，就催说："不用，你回去工作，听我的话。"

她顿了顿，没说话，又见李劭忱盯着她，面色严肃，最后才点点头。

冯豫年一出医院就碰见了张弛。

张弛见她红着眼，问："回去吗？我先送你吧。"

冯豫年回头看了眼医院大门，才说："我去见个人。"

她和梁政还是约在上次的那家广式餐厅。

冯豫年见他看着自己的目光温和，和那天没有区别，只是少了朋友间的问候。

两人对对方接下来要说什么都清楚。

冯豫年先问："其实，你那天是约了别人对不对？只是恰巧我撞上了而已。"

梁政迟疑地点点头。

她又问："你知道我有男朋友，也知道我男朋友是温老师的儿子，对不对？"

梁政也点头。事实上，起初他不知道，是梁西和母亲告诉他的。

冯豫年心里的信任都坍塌了，兀自失笑，而后才说："我应该想到的，我在周老师那里遇见你妹妹和你母亲……我怎么这么笨？"

她自嘲了一句，接着说："我确实没想到，你会折回去管人要视频。"

梁政想起父亲的警告，凡事都有代价。

冯豫年并不是来和他谈话的，只管说自己的："我年少的时候，我妈妈再婚，我后来认识了一个院子里的很多人，都还不错。我和我男朋友自小就认识，他一直是个很善良的人，我始终觉得，我后来变得开朗，摆脱孤僻，很大部分是受他影响。后来，他联系了我现在的导师，然后送我去读博。人的机缘就是这样，可是我不明白，为什么他善事做尽，到头来，受伤害的总是他？

"我得到过很多人的帮助，最多的就是来自他的。

"我一直觉得我读博就是一个新的开始，尤其从纪录片之后。我的闺密提醒我说，这样的项目，不可能上来就定下我，应该是有人特意推荐了我，或者是项目组有话语权的人拍板才定下了我。

"纪录片播出后确实给我带来了很多，不管是名还是利。我也确实很感激你们，我是一个很平凡的人，突然间就满身赞誉。但出于私心也好，私交也罢，我一直觉得你像个老朋友，是我一直可以相信的那种朋友。即便很多年不见，我们再见时也还是一见如故，可以聊彼此多年的经历，丝毫不觉得生疏。李劭忱也经常鼓励我，让我多出去走走，多认识一些人，和朋友多一些交流……

"可是，我没想到，我会走进陷阱。"

"我经你的手，得到了名利、财富，如今，也被你利用。

"不论你是什么动机，我都要感谢你，至少没有让我也露脸，让我丑态露尽。我就当是扯平了，从此以后，我就不欠你的了。"

梁政望着冯豫年，没了平日的温文尔雅，艰难地想张嘴，但并没有说什么，就那么望着她。

她起身俯视着对面的人，最后说："我不知道妹逸喜欢你，也谢谢你拒绝她，她是个性格单纯的人。再见。"

"冯豫年。"

冯豫年听着背后的声音，顿了顿，但没有回头。

梁政握着拳，突然明白父亲说的代价了，但是太晚了。

张弛就在外面的车里等着冯豫年。

她上了车就说："送我回西四院吧，我今晚的航班。"

张弛惊讶，问："劭忱……"

她长舒了口气，回道："我就算在，也帮不了他什么，很多时候都是给他添乱。何况这本来就是我闹出来的事，温老师要是有个三长两短，那根本不是我道句歉就能过去的。"

张弛安慰她："你别这么想，有些事发生不一定就是谁的责任，只是……"

事到如今，关于温老师的那些是非都已经不重要了，网上的事已经销声匿迹了。

李岩却咽不下这口气，始终觉得辜玉敏太欺负人了。

温玉是在冯豫年走了两天后脱离危险的，整个人刚开始意识还有些不清楚，直到一个星期后才转入普通病房。

之后那位梁先生来看过她一次。

李劭忱当时不在，等他知道的时候，是从新闻里得知那位梁先生已经外调了，外资银行的管理层不可能这样频繁调动，除非他自愿降职。

李劭忱看着那则新闻，很久都没有回神。

关于母亲的这段不肯与人言说的私事，他始终讳莫如深，从来都保持谴责的态度，可看到新闻的时候，他一时间竟然不知道该说什么。

他也没想到，最后会是这个结局。

刘绍棠说辜家老爷子让人来送还了那幅画，并送了一方端砚给李劭忱，其他什么话都没留。

李岩说："他是那么好心的人物？不过是想息事宁人罢了。"

刘绍棠宽慰她："又不是所有的事都能说得一清二楚的。裹挟着这么些事，早该结束了。让劲忱也过几天安生日子吧，他这个孩子，不容易。"

李岩一听这话，气也就散了。

李岩年中要参加领导组织的会议，因为李劲忱前几年合作的研发获了奖，他手里的分公司成了企业近几年市值最高的，也是盈利最大的。

这个部分她要替他把好舵。虽说她不怎么接触媒体，但是这么些年在这个行业里，也是有话语权的。

温玉醒来后，说话和反应都很迟缓，持续了半个月，咬字都不清楚。后来温玉慢慢好一些了，李劲忱就带她回了家，家里有护工和阿姨，一直围绕着她。

李劲忱也不上班，整日在家陪着她。

她每日除了发呆，一句话都不说，李劲忱和她说话，她都不怎么理会。

李姝逸接了一部没有接触过的题材的剧本，基调很压抑。她和李劲忱混了一个星期，在他书房里看了很多文艺小说，但始终不得要领，寻不到那种感觉。

李劲忱给她建议："你去找年年，她应该能帮你。"

李姝逸诧异地说："我以为你们两个吵架了，这几天也不见你给她打电话。之前的事，年年很愧疚。"

李劲忱失笑："我们吵什么架？我现在抽不开身，等我有时间了就去看她。我暂时走不开，你帮我去看看她，别让她乱想。"

李姝逸转头就给冯豫年发消息：【年年，李劲忱让我来看你。】

冯豫年这一个月过得都很煎熬，有时候不一定是因为别人责怪，而是自己过不去心里的坎儿。

李姝逸飞过去见到了冯豫年，心里也不好受，说："李劲忱都瘦得没你多。"

六月的南方，湿热难耐，冯豫年穿着简单的短袖和牛仔裤，温柔地问："他好点了吗？"

李姝逸藏不住话，一股脑说完，冯豫年才笑起来，问："我能帮你什么？"

李姝逸其实也不明白李劲忱为什么让她来找冯豫年，她看到冯豫年的状态，以为他单纯就是让她来替他看冯豫年的。

她也不怕人认识她，就赖在冯豫年的办公室里。

余小雨见到李姝逸真是格外惊喜，和李姝逸开玩笑说："她这个月打鸡血了，两篇论文啊，其中一篇还是 SCI，你们有钱人拼起命来可真可怕。"

李姝逸即便不学无术也知道在 SCI 发表论文的难度。

冯豫年笑着辩解："那是我一整年的成果，而且是一篇，另一篇是老师的。怎么可能是这一个月完成的？"

两人都不听她的解释。

等她下班了，李姝逸和她往回走，劝道："你别这样，看你这样我更难受。舅妈已经没事了，而且那也不是你的错。"

冯豫年遗憾地说："很多事情就是那么巧，说不上来是不是谁的错，反正就是发生了。"

李姝逸劝不动冯豫年，就说起自己的新电影。她剧本都带着，薄薄的一本。晚上冯豫年看了剧本，才明白李劭忱让她来的原因。

主角是母女两个，单亲的妈妈带着女儿从小镇到城市里逼仄的廉租房里，最后拥有自己的家……

非常平凡的故事，几乎没有什么大的起伏，演员要想演出故事里的东西，太难了。

冯豫年看得心里都是淡淡的忧愁，李姝逸短时间内很难进入那种状态，文艺片最难的就是进入状态。

冯豫年犹豫再三，就给李姝逸看了她的专栏——

从十七岁那年开始，她陆陆续续写的所有文字。

李姝逸看了一夜，中途哭得默不作声。

冯豫年在改论文，无奈地看着哭得不成样子的人，问："你哭什么呀？"

李姝逸摇摇头，什么也不说，在熟悉的人身上寻找这种熟悉的感觉，几乎让她立刻找到了故事里的感觉。

但是这让她觉得更难过了，说不出来的难过。

冯豫年哄道："这只是一种情绪，成长过程中带的痕迹，成年了以后就没有那么多的负面影响了。"

李姝逸哭着说："我们那时候几乎每天都在一起，我从来不知道你其实一点都不开心。"

冯豫年笑了笑，对年少的那些经历，已经没有太大的感触了。

后来的很多经历，早已经让她从前怀揣的那些少女心事都消散了。

李姝逸和冯豫年住了一个星期，等回去的时候，已经可以对着冯豫年这个对演戏一窍不通的人对戏了，状态确实很好，只是心情很抑郁。

冯豫年送她的时候，还给李劭忱发消息：【姝逸找到状态了，只是心情不是很好。】

李劭忱回复：【谁让她非要接这种致郁文艺片。】

冯豫年见他一如既往地骂李姝逸，顿了顿，问：【温老师怎么样了？】

即便李姝逸已经说了舅妈出院后恢复得还不错。

李劭忧的回复很简短：【没事了。你不要担心。】

冯豫年心里也舒了口气。

李劭忧已经带着温玉到了云南，南边的空气好，景色也好。

温玉的肠胃落下了毛病，变得沉默寡言，人少了精神气，衰老得很快，看起来像个老太太。

尤其当她知道了梁重瑛远调非洲之后，她的话就更少了，一整日看着远处的湖海，一句话都不说。

因为他们都知道，按照梁重瑛目前的职位，他有生之年都未必会回来。

李劭忧见这样也不是办法，就问她："要不就回北京吧？"

她点点头。

在云南住了一个月后，两人又回了北京。

李劭忧的假期已经到期了，不能再拖了，投资商和各路人马，以及所有经他手的文件和会议都需要他敲定，回了北京他就开始整日整日地加班。

温玉在家，他嘱咐护工和保姆要寸步不离地跟着。

只是她话太少，有时候一整日都不说话，搞得保姆和护工两个人都静悄悄的，不敢多聊天。

她开始整理她的东西，一点一滴的旧东西，包括父母留给她的所有东西。

冯豫年在七月中旬有一个星期的假期，中途她和李劭忧的联系，除了互相的关心，她始终不知道该怎么和他开口谈那件她都不知道怎么发生的事。

她直接回了吴城，家里还是老样子，但是李劭忧应该是联系叶潮了，爸爸的海鲜生意做得并不累，从零售变成了以批发为主，生意比之前更大，连小姑都参了一股，并全权负责生意，爸爸只是为质量把关。

梁登义一见到冯豫年就说："你别说，我再干几年，说不准能给你在北京买套小房子。"

她穿着雨衣，站在码头上，看着远处的日出，微微笑起来，并不应声。

梁登义大概也看出来她心情不好，问："怎么了？这次回来看你一直都不高兴。"

她回头笑了笑，说："没有啊。"

梁登义问："和小李吵架了？"

海风吹在脸上有股湿润的气息，她拨开脸上的头发，笑着说："没有，就感觉这里挺安逸的。"

梁登义鼓励她："年轻人吵架也正常，你平时忙，没时间也正常。"

她看着海，没接话，心里一片平静。

回北京的时候，冯豫年又带了很多礼物。冯明蕊看她又带了海鲜，也不再唠叨了。

见冯豫年窝在家里不出门，冯明蕊试探地问："你明年就毕业了，到时候要不要回来？"

冯豫年想了想，说："要是能回来，我就回来。"

冯明蕊顿时高兴了，眉开眼笑地说："那我觉得之前老林说的那个银行上班的就配不上你了。"

冯豫年听得哭笑不得："等我工作找好了，再说谈朋友、结婚的事吧。"

冯明蕊反驳："那怎么行？这种事情自然要越早越好，你已经晚了。但是你和那些刚毕业的女孩子不一样，你都博士毕业了，怎么样也要研究生毕业的才行，职位也不能太低。"

冯豫年听得稀奇，冯女士竟然也开始提要求了，开玩笑问："那按照你的标准，本科毕业的现在都配不上我了？"

"那自然是，本科毕业的，要么就要工作能力突出，要不然就是……"

冯豫年听着她道理一套一套的，也不知道她哪里学来的。

和她聊完，冯豫年笑着出门去了。

正值下午，暑气正盛，树荫下也热得难耐，她顺着梧桐道散步，见远处有车进来，她也没在意，等车到了眼前，她才看清来人。

李劭忱皱着眉，开口就问："你什么时候回来的？"

冯豫年语塞。

李劭忱开了副驾驶的车门，她犹豫了几秒，见他盯着她，就上去了。

李劭忱开着车进了院子，她其实有点不知道说什么。

李劭忱开了门，见她傻站着，问："傻站着干吗呢？"

她就跟着他进去。

他回头顺手关上门，又问："什么时候回来的？"

"上个星期。"

"怎么不和我说一声？"

"我以为你没在北京。"

他忍了忍，将人一把拉过来搂在怀里，深嗅了口，低头亲了亲她的额头，叹息："你怎么这么狠心，几个月都不想我？"

冯豫年好好的，却被他一句话说得顿时泪眼婆娑，伸手抱着眼前的人，埋首在他怀里，瓮声瓮气地说："想啊，怎么不想，可我怕给你惹麻烦。"

李劭忱叹笑："怎么还这么好哄，一点气性都没有。"

冯豫年仰头看他。

他见她还是哭，伸手给她擦了眼泪，低头亲了亲，轻声说："别害怕，都没事了，有我呢。"

冯豫年曾经看过一个作家为一对新人写的证婚词——感情好的时候，是非常好的。

很多时候，她都不懂感情好的时候到底是什么时候，是情浓时的甜蜜，还是厮混一场的欢愉，又或者是恋爱中的种种？

可到后来她才懂，好的时候，是彼此懂得。

即便远隔千里，也懂得你的欢喜和忧愁，是不需要言说的默契。

李劭忱是回四合院老爷子的房子里取东西的，一整个下午他都在一楼的书房里独自忙碌。

冯豫年问："温老师怎么样了？"

李劭忱顿了顿，温和地说："恢复得还不错，只是心情不太好。我只盼着她健健康康就行，其他的都无所谓。"

"梁家……"

"前尘往事都了结了，以后也不会再有什么瓜葛了。"

冯豫年原本想说她和梁政认识的过程，但最后还是没提。

她不说，李劭忱也就不问。

李劭忱见她还是心情不好，就开玩笑问："怎么还不高兴？还和我生气呢？"

冯豫年有种茫然，说不上来为什么，好像隔着一层雾，就笑了笑，摇摇头。

中途李劭忱还开了一个视频会议，他的助理和一个经理来送资料。

冯豫年一直坐在那里，看着他忙得脚不沾地。

他中途问："你的毕业论文开始写了吗？"

冯豫年正低着头看文晴的消息，回答道："早开始了，只是写得很慢很慢。"

李劭忱的助理认识冯豫年，也习惯了。

那个姓周的经理则惊讶地看冯豫年。

冯豫年见李劭忱忙，刚准备说她先走了。

李劭忱就说："你再等等我，我快忙完了，等会儿就带你去吃饭。"

冯豫年马上说："你忙你的，不着急。"

李劭忱还在和那个经理谈工作，抽空笑着说："我再忙，饭总是要吃的。"

冯豫年没办法拒绝他，就给文晴回复：【我在等李劭忱，晚饭我请你。】

文晴不明所以，忙说：【我准时到！】

冯豫年莫名想笑。

晚上约在一家墨西哥餐厅，文晴喜欢吃墨西哥菜。

路上，李劭忱问冯豫年："还是心情不好？"

冯豫年摇头："这半年浑浑噩噩的，可能太累了吧。"

她是个心事很重的人，这也是她性格最不可爱的地方，她从小就是个性格别扭的小孩，并不讨人喜欢。

文晴如今成了策划经理，手底下的人都是名校毕业的，她刚忙完一个时尚活动。

一家公关和广告结合的公司有林越文坐镇，在业内势头很强。文晴做事干脆利落，也得到了很多人的好评。

文晴一身时装，妆容精致，十分亮眼。见冯豫年还是白净细瘦的样子，穿着T恤和牛仔裤，看着十分显小，她啧啧地问："你怎么回事，越长越小了？明明一米七的身高，怎么一点气势都没有？可惜了这个身高。"

李劭忱去停车了，还没上来。

冯豫年叹气："我每天都累死了，哪儿顾得上研究衣品、美妆，身高可惜就可惜吧。"

文晴咋舌："我就佩服你们这种读博的狠人，每天津津有味地研究那种不是人看的东西。"

冯豫年和她坐在一起，忍不住捏捏她的脸。

文晴不再是短发，绰了披肩的长发，染成了淡淡的棕色，看起来真的漂亮又时尚。

李劭忱进来的时候，她们俩正在打闹。

文晴羡慕冯豫年的脸，捏着问："那为什么你皮肤就这么好？让我觉得我对不起我那么贵的护肤品。"

冯豫年非常科学地说："正常状态下，只要不是一直晒太阳，正常保湿护肤就可以了，再弄多了其实也作用不大。我皮肤白可能主要是我整日在实验室里，都不怎么见太阳，不算健康白。"

文晴气得瞪她一眼。

文晴看着李劭忱，她如今有钱人见得多了，不像从前对有钱人那么有距离感了，热情招待李劭忱："快坐，就等你了。今天我请，你们俩别和我抢。"

冯豫年忍不住地笑。

李劭忱也笑了起来，说："不抢，我听叶潮说他现在见你都要称一声文姐，你的饭局也不是那么好约。"

文晴被他说得不好意思了，问冯豫年："他以前说话不是这样的吧？"

冯豫年忍着笑，不肯替他说好话。

李劭忱闻言："我们家年年不肯发言，我就成了我们家的发言代表。"

文晴打趣："哟哟哟，怎么就成你们家的了？"

李劭忧说："我已经在努力了，至于什么时候许可，还要看领导的态度。"

文晴乐不可支，点完菜还在笑："我第一次见你的时候，你实在太高冷了，把那个研一的师弟杀得片甲不留。那时候你在我们班里有个外号，叫'外交秒杀'。"

冯豫年蹙眉，郁闷地问："我怎么不知道？"

文晴乐呵呵地说："哪能让你知道。"

李劭忧对那件事只隐约有些印象了，问冯豫年："是不是有次我去接你，碰见那个跟你表白的？"

冯豫年迟疑地回答："好像是吧。"

吃饭间，文晴和李劭忧说："年年硕士毕业那段时间，过得很艰难。"

李劭忧看了眼冯豫年："我知道。"

文晴又说："我们俩当时百无禁忌地吃了一个星期，结果我走了，她肠胃炎一个人住院了。等我回去看她，她已经到了云南。她说就那时候落了毛病，不能吃辣。我也算对不住她。"

李劭忧不知道还有这回事。

冯豫年失笑："谁没有胃疼过？这也算病？"

李劭忧问："我妈说去医院找过你，就是你住院的时候？"

冯豫年惊讶，饭局成坦白局了吗？

"你妈连这个都和你说？"她怀疑地问。

李劭忧笑起来，没说是，也没说不是。

之后几个人换了话题，聊起其他的人。

大部分是文晴吹冯豫年读书的时候，追她的人非常多……

饭局后，李劭忧先送文晴回家。

回家的路上，李劭忧问冯豫年："今天还是不开心？"

冯豫年否认："没有。"

他将车停在路边，说："我们去散散步吧，很久没有散步了。"

时间已经不早了，李劭忧牵着冯豫年的手，慢悠悠地走进隔壁的小公园。

李劭忧慢悠悠地问："南方这段时间热，有没有中暑或者不舒服？"

冯豫年低头看了眼握着她的大手，扭头在昏暗的灯光里看他一眼。他的眉眼在半明半暗中清晰可见，那双眼睛还是那么明亮，仿佛有光。

她老实地答："还好，我不怎么在外面走动。"

他又问："你导师呢？对你们的项目或者课题，有什么建议吗？"

冯豫年笑起来："导师都是日理万机的人物，我哪敢天天烦他。只是经常和隔壁组里的同事一起加班。"

李劭忧点点头："该休息还是要休息，博士延毕是常事，你不要给自己太大压力。"

"隔壁组里有一个师兄延毕两年了，跟的课题结束不了，他的论文也没办法完成。"

李劭忧听得笑起来："至少你们专业的实验成果在自己手里，不确定因素相对少一点。"

冯豫年笑了笑，换了话题："你呢，最近怎么样？你一直都很忙。"

李劭忧伸手搭在她肩上，笑起来："我以为你今晚都不会问我。"

冯豫年坦诚地说："我只是不知道怎么问。我本是无意，却搅和进了这场是非里，也确实伤害到了人。"

李劭忧的心境经历过大起大落，从前那些是是非非他也不想问了，只要身边的人平平安安，他不想再提那些是非对错了。

他摸摸她的耳朵，轻声说："那不是你的错，和你也没关系。你只需要和我说你为什么会认识那个男人就可以了。"

冯豫年组织了一下语言，问："如果我说，我和他是还不错的朋友，你会生气吗？"

李劭忧回道："生气倒不至于，但是，心里不痛快。"

公园里随处可见跳广场舞的阿姨们，还有快步走的老年团。

冯豫年笑了下，又说："大概以后就不是朋友了。"

至于其中的曲折，多说无益，她也不想说了。

李劭忧笑了笑，安慰："那些事和你没关系。"

李劭忧也不细问，又牵着她的手，慢慢散步。为了让她开心，他和她说起张弛："他喜欢了人家很久，从对方有男朋友到分手，差不多都十几年了。"

冯豫年惊讶："看不出来。"

"最近我看到他在南京。"

冯豫年试探地问："快结婚了？"

李劭忧笑起来："那怕是还不行。"

两个人绕着公园转了一圈，冯豫年的心情明显好了。出来的时候，李劭忧的车上被贴了罚单，她看着单子莫名其妙地笑个不停。

李劭忧见她心情好了，问："我被贴罚单，你就这么乐？"

冯豫年忍着笑说："我想起你第一次开车送我回学校，逆行被交警拦住罚款。"

李劭忧也笑起来："那是我第一次开车上路，年轻不懂事，就想显摆。"

"你显摆什么？"

李劭忧反问："你说我显摆什么？"

冯豫年没忍住，直接笑出声来，扭头看着窗外。

那年他二十一岁，她二十三岁，年少不知事，敢去追朝阳。

冯豫年开玩笑说："我第一次见你喝大……"说到一半又不说了。

第一次见他喝大，就是老爷子生日宴那晚，事实上，那晚他自始至终都没有喝酒，是她喝多了。

后院里一帮人吃烧烤喝酒，银幕上播的是许巍的演唱会，其他人都在喝酒、划拳、摇骰子，李劭忧只管负责招呼他们吃喝，并不参与玩。当时冯豫年就搬了把椅子坐在他们牌桌后面，手里拿着瓶啤酒，仰着头认真看着演唱会。所有人吵闹成一团，只有她一个人在认真看演唱会。

李劭忧从她一进门就关注着她。

李姝逸这个傻子，输了酒就让冯豫年替她喝。

他看到冯豫年已经喝了两瓶。

冯豫年喝酒很乖，就那么静静地坐着，专注认真。

李劭忧当时问了句："你要不要吃点东西？"

冯豫年冲他笑了下，嘴角有小小的酒窝，摇摇头。

他忍不住想看她，但是又不敢一直看她，只敢在她身边来来回回走动。

一行人出发去唱歌的路上，李劭忧用照看李姝逸的理由和冯豫年坐在一辆车里。

张弛开车带着其他人都走了，李劭忧领着她俩。李姝逸急要去唱歌，到娱乐城门口，冯豫年已经有些昏头，但还是跟着他俩进去了。

昏暗的包间里，一帮人又开始喝酒、打牌、唱歌，这下不怕吵着邻居了，可着劲儿地造，冯豫年耳朵都快被震聋了。

冯豫年被吵得头疼，昏暗中开门出去，李劭忧跟着出来。

她就在门外背靠墙站着，典型的喝多了的样子，见他靠过来也不躲。他伸手抓住她的肩头，凑到她耳边低头问："你是不是喝多了？"

她伸手环住他的脖子，手指触在他颈侧的皮肤上，瞬间让他心痒难耐。

走廊里有人过来，他下意识上前一步将冯豫年整个人包裹在自己怀里。见她眼睛亮晶晶的，看着他目不转睛，他低头亲了上去。

冯豫年也不甘示弱。酒精放大了人的感官，湿热的触感，皮肤和皮肤之间的触碰，每一秒都让李劭忧血流加速。

他拉开人，进包间和李姝逸说："冯豫年喝多了，我先把她送回去。"

这里离他住的地方很近。

他想都不想就把冯豫年带回了家，进了门就开始肆无忌惮。

他努力克制着，一遍一遍和她确认："年年，你确定吗？"

她什么话也不说，冲他笑了下后，凑过来亲他。

他的理智最后全线崩盘。

一腔热血，却备受折磨，称不上多舒适，但是心里极度欢喜，远比身体的欢愉更甚百倍。

之后冯豫年睡去，李劭忧换了身衣服，又去了趟娱乐城，他们还在玩，他安顿好各自的去处，又回来。

冯豫年还是维持他走的时候的姿势，睡觉乖得要命。

她在半睡半醒之间又陪他胡闹了一场，以至于早上醒来，两人都如梦方醒。

冯豫年见李劭忧开着车一直笑，问："你笑什么？"

李劭忧说："我在想那晚在后院的烧烤。"

冯豫年盯了他几秒，突然反应过来，然后立刻转头看着前面的路，羞愤地说道："你少想这些，好好开车。"

李劭忧也不争辩，自顾自地笑。

冯豫年问："那你明天有时间吗？"

"只要你找我，我什么时候没时间过？"

"你好好说话。"

李劭忧扭头看着她，没说话。

冯豫年只好自己说："上个月错过了你的生日。"

李劭忧一笑，他向来对生日没什么概念，这几年过得最特别的生日就是在云南的村子里，她给他准备了一顿丰盛的生日餐。

送冯豫年到大门口时，他只好说："我明天来接你。"

冯豫年有一点点舍不得，也有一点遗憾，就说："我明天过去找你，请你吃一顿大餐，给你补过生日。"

冯豫年到家时，冯明蕊和陈辉同在看电视。

见她回来，冯明蕊招手："你上哪儿去了？整日也不着家。"

"同学找我吃饭。"

冯明蕊古怪地看她一眼，问："你是不是谈朋友了？"

冯豫年正犹豫，陈辉同说："她又不是小孩子，再说了她这么优秀，肯定很多人追。"

冯明蕊"呵呵"笑了一声："那我怎么没看到有人追她？人家十几岁还早恋，我也没见她带回来过一个男同学。"

冯豫年看了眼电视，有些迟疑地说："那要是我谈朋友了呢？"

冯明蕊马上问："干吗的？多大了？哪里毕业的？家是哪儿的？"

冯豫年心说，我就知道。

她假笑一声："还没有，我就是假设假设。"

冯明蕊翻了个白眼："你现在也不适合谈，等回来工作了再说吧，反正也晚了，不急这一时半会儿。"

冯豫年知道，冯明蕊怕她在外地谈朋友了，从此就不回来了。

陈辉同却说："也不能这么说，要是你们研究院有合适的人，也可以谈嘛。年轻人不要给自己那么大压力，工作固然重要，但是生活也很重要。"

见冯豫年点点头，冯明蕊忙说："你别乱说话，再怎么也得等工作稳定再结婚生孩子，顺顺当当的。"

冯豫年也不反驳，不和她在这种时候掰扯。

李劭忱回家的路上，接到家里保姆的电话。

温玉的后期复健做得不错，不再像前半个月一整日都不说话，慢慢恢复了正常生活。

李劭忱见她愿意待在书房里整理旧东西，就托护工和保姆多和她聊天，尤其多和她聊从前。

温玉午睡起来，打开一箱旧书，翻到上大学时的照片。

保姆和她年纪差不多，笑着说："你们有学问就是不一样，那时候像你们这样的大学生是真的稀少。"

温玉看着照片淡淡笑着，并不介绍。

保姆不知道的是，照片里还有那位梁先生。

那个年代，每一个学期的活动或者考试结束都会拍一张合照留念。

班里只有二十七个学生，七个女生，二十个男生，梁重瑛就站在她背后。

那是她这辈子最自由自在的时光。

工作后的很长一段时间都没有照片，只是多了一些信。

护工年纪比她们小一些，学的是护理专业，看到温玉的书，赞道："这是专业的语言学，和我们学的英语可不一样。"

三个人就那么闲聊，温玉有些自豪地说："我们那时候起码要学三门语言。我当时学的是俄语、英语和日语，只是我的日语不太好，长时间不用慢慢也就忘了。英语和俄语用得比较多，后来工作后还学了法语。"

保姆笑着说："小李好像也是学语言的，你们娘儿俩一样聪明。"

温玉听闻一愣，淡淡地笑了下，说："他在语言方面的天分很不错，只是没坚持下来，后来去企业了。”

护工跟着说：“做企业也好，学语言是专长，学到拔尖也是技术类人才。做企业是赚财富，也挺好的。”

温玉笑了笑，也不说话，翻着书信，里面大部分是丈夫写的。

只是在一本教材中翻到一封来自梁重瑛的信。

信的内容很简单——

吾友阿玉：

听闻你新婚的消息，我如今在新加坡，十分遗憾不能当面祝你新婚快乐。

回想时间，白驹过隙，如今远隔千里，这里的气候和祖国大不相同。

心里有很多想法，工作之余，又好像空落落的。

忽闻你新婚的消息，心中有些难过，难过之后又生出高兴。

希望你以后都能开心。

祖国的北方如今已入冬，注意身体，愿平安。

温玉看着看着，止不住地流泪。

护工以为温玉看到亡夫的旧物了，忙拉着保姆出了书房。

李劭忱回来时，还是她一个人在书房里。

保姆悄声说：“她下午翻找以前的东西，和我们聊天还好好的，大概是看到了以前的东西，就哭了一场，晚饭也没吃。”

李劭忱看了眼书房，安慰保姆：“没事，我等会儿陪她吃一点。”

他推开门，见温玉席地而坐，面前一箱旧书，于是问：“你找什么呢？”

温玉回头，见是他回来了：“没有，很久没有见过这些东西，就翻出来看看。”

李劭忱看了眼最上面的一本书，是外祖父的书。

外祖父是个固执的老头，教汉语言，但是性格十分不可爱。外祖母虽然是儿科大夫，但一辈子对丈夫唯命是从，丝毫没有主见，一点都不像新女性。

老爷子那时候揶揄：“你外婆简直像老家的小脚媳妇。”

李劭忱翻开书，看了眼扉页的字迹，问：“外公退休后就回南方了，我后来再没见他。”

温玉看着书，悲喜莫辨地说：“他十分喜爱你，对你的期望也格外高。你不耐烦他的啰唆和刻板，他心里很伤心，但是嘴上很不肯说。”

李劭忱笑起来：“我知道，我那时候听见他骂我爸和老爷子是匹夫、莽夫。我那时候小，听着不高兴，后来就不怎么去他们家了。”

温玉淡淡地说：“他退休回乡后收养了一个侄子当儿子，也算弥补了没儿子的遗憾了。"

李劭忱惊讶："这我倒是不知道。"

"你当然不知道，他去世的时候你也没去。"

温玉说起父母，只是像陈述一件往事，可想而知她当时和父母的关系有多糟糕。

李劭忱问："因为你不是儿子，所以他不喜欢你？"

"这哪是一句没儿子能说清楚的事。"

温玉的父亲像是封建的大家长，甚至比封建大家长都固执。

当初他不满意梁重瑛家境贫寒，勒令温玉不准和他接触，擅自做主给她调离了岗位，接着前前后后介绍了七八个男生给她。他一心想让她嫁给来自故乡的男孩子，能像他故乡的习俗那样，一心回归家庭。温玉不肯听，最后擅自做主和在部队的李岱结了婚。

他扬言不肯认她，结果李岱上门后，他又觉得李岱还不错。因为李岱学问还不错，也可能李岱看起来太过武勇，让他一个小老头不敢太过放肆。

隔年温玉就生了李劭忱，而且是个男孩子，父女的关系缓和了很多。

后来她提出离婚未遂，申请出国读书，从此父女断绝关系。

母子俩在书房里待了很久，李劭忱和温玉聊的大部分是外祖父和外祖母。他不想说起现在，所以只讲从前。

温玉说起父母，仿佛也少了之前的怨恨和指责，只是依旧没有什么亲情可言。

一直到很晚，两人才从书房里出来。

护工和保姆在外面客厅里看电视，见他们出来，保姆忙说："晚饭都准备好了，现在吃吗？"

李劭忱笑着说："你们看你们的，我陪她就好。"

汤还煨着，他动手煮小馄饨。

温玉坐在餐桌边看他做饭，突然说："我想回伦敦了。"

李劭忱听得一僵，没有作声。

她又说："我的东西准备得都差不多了，过段时间就可以走。"

李劭忱沉默良久才开口："我不同意。"

温玉少了之前的端姿，老态毕现，但是从容温和了。她缓缓地说："我出院的时候就想好了，你那时候也不同意我出去。我现在都好得差不多了，你也不用担心，我不会再想不开。"

母子俩对坐在餐桌两头，李劭忱端着一杯水，看着她吃饭，劝说："你可以不住在北京，可以去南方，或者你想去国内其他地方都可以。你一个人在国外，我不放心。"

温玉放下勺子，平静地说："我只想一个人，再也不用牵挂谁，自由地活着。"

李劭忱看着她的眼睛，问："我已经不值得你牵挂了吗？这辈子我们不可能毫无牵挂，人只要活着，就有来处。我就算走得再远，回头的起点始终在你那里。至于那些恩怨，我不想过问，我只是想你好好的。"

他骨子里还是有那股傲气，不甘心被亲人和爱人随意丢弃。

亲情是这世上割不断的联系，即便彼此隔着世事难料，抑或隔着恩怨难消。

但亲人就是亲人，即便有再大的怨恨，最后还是有爱。

温玉拿起勺子继续低头喝汤，并不接他的话。

等喝完汤，她才继续说："我对这里感到很陌生，也不觉得回来就是回家了。人只要心里对一个地方有眷恋，就不会觉得孤单。你可以过来看我，我一个人也可以活得很好。"

温玉打定主意要回英国去，李劭忱拦不住她。

李劭忱和她僵持了片刻，最后只说："你让我想想。"

温玉并不阻拦，她如今要走确实需要他的同意。

李劭忱下了楼，在楼下站了很久很久。

冯豫年晚上的航班，早上起来冯明蕊就开始给她准备行李。

冯豫年叹气："现在是最热的七月天，根本用不到这些，你买了我也拿不走。"

冯明蕊能做的有限，抱怨："南方那个鬼天气热得要命，你毕业了可不能留在那边……"

她还是老样子，冯豫年也不反驳，由着她抱怨。

早餐过后，冯豫年急着出去，就说："我不在家吃午饭了，一会儿和朋友有约。"

冯明蕊顿时又抱怨："天天不着家，你又没男朋友，哪儿来那么多朋友？"

冯豫年逗她："我要天天在家吃饭，更没男朋友。"

大概冯明蕊觉得这话也对，就不说话了。

冯豫年订了一家米其林餐厅，中午买了蛋糕和花，在餐厅等着李劭忱。他来得有点晚，一身休闲装，进来后茫然四顾了片刻。冯豫年朝他招手。

他看到她的刹那，突然笑起来。

冯豫年见他眼睛发红，问："你昨晚没睡好？"

他摇摇头，只笑，不说话。

两个人静悄悄地庆祝，冯豫年第一次这样郑重地为他单独过生日。

"今年没时间给你过生日，就当是给你补过了。明年我一定陪你过。"

李劭忱笑了起来："我也没有陪你过生日，不用太在意。你陪我的每一天都是过生日。"

冯豫年根本招架不住他张嘴就来的情话，反驳说："你都陪我回家过年了。"

李劭忱笑问："确实，叔叔没有问起我吗？"

冯豫年白他一眼："问起了，问我是不是分手了，怎么一个人回去的？"

李劭忱顺着说："年底等你放假了再一起回去。"

饭吃到一半，冯豫年突然说："导师说，论文的感谢部分不能写男朋友。"

李劭忱下意识问："为什么？"

她慢吞吞地回答："导师建议，没有结婚的就别写了，最好感谢有婚姻关系的人，要不然以后分手了尴尬。毕竟论文一辈子都能查到的。"

她说完，看着他，问："所以，你要不要和我领证？"

李劭忱都被她问蒙了。

她这顿饭本来就不是为了什么生日，她都不记得自己生日，怎么可能对李劭忱的生日格外关注？

她就是为了把他骗来，问他要不要结婚。

李劭忱大概有一分钟就那么静静看着她，不说话。

冯豫年有点后悔，是不是自己太冒失了，试探地说："你要是觉得不……"

"吃完饭就去吧。"

冯豫年呆住了。

李劭忱重复："吃完饭，我们就去吧。"

冯豫年争辩："倒也……不用这么着急。"

"需要，你晚上就走了，再回来得年底了，我就算过去看你，也不能领证。"

"领证就为了写论文名正言顺。"

李劭忱点点头："哦，你和我领证，单单就为了写论文？"

"哎呀，你别把我带进沟里去。"

因为冯豫年的提议，两人午饭速战速决。饭后，李劭忱带她回家换衣服，她难得认真地化了妆，然后直奔民政局。

一个小时后，两人出来，冯豫年觉得有点太过刺激了。

看着手里的红本，她还是不相信自己已经结婚了。

李劭忱悠悠地说："下次跟你回家，怕是不好交代了。"

冯豫年忙说："你别瞎说，其他事按照正常流程，你让我家冯女士知道了，她不会饶了你，你温老师也不会饶了我。"

李劭忱笑了下，没提温女士。

下午冯明蕊一直打电话来，提醒冯豫年不要误了晚上的航班。

李劭忱送她回西四院，结婚证都在他手里，他回了后面的四合院。

冯明蕊见冯豫年回来，问："我怎么看见你坐胡同里的车回来的？"

冯豫年忙说："我路上碰见的，坐顺风车回来。"

她接着就收到李劭忱的消息：【新婚该请客吃饭、发喜糖和礼物。东西已经送过来了，等会儿送你的时候给你带着。】

冯豫年：【你认真的吗？】

千里之外，我从北京带喜糖过去？

李劭忱：【不带也行，等我忙完这边的事，过去和你一起请客。】

冯豫年：【就是领了个证，你别想那么多。】

李劭忱：【冯小姐，领证的意义就是成为合法夫妻，请你明白。】

冯豫年笑了起来，确实领证至今，他们俩都没来得及亲一下。

晚上冯豫年出门，冯明蕊和陈辉同送她到门口。原本陈辉同要送她去机场，她撒谎说叫了专车，已经在等她了。

李劭忱坐在驾驶座，冯豫年威胁他不准下车。

把行李放进后备厢后，她告别冯明蕊上了副驾驶。

开车的李劭忱悠悠地说："我是第一个被老婆威胁不准和丈母娘打招呼的人吧？"

冯豫年只是笑，教训他："你别得寸进尺。"

他煞有介事地点点头："也对，我已经平白得了老婆，不能太得寸进尺。"

冯豫年安慰他："我后半年加把劲，早日把论文和课题完成，年底就会多出一个星期的假。"

李劭忱嘱咐她："不要拼命，延毕也没什么。"

冯豫年瞪他一眼："你当然没什么，毕竟你老婆都已经到手了。"

他忍着笑，也不安慰她。

冯豫年见他笑个没完，就说："你再笑，我年底就不休假了。"

机场送别的时候，李劭忱一直站在那里看着冯豫年进安检。

冯豫年回头看了几次，只好折回来，说："你回去吧，再不回去，等我落地了你都不能到家。"

他看着她，笑着说："没事，你先进去吧。"

冯豫年不能理解他第一次送老婆的心情，就那么头也不回地走了。

回去的路上，李劭忱给温玉打电话。她还在看书，接了电话也不说话。

李劭忱说："英国的房子我让人帮你找，保姆和护工都要有，到时候我会过去帮你看好。"

温玉等他说完，才说："谢谢。"

她不知道李劭忧为什么突然同意她回英国。

李劭忧回应不了她像解脱一样的感谢，只说："你养好身体再说，其他的都不重要。"

九月中旬，李劭忧特意去英国给温玉找了房子，安排了保姆和护工，华人圈内在这行工作的人很多。房子有个不算很大的花园，他站在花园里给冯豫年打电话。

冯豫年午睡被吵醒，迷迷糊糊地问："怎么了？"

李劭忧看着远处草坪，和她说："没事，就是突然想你了。"

冯豫年看了眼时间，闹钟快响了，她打着哈欠说："你要是再早半小时给我打电话，就不是想我那么简单了。"

李劭忧笑起来，听着助理还在和那个华人包工头聊天，突然说："我在想，把我们家装修成什么样子。"

冯豫年疑惑地问："你确定大中午要和我谈这个吗？"

他低声说："你随便和我说点什么。"

冯豫年开始滔滔不绝地讲："实验取的样本出现了问题，载体、表达蛋白、检测蛋白、原生质体都出现了偏差，我盯了一个星期 onfocal（共焦显微镜的简称），都没发现……"

他听着她的抱怨，心里生出来的那种撕裂感就淡了，缓缓笑起来。

最后冯豫年又说："等我熬过这个周期，十月说不准就能抽出一个星期回来。"

李劭忧说："不用抽出时间，十月上旬我过去陪你。"

等李劭忧回来后，温玉已经将行李都收拾好了。她不再像从前那么精致，虽然少了妆容，但依旧优雅，时刻带着淡淡的高傲。

温玉终于在九月下旬和他作别。

李劭忧知道，她有生之年都不会再回来了。

机场作别的时候，温玉主动踮脚拥抱了他，在他耳边轻声说："对不起，儿子，再见了。"

李劭忧忍着情绪，冷静地说："再见。"

温玉走得悄无声息，没有其他人知道。

等温玉走后，李劭忧才和李岩说起。

李岩惊讶了半晌才说："她……倒不必这样。"

李劭忧又说："我也已经结婚了。"

李岩真被他搞生气了，问："你把我当家长了吗？你们到这会儿了才和我说？"

刘绍棠忙说："别生气，让他把话说完。"

李劭忧知道温玉不肯管他的事了，他总要有家长来出席婚礼。

"我们从小就认识，这么多年了，结婚也是自然而然的。"

李岩问："还是那姑娘？"

他点头。

刘绍棠都听乐了，问："那行，那这事还好办。"

李岩瞪他一眼，问："人家家里什么态度？对咱们家有什么要求没有？"

李劭忧失笑："没有，该准备的我们两个人自己都准备得差不多了。"

刘绍棠开太太的玩笑："就咱们家这情况，人家也提不出什么要求来了。你把心态放平，劭忧不论娶个什么样的姑娘，估计你都不大看得上眼。"

李岩生气："你说他办的这叫什么事？"

李劭忧也不辩解，由着姑姑抱怨。

十月冯豫年果真没有抽出时间来，李劭忧过去就住在华侨村的别墅里，冯豫年也只好跟着他搬进去了。

十月的北方已经开始退了暑气，南方还是仍旧炎热。

两人晚饭后坐在后院里，还能听到隔壁公园里的音乐声，是闹市里的声息。

冯豫年问："我看财经访谈对你多有赞誉。"

李劭忧懒懒地回答："大概是我赚钱的能力突出吧。"

冯豫年扭头看他一眼，给予肯定："也对，你这么优秀，不管做什么，都会做得很好很好。"

李劭忧睁开眼，看着她："不，我恋爱只有和你谈，才能谈得很好。"

冯豫年想骂他又想笑。

他继续说："你肯定不知道，我第一次见你就喜欢你了。"

冯豫年惊讶地看着他。

李劭忧只笑，不说话。

那一眼我就知道，我喜欢的女孩子叫冯豫年。

第一眼喜欢的人，我怎么可能甘心只和她做朋友？

冯豫年回想自己结婚的原因，十分肯定就是在整理论文初稿的时候，被导师和隔壁的同事们建议论文的感谢部分尽量写有合法关系的人，使得她那一阵有点上头，一冲动就领证了。当然，也有她心软的原因，总之是多种因素影响的。

但是等她清心寡欲地做了两个月实验，写了两个月论文后，她觉得自己当时太冲动了。

尤其是她想到家长和亲朋好友还没人知道，后续的工作很难展开。

最重要的是，她这个婚结得像个假的，几个月都见不到人，也没有任何新婚该有的饱满热情。

而且领证后，她还被强制搬到了离院里更远的地方，导致她每天通勤时间变长了三倍，毫无幸福感可言。

她只能在专栏里放飞自我：【为了结婚成家，安心上班，结果搬家后路上耗费时间更长了，就好比自从有了男人，寂寞的夜更长……】

评论区爆笑声一片，有人问：【你老公知道你这个账号吗？】

冯豫年回复：【你盼我点儿好吧！】

爆笑中，夹杂着"恭喜梁园新婚"。

冯豫年第二天照样活跃：【年少无知的时候写情书都是想象，我笔下有三个梦：一个檐上雪，一个堂前月，一个天青色。檐上雪是你，堂前月是我，天青色是时间。全是抓不住的空谈，一点用处都没有，果然男人误事。】

连着一个星期，她的吐槽都不重样，倒是把读者逗得捧腹大笑。

没想到知性、博学的梁园，是这样的梁园。

余小雨最终和那个摄影小哥喜结连理，小哥为她留在了本市。

余小雨和摄影小哥说："她最近不正常，你别惹她。"

摄影小哥被晒得发亮，一口牙白生生的，笑问："怎么了？和男朋友吵架了？"

余小雨呵呵一笑："男人在她眼里如浮云。"

冯豫年从书海里抬头接话："浮云与我皆过客。我最近清心寡欲得快成仙了。"

余小雨的笑声犹如山呼海啸，冯豫年总能逗得她大笑不止。

三个人简单在食堂里吃了个饭，余小雨就拉着摄影小哥出去逛街了，冯豫年照例没有周末。

十一月的中旬，南方还是温润的气候，北方已经下了两场雪。

李姝逸的文艺片在入冬下第一场雪的那天杀青，整个人犹如重度失恋，杀青后直奔海边放松心情，给冯豫年打电话的语气都是："年年，有时间吗？我最近看什么都觉得伤感。"

冯豫年看着半截论文，中肯地说："冬天一个人待着确实容易抑郁，你多晒太阳。"

李姝逸以为找到了知己，继续说道："杀青后我有点走不出那个心境，感觉好难受。"

冯豫年想了想，说："你试试跑步吧，每天晚上跑五公里，累了就睡。"

李姝逸不死心，继续说："突然想约朋友一起聚聚，或者一起去散散心，结果李劭忱送我去避暑山庄待了两天。"

冯豫年听完沉默几秒钟，给她出主意："你让李劭忱给你办一个 party 吧，多认识一些男生，谈恋爱去吧。谈恋爱非常容易让情绪活跃起来。"

谈恋爱了，心情就会跌宕起伏，没时间伤感了。

李姝逸本就是个爱热闹的性格，一听有人陪着她热闹，就觉得是个好主意，第二天也不找冯豫年了，直奔回北京，缠着李劭忱非要让他攒局，让他给她介绍男朋友……

叶潮也不在北京，李劭忱分身乏术，老婆都没时间哄，更没时间哄姐姐，就把李姝逸推给了休假的张弛。

张弛是身付国家，心付给博士后姐姐了。那位博士后姐姐正好人在北京，他还等着鞍前马后，但受李劭忱的委托，就只好带着李姝逸去约会。

李姝逸回来就给冯豫年诉苦：【我现在成留守儿童了？没人收留我，你们这么敷衍我，我真的生气了。】

文晴正和冯豫年说，云南助农项目今年结束后，一直收到县里的邀请，让他们去当地参观。

后来岩召联系不上冯豫年，就找到了文晴，文晴经常帮冯豫年代收村子里寄来的特产。

冯豫年正和文晴说这个事，李姝逸的消息进来。

她突然说："要不新年去一趟吧，我那会儿正好有假。"

文晴也附和："行啊，让我也看看你曾经下乡的地方。"

冯豫年说："那是个好地方，你去了就知道了。"

冯豫年给李姝逸回复：【新年团建去云南下乡，你来做统筹。】

李姝逸惊喜地问：【就你下乡那个村子？那我就准备行李了！】

冯豫年委托她：【我通知一声，要去的人员去你那里报名，你要是不想谁去，就拒绝掉。】

李姝逸：【李劭忱别想去。】

冯豫年：【同意。】

李劭忱忙得昏天暗地，最后一轮投资结束，企业合并整合后，有退出的股东，也有新加入的股东。在这场权力更迭中，他终于在集团内坐稳位置，李岩的权力传递非常顺利。

在未来的几十年里，他们姑侄两人要互为倚仗。

等他知道团建消息的时候，团建的队伍已经到达云南了。

冯豫年虽说是团建发起人，但是组织和筹备工作都是文晴和李姝逸在做，大家也知道她没有时间。

她到年底整个人有点厌学了，连着几个月也没见李劭忱，她根本没有已婚的自觉，连婚戒都不戴。

她也没想到报名参加团建的人居然这么多，她自己也不明白，大家对她下乡的地方有什么误会，又不是参观革命老区，怎么会有这么大热情？她本人非常诚实地认为，还是在洱海边上晒太阳更舒服。

沈南贺这个整年都神出鬼没的人，结果组织团建时他也来了。

叶潮人就在云南，在那边等着他们。

张弛送博士后姐姐出差后，终于有空了，就那么两手空空地出发了。

李姝逸带着助理拉着三大箱行李，兴奋地开始她的下乡之旅。

文晴戴着帽子，穿了一身十分花哨的衣服。

总之，队伍看起来有点傻里傻气的。

等他们落地，叶潮已经在机场等着了。他不知道从哪里租来的大巴，把一帮人拉到洱海边上，扭头就给李劭忱打电话："你快点，就等你了。"

冯豫年看着叶潮，再看看自己手机里的信息：【我老婆扔下我和一帮人去旅游了，你说这种事我怎么办？】

她不由得生出一种错觉，她的婚姻关系仿佛有多人参与进来了。

李劭忱是晚上到的。

叶潮这半年一直在这边投资旅游项目，整个人晒成了小麦色，饭桌上跟他们开玩笑："等从村子里回来，带你们去我的地盘上玩一玩。"

文晴还不习惯他这种有钱人的行事风格，偷偷和冯豫年说："他这口气仿佛是请我们去他家里玩玩似的，那可是绵延几十里地的旅游开发区。"

冯豫年安慰她："习惯了就好了，他看着只会吃喝玩乐，但是赚钱的本事也不赖。"

李劭忱来的时候，他们正在洱海边夜聊，一帮人不睡觉，坐在露台上喝咖啡、喝酒、谈理想、谈人生……

叶潮开始讲他这么些年的江湖逸事，沈南贺这几年在南边搞游乐项目，难得回来。

张弛则听着他们的逸事，时不时搭几句话，少了平时的严肃，整个人很放松。

李姝逸听得津津有味，说起小时候的糗事都乐不可支。

冯豫年听着听着，有点迷糊，在躺椅上睡着了。她这段时间是真的累，隐约听见李劭忱说："不用了，我今晚和谁凑合一晚就行了……"

她突然就吓清醒了，睁开眼，见李劭忱扭头淡淡地看了她一眼。

冯豫年被他看得莫名心虚，就怕他当面戳穿她，便像只鹌鹑似的，一句话不说。

文晴见她醒了，忙说："年年醒了？李劭忱来后还舍不得叫醒你。"

叶潮两眼瞪直，看看李劭忱，再看看冯豫年，问："所以，你们两个是真有剧情了？"

李姝逸张嘴就要讲剧情，李劭忱先说："剧情倒是有，就是有点复杂。"

叶潮纳闷了，就说："复杂怕什么，我有的是时间。"

冯豫年辩解："也没什么剧情，就是……"

李劭忱接话："就是，不好说。"

他想起这位姑奶奶在专栏里暴躁了几个月，心里确实不是很敢惹她。

沈南贺笑着说："有就是有，没有就是没有，这有什么不好说的？"

文晴问："你们俩吵架了？"

叶潮算是明白了，骂李劭忱："你这前女朋友我还不知道是谁呢，你们俩这就又恋爱起来了，合着我这大半年错过了那么多剧情？"

张弛忍着笑骂了句："你就是个锤子。"

叶潮和他们笑骂起来。

冯豫年准备溜进房间，她有段时间没见李劭忱了，现在大家都在一起，她有点不好意思和他出双入对。

第二天要去村子，大家晚上早睡，李劭忱见冯豫年跑得快，就当作没看到。

他去了叶潮的房间，和叶潮聊了半宿云南的旅游项目。

叶潮说得口干舌燥，问："兄弟，大好时光，洱海边上啊，合着你是巡视工作来了？和我在这儿干唠半宿，都不去睡觉？"

李劭忱本来就想等着冯豫年睡着了再过去。

叶潮挖苦他："我说你也忒不地道，挑窝边草下手？这么多年的朋友了，你也下得去手？"

李劭忱玩味地笑了声："这么多年……"

说完起身施施然出去了。

叶潮气得骂他："你这臭德行。"

李劭忱回来的时候，冯豫年正闭着眼在"他和谁去睡了"和"他会不会回来"两个问题中摇摆。

听见门打开的声音，她立刻蜷缩起来。

李劭忱也笑了。

房间里只有露台的灯亮着，照得房间朦朦胧胧的。李劭忱看了眼床上，见人缩成一团，睡得乖乖的，他才轻手轻脚去了露台，露台上的灯并不亮，隐约能听见水声。

冯豫年见人走了，坐起身看了眼，见他坐在露台的椅子上，面朝湖面。

她脑子里突然冒出一句——爱上一个不回家的男人。

自己又笑起来。

李劭忱是因为长时间没睡觉，人有些亢奋，睡不着，又怕吵醒她。

冯豫年本来困了，但是被他一搅和，就没了睡意，坐在床上，给他发消息：【你不睡觉，坐那儿干吗呢？】

李劭忱看着消息，错愕地转头看了眼里面，而后笑起来，回复：【看洱海。你要不要看？】

冯豫年：【不看。】

李劭忱忍着笑：【还是来看一看比较好。】

冯豫年光着脚，出了露台。

李劭忱见她光脚，冲她招手。冯豫年犹豫着，慢慢踱步过去。他拉了她一把，她吓得惊呼一声，整个人陷在他怀里。

李劭忱悄声问："怎么还没睡？"

冯豫年也是莫名叛逆："你管我！"

李劭忱问："是不是在等我？"

"我为什么等你？"

"那怎么给我留门？"

"你不想睡了是吧？"

李劭忱换了个话题："那这次放几天假？"

冯豫年起初挣扎了，但是挣不开，就心安理得地躺在他怀里："三天，等结束我直接就回实验室了。"

李劭忱问："论文顺利吗？"

冯豫年实事求是地说："不顺利，说了你也不懂。你别跟我提，让我专心休假。"

李劭忱果真不提了。

李劭忱的手从她的睡衣后摆伸进去，她怒目瞪他。他笑起来，但是并不看她，作乱的手不停。

她扭来扭去，但根本动弹不得。他的手绕过她腰，到了她胸前，冯豫年骂了句："老色胚。"

他闷闷地笑，但是不反驳。

等她挣扎得越来越厉害的时候，他抱着人利落起身，回房间去了。

冯豫年一触到床，一个翻身跳起来，在床上站得远远的，在黑暗中俯视着他。

李劭忱不言不语，慢吞吞地脱衣服，等他脱好衣服，翻身上床，一个猛虎扑食，将冯豫年捂在怀里，困在被窝里。

他还老神在在地说："我生怕一用力把你的细胳膊细腿折断了。"

冯豫年气得气喘吁吁，低头在他虎口上咬了一口。

他装模作样地"咝"了声。

冯豫年没好气地说："我都没用力，你装什么？！"

他闷闷地笑，等笑够了，问："高兴了没有？"

冯豫年真是又生气又觉得莫名其妙，问："谁高兴？"

李劭忱说："我高兴。"

冯豫年到底没逃过去，被他折腾了半宿。等天亮，其他人都准备出发了，她还睡得正熟。

李劭忱也不着急，就坐在旁边静静等着。李姝逸进来叫她时，李劭忱人在露台上打电话。听见开门声，他给李姝逸打手势让她出去。李姝逸没看到，喊了声："年年？"

冯豫年这才从睡梦中醒来，茫然地问："出发了？"

李劭忱见李姝逸进来，说："我让叶潮等等再出发，你先睡吧。"

李姝逸看着李劭忱，满眼都是离谱，问："你们上这儿度蜜月来了？"

冯豫年困得要死，问道："我和你说了让他别来，你怎么拦的人？"

李姝逸恶狠狠地道："我就该把他两条腿锯了。"

李劭忱的电话还没有挂掉，别有深意地看了两人几眼，又回露台接电话去了。

冯豫年起来洗漱完，连早餐都没吃就上了大巴。李劭忱最后才来，施施然提着一大袋外卖和零食，坐在后面，让几个女生吃了一路。

车进了寨子，冯豫年一改在车上睡得昏天暗地的状态，下车后，和遇见的村民熟稔地打招呼。和他们聊天后，冯豫年才知道村里今年种葡萄的人多了很多，也有人种其他水果，有一家种了几十亩柚子树。

村子里的改变挺大的，岩召如今是种植的半专业人士。

村民说："他去年又种了十几亩莲藕。今年他特别忙。"

冯豫年带着人一路走，这里不同于北方的灰色调，虽说是冬天，但依旧是翠绿一片。

路过河渠，李姝逸看着铺了石板的清澈的水渠，说："这条小河好漂亮。"

叶潮笑道："你见识有点浅了，这是夏天洗菜的地方。"

李姝逸看了眼石板路，举着手机说："真的挺漂亮的。"

石阶一直延伸到冯豫年从前住的院子，那是刀杰家的老房子，她下乡几年一直住在里面。院子里的那口瓮还在，碗莲和鱼已经没了。

李姝逸和文晴进去参观了一圈，房子是旧的，后来也不住人，已经没有之前冯豫年住的时候生机勃勃的样子了。

李姝逸仰头看着掉漆斑驳的旧房梁，有些低落地说："怎么这么旧？"

冯豫年并不觉得："只是不住人，看起来旧而已。"

张弛看了眼远处的山，夸了句："这边的山脉非常漂亮。"

叶潮给他们介绍："隔壁有杜果树和荔枝树，五六月的时候来，随便吃。"

一帮人声响动静大，阿杏闻声过来，见到冯豫年，惊喜地问："你怎么来了？怎么也不说一声？"

她的孩子已经一岁半了，她还和从前一样热情，招呼道："不行，怎么也要吃一顿饭才行，去我家那边吧。"

冯豫年推辞："我们人多，一会儿去镇上吃。"

阿杏生气地说："进了门的客，怎么可能让你空着肚子走。"

刀杰也在家，他的葡萄种得不错，因为文晴做的助农商务，他后来负责这一个片区的电商业务，就把葡萄承包出去了。

刀杰听说他们来，请假一天，专门在家陪他们，他如今赚了钱，起初全是依赖冯豫年起家。

事实上，这个电商平台是李劲忱投的钱，也可以说是他捐的钱。

刀杰见了叶潮，记起了和他吃烧烤拼酒的往事。

叶潮见了他就说："今天不拼酒，喝酒我得管你叫声哥。"

张弛听得乐了，问："他干什么了？"

沈南贺回道："代表咱们西四院和本村喝酒扛把子兄弟拼酒，输得一塌糊涂。"

张弛听得直乐，怂恿道："叶哥，今天怎么也要把咱们兄弟的面子找回来。"

叶潮笑骂："他喝酒跟喝白开水似的，你要面子自己挣去！"

阿杏坚持让大家去她家里吃饭，冯豫年推辞不了，就带着大家去了。

李姝逸在这里看什么都觉得好奇，看到新鲜的东西都要拍照。文晴则更多的是看这里的生活状态，偷偷和冯豫年说："并不贫穷啊，是你扶贫的功劳？"

冯豫年听得直乐："怎么可能，他们本来就很勤劳，人也聪明，富起来只是时间早晚的事。"

冯豫年帮阿杏做午饭，刀杰领着几个男人去河里网鱼了，叶潮对这里的烤鱼至今都念念不忘。

岩召听说冯豫年回来，直奔过来，见她领着一帮朋友，问："今天不走吧？如今也没有葡萄，山上只有柚子，下午给你们摘一些。"

这里的人，骨子里都是淳朴。

李姝逸和冯豫年说："他们怎么这么好啊，凡是自己有的，都愿意给我们。"

阿杏听到，笑起来说："冯技术员不是别人啊，她扶贫种了几年葡萄，走的时候葡萄还没成熟，她一颗都没吃到。村里的水果如今卖得好，也全是她的功劳。"

李姝逸听着，突然对农学专业有了朦胧的理解。

万物生长，春耕秋收，所有人看到的都是秋收的喜悦和丰硕。

农学专业的人，就是在春季默默播种的人。喜悦是实实在在的喜悦，无闻也是实实在在的寂寂无闻。

冯豫年和阿杏聊起这两年水果的销路，阿杏说："你们做的那个水果电商平台，现在不光水果，隔壁镇上的花卉都出得很快。刀杰说明年会更忙。"

冯豫年并不知道这些详细的情况，电商平台是李劭忱投钱和政府一起搭建起来的。

岩召事多，等不及吃午饭就要去忙了，匆匆和冯豫年说："你等我下午过来带你们上山。"也不等她拒绝就匆匆走了。

男人们回来，李劭忱还是和上次一样矜贵，万物不沾，倒是张弛觉得好玩，和叶潮一人提着一条鱼。

午饭格外丰盛，包烧烤鱼、烤牛肉、本地的特色米线，还有各色各样的美食。

文晴和李姝逸吃得不亦乐乎。

叶潮举着酒杯，乐呵呵地和刀杰说："兄弟，咱们意思一下。"

阿杏见刀杰起身去取酒，又善意提醒在座的人："你们别和他喝酒，你们喝不过他。"

叶潮这次学乖了："小嫂子，我这回长记性了！"

冯豫年扭头看了眼李劭忱，见他静静地看着她，她一笑，不再看他。

她关于这里的记忆，全是好的。

刀杰不和他们喝，结果几个人开始起内讧，张弛先和叶潮喝起来了。

赌注是，划拳输一把，喝一杯，介绍一个前女朋友。

这个赌注八卦味太浓了，都不用外人起哄，自己人都闹起来了。

叶潮连输三把，说前女朋友还在读书。

张弛笑骂："我就是赢到天黑你都讲不完。"

叶潮一听，扭头说："我不和你喝了，我要和李劭忱玩，我要让他介绍前女朋友。"

张弛乐了，利落起身，一把将李劭忱强制摁到座位上。

李劭忱被张弛摁着，只好和叶潮划拳，一把下去，输了。

叶潮"嘿"了声，笑着说："兄弟，交代吧。"

李劭忱忍着笑，不同于其他人的叫闹，安安静静的，轻声问他："你是不是傻？"

李姝逸笑个不停。

冯豫年忍不住了，问叶潮："他前女朋友干什么了，你这么执着？"

叶潮回道："他当时和我吹牛说，我所有前女朋友全捆起来都比不上他一个前女朋友。"

张弛听完爆笑，拍了李劭忱一巴掌："你个不要脸的！"

李姝逸笑得倒在冯豫年怀里。

冯豫年立刻熄了救人的心思，让他自己面对去吧。

在场知情的人都笑疯了。

李劭忱淡淡地问："不是吗？"

冯豫年忍了又忍，说："没人和你说过，你这样活不长久吗？"

你牛成这样没被打死，真的是感谢法治社会。

全场的人都笑李劭忱，可他丝毫不觉得自己吹牛可耻，起身和叶潮说："我前女朋友就在这里，你脑子放灵光一点，慢慢想。"

叶潮呆了片刻，然后扭头看冯豫年，不可思议地问："你们俩到底什么时候好上的？"

冯豫年没好气地说："让那个吹牛的人给你慢慢讲吧。"

李姝逸倚在冯豫年肩上，笑着说："早到你根本想不到。"

叶潮自饮一杯，问："总不能是高中吧？"

张弛问："你当人都和你似的，除了谈恋爱，没别的事干？"

叶潮长吁短叹了半天，最后自己喝了三杯，指着李劭忱："你是人吗？"

李劭忱不以为意："那要看和谁比了。"

一帮人爆笑不停。

岩召骑着那辆野摩托又来了，见他们还在吃饭，和冯豫年说："下午我没事了，带你们去山上摘柚子吧，应该还有一些。山上这会儿也没其他水果，你们明年夏天来，那会儿山上也好逛。"

冯豫年笑着说："没有就算了，明年再来，不打紧。"

岩召有点不好意思，见她不见外，也笑了："也对，明年来也一样。你们明年夏天来，带你们去看花田。"

冯豫年和岩召聊天才知道是政府投钱，并组织商贸办的人搭建的电商平台，是本地扶贫的大项目，怪不得路上见了好多物流车。

她听了也开心，鼓励岩召："这下不怕葡萄卖不出去了，其他适合电商销售的水果也可以种植一些，只是辛苦很多。"

岩召只管笑，听她说话，不插嘴。

下午他们要出发回去，阿杏给冯豫年带了很多特产，她也都收了，然后给阿杏的小孩包了一个红包。

等他们走后阿杏才看到红包，在微信上给冯豫年发消息，怪她这样破费。

回去的路上，男人们聊这里的风土人情和旅游经济，女生们在说风景和照片。

李姝逸拍了非常多好看的照片，他们一行人还有一张大合照。

李姝逸一边修图，一边问："你们说我是发自己的单人照，还是把大合照发上去？"

冯豫年思考了一下说："你还是放你的单人照吧，人多了麻烦就多。"

李姝逸歪头傲娇地说："我就不。"

然后她朋友圈里是满满当当的九张图。

最后一张是文晴抓拍的照片，她和冯豫年坐在树下，冯豫年歪头看着远处，她笑得很开心。

她还配上文字：【去年年当时下乡的村子里玩，都是美好的风景。@植物学生冯豫年】

冯豫年听见手机里的消息提醒，对她的幼稚行为并不意外。

李劭忱就坐在前排，突然回头问冯豫年："要不要去泡温泉？"

文晴挑眉，戏谑地看着他俩。

冯豫年问："你去过？"

他点点头。

冯豫年开玩笑说："你挺会享受的嘛。"

他淡淡回道："自己的生意，总要光顾。"

李姝逸像见鬼了似的问："你什么时候开始在这边做生意了？"

叶潮见缝插针："他都快成这边的乡土企业家了，这两年尽投资些不挣钱的生意。"

沈南贺却说："劭忱做生意看着随意，但是不赔钱。"

张弛顺嘴说："你别说，你投资的本地电商确实扶持起来一大批人。"

冯豫年隐约听出点意思了，不动声色地看了李劭忱一眼，但是没吱声。

回酒店后，他们几个男生提议打牌。

沈南贺问叶潮："有麻将吗？咱们玩点熟的。"

张弛先说："我就不和你们这帮知名企业家玩了。"

沈南贺的路子野，说："我们四个上牌桌，你们四个女生挑搭档，两两成对。"

速战速决来两把，输的人请客泡温泉，这样行吧？"

男人有时候就这么幼稚，只要是赢，赌注是什么都无所谓的。

李姝逸问张弛："你打麻将怎么样？"

张弛看了眼李劭忱，抬头和李姝逸："绝不让你吃亏。"

冯豫年看了眼牌桌上的人，问叶潮："你说实话，你们打麻将谁输得最多？"

叶潮吹牛："你别说，我没输过。"

冯豫年斩钉截铁地说："那我选你！"

其他人都笑起来。

李劭忱脱了外套，里面就穿了件短袖，回头问："我就这么不值得你信任？那你坐下来玩，我看着，行不行？"

叶潮叹了声气，和小乔说："小乔，叶哥今晚带你，咱俩来大杀四方！"

文晴和沈南贺搭对，第一轮时，她看了眼沈南贺的牌，激动地说："不错哎。"

沈南贺忙说："低调低调。"

逗得大家都笑起来。

冯豫年对麻将有点生疏，仅会的那一点点也是和他们学的，万不敢和他们比。

李劭忱起身取水，毫不在意地嘱咐她："你先打着，不懂再叫我。"

冯豫年崩溃地问："你就不能不喝水吗？"

她整理麻将都不怎么利索，仅靠着数学的排列组合知识，就那么靠直觉一直打，张弛时不时还能喂她一张牌。等李劭忱再进来，她正杠上开花。

几个人对她说的不会玩都开始表示怀疑。

李姝逸叫嚷："你不是不会玩吗？"

张弛笑眯眯地说："新人手气旺，赢也正常。"

大家都相信这个迷信说法。

冯豫年见李劭忱回来，立马就要起身。结果他坐在椅子扶手上，伸手搭在她肩上，轻声说："你继续，我看着。"

冯豫年被他闹得没办法。

等她连赢两把后，沈南贺才说："弛子，你使诈了吧？"

张弛反驳："我是这种人？我也输了啊。"

叶潮也调侃冯豫年："你说你一个乖学生，不抽烟、不喝酒、不喝咖啡、不喝茶，怎么在赌博这一行运气这么旺呢？"

冯豫年点头："说不准我就是入错行了。"

闻言，李劭忱在她脖子后面捏了捏。

一整晚，只有她一个人大杀四方，一人吃了三家。

晚饭后，相约泡温泉，男女分别在两个池里。冯豫年接了个电话，聊的时间有点长，主要是冯女士经过这么久的精挑细选，终于给她物色到一个配得上她的青年才俊——对方是学金融的，二十九岁，一米七五，金融行业高管，家是北京的，父母都是高知……

冯豫年也不反驳，听着冯明蕊滔滔不绝地介绍，语气中都是扬眉吐气的自信，反复强调这个和从前那些安稳老实的男孩子完全不一样。

冯豫年一边听着，一边琢磨该怎么给冯女士讲她已婚了的这个事实。

冯明蕊一通介绍，听不到她吱声，就问："这又又不满意？"

冯豫年的思绪被打断了，忙说："没有，条件挺好的。"

冯明蕊见她不反对，立刻就说："你别只觉得他家境好，照片我发给你了，你看看，要是合适就加个微信先聊聊。"

冯豫年刚准备说自己有男朋友了，结果身后的李劭忧问："你不换衣服？"

晚上九点，身边有异性，这个信息已经很明确了。

冯明蕊问："你身边有人？"

冯豫年给李劭忧使眼色。他看见后，笑得有恃无恐，但是不再说话了。

冯豫年吞吞吐吐地说："我最近交男朋友了。"

冯明蕊倒也没那么反对，问："男孩子哪里人？干吗的？"

"北京人，做生意。"

冯明蕊立刻追问："北京的倒是好，但是这个做生意，他做什么生意的？"

冯豫年被问住了，回头问李劭忧："你做什么生意的？"

"旅游。"

"他做旅游生意的。"

冯明蕊想象一下旅游景区卖货和导游之类的，又觉得不太行，又问："具体做什么？"

冯豫年见冯明蕊这么认真，继续问李劭忧："具体呢？"

"开发景区。"

冯豫年听着就像是鬼扯，但依旧跟冯明蕊说："开发旅游景点。"

冯明蕊听着吓了一跳，问："他多大年纪呀？年年，咱们不攀那种有钱富豪，般配就好，不需要大富大贵的。"

冯豫年忍着笑："不是老男人，年龄和我差不多。"

冯明蕊想了想，说："哦，这样啊，那下次你带回来，我们看看人。"

冯豫年回道："那行，下次回来我安排。"

等冯豫年和冯女士的聊天友好地结束后，李劭忧问："我今天才算是有名有姓了？"

冯豫年摇头："只是有这么个人了，还达不到有名有姓。"

李劭忱将人圈在怀里，问："我就是个见不得光的人？嗯？"

冯豫年撇嘴："你和见不得光有什么区别？你就是能见光，我也见不着你几面。"

李劭忱也不介意她这么吐槽自己，亲亲她的耳朵，哄道："今晚和我一起泡温泉吧。"

"你想都别想。你别以为我不知道你想什么。"

李劭忱忍着笑："我在想什么？"

冯豫年简直想唾弃他。

温泉池里热气腾腾的，男士就在隔壁，蒸汽将两个池的人隔得很开。雾气朦胧中，李姝逸冲男生那边喊："咱们来玩点刺激的怎么样？"

张弛笑她："你别到时候输得出不了池子。"

文晴和冯豫年正闭着眼享受，被李姝逸一嗓子喊了起来。

文晴忙说："姑奶奶，你可别胡来，你看咱四个是他们的对手吗？"

李姝逸整个儿一傻大妞，乐和地冲那边男士说："也对，你们猴精的一帮人。不和你们玩。"

然后四个女生聊起了心事。

李姝逸叹气："回去后，我的活动就来了，到年底都忙不完。"

小乔看着自己的艺人也有点愁，主要是李姝逸越来越懒了。

冯豫年也说："我是一如既往的忙。"

文晴疑惑："怎么回事？我还是干劲满满，你们怎么都这么颓了？难道就我和小乔有事业心？"

李姝逸抱怨："我只想谈恋爱，不想工作。"

文晴说："姑奶奶，你谈恋爱还不容易？多少男孩子等着你挑选呢。我谈恋爱那才叫难。"

冯豫年悠悠地说："我谈恋爱倒是挺容易的，但是我没有时间谈恋爱……"

"你闭嘴！"

"你闭嘴！"

另外两个人一致不准她说话。

冯豫年就真的听了一晚上的恋爱心得，也不知道有什么用处。

李劭忱回去得早，等冯豫年回去的时候，他已经坐在床上玩手机了。

见她回来，他问："怎么样？"

冯豫年好奇："你们怎么回来这么早？"

"一帮大老爷们儿有什么好泡的。"

冯豫年挑衅地问："意思带女伴就泡得久了？"

李劭忱抬头看她一眼："你别给我挖坑。"

冯豫年反驳："你这么厉害，还怕坑？"

他顺手抱着人："怕，怎么不怕，我成天怕你不要我了。"

冯豫年古怪地看他一眼："你就是个戏精。"

李劭忱笑起来："那冯博士陪戏精大战三百回合吧。"

冯豫年被他放倒时，脑子里还想着，我造的什么孽，要过这种旱涝无常的日子。

第二天返程，冯豫年南下回植物园，其他人都张罗着回北京。

见李劭忧不言不语，叶潮问："你不走吧？和我去看看咱的生意吧，我这半年真是被拴在这儿了。"

李劭忧努努下巴："我要去送她。"

叶潮听得牙酸，他在冯豫年身上也算栽跟头了，来来回回好奇李劭忧的前女朋友那么多回，合着人家分分合合就一个人。

"你拿什么送？开飞机呀？"

"送她到学校，有事和她商量。"

叶潮不理解："什么事在这儿还商量不成了，非得跑几千公里外？怕我呀？"

李劭忧眼皮也不抬："人生大事，和你说得着吗？"

叶潮暗骂了一句。

在机场，冯豫年还问："你和叶潮刚才嘀嘀咕咕说什么呢？"

李劭忧闭着眼："没说什么，生意上的事。"

冯豫年顺嘴就说："你们有事忙就去忙吧，我也不用你专程送一趟。"

李劭忧意味深长地看她一眼，想起她在自己的专栏里放飞自我地吐槽他……

他中肯地说："年底事多，但都没那么要紧。"

冯豫年只觉得他莫名其妙。

当天晚上回家，家里有两个人，确实显得比较有人气，平时几百平方米的房子里就她一个人，少了人气，她平时也忙，都顾不上害怕。

家里的灯都开了，身边的人制造出来的声音，都让人觉得安心。

冬天南方的湿冷和北方的干冷不同，李劭忱把空调温度调到最高，但还是觉得不舒服，问："你冷不冷？"

冯豫年正在和实验室的几个同事聊天，随口说："不冷。"

李劭忱轻声说："我有个事要和你商量一下。"

她回头问："商量什么？"

"结婚的事，你什么时候和家里人说？"

"这个事，比较特殊。"

"怎么个特殊法，你和我讲讲，我总不能一直见不得光吧？"

冯豫年见他一脸郁闷，忍不住笑起来，盘腿坐在床边，和他说："我觉得我对结婚这件事太轻率了。"

李劭忱皱着眉问："你后悔了？"

冯豫年摇头后又点点头。

李劭忱威胁："后悔也晚了，你就安排时间吧，我来准备婚礼。"

"你急什么？年纪轻轻为什么会对结婚这么热衷？"

"我当然急。我就是不够急，要不然十年前我就结婚了，还哪来后来这么多的事。"

冯豫年听他的抱怨，只觉得他有时候真的很可爱："年纪轻轻的，你的思想很危险呀。"

李劭忱说："结婚这种事，遇见了就是好时候，哪有早晚一说。"

冯豫年没想到他一个直男这么少女心。

李劭忱握着她的手，一根一根地梳理她的手指，她手上有很多细碎的疤痕。

他靠近的时候，冯豫年终于忍不住说："你给我洗脑的时候就会先感动我。这招真是屡试不爽，是不是？"

李劭忱气得伸手敲了下她的脑袋："和你说认真的，你别想扯开话题。"

冯豫年见逃不过去，就说："你真的要等等我，让我先搞定我们家冯女士。虽然我现在和她关系很和睦，但是要是你搅和进来，我们的母女关系怕是要破裂。你们家温老师也是。"

她如今说起顽固的家长，就像对待无理取闹的小孩子似的，已经摆脱了从前那些原生家庭带给她的伤害。

李劭忱提醒她："我们家温老师万事都听我的。"

冯豫年疑惑："你和我结婚，她也同意？"

"为什么不同意？"他并不想多谈温玉。

冯豫年有点不相信，她印象里的温女士，那可是比冯女士还难糊弄的人物。

她随口问："你现在还陪她住吗？"

李劭忱轻轻叹了声气，轻到冯豫年都没有察觉："没有了，她最近不在北京，回英国了。"

冯豫年听完，想问一声，但又觉得说什么都不合适。

谁也没想到，冯明蕊会知道李劭忱和冯豫年的事。

起因是冯明蕊和老邻居们晨练，其中一个问："你们家年年快结婚了吧？"

冯明蕊连连摇头："她呀，男朋友连个影都没有，说了也不听，等她博士毕业了再说吧。"

那位阿姨疑惑地问："她不是和后院李家那儿子一块儿的吗？我那天在朋友圈还见他们俩在云南旅游呢。"

冯明蕊听得一僵，矢口否认："怕不是吧，她整日忙，哪有时间去云南。"

还没等回家，冯明蕊在路上就匆匆给冯豫年打电话："你在哪儿呢？"

李劭忱和冯豫年正吃早餐。冯豫年问："怎么了？"

"怎么有人看见你和那谁在云南旅游？"

冯豫年下意识看了眼李劭忱，心想，谁这么大嘴巴，但还是壮胆问道："我和谁啊？"

冯明蕊有些生气："还能是谁，李劭忱！"

冯豫年笑嘻嘻地回道："哦，他呀。我和姝逸、叶潮几个人一起去我下乡的村子转了圈。"

"我没问你去干什么，你又和他搅和在一起了是不是？"

冯豫年听得一顿，又看了眼李劭忱，起身出了门。

她站在门外看着远处的云，轻声说："妈，我和李劭忱是正常的男女朋友，你不要用搅和这个词，很难听。"

冯明蕊简直气炸了："你还知道难听啊？你图什么？好好的博士，前途大好，你和他搅和在一起有什么好的？他妈妈还是那样……"

"妈！我一两句和你说不清楚，等我下次回来和你细说。"

"这有什么说不清楚的？你和他不合适，我是肯定不会同意的。"

冯明蕊的那股固执劲儿又上来了，对她又开始从头到尾地否定。

她从前觉得李家家世那么好，哪是冯豫年能攀上去的。

可是世事就是这么多变，老爷子去世后，儿媳又出了那样的事，家世好是好，但是不再那么高不可攀了，走下神坛后的李家，在她眼里还不如其他家世一般的普通家庭。

冯豫年心说，晚了，我已经把自己嫁出去了。

李劭忱出来，问："怎么了？"

冯豫年收起情绪，轻描淡写地说："我妈不知在谁的朋友圈里看到我们的照片了。"

李劭忧点点头，没说话。

冯豫年也不作声，等回神，立刻警告他："你回去别去看我妈，让我知道绝对和你绝交。"

冯女士说话向来口无遮拦，肯定会拿温玉的事羞辱他，她可以忍受冯女士的教训，但是不能接受冯女士侮辱李劭忧。

她心累地想，别人遇见的都是婆媳矛盾，为什么我要操心丈母娘和女婿的矛盾？我为什么要承担这么重的压力？

李劭忧见她认真地盯着他，就答应："好，我不去。等你准备好请我去你们家之前，我绝不独自去拜访冯女士。可以了吧？"

冯豫年点点头。

李劭忧本来在这边出差，之后就要北上回家了。

冯豫年没时间送他，晚饭后帮他叫了车，站在门口和他拥抱作别，嘱咐他："到家了给我发个消息。"

李劭忧听得一笑："一个人住着不方便就搬去院里住，或者邀请你的同学来家里住，反正那么多空房间。"

冯豫年送走他后，才给冯明蕊回了电话。

冯明蕊接了视频就开始质问："你们什么时候开始的？你怎么这么想不开？好好的硕士生、博士生那么多你不找。他们家也不是以前的样子了……"

冯豫年听着她胡扯，随口问："他们家怎么了？"

"一家子门风不正，他妈那个样子，他难保……"

"妈！"

冯豫年最不希望的就是冯明蕊用这点攻击李劭忧。

冯明蕊现在正是情绪最激动的时候，也不太能听得进去，问："你不想想，他妈的事胡同里谁不知道？他们家是有钱，但是咱们也不是图谁的钱，他还比你小两岁，我一听你和他在一起，我这个心里就难受。"

冯豫年并不生气，也不和她争辩，只是在心里叹气。

等冯明蕊抱怨完了，冯豫年才平静地说："是，他比我还小两岁，我今年三十岁，他二十八岁。他才二十八，犯过错吗？为什么要盯着他的痛处？我十几岁的时候，同学一看我父母，再看我的姓，就会问我为什么跟妈姓？我就坦然地答：我爸妈离婚了，我跟我妈姓。他们虽然好奇，但是从来不问。因为我没有犯错，也不犯法，我很努力，只想做好我的事，那我就值得被尊重。每一个人都一样，只要做好自己的事，遵纪守法，努力活着，都值得被尊重。你要是因为其他原因不同意，我们可以商量，但是你不能用他妈妈作为理由而攻击他。"

冯明蕊被她说得哑口无言。

最后她又哄冯明蕊："妈妈，不要担心我，我知道在做什么。"

冯明蕊气冲冲地说："你要是知道，就不会和他谈恋爱！"

冯豫年忍着笑，问："那你为什么会和我爸结婚？"

冯明蕊一顿："你别扯我身上！我在说你的问题！"

冯豫年拿到了谈话的主导权，也就不计较她的大吼小叫了。

冯豫年一通忽悠之后，冯明蕊没那么生气了。

挂了电话，冯豫年查了查第二天的工作，最后才打开专栏，删删减减后写道：

我十几岁的时候和室友看日剧，喜欢伤春悲秋，一直记着剧里女主角分手时写的那封信——我曾说你是个怪人，但或许最奇怪的人是我。我没办法协调好很多事，跟喜欢的人在生活上步调不一致，合拍的人却喜欢不起来，你的言行举止我从来无法赞同，却还是喜欢你啊。爱情与生活时常发生碰撞，这或许就是我有生之年都无法治愈的顽疾吧。

而今，我三十岁，认同了每一个人都有自己本身奇怪的地方，或许因为奇怪才显得与众不同和可爱。我依旧无法协调好很多事情，但是不会为此感到那么焦虑了。喜欢的人依旧是他，辗转几处，还是喜欢啊。

爱情和生活时常发生碰撞，我有生之年尽量去治愈，也尽量让它们少碰撞。

我爱的每一个人，都有他可爱的地方。

突然觉得，三十岁也挺好的。

睡意模糊的时候，冯豫年才收到李劭忱的电话。

他到家了，视频里看到她这边黑漆漆的，问："睡了吗？"

冯豫年"嗯"了声，看他在灯火明亮的房子里井井有条地收拾行李。

李劭忱催她："快睡吧，我挂了。"

她轻轻笑了起来。

李劭忱答应了冯豫年不找冯女士，但是避免不了他回去时的偶遇。

临近周末，李劭忱在姑姑家里吃饭。李岩不准他回去，让刘绍棠留着人，和他聊结婚的事。

李姝逸也在家，听着乐了，问："你们这就要结婚了？速度呀。"

李岩其实是大家长的做派，性格也算很强势，她的事业这么大，御下的手段是有的，心太软的人本身就不适合做管理层。但是她在家里和刘绍棠基本都是有商有量的，显然只有对家人时，她才格外好说话。

李岩教育女儿："你别光笑话他，你也干点正经事吧。"

李姝逸接过阿姨手里的盘子，不服气地说："我做的是正经工作，再说了，我也不花家里的钱。我好歹也算是个富二代了，而且是家境很不错的富二代，我都兢兢业业出去工作，不惹事不炫富，遵纪守法，赚钱自己养自己，已经很励志了，你对我是不是有什么误会？"

李劭忱和刘绍棠听得都笑起来。

在刘绍棠眼里，李姝逸确实是个不错的孩子，虽然不算精英那一拨。她有自己的爱好和工作，偶尔参加一些同学的活动，或者是飞到哪里去度假，谈恋爱很讲究缘分，没有什么混乱的男女关系，充实又容易满足。

刘绍棠笑呵呵地说："这个我认同，我觉得你算是不错的了。我对你也没那么高要求，人生就这么长，乐和着过完也是福气。"

李岩不满："她从小你就这么说，书读不进去，你也说不要紧。人活着就不能有点追求？"

刘绍棠问："什么是追求？没钱的追求财富，那是不得已。有钱的追求梦想或者名利地位，那是个人志向嘛，那又没个够。老话讲究福气，不要强求那么多。"

李岩瞪了他一眼："横竖都是你有理，你和我爸当时是怎么说我的？有魄力，性格独立，是很优秀的女性。这会儿轮到你闺女身上，就不用努力了？"

刘绍棠笑嘻嘻的："你和她不一样，我们和他们这一代人都不一样。你不能用咱们这一代人的想法去约束他们年轻人。"

李岩没好气地说："我和你也不是一代人。"

两个小的听得直乐。刘绍棠比李岩大将近十岁，他的经历也确实传奇，下过乡，插过队，经历过穷苦，但学识渊博，性情十分豁达，广交挚友，最后成了别人称赞的绍棠先生。

李岩从工作开始就比他的职位高，赚得比他多，他很早就辞职不干了，买卖收藏，倒腾古董，历史考古方面造诣很深，但没有文凭，他是高中肄业。

李岩是正经大学毕业，事业步步高升，他也从不比较，别人开玩笑说他赚得没老婆多，他也一笑了之。但没人敢说绍棠先生是图李家的家世，他的本事众人皆知。

李劭忱向来佩服姑父。

刘绍棠问李劭忱："那姑娘什么时候毕业？先让人回来吃个饭，咱们也好和人家走动走动。"

李姝逸马上接话："就一个地方的，走动什么呀？你们可能不认识，但是她爸妈都知道你们。"

刘绍棠问："你也认识？"

"就我高中的同桌，一个地方的，来过咱家。"

李岩知道还是从前那个女孩子。

李劭忱也不解释，闷头吃饭。

刘绍棠开玩笑说："你也要勤快点，让人家姑娘一人在那边，好姑娘可不缺追求的人。"

李姝逸听得大笑。

李劭忱连连点头："您说得对。"他又问李姝逸，"我明天要回去一趟，你回不回去？"

李姝逸说："我回那边公寓吧，我都这么大了，还住家里，还被我妈盯着，我可太可怜了。"

李岩也说："要是不住四合院，就把暖气都停了，门关了吧。"

老爷子一走，院里也就无牵无挂了。

话是这么说，李劭忱却舍不得。

第二天中午，李劭忱一个人回去，就那么巧，遇上了冯明蕊。

冯明蕊见了他，一时间不知道该用什么表情，年年第一次和他恋爱，她根本都不知道，第二次了她还是不知道。

她整个人从僵硬到生气，再到尴尬和不知所措。

两个人一个在车里，一个站在车外，就那么互相看着。

李劭忱比冯明蕊自然很多，顺手将车停在路边，下车后邀请道："冯阿姨，有空的话，我请您回去喝杯茶吧。"

冯明蕊想端起气势，但是无端有些露怯，就和他一起去了后面的四合院。

他开了门，冯明蕊一进去，只觉这里并不像没住人，门口的落叶扫得干干净净的。照顾老爷子的那个保姆还有和她相熟的老衰已经去别的地方工作了，只有钟点工定时来打扫。

李劭忱上了台阶邀请她："阿姨进来，外面还是冷。"

他自己只穿了件衬衫，仿佛不觉得冷似的。

冯明蕊看他身姿挺拔，一身气质十分出众，沉默了很久才开口说："你现在在做什么工作？"

李劭忱进了客厅，拉开窗帘，阳光照进来，半个客厅都亮堂堂的。他不紧不慢地说："我在管一家分公司，主要就是制造精密仪器。"

他的态度很好，就真的只是聊一聊，并不涉及他和冯豫年的事。

冯明蕊反而忍不住了，问："年年读博的事，你也知道？"

李劭忱点点头："我知道。"

冯明蕊说不出来什么有理有据的话，也没有温玉那么硬气，有些不讲理地说："我觉得你们不合适。"

李劭忱听了也不生气，进厨房烧水，出来说："这个事情，等年年回来再说吧，我都听她的，要不然她就生气了。"

冯明蕊总觉得这话听着好像很顺耳，反正她挑不出错。

她到底是冯豫年了解的冯明蕊，接着就开口问："你妈妈呢？也没见她。"

李劭忱丝毫不介意，微微笑着说："她最近不在北京。"

冯明蕊见他并不避讳，又有些心虚，说："年年也和我说了你们的事……"

李劭忱笑起来，打断她的话，问："是吗？她怎么说的？"

冯明蕊看他动作娴熟地泡茶，举手投足都是非常有教养的样子，但还是觉得他和年年真的不合适。

"她能知道什么？她和你不一样，她一直都在读书，没在社会上历练过，也没见过那么多人，想法天真一些也可以理解。但是阿姨是过来人，什么样的人适合她，我看得很清楚。"

李劭忱终于知道十几岁的冯豫年为什么总那么安静，怪不得她总警告他，说冯女士不是等闲人，要他别瞎说话。

他立刻把责任全都揽在自己身上，承认说："对，她非常不容易。本科到硕士再到博士，科研这条路很难走，她坚持完成了。如今她在网络上也非常有名，是那么多年轻人崇拜的冯博士，也是很多学弟学妹的榜样。她这么优秀的人，有很多人喜欢是必然的，她当然值得最好的。我追求她这么多年，心意也从来没变过。"

冯明蕊那么多的理由，此时一个都说不出来了。

李劭忱泡了茶，递给她，说："家里没有新茶了，这是去年的明前龙井，过了时间，少了一些味道，您凑合着喝一点。"

冯明蕊没那么讲究，茶叶在她眼里只分贵和便宜，不分时节。

她接了茶，用商量的口气说："劭忱，阿姨知道你是个好孩子，但是我们年年自小就乖，我这么说可能不合适，但是她和你不是一个世界的人。你们差别太大了，就不该在一起。"

李劭忱此时也觉得和冯明蕊这样谈不是好主意，换了话题："阿姨，我说过了，这事得等年年回来，到时候全凭她做主。我们的事，全都是她说了算。"

冯明蕊被他堵得说不出话来。

李劭忱又不能和她据理力争，显然她不是一个很包容的家长，所以他就开始展现自己的外交能力，问："陈叔如今在后勤也快退休了吧？"

冯明蕊顺着回答："也就今年的事了，到年纪了，该退了。"

"到年纪了，等退了也可以休息休息，一辈子都奉献给国家了。"

"也是，一整年都不着家，退休了也过几天安生日子。"

李劭忱简直像个妇女之友，一下午都在和冯明蕊聊家长里短。

只要他想讨好一个人，真是无所不用其极，不在乎面子，特别能放得下身份。

从陈辉同的工作聊到冯明蕊和一帮阿姨的郊游，再到今年冬天菜价有点偏高，话题最后又回到了冯豫年身上。

冯明蕊有点不好意思说他配不上年年了，就说："年年从小脾气就倔，也不知道像谁，读大学读研当时都不肯听我的，非要读农业。"

李劭忱知道里面的原因，也不纠正她话里的错误。直到今天，冯豫年独自走了五六年，没有一个人认可她，也没有一个人帮她。

他顺着就说："她开心就好，她想做什么都随她，只要她觉得值得，我都支持。就像她读到博士，最后被大众认识，成了大家眼里的冯博士，并且得到了所有人的夸赞。她也值得这些夸赞。"

冯明蕊又觉得这话也对。

总之，两个人聊天，整体上来说没有不愉快。

等送走冯明蕊，李劭忱给冯豫年发消息：【今天在胡同里遇见了冯阿姨，聊了会儿。】

冯豫年吓了一跳，直接打电话过来问："你们说什么了？"

"没说什么，就聊家常，还有你。"

"她没为难你吧？没说什么不中听的话吧？你别当真，冯女士有时候说话不怎么讲究。"

李劭忱笑起来："你新年假期能回来吗？"

冯豫年回道："回来，没时间也要回来，我整天提心吊胆的，生怕你们哪天打起来。"

李劭忱再次低声笑了起来。

冯豫年说："行了，不和你说了，我妈打电话来了，我先接个电话。"

她接了电话，冯明蕊问："你这会儿不忙？"

冯豫年装作不知道："还行，我去隔壁送个材料。"

"我刚才碰见李劭忱了。"

冯豫年顿了下，问："你没为难人吧？"

冯明蕊没好气地说："我能把他怎么着？"

"你别胡来就行，我说了等我回来，咱们慢慢谈。"

冯明蕊突然不知道怎么教育冯豫年了，憋了半天才说："你把李劭忱的微信给我，我刚忘记问他了。"

冯豫年心说，您可真任性。

冯明蕊给了微信，也不担心了，至少冯女士口风有点松动，不是刚开始那么激烈反对的样子了。

结果没过五分钟，冯明蕊给她发了张截图，问：【我该怎么回他？】

原来刚加了好友，李劭忱就问她：【阿姨，刚才走得着急，我晚上请您和叔叔吃个饭吧。】

冯豫年只好回妈妈：【你要是不愿意就拒绝了，反正你是长辈。要不然就请他去家里坐坐。】

她感觉李劭忱和妈妈谈话氛围应该还不错，因为妈妈的态度软和了很多。

一分钟后，李劭忱给她发消息，问：【我要不要过去喝茶？】

原来冯明蕊回复他：【不用了，你们年轻人忙。我和老陈说起你，他还说让你来家里喝茶。】

冯豫年简直哭笑不得，心想，你们加这个微信图什么，合着我自己和自己玩呢？

鉴于双方暂时都比较生疏，所以冯女士拒绝了李劭忱的饭局，李劭忱也拒绝了冯女士喝茶的邀请。双方就这段关系暂且都持保留意见。

冯豫年的博士毕业论文需要盲审，仲教授对她的论文要求向来非常严格。隔壁实验室有个仁兄看完她的论文后，称她是个"突击炮"，说她爆发力非常强。

她累得两眼冒金星，终于在新年匀出三天假，赶在半夜的航班回北京，刚上飞机就睡着了。

她没想到会在飞机上再遇见梁政。

她被空姐叫醒后，睡眼惺忪地问了声："到了吗？"

旁边的人轻笑了声，前面的人却突然回头看她。

冯豫年抬头才看到人，两人对视了片刻。

梁政显然也是出差回京，他身边坐的是常在电视里看到的熟面孔的主持人。

冯豫年其实还没有完全清醒，梁政看到她时有些愣神，又被她的样子逗笑了。冯豫年见他笑了，下意识起身，等起身后又不知道说什么。

梁政身边的主持人见他一直回头看人，也起身回头看她，问："朋友？"

梁政说："一个老朋友。"

显然她担不起一个"老"字，只能说是一个故人。

冯豫年也清醒了，礼貌地打了声招呼："真巧。"

再多的话也没了。

因为北方近几天有雪，遇到云层气流飞机容易颠簸，所以空姐才叫醒冯豫年，并给她拿了毛毯。她看了眼时间，才起飞半个小时，她还做了个梦。

没想到她旁边坐的这位也是梁政的同事，应该不是台前工作的人。见他们打完招呼后，冯豫年包里的一份资料露出来，他笑着问："你是植物纪录片里的冯博士？"

冯豫年礼貌地应了一声。

他并不八卦，顺着问："植物学需要研究什么？"

冯豫年说："这个非常广，有生命科学，也有药用研究。"

他自己也意识到自己问了句傻话，不好意思地笑起来，又问："你本科是学什么的？"

"本科就是基础农业，其实还没有分得那么细致，也要种地收割，所有人一样上大课，硕士研究生是植物花卉方向。"

他"哦"了声："非常了不起，你们植物园也很漂亮。"

她礼貌地说："谢谢。"

前排的那位主持人突然扭头过来，问："你和梁政什么时候认识的？"

后排的这位男士无奈地笑起来，谴责道："你怎么这么八卦？"

显然前排那位主持人和梁政的关系非常亲密。

冯豫年一时间没办法把那张脸和电视里严肃的面孔联系到一起，愣了一瞬才答："比较偶然，在纪录片之前认识的。"

那位主持人明显有些想说的，但见她兴致不高，也就作罢了。

本身是半夜的航班，商务舱里的人都在睡觉，只有睡不着的夜猫子，才会炯炯有神地找事做。

冯豫年的票是李劭忱买的，所以她猜李劭忱应该会接她的。她心里还在琢磨，今晚李劭忱要是不来，那可就有他好看的了。

在摆渡车上，她还没接到李劭忱的电话，依旧在琢磨着他到底来没来。

梁政的几个同事就站在她身边。

等到了出站口，那位主持人正准备替梁政开口留冯豫年，却见她冲前面跑过去。

出站口外面的人群里站着一位年轻男士，虽然戴着口罩，但是穿着黑色大衣的身姿十分挺拔，在人群里特别显眼。

冯豫年急切的期盼终于实现。

李劭忱一手揣在大衣口袋里，一手拿着车钥匙，微笑着看她。

那一刻，冯豫年的心情可以说十分美妙，有种得偿所愿的小确幸，这样就免于她出机场被搭载。

她站在李劭忱面前显得很娇小，李劭忱伸手摸摸她的头，将钥匙递给她，接过她的行李箱。

冯豫年回头看了眼，李劭忱顺着她的视线看过去，和梁政四目相对。

梁政觉得李劭忱依旧年轻，一身锐气，尽管已经遮掩了，但还是气质十分出众，还有女生时不时回头看他。

李劭忱脸色平静，但并不客气，凝视了片刻，并不出声。他向来懂说话的分寸，等冯豫年介绍。

"这是当时拍纪录片的新闻部的领导梁政，我们在飞机上遇见。这是我老公李劭忱。"

彼此都知道对方，但没人会多嘴。

那位主持人都愣了，原来人家都已经结婚了。

李劢忱也没想到冯豫年会这样介绍自己，冷静的脸色慢慢带了笑意。和梁政对视良久，他才伸手，说："你好，我是李劢忱。"

梁政顿了下，回握："你好，我是梁政。"

两人再没说话。

倒是之前坐冯豫年旁边的那个人说："李劢忱？"

李劢忱转头看他，显然两人认识，那人倒是意外："原来她是你爱人。"

李劢忱给冯豫年介绍："这位是我之前在财经专访认识的于先生。"

冯豫年冲那位于先生笑了笑。

李劢忱看了眼时间，说："那我们就先走了。再见各位。"

冯豫年乍回北方，冷得要命，缩着脖子。等出了机场，李劢忱用大衣半包着她。他自己只穿了一件深色的衬衫，笑着问："是不是冷？忍一忍，等上车就暖了。"

他心情好，一直牵着冯豫年的手，还扭头亲了她一下。

后面的几位都看到了。

那位主持人倒是开梁政的玩笑说："你下手太迟了，人家已经名花有主了。"

他敢那么开玩笑也是有原因的，他在梁政的手机里看到过冯豫年的照片，还是藏在梁政社交账号仅自己可见的相册里。

那位于先生只当他俩开玩笑，随口说："老梁再早也没用，人家十几岁时就在一起了。我们财经栏目当时采访李劢忱的时候，关于个人感情那些私人问题部分，他就回避了，说他女朋友还在读书，那都是你们出纪录片之前的事了。"

那位主持人连连表示遗憾，遗憾之后还说："那位冯博士是真的漂亮啊。"

梁政淡淡看了眼不远处的两个人，仿佛并不在意地微微笑着，但只有他自己知道心中是什么滋味。

冯豫年上车后，问："今天怎么这么积极，半夜都来接我？"

李劢忱上车开了空调，将水递给她："我明天也放假，又不用上班。"

冯豫年窝在座椅里，整个人都舒服了，眯着眼问："你刚才怎么不问我？"

李劢忱将车倒出来，在后视镜里又看到了那位梁政，随口问："问你什么？"

冯豫年不接话了："没什么。"

李劢忱问："你困不困？要是困了就先睡。"

"我刚上飞机就睡着了，结果被空姐叫醒了。"

李劢忱并不多问她关于梁政的事，她出现在大众视线中，成为人人称赞的冯博士，有很大部分得益于梁政，可以说梁政是她的伯乐。

他不忍心因为梁政去苛责她。

冯豫年见李劢忱并不多言，主动说："我和梁政之前算是很好的朋友，有很多共同的爱好，只是后来不适合做朋友了。"

她自己也觉得自己和年少的时候不同了，有些话不再藏在心里了。

李劭忱笑着说："既然是难得谈得来的朋友，那就好好做朋友。"

冯豫年摇头："我虽然朋友不多，但是也不是非他不可。人和人的信任是很难建立的，有时候因为眼缘，有时候因为赏识，或者是有共同的话题，但是信任崩塌就是一瞬间的事。"

李劭忱也并不多劝，他能看出来，梁政对冯豫年是不一样的。

回到李劭忱在东城的家，冯豫年炯炯有神地盯着他，问："我们家冯女士没再为难你吧？"

李劭忱笑起来，颇有些自豪地说："怎么可能，冯阿姨再三邀请我上门做客，我都婉拒了。"

冯豫年白他一眼："瞧把你厉害的！"

她回李劭忱的家也习惯了，心里也知道，这里也是她的家，就和他说："我妈要是知道我私自就结婚了，那就不是请你上门的问题了。"

李劭忱笑着说："慢慢来嘛，我这不正努力着？"

他总能开导冯豫年，也能和冯明蕊沟通，有些事母女之间确实容易起争执，他来做这个缓冲，效果就好很多。

第二天，冯豫年给冯明蕊打电话说："妈，我今天回来，李劭忱来接我，你要不要请他在家里吃个饭？"

她也学聪明了，在关键时候把冯明蕊顶到道德制高点，让冯明蕊下不来台。

冯明蕊思考了片刻，说："我本来不同意的，你非不听我的，他真的和你不合适。但我能拿你怎么办？先带回来吧，正好你陈叔也休假在家。"

冯豫年看了眼正在洗脸的李劭忱，忍着笑，问："你究竟干什么了？我们家冯女士态度大变。"

李劭忱用她的洗面奶洗脸，还用她的面霜，扭头郑重地说："大概是看我长得好看吧。"

冯豫年抢过面霜，笑骂他："你可真不要脸！你好意思吗？"

李劭忱抓过人抱在怀里，凑近闻了闻，问："你用的什么香水，这么香？"

冯豫年翻了个白眼："你别给我扯开话题，你究竟跟我妈说什么好话了？还是你又偷偷送她什么东西了？"

自从加上微信后，李劭忱经常给冯明蕊发红包，起初冯明蕊不肯收。

后来他隔三岔五让助理送一些补品和饰品，大部分用"公司的抽奖礼物，我也用不到这些"这样的蹩脚理由。

但是冯明蕊还是拒绝，对礼物的态度也很平淡。

经过他从很多地方取经，学会了送中老年妇女商场的购物卡、超市的购物卡，以及各种打折卡。那可真是中老年妇女最喜欢的实惠礼物。

冯女士的态度明显有了松动。

这些冯豫年并不知道。

李劭忧进商场买了礼物，还特意买了茶叶。

回去的时候，冯豫年总觉得心虚，仿佛早恋怕被人看见似的。

李劭忧先敲门。陈辉同开门看到他们，还是有些不自然。李劭忧自然而然地说："陈叔，今天在家？"

冯豫年直接推他进门，和迎面出来的冯明蕊说："妈，我们回来了。"

李姝逸不知道从哪里知道李劭忧今天去冯豫年家吃饭，她一早上不停地给李劭忧发消息。

陈尧还没放学，家里就冯明蕊和陈辉同两个人。冯明蕊的表情管理做得不好，高兴之余又显得有点僵硬，别扭地招呼了李劭忧。

年年回来她很高兴，但是对李劭忧还是有芥蒂，可又收了他那么多礼物，有点心虚，总之很矛盾。

陈辉同并不知道他们私下的故事，忙招呼："劭忧啊，快进来。"

冯豫年也笑着说："陈叔。"

陈辉同抱怨她："你妈早上才和我说你们回来，早知道我们出去吃。"

冯豫年就顺着说："就在家里随便吃点什么，不需要那么隆重，我下午还有事。"

李劭忧把礼物放在餐桌上，陈辉同埋怨："人回来就行，你们就知道花这些冤枉钱，你妈前段时间也买了一堆，现在都没怎么吃。"

冯豫年看了眼冯明蕊，见冯明蕊不作声，冯豫年猜怕是前段时间李劭忧送的。

冯明蕊忙说："你们准备准备，饭马上好了。"

冯豫年脱了外套，跟着她进厨房。阿姨在炒菜，厨房里油烟很重，冯明蕊催冯豫年："你进来干什么，你出去等……"

冯豫年问："李劭忧是不是送你什么东西了？"

冯明蕊一愣："没送什么……"

冯豫年不信，因为她知道冯明蕊不可能无缘无故突然改变态度，就改口问："你没和他提什么不合适的要求吧？"

冯明蕊提高声音，反驳："我能和他提什么要求？"

她腹诽：那些都是他自己说的，关于你们的事，意见都是听你的，倒是让我无话可说了。

冯豫年再三和冯明蕊强调："你不能说不该说的话，尤其是关于他家里人，知道吗？"

冯明蕊有点生气了："你要是怕我说话不好听，那你们俩出去吃吧，我们不伺候了！"

阿姨边炒菜，边回头看她们母女吵架，笑了起来。

冯豫年见冯明蕊生气了，忙哄道："好了好了，我错。不管怎么样，他这个人是没问题的。"

冯明蕊白她一眼："他这个人要是有问题，你觉得我能让他进门？"

冯豫年笑了起来，知道自己的话她听进去了，也不再啰唆了。

从厨房里出来时，冯豫年听见陈辉同问李劭忱："你和年年准备什么时候结婚？你们若是有什么计划，可以说一说，正好我和你冯阿姨也好提前准备。"

李劭忱笑了笑，说："这个不着急，年年这两年忙，等她论文过了再说。我是全听她的意见，而且结婚也不需要准备什么。"

陈辉同笑着教训："你们小孩子说得容易，结婚怎么说也是大事，怎么可能你们两个自己就办了？"

冯豫年心说，您别说，我们两个还真能办。

冯明蕊端着菜出来："别说了，吃饭了。"

阿姨最后端着汤出来，问冯豫年："这汤怎么样？你妈说你最喜欢喝这个。"

冯豫年尝了口，笑着夸阿姨："这汤还是你做的最好喝。"

冯明蕊酸溜溜地说："你从小喝到大，也没见你夸我一句。"

李劭忱尝了口菜，说："年年总说我做菜没有阿姨做的好吃。"

冯明蕊一听他还会做菜，就问："她就不动，你一个人做菜？"

李劭忱解释："她不会做饭，我做得也少。"

陈辉同也说："现在和我们那时候不一样，现在的年轻人，确实是忙得没时间做饭。"

冯明蕊嗤之以鼻："我们那时候就不忙吗？该忙的忙，该做的也没落下。"

冯豫年说："哎哎哎，你这么说就是抬杠了。你和我们比什么，现在一平方米的房子十几万，我一年赚的钱都不够买一平方米，你说说，我不忙点行吗？"

陈辉同说："我和你妈呢，打算等你们结婚的时候，给你买套小房子。"

冯豫年吓了一跳，忙说："陈叔，我不是这个意思，我就是随口一说，没有其他的意思。我现在自己也有积蓄，攒几年也能买了。"

冯明蕊在桌子下踢了她一脚。

陈辉同笑着说："你和我一直都这么见外，你和璨璨一样，都是我闺女，她有的，你也有。"

冯豫年有些感动，李劭忱见她不说话，给她添了一勺汤。

她顿了下，才说："要是这么说，我就听你们的，但是给我的我就不拿了，你们留着养老吧，就当是我的孝敬了。这么多年，我一直在外漂泊，总不着家，也顾不上照顾你们。"

冯明蕊见她拒绝，忙说："你要是顺顺当当成家了，我也不求你有多大出息，别让我成天操心，我就当你孝敬我了。"

冯豫年见冯明蕊不讲理，但冯明蕊的意思她懂，就故意开始胡扯："我爸说了，他攒钱给我买房子，不用你们掏钱。再说了，我有住的地方，买那么多干什么。"

冯明蕊立刻说："他吹牛的时候，能给你买一栋楼。"

陈辉同喝了口酒，笑着说："你爸给你，你就收着。陈叔这么多年也顾不上你，也让你受了很多委屈，但是陈叔的话，你要听。"

冯豫年不喜欢这样。她十几岁的时候，喜欢爱恨分明，恩怨分两边，和谁都不想有牵扯。可到如今，那些爱恨恩怨早已经交织在一起了，她只希望妈妈和陈叔两个人能健康安度晚年，其他的都无所谓。

陈璨回来得不巧，她本是给陈辉同送东西，没想到撞上冯豫年领着李劭忱来家里吃饭。

自从上次和冯豫年在饭桌上吵架输了后，这半年她一直有意躲着冯豫年，也不想听见任何关于冯豫年的事情。

猝不及防撞见，她整个人都有点蒙了，站在门口大半天都没动作。

陈辉同怕她再说出什么不合适的话来，就大声说："你愣着干什么？进来吃饭呀！"

陈璨不想进去了，低着头慢吞吞地换鞋，谁也看不到她的脸。

她只觉得，北京今年还未下的雪，这一刹，仿佛在她心里已经下过了。

冯豫年并不和陈璨多说话，两个人关系有些僵，这么多年家里都习惯了。

李劭忱看了眼陈璨，又看了眼冯豫年，侧身坐在一边。

冯豫年问："谁给你发消息？你手机一直响。"

"姝逸在后院。"

陈璨沉默到最后，还是问李劭忱："你们是……要准备结婚了？"

李劭忱礼貌地笑了笑："暂时应该是没时间，主要以她的时间为主。"

陈璨再也不敢多问了，这些年，她邀请过李劭忱很多次，每一次都认真征求他的意见，为了见他，她花费了很多心思，但每一次都被拒绝，连他人都见不到。

这个院里的女孩子这么多，除了一个冯豫年，他谁都不多看一眼，即便那个人再优秀。

饭后，李劭忱接了个李姝逸的电话。

李姝逸戏谑地问："在你丈母娘家乐不思蜀，不舍得回来了？"

见他不应声，李姝逸继续说："今晚我组个局，大家一起聚一下嘛。"

陈辉同以为他有事忙，就说："你们要是忙就先去忙。"

冯豫年也不多留，她进厨房接水的空当，冯明蕊低声教训她："这个家里还有我呢，你插什么嘴？怎么就什么都不要了？我就不值得你信任了？"

冯豫年哭笑不得："我要房子做什么，我自己也能赚。"

"那是两码事，这个家还有我的一半呢。陈璨工作室那个房子是你陈叔给她买的，那给你买也是应该的！"

"你怎么不会算账呢？我不是说了嘛，那个钱我就不拿了，留着给你养老，或者留着给尧尧。"

冯明蕊非常不高兴，心里憋屈，但是又说不出来。

冯豫年忍着笑，哄道："哎呀，不要为这些生气，我现在好歹是冯博士，我如今赚钱不少。再说了，李劭忱也有房子，我又不是没有住的地方。"

冯明蕊瞪她一眼："那能一样吗？李劭忱的房子那是他的，你的是你的！你那个老子但凡有点当老子的自觉，也不至于让你这么拮据。"

冯豫年忙说："哎哎哎，咱不说这个，我要出去一趟，晚上陪你聊。"说完，就拉着李劭忱溜之大吉了。

等出了门，李劭忱问："怎么了？"

冯豫年问："你送我妈多少东西，让她松口这么快？"

李劭忱终于能正大光明地将人揽在怀里，大摇大摆地在梧桐道上散步。

"没送什么。已经成为李太太的冯博士，像这样散步，是不是很不错？"

冯豫年伸脚踢了他一下："你别给我打马虎眼，家里那些乱七八糟的东西都是你送的吧？你就给我用钱糊弄人，到时候小心你丈母娘让你净身出户。"

李劭忱只笑不说话，才不承认他送礼有失水准。

李姝逸见两人一起进院子，笑着问："你们这是夫妻双双把家还了？"

冯豫年听得吓了一跳，扭头看李劭忱。

李姝逸说："你别看他，看他也没用。前几天我去派出所更新身份证，结果你猜我看到什么了？"

李劭忱淡淡地说："李姝逸，你不想要我的车了，是不是？"

李姝逸跳脚："你就会用威胁人这一招。年年，真没想到你也是恋爱脑，竟然会和这种坏胚子偷偷领证！"

冯豫年腹诽：我竟然一时间分不清你是夸我还是骂我……

晚上饭局的人不多，就他们几个常聚的老朋友。

李姝逸也素面朝天，助理放假回家了，她就坐李劭忱和冯豫年的车，三个人一起去的。

叶潮和沈南贺也新年休假回来了。叶潮有半年没回北京，乍一回来就是一通收拾，立刻就不是在云南时候的质朴打扮了，全套造型又做起来了，发型也换了，配上发蜡，整个人油头粉面的，非常有欺骗性。

冯豫年由衷地夸赞："我觉得你这样，真的比那帮选秀的爱豆好看多了。"

李姝逸笑着说："那不行，他喜欢谈恋爱，当不好爱豆。要是当了爱豆，结果把持不住和粉丝有个什么瓜田李下，那就麻烦了。"

沈南贺听着一个劲儿地乐，开玩笑说："他一个把持不住，让小姑娘们天天上热搜锤他，你们说咱们怎么捞他？"

叶潮笑骂："得，我的名声让你们几个就给败完了。"

李姝逸说："不，我是认真地给你提意见，夸你呢。大家现在就喜欢你这种油头粉面的小生，像我们家李劭忱那种一米八几的冷脸，谁爱看他臭脸？人家小姑娘们花钱，就喜欢你这种笑起来甜、嘴甜、心也甜的小哥哥。"

叶潮听得乐了，笑骂："合着我就靠出卖色相赢了李劭忱？那我还不如不赢他呢！"

一帮人都哄笑起来。

李劭忱要笑不笑的，说："好好赚你的钱，别七想八想这些乱七八糟的。"

李姝逸掸他："你是老婆到手了，工作也稳定，你当然清心寡欲一心赚钱养家。我们不一样啊，我们还要谈恋爱呢，还要花大把的时间去看帅哥美女，你不懂。"

李劭忱瞥她一眼："我只知道你失恋了跟个失足青少年似的，动不动离家出走，还要人到处找你。"

冯豫年踢他一脚，他教训李姝逸时嘴巴太毒了。

他自然而然扭头看她："好，我不说了。"

冯豫年小声说："你这样真的特别欠揍。"

李姝逸听冯豫年说李劭忱，嘚瑟得摇头晃脑。

李劭忱顿了两秒，说："因为他们干的好事太多了，开着我的车、刷我的卡出去鬼混，每次都是我去赎卡或者赎车，还要去赎人。"

冯豫年听着他的倒霉事，笑起来，问："你去派出所赎过人吗？"

李劭忱说："那倒没有，真让我去派出所赎人，那就是不只是娱乐新闻，还要加社会新闻的头条。"

几个人聊起糗事，都是一个劲儿地乐。

他们几个人还在等张弛，张弛私人时间少得可怜，绝大多数时候都是大家等他。他进来的时候穿了件绿色夹克衫，在门口低了下头，见里面的人都在笑，问："说什么呢，这么热闹？"

叶潮顺嘴就问："怎么没把你那个博士后姐姐带来？"

张弛伸手搭在他天灵盖上笑骂了句："把你的臭嘴闭上！"

"老子的发型！"

张弛问冯豫年："你们年底放假吗？"

结果大家都想打听他的博士后姐姐，沈南贺说："博士和博士后放假也不能一样啊？"

"你们怎么就……"张弛说到一半，自己也笑了起来。

李姝逸问："有照片吗？我先看看。"

张弛无奈地笑了，完全被这帮损友折腾得无话可说，于是违心地说："人长得很普通，没什么特别的。"

但是他还是拿出手机，给他们看了。

姑娘看起来特别文静，个子小小的，拿着几本书，照片应该是路上偷拍的，表情还有点惊愕。

叶潮酸张弛："和李劭忱一样穷德行，嘴里说一般，心里不知道怎么美呢。我还不了解你们俩？"

冯豫年笑着问："她学什么的？"

"物理。"

在座的听完顿时肃然起敬。

叶潮问："研究太空卫星吗？"

沈南贺说："没文化就少丢人现眼，物理里面的东西多了。"

张弛其实也不是那么清楚，只说道："流体力学，好像是偏 Quant，我其实也不太懂。"

李姝逸气愤地说："不想和你们做朋友了，聊着聊着就听不懂了。"

冯豫年点点头，也不再细问。

叶潮叹气："姝逸姐，还是咱俩玩吧。"

李姝逸哼哼唧唧的，还有点不乐意，十分嫌弃。

李姝逸对张弛说："什么时候把人带出来，我们聚餐的时候见一见。"

叶潮酸溜溜地说："也没见我有女朋友的时候你邀请我带人来。"

李姝逸白了他一眼："你一个月换俩，我连名字都记不住，带什么带！"

叶潮瞪她一眼，又问："哎，你那个电影什么时候上映？我到时候包场支持你，过年那会儿大家都有时间。"

李姝逸盯着他看了几秒，见大家都看着她，才慢吞吞地说："清明节上映。"

气氛一下僵住了，而后全场发出山呼海啸的笑声。

叶潮也没想到，笑着说："我也是大意了，以为你是贺岁片，哪知道你们现在都走清明节路数了。"

李姝逸瞪他一眼："不会说，你就别说话。"

沈南贺倒是说："你们那个投资人我们上次遇见了，人挺难说话的。"

　　李姝逸叹了口气："谁知道呢，我不怎么和他们打交道。剧组的人都说我一下班就六亲不认了。"

　　一顿饭笑闹着，大家吃得很舒心，老朋友在一起反而没人喝酒了。

　　等饭局散了也很晚了。送走他们，李劭忱开车问李姝逸："你回哪里？"

　　李姝逸不解："你什么意思？"

　　李劭忱说："我回家，你跟不跟我回去？"

　　"结婚了就了不起了吗？这么臭屁？"

　　冯豫年拉着李姝逸："走，跟我回家住。你那时候不是总说要跟我回家住吗？"

　　李姝逸的小公主劲儿上来了，傲娇地说："这可是你请我的！"

　　冯豫年点点头："嗯，小公主，我请你到我们家去住，赏个脸吧？"

　　李姝逸这才上车，和冯豫年坐在后面。她在车上问李劭忱："你记不记得原来隔壁街上的那个林智？"

　　"记得，就鼻涕老擦不干净那个。"

　　李姝逸突然不想说了。

　　冯豫年猜到了，骂李劭忱："你少说一句就觉得亏是吗？"

　　李劭忱笑起来："那可不。"说完又和李姝逸说，"你着什么急？那林智不合适。谈恋爱这种事讲究缘分，你别急匆匆地胡来，到时候了自然能遇见合适的人。"

　　李姝逸不以为意："你命好遇上年了，我命不好遇不上这么好的人。可我就是想谈恋爱。我又不是结婚，你把我看这么牢干什么？"

　　李劭忱给她料理过纠缠的前任，而且李姝逸心软，人又重感情，要不然这么多年在最热闹的娱乐圈，她不会依旧没多少朋友。

　　在男女关系上，李劭忱总怕她吃亏。其实这种心理不太对，只是一时半会儿改不过来。

　　到家后，李姝逸撒娇要和冯豫年晚上谈心，她们好久没聊天了。两人晚上躺在被窝里，毫无睡意。

　　李姝逸主动和冯豫年说："我前几天碰见梁政了。"

　　冯豫年中肯地说："他那种人应该比较适合做朋友，可能学新闻的人太能洞察人心了，也可能我和异性接触得并不多，觉得很难了解一个成年的异性。"

　　李姝逸坦白地说："你说得很对，我第一次见他，觉得他很特别，就有点喜欢他。后来参加了几次他们台的活动，也遇见过几次，虽然以朋友自居，但他应该是看出我的意思了，给我说起他喜欢的人，说她喜欢花。我当时没有意识到，直到去西北看壁画的时候，算是探班吧，无意间看到他手机里有你的照片。我那时候心情很不好，原来他喜欢你。后来我一想，也对，我本来也是通过你才认识他的……"

李姝逸将自己的一次短暂的对异性的好感娓娓道来。

冯豫年一直都知道李姝逸是个心思很单纯的女孩子，非常难得。做演员的人，内心是很敏感的，这种敏感很容易受到伤害，但是对演员本身又是有益的。

很矛盾的论调。

她和李姝逸讲："就像在一个车站里，总能遇上旅途中相伴的有缘人，到站了各自下车，有缘以后再见。这种喜欢就是一种情绪。他确实不适合你，应该说他配不上你。但要说他喜欢我，也不见得。"

李姝逸抱着冯豫年的胳膊，轻声说："年年，你怎么这么好？过了那阵，再想起来，我确实也不觉得他有什么特别的了。就像你说的，我喜欢的人，在我不喜欢他之后，就变得平平无奇了。"

两个人关于恋爱、关于喜欢，一直聊到了后半夜。

女孩子的友谊，就像春天的暖风、夏日的细雨，没有那么波澜壮阔，但是永远都会和风细雨地陪伴。

第二天两个人睡到中午才起来。

李劭忱也不催，问都不问，一个人在隔壁书房里不知道忙什么。

冯豫年起来，问："你干吗呢？"

李劭忱不答反问："她还没醒来？"

"后半夜才睡，应该快醒了。"

"你们可真能聊，留我一个人干巴巴地睡觉，你们一夜不睡。"

冯豫年懵懵懂懂地说："那你说怎么样？把你放中间吗？"

李姝逸站在门口听着，哈欠打到一半，被逗得大笑。

新年假期有限，冯豫年在考虑是找工作还是进博士后站。

她的论文写到最后的致谢环节。同门的师姐师弟们总开玩笑说，论文最真情实感的部分就是致谢了。

她终于写到这个部分，可是当写到"致谢"两个字后，情绪有些绷不住了。

她在迷茫的路上，得到过很多人的帮助，她年前看到有一位生活窘迫的同学的论文致谢，感动了无数人。

她原本想，她一定要认认真真感谢资助她读博的李劭忱。她很多时候对他都吝于表达感谢，总觉得说感谢太轻飘飘了。因为没有人知道她得到了什么，是他给了她无数种可能。

事实证明，李劭忱是对的，因为他坚定地支持她读博，让她成了如今的冯豫年。

情深言浅，最后，她在致谢里也只写了：【在困难大于期待的所有日子里，感

谢不那么聪明的自己坚定地走下去，也感谢我的爱人一直以来对我的支持和保护。】

等提交了论文后，她才终于抽出时间和朋友聚会。

余小雨挪到了隔壁办公室，她和摄影小哥终于有了结婚的计划。

冯豫年其实已经在考虑各大高校的招聘信息了，她心里还是倾向回北京。

去聚餐的路上路过花店，她买了一束混合的新品种的玫瑰，浓郁的香气，让路过她身边的人都忍不住回头看她。

到餐厅后，她笑着把花递给余小雨："祝贺你们呀。"

余小雨接过花，闻了一下，开心地说："看吧，想要美美的花和漂亮礼物，还是要靠闺密，男人就靠不住！"

起因是摄影小哥送了她一束用黑纱包裹的红玫瑰，绕了几圈彩灯，她在朋友圈里哭喊：【丑到睡不着，怎么办？】

摄影小哥好脾气地笑着，和冯豫年打招呼："你好，冯博士，我是方川，咱们又见面了。"

冯豫年笑着说："叫我冯豫年就行。"

余小雨抱着花，她因为工作之外还在经营着植物园的账号，每个月的收入还挺可观的。

从最开始的打工者，到后来慢慢有了余力享受生活，生活有了憧憬。

每个人都在努力，都在慢慢变好。

余小雨的计划很完善："到时候你做我的伴娘，你肯定没我结婚早。"

冯豫年笑着问："你怎么确定我没你结婚早？"

余小雨一脸有经验地说："你们这种谈了很多年的都是按照计划来，根本不会脑子一热就去结婚，只有像我这种恋爱脑，一上头就容易昏头。"

冯豫年笑了笑。

余小雨见她笑，就说："反正就等毕业了，你就算回北京也要过来给我当伴娘。"

冯豫年说："好，我答应你。"

摄影小哥的皮肤还是蜜蜡色，余小雨嫌弃地说："我跟他像活在两个国度里，他晒得都不能看了。"

但语气里都是甜蜜。

聚餐结束，这里离家里很近，冯豫年一个人慢慢走回去，在社区遇见散步的老年人都是两两相偕。她看得心里都是温柔。

进了院子，见家里灯亮着，她惊讶了片刻。虽然她是一个人住，但是监控安保设施一贯很好。她开了门，轻手轻脚上楼，见李劭忧蹲在二楼的客厅里不知道在安装什么。

她这才松了口气："你什么时候回来的？吓我一跳。"

李劭忱回头看了眼，笑了声。

冯豫年突然说："我们结婚吧，婚礼不必很盛大，到时候请亲朋好友聚一聚就可以了。"

李劭忱被她说愣了，等反应过来后问："你有时间吗？"

冯豫年："我连自己结婚都没时间，你说我干什么能拿出时间？"

他果断地说："我回去就准备，你只要参加就可以。你先忙你的论文，不要为婚礼的事操心，其他的我让李姝逸帮忙。"

等年底放假前，冯豫年的论文盲审已经拿到四个优秀，还有一个结果没出来，她在心里祈祷，不必优秀，只要合格就可以了。

北京的婚礼已经在如火如荼地准备了，冯豫年和冯明蕊打预防针，说："妈，我这个工作不好找怎么办？我应该短时间内结不了婚。"

自从李劭忱去了家里后，她时不时给冯明蕊推送李劭忱参加财经频道的采访，让冯明蕊心里有个铺垫，李劭忱确实算是青年才俊，也完全配得上她。

冯明蕊也知道李劭忱未来要接他姑姑的衣钵，那就是集团董事长，那和普通打工人简直天差地别，她再一味端着架子，未免有些可笑。

一听冯豫年这么惆怅，冯明蕊立马就说："要是工作不好安排，那就先结婚啊，这又不冲突。你要是再蹉跎几年，你自己说说，你多大了？人家可不会一直等着你！"

冯豫年故意说："怎么可能？我博士毕业，工作肯定也不会太差，而且我长得也不丑，怎么可能结不了婚？"

冯明蕊一听就有点急了："你没看相亲公园那些，哪一个不是硕士、博士，家里资产小康，那还不是都剩下了？你可不能这么想，一山望着一山高，小李是比你小两岁，家里难免也有些让人不满意，但是你不能有这种想法。"

冯豫年看看看新闻的李劭忱，慢吞吞地说："那你不是不满意吗？我就想着不行就算了，以后还有更好的……"

李劭忱突然回头看着她。

冯明蕊比李劭忱都着急："那不是你看上了吗？你之前明明喜欢的，怎么又不满意了？"

尤其李劭忱的财务状况，冯明蕊是很满意的，之前觉得温玉实在是说出去不好听，但是后来一想，这样以后少接触，年年也没有婆媳矛盾，就很省事，顿时觉得李劭忱这个缺点也是个不可多得的优点。

冯豫年见李劭忱看着她，就顺着冯明蕊说："那行吧，要是工作不好安排，我要不就先准备结婚？"

冯明蕊怕她又反悔，她现在主意太大了，立刻安排说："那你和小李商量一下，你看什么时候去他家里一趟，咱们先把这个事情定下来。"

冯豫年点点头："那行吧。"

冯明蕊接着给她洗脑了很久，关于去李劭忱家里，关于商量结婚，关于彩礼等问题。

等挂了电话，冯豫年就说："我给你说个事，你得爱死我。"

李劭忱回道："你不说，我也会爱死你。"

她盘腿正襟危坐，一板一眼地说："我们家冯女士现在非常赞成我们结婚，所以李同学，你抓紧机会。"

李劭忱听得眉开眼笑，打开投影仪，将人搂在怀里。

看到画面里都是各类婚礼现场，也不知道他哪里找来的，冯豫年笑得乐不可支。

等年底冯豫年的论文盲审全部通过后，终于迎来年假，这次她可以休息久一点。

回北京的那晚，她收到导师的信息：【祝贺你，冯豫年。】

第二天就是冯豫年的生日，她原本想这天请大家吃个饭，结果李劭忱提前给她请假，说带她出去过生日。

还是之前新年的几个老朋友。文晴特意给她定制了一个昂贵的蛋糕，庆祝她三十岁生日。

饭桌上她点了蜡烛，许了愿，唱了生日歌。

可以说这是三十年来，冯豫年过得最隆重的一个生日。

李劭忱全程都照顾她吃饭，并没有别的表示。她之前以为他会求婚，但是又觉得他当众求婚特别不好意思，结果，直到结束他都没有任何表示，倒让她心里有点酸溜溜的。

饭后，李姝逸邀请大家去她新家坐坐。李劭忱最后还真的将隔壁买下来送给了李姝逸，和他这边一样的格局，李姝逸十分高兴。

进了门后，李姝逸没有开灯，一帮人站在院子里。

冯豫年预感到哪里有点不同了，但没来得及反应，院子里挂的小彩灯缓慢亮起来，连成一个密闭的空间，旁边都是彩色气球搭建的长廊。

院子里竟然全是花草，音响也不知道放在哪里，开始放音乐，几个损友一边起哄尖叫，一边拍手。

李姝逸架着机器，一直在拍摄。

冯豫年回头看了眼房子，笑得傻乎乎的。

李劭忱还是那副样子，大衣的扣子都不扣，微微歪着头，望着她。在所有人的期待下，他单膝跪地，结果忘记拿花了，被叶潮叫停："等等！你的花呢？"

在场的人全都笑了。

音乐播放到最煽情的部分了，文晴将花塞给李劭忱。李劭忱的情绪看不出有什么激动的地方，反正他一贯话少，大家都不以为意，习惯了他矜贵的样子。

他把花递给冯豫年，冯豫年伸手笑着问："这是第几个戒指了？"

他笑起来，像春日暖阳，仰头看着她，看了很久，久到冯豫年以为他忘词了，他才说："我十五岁的时候遇见了一个女生，一眼就喜欢上了，那时候她还不认识我。我后来用了很久说服自己可以和她做朋友。可是，第一眼就喜欢的人，怎么甘心只做朋友？她不知道我每个周末去他们学校打球，每天下午坐最迟的公交车，为了和她偶遇，我花了很多很多的心思。但是她通通都不知道。最糟糕的是我的姐姐和她居然是闺密，这真是我的无妄之灾。我们开始得猝不及防，她一直以为那是意外。为了那场电影，我攒了一年的钱买了那架电影播放机，约了很多很多的人。为了显得不那么突兀，我最后才装作不经意嘱托我的姐姐约她来，因为她喜欢看电影。只是我没想到那天她喝多了，那一晚，我几乎把我们的一生都想象完了。可是人太年轻，有时候兜不住那么大的梦想，尤其是一夜之间梦想成真。

"在我们分开的第二年，我有次回校参加活动，看到学校的匿名树洞里面有很多表白和话题。一个哲学系的学妹的新书出版，发起一个活动，主题是'用四个字形容你喜欢的人'，并邀请我回答。我一时间不知道该怎么形容她，就答'万里山河'。她和我相隔万里山河，我一夜梦成，也一夜梦碎。后来那条回答获得的点赞最多。可我不甘心我们会有那样的结局……

"冯豫年，我爱你这句话，对我来说，不能用在某次约会上、某个电影院里，或者是某张床上，因为它存在于我们今后的所有岁月里……"

冯豫年在看到灯光亮起的那一刻，心里觉得欢快，她太熟悉这样的场景了，以至于都想好了流程。

她以为他顶多会说一句，冯豫年嫁给我吧，或者其他的场面话。

她也笑着应景地答应，抑或故作扭捏之后答应，然后所有人欢呼。

没想到他会这样。

他说到一半，她就红了眼。

这一路，他们都努力和彼此靠拢。

李姝逸一边哽咽，一边盯着摄像机，时不时传来她吸鼻子的声音。

在场的人其实都有点感动，一帮大老爷们儿平时虽然看着都糙里糙气的，但谁心里没有喜欢的姑娘？谁还没为爱炽热过？做过的傻事都历历在目……

冯豫年把伸出去的手又收回来，握成拳，低声问："那你想听我的故事吗？"

李劲忱依旧那么安静地跪在那里，仰头微微笑着看着她。

冯豫年和李姝逸一样，吸了吸鼻子，抚平了情绪，说："我十四岁的时候第一次来北京。我一直觉得我是个平凡到混在人群里根本就不起眼的人，因为认识了你们才变得精彩。关于爱情，相爱的理由不一定是优秀，但是优秀会吸引人不自觉靠近。二十几岁之前，我也收到过很多情书，但是第一次遇见男生偷了我的学生证，每个周末都和我坐一班公交车回学校。后来他和我们讨论关于爱情，说爱情是踏着落叶散步的声音，是暮年的声音。我第一次听到这种说法。所以后来，他不知道我那天根本没有喝多。喜欢就是喜欢，和早晚没关系，我们恋爱的整个过程一直都是开心的，也从来没有辜负我们的初衷。我想，这应该就是爱情。

"感情到半路戛然而止，看起来好像我们违背了命运，但是比起那些事，我只想问他一句，你过得好吗？我希望你安好。我知道他心里有愧，知道他想补偿我一个前程似锦，知道他想爱不敢爱，所以我把机会都留给他一个人了，只要他再追我，我就答应。我一直没有和他说过，他的声音非常特别；我没有和他说过，二十三岁的时候，我是真的很喜欢他。我曾经觉得我要变得更好更强，那样我们才会般配，但那些爱意，我从来都羞于启齿。可我后来才明白，喜欢就是喜欢，即便从头再来，人群里第一眼看见的，依旧还是他。

"分开后，我写过很多关于他的文字，赞美和贬损都有。

"可我始终觉得，他是我见过的最好看的人……"

李劭忧不等她说完，拉过她的手，将戒指套在她手上。

他的情绪有些起伏，最听不得她说这种话。

李姝逸哭得不能自已，问："干吗不说完？李劭忧你着什么急？"

李劭忧拥抱着冯豫年，不肯放开，也不听他们说话。

张弛抱着臂，稳稳地说："兄弟，不错啊。"

叶潮都快眼红了，迟钝了片刻才说："那今晚要贺一贺啊。"

他腹诽：不行，这大晚上虐我！你们是人吗？

李姝逸非常鄙视他们的云淡风轻，明明感动得要命，却装作无事发生，大老爷们儿非要撑着自己最后的脸面。

也可能只有她一个人哭得太大声了。

冯豫年只是流了眼泪。

李劭忧闭着眼等情绪下去了才放开怀里的人，抬了抬她的下巴，低头亲了亲她的唇——只是很轻浅的吻，就像唇碰到了碗沿，轻尝浅酌。

一帮人开始吹口哨起哄，冯豫年脸皮薄，在众目睽睽之下，还是不好意思表演热恋情侣接吻，歪着头躲开。

李劭忧抱着她轻笑了声，问："你在专栏里骂我那么久，真不打算当面讨回去吗？"

冯豫年被他问蒙了，下意识问："你什么意思？"

她问完才反应过来，无辜地盯着他，一时间不知道是该心虚，还是该因为被当场扒"马甲"气愤——他居然看她一个人唱独角戏那么久。

旁边的人都发现这两个人不太对劲了。

李姝逸问："该点烟花了，你们愣什么呢？"

其实也就是个巨型仙女棒一样的东西，这里可不准放升天的烟花。

李姝逸哭着还在兢兢业业做导演，催两个新人："这是我第一次掌机的 vlog，你们敬业一点可以吗？新人现在点烟花。"

冯豫年压着声音问李劭忱："你什么时候知道的？"

这也太羞耻了，这简直堪比在工作组里成日地吐槽老板，结果老板在群里默默潜水。

她咬牙切齿："那你怎么不说？！"

李劭忱微微笑着："当然是为了看你，爱我几天然后再吐槽我几天。那可是我的晴雨表，我就是从那里看你心情。"

冯豫年不认命地说："你也知道我写稿总要用一些感情的噱头。"

他了然地回答："我懂，都能理解。我的爱情可不是为了让你寂寞的夜更长，以后我会注意的。"

冯豫年的心情一时间像坐上了一台喷射机，最后也只能说："你真是，和姝逸说的一模一样，心眼儿坏透了。"

张弛摆好了礼花，开玩笑道："这还心眼儿坏？冯豫年你的要求试高了！"

李劭忱握着冯豫年的手，伸手点了地上的小礼花，点燃后，所有人围在周围。

李姝逸"哇"了声，举着机器转了一圈，拍摄得非常漂亮。

礼花熄灭后，叶潮跟着音响慢慢唱起了歌，文晴还拿着备用的花，整个画面很美。李姝逸看着镜头，和叶潮搭档开始跳舞。冯豫年被李劭忱带着，跟着他们慢慢踱步，她始终没学会跳舞，频频踩他的脚。

一晚上非常尽兴。

最后回到李劭忱家里，集体看了一场电影。

午夜时分，冯豫年看着嬉闹的他们，在李劭忱耳边轻声说："这个生日我过得很开心。"

李劭忱轻笑了声，悄声说："我也是。"

黑暗中，李姝逸偷拍的两人正耳鬓厮磨，画面里全是说不出的亲密，看起来十分美好。

离过年只有几天了，第二天一早起来，李劭忱和李姝逸准备直接领着冯豫年回家。

冯豫年睡眼惺忪地问："我的见面礼呢？我这样合适吗？"

李劭忱说："你不都准备好了吗？"

骗子，明明是他准备好了。

李姝逸忙着回去剪片子，一个劲儿地吹嘘她的拍摄手法非常棒，又是曝光，又是镜头语言，非常漂亮。冯豫年都没来得及看一眼。

李劭忱看了眼后，笑了笑，难得没有出言打击李姝逸。

刘绍棠和李岩特意在家等着他们回来，家里两个阿姨正在准备午饭。李岩一直问刘绍棠："你说，要是因为劭忱他妈妈的事，事情有波折，就不好了。我要不要给人家找补一下？"

刘绍棠说："你想太多了，你要相信，年轻之所以年轻，就是因为感情充沛。不像咱们这个年纪，要是有过节，确实不好处理。"

李岩不认同："那是你不知道，劭忱他妈妈当初闹得有点太过了，人家姑娘平白无故受这种委屈，要不然劭忱也不会辞职进企业工作。"

刘绍棠听得乐了，笑着说："这小子还是个情种。"

冯豫年进门的时候，阿姨正开窗，见她进来，喊了声："他们回来了。"

冯豫年从前见过李岩，刘绍棠则见得很少。

刘绍棠见冯豫年是个一米七的姑娘，一眼看过去，面相有些和善，他顿时就觉得喜欢，笑着招呼："快来坐，以后就和劭忱一样叫我姑父吧。你姑姑等你们一早上了。"

李姝逸开玩笑地问："我妈也在？"

李岩是个话不太多的人，她并不管企业日常，李劭忱在企业里做管理岗位，两人在公司见面的时候其实并不多。除非他分公司有大型的活动需要站台，李岩才会出席。

饭桌上几个人聊得很开心。刘绍棠是一位很有智慧的长辈，话题一直围绕着冯豫年的那部纪录片和她的职业，连同制片人和出品人，他居然都认识。

冯豫年笑着说："我完全不知道，当初也只是机缘巧合。"

刘绍棠夸赞："机缘是留给到达这个席位的人的，也恰恰说明你的不凡。"

冯豫年被夸得老脸一红。

李姝逸悠悠地说："爸，你说不图我有上进的话就是安慰安慰我的吧？你看你多喜欢博士！"

李岩没好气地说："你才知道？"

刘绍棠最后说："我也是看着劭忱长大的，在我眼里，劭忱算我的半个儿子。你们两个来来回回这么多年还能走到一起，那就是缘分。老爸走的时候，就放心不下劭忱，嘱咐我务必护着些劭忱。你们俩若是有什么要求尽管和我提，只要我能办到的，我都满足你们。"

李姝逸插嘴："年年要是喜欢你的那些宝贝藏品呢？"

刘绍棠笑着说："那就挑吧，只要年年喜欢，送她也无妨。"

他是真的豁达。

冯豫年听得笑起来，怪不得李姝逸这样可爱，她的家庭是真的很幸福。

饭后，李姝逸给父母看前一晚她的作品。

李劭忱则领着冯豫年上露台看风景。冯豫年问："温老师呢？"

李劭忱望着远处已经结冰的湖面，淡淡地说："她在英国，不回来了。"

冯豫年惊讶地看着他，李劭忱也不瞒着她："以后都不回来了。"

冯豫年却只想到再也没人无条件地爱着他了。

她只是觉得心疼他，并没有少了麻烦的庆幸，于是握着他的手，轻声说："李劭忱，你叫我一声小冯姐姐，我就把你没有得到的所有的爱全都补偿给你。"

李劭忱扭头若有所思地看着她，几秒后，镇定地问："当真？"

冯豫年尤不自知这话的歧义太大，还老实地"嗯"了一声。

李劭忱见她傻傻的，就笑了下，说："那你到时候可别反悔。"

第十章

这一生有你们足矣

李岩作为家长，第一次操办这种事。她是个有涵养的人，并不以自己的身家显赫就对普通人家有什么轻慢。

尤其冯豫年的继父曾经还在她父亲手下当过兵。

冯豫年生日之后没几天就是农历新年，冯明蕊难得和她讲道理："你年后回去和你爸商量商量结婚的事。"

冯豫年问："怎么商量？"

冯明蕊说："还能怎么商量？看他这个当老子的出多少钱。他可就你这么一个闺女，他就算再婚了，也没其他孩子，总不能一分钱都不给你吧？"

冯豫年失笑："他确实没钱，加上身体不好，我不敢让他兴师动众。"

冯明蕊恨铁不成钢："你说你除了在我这儿耍本事，还有什么出息？他不该给你准备嫁妆吗？还好意思说自己是个要脸的人！"

冯豫年哄道："行行行，我问他要，需要钱的地方，我通通管他要。你把你的私房钱藏好吧。"冯豫年不欲听她继续批判老梁，就换了话题，"结婚其实也很麻烦，我年后还要出差。"

冯明蕊真有点生气了："你什么时候不忙？等七老八十退休了就有时间了？那你等那会儿再结婚吧！"

冯豫年笑了笑，不再惹冯明蕊。

她年后就要去云南的植物园出差，保守估计五一"结婚"都算早的。

李姝逸的新电影进入了宣传期，片子是讲亲情的，她整个人沉浸在悲伤的气氛里，一改之前四平八稳的演技，用细腻的演技演活了那个角色。

平日在娱乐圈只是泛泛之辈的李姝逸，这回出乎所有人的意料，她这样的演技能让人拍案叫绝，在一众女演员中立刻脱颖而出。

几位著名导演都极力地夸赞她，甚至都给她抛了橄榄枝，然而她还是一如既往的懒和爱撒娇。

新电影宣传期间，她本人的话题一再攀高，不过短短几日，都攀升到了话题女王，仿佛去年网上对她的蓄意攀扯没发生过一样。这当然也是有好处的，短短几个星期，她社交媒体上的粉丝量已经破了五千万。

她本人对这些倒是还好，只是连日地工作很辛苦，一直到处奔波。

叶潮在群里恭喜她：【姝逸姐，我可是第一次这么隆重地过清明节，又是请客又是组局，还送电影票。不知道的还以为我要凉凉了，死前这么不讲究，放浪形骸呢。】

群里的人都笑喷了。

文晴：【小叶总，你这叫友情支持，我给你做证。】

叶潮丝毫不领情：【你可别提了，传我八卦的时候，就你最起劲！】

冯豫年正出发去植物园，李劭忱年后在集团的职位升了一级，升到总部后，他的工作不像之前那么琐碎，但事情变多了，也不能翘班，新的秘书还在磨合中，每一个职场人都需要和身边的人营造良好的工作氛围。

冯豫年也理解他，和同学一起去植物园的路上，给李姝逸发信息：【恭喜你呀，我们的知性美女！】

李姝逸秒回：【叫姐姐吧，还等什么呢！我和你可没有姐妹情了，只剩下大姑子和弟媳不得不说的二三事了。】

冯豫年看着消息，笑了起来。

李姝逸的粉丝成天给她物色对象，她的绯闻男朋友一直众说纷纭，神奇的是，李劭忱始终排在她绯闻男朋友榜的第一位。明明有一小部分人辟谣，说李劭忱是她弟弟，但是大部分人都不肯相信。

冯豫年到西双版纳的第二天，组里开了个会，之后就是周末，周末两天她不用工作，她还在计划去哪里走走。

随即而来的小惊喜就是，她早上起床开门，李劭忱就站在门外，问："今天天气不错，要不要去植物园走走？"

冯豫年欣然答应："可以啊。"

周末加上春季，园区里的人非常多，李劭忱从头到尾都负责给冯豫年背包拍照，冯豫年则给他介绍各种植物的习性。

冯豫年后来不再出现在媒体里，所以很久都没有人认出她了，骤然被人叫住，她还有点蒙。

一对情侣，女生胖胖的，笑起来很可爱，凑近她问："冯豫年？冯博士，能和你拍张照片吗？"

冯豫年呆了片刻才笑着说："当然可以。"

李劭忱还帮她整理了头发，由着她和别人拍照。

结果他也被人认出来了，当天下午就有个人在李姝逸的粉丝群里问：【这是不是姐姐的男朋友？他在陪一个女生逛植物园，鞍前马后的。】

这种似是而非的故事，真是八卦的最佳素材，在娱乐圈这片神奇的泥沼里，立刻生根发芽，野蛮生长。

等到了晚上，话题就发展成了——李姝逸的男朋友疑似劈腿，在线被抓。

在线吃瓜群众个个都激动异常，仿佛干了件正义的好事，等着看当事人接下来怎么处理，尤其是想替李姝逸手撕渣男。

这种事情光听听就觉得热血沸腾，走过路过的人都想进来看两眼，反正都是些看热闹不嫌事大的主。

冯豫年看着热搜，还一条一条地看过去，由衷地说："你的名声真的很一般啊。"

李劭忱没好气地说："我的名声早晚毁在李姝逸手里。"

冯豫年看着他没好气的样子，笑个不停，并不谴责李姝逸。

冯豫年正在整理当天拍的照片。

等李劭忱洗漱出来，她的消息一直响个不停。她起初没在意，等拿起手机看了眼，发现是李姝逸回应了今天这个热搜话题。

毕竟闹得有点太过，但李姝逸回应后闹得更大了。

李姝逸发的文案：【祝贺我的弟弟李劭忱先生，终于在三十岁这年追到了他十五岁时就喜欢的女生。】

后面的视频是她的作品，也就是那晚求婚的 vlog，看起来确实漂亮得有些不真实，冯豫年看了一遍觉得很不真实，仿佛在看别人的求婚现场。

李姝逸接着又发了一条动态：【他偷走了我的照片，和照片里的你。】

后面附上一个五秒的视频，那是十几年前，李姝逸出国前他们拍了一张合照，李姝逸和冯豫年站在一起，少女的友情很美好。李劭忱在合照背后写着：【第一眼喜欢的人，怎么甘心只做朋友？】

字迹苍劲有力，非常漂亮。

娱乐圈就喜欢这种热闹的反转，尤其最后的结局竟然还是皆大欢喜。

李劭忱根本不知道，一天内，他人设就换了几个。

他中午还是个徒有其表、有几个臭钱的渣男，到晚上就变成了不可多得的情圣一般的存在。

不得不说，命运就是这么神奇。

当然，也可能是网络世界太过荒诞，让人变得很神奇。

整个热搜都开始祝福这对神仙姐弟，然后罗列了之前两人同框的照片，两个人的气质天差地别，李姝逸偏甜，李劭忱是一贯的专注自我。

总之，他的气质就是这么玄，简直一骑绝尘。

冯豫年收到了很多很多的私信，全是祝福她的。

各种夸赞他们的神圣爱情。

里面有张今天她在植物园里被拍的照片也被顶在了最热评论里，那个胖胖的姑娘十分卖力地宣传他们两个人是如何般配，李劭忱是如何细心地为她鞍前马后。

简直不是一两句话能说完的。

冯豫年一个劲儿地乐，看着网友脑补的剧情，仿佛在看别人的故事，丝毫没有感同身受的体验。

李劭忱终于听出来不对了，问："什么消息，这么多？"

冯豫年把手机递给他，他看了很久，什么都没说。

冯豫年问："姝逸以后都不会坏你名声了，怎么样，开心了吧？就是把麻烦转给我了。"

"还不如让她一直坏着呢。"

"你怎么这么难伺候？那要怎么样？"

李劭忱看着视频，挑挑眉，风轻云淡地说："她拍视频的技术是真的不行，视频里没有真人好看。"

冯豫年愣了愣。

直男的脑回路有时候和正常人不一样。

李劭忱陪冯豫年待了两天，然后回北京准备婚礼，争取能参加她的毕业典礼。

冯豫年在五一前出差回来，给身边的同门们都发了喜糖，然后就要回北京结婚了。

余小雨都傻眼了，摄影小哥起码五一才能回来，他们只能五一订婚，十一结婚。

"那我怎么办？你怎么可以比我快？"余小雨满脸都是不可置信。

冯豫年忙说："你的伴娘我记着呢，到时我不管在哪儿都飞回来给你做伴娘。"

余小雨唉声叹气地说："这就是差距，我看到你们的求婚短片了。那真不是认识一两年的男人能比的。你们十几年这么过来，你就没点心得吗？教教我吧，教我怎么拿捏男人。"

冯豫年顿了顿："你拿捏他干吗？"

"当然是让他爱我爱得死去活来。"

"那这个我确实不擅长。别拿捏了，让他好好赚钱吧。毕竟我现在的梦想是什么都不做，在家躺平。"

余小雨惊讶地看着冯豫年，说："你说这个话，真的怕不是欠扁吧？"

冯豫年心累地想，你们对我真的有很多很多的误会，我真的不想做女强人。我写论文、出差、加班，真的是够够的了，我现在只想什么都不做。

冯豫年想象的婚礼是很低调的，亲朋好友聚在一起吃个饭，温馨简单。

李劭忱也同意，两个人在这方面是出奇的一致。

但是由于冯豫年没时间，所以婚礼的事全权交给李劭忱负责，至于婚礼中浪漫的部分，李姝逸表示她来准备。

所以冯豫年在婚礼前一个星期还在想，自己的婚礼应该不会很累。

但当她下飞机后，就发现她的简单和李劭忱的简单好像有点不一样。

李姝逸完成了密集的宣传期后，那些时尚活动她这位大小姐不想去的话，就对外宣称她需要沉淀一段时间，好好做演员，以至于她的整体形象在圈子里得到了很大的提升。

冯豫年知道，李姝逸这个人没野心，是真的懒得去，但是她不知道李姝逸对婚礼怎么会有这么大的热情。

冯豫年到家后，李劭忱就发消息来，说：【姝逸找你有事，她要和你商量婚礼上用的花草。】

冯豫年：【很重要吗？】

接着，李姝逸的电话就来了，开门见山地说："年年，你回来啦？你等等我，我一会儿过来接你，我们商量一下细节。"

冯豫年好不容易回来，冯明蕊逮着她就打听："你爸到底给你准备了什么？这眼看着结婚的日子就到了。"

冯豫年回道："我不知道，我总不能天天追着问他，我又不缺钱。"

"这是你缺钱不缺钱的问题吗？你不知道人家李劭忱的姑姑怎么说的？结婚的事他们一手包办，咱们不用管那么多，老爷子的房子是留给劭忱的，他爸妈的别墅就有三处，全是他的。你有什么？你真两手空空地和人家结婚啊？"

"这怎么又论上门当户对了？大家又不是不知道我什么家庭，我就是把你们的家底全凑一起都比不上人家，何必在意这个？"

院里难免有人酸冯明蕊女儿心眼儿多，专挑家境好的下手。冯明蕊也是要面子的人，她离异后带着女儿再婚，一辈子图个体体面面，哪能容忍别人说这种酸话。

冯豫年不知道冯明蕊这段时间的心路历程，正接了李姝逸的电话，就说："我出去一趟，晚上回来咱们再说。"

冯明蕊瞪了她一眼："一点都指望不上你，你老子那里我去说！"

冯豫年怕冯明蕊来真的，忙说："我来说，你别动气，我忙完了给你回话。"

李姝逸见了冯豫年的第一句就说："你这个状态不行，咱们先从美容开始。"

然后，身体护理、美容、保养、造型、化妆、服饰……

冯豫年中途睡着了两次，李姝逸调侃她："真是再没有比你还轻松的新娘子了。"

"这种复杂精致的生活有点不适合我。"

"李劭忱给你准备的可比我的复杂多了，你等着吧。"

冯豫年被开背的师傅捏得疼到龇牙咧嘴，见李姝逸眉头都不皱，心里想，可见隔行如隔山，她就是注定打工人的命，吃不了这碗精致饭。

等到了晚上才做了前两项，冯豫年和李姝逸商量："后面的省了吧。"

"等会儿，要和你商量婚礼上用的花和设计稿。"

"不用这么细致吧？交给婚礼策划就行了。"

李姝逸神采奕奕地说："我就是这场婚礼的策划人。别说，我还挺有兴趣的，不用结婚就能过瘾，我要是不当演员了，也可以干这个。"

冯豫年顿觉一个头两个大，给李劭忱发消息：【朋友，救个急，李姝逸和婚礼杠上了。】

李劭忱：【你们在哪儿？等我来接你。】

冯豫年哪知道，李劭忱那边更麻烦。

从上车开始，李劭忱就说："我早上都没时间去接你。"

"又不是什么大事。"

"主要是我约了摄影师，咱们明天可以去试婚纱和礼服了。"

冯豫年始终游离在外，问："咱们不是说好的，简单就好吗？"

李劭忱说："这已经是很简单的了，第一不出国，第二全部在国内完成。"

冯豫年听得都凌乱了，凉凉地说："我就不该相信你们姐弟俩。"

自从回来后，冯豫年像个工具人一样。李劭忱始终觉得不满意，尤其是拍婚纱照的时候，冯豫年的意思就是拍一组室内的就可以了，也不用兴师动众地出去，偏偏李劭忱觉得这样过于敷衍，坚持预约了摄影师。

冯豫年都快后悔结婚了。

原本看好的日子一拖再拖，越靠近婚礼日期，事情就越多。

冯豫年原本想，她在北京结完婚再回吴城也是一样的。

结果梁登义拖家带口全来了。

他不想错过女儿的婚礼，不想只是等女儿结婚后带着女婿回家聚个餐。

冯豫年哪知道，老梁是李劭忱请来的。

老太太见了她还是一如既往的高兴，拉着她的手，有些感慨："我们家年年就要结婚了。"

冯豫年从前觉得，只要老太太在，吴城就一直都有她的家。

年少凄惶的时候，她曾全心地依赖过老太太，现在想来，大部分人她都是可以相信的。

晚上冯豫年照例陪老太太睡觉。老太太摸出随身带着的盒子，交给她，说："你爸也没给你攒什么家当，咱们家就你一个闺女。说来也巧，你爸后来得的两个孩子还都是闺女。其实闺女好，闺女细心，这也是他的福气。"

冯豫年打开盒子，里面是些旧东西，一只翡翠镯子和一个玛瑙配饰，大概是祖上传下来的旧东西。

冯豫年说："您留着吧。"

老太太拍拍她的手："说句实话，你在我跟前待的时间最短，我就你这么一个孙女，怎么可能不疼你？早些年我顾不上你们，你爸那个混账的日子过不下去，我要顾着他。人一辈子就这么沟沟壑壑过来了，到我这个年纪，要这些什么用处都没有，也不值钱，留着给你做个念想吧。"

老太太又给冯豫年一个存折，说："这里的钱都是你给我的，我都没动过，又添了点，结婚是大事，不能让人家比下去。有些事你们小孩子不懂，该听我们大人的话。"

冯豫年和老太太聊到了很晚，老太太讲的大多都是些朴实的道理，虽然隔代人之间的鸿沟很明显，但一直透着亲近。

李岩早就预订了一家五星级酒店，婚礼期间，酒店不对外营业，只接待婚礼来宾。

低调确实是低调，手笔也确实大。

婚礼最终和冯豫年预想的天差地别。

婚纱虽然不是定制的著名品牌的，但非常奢侈。

李姝逸做的策划，把现场打造成了一个花艺海洋。不得不说，她在这方面的天赋真的不错。

冯明蕊难得伤感，拉着冯豫年的手，说："转眼你就结婚了，我心里突然空落落的。"

冯豫年安慰："我都三十一了，尧尧的青春期已经来了。"

冯明蕊这次才实实在在见识到了李家的财力，他们送的每一样礼物都价值不菲，婚礼上面面俱到，她完全挑不出什么毛病。但越是这样，她越是觉得不踏实。

冯豫年这些天一直在为婚礼奔走，所有的亲戚朋友都来了，她感觉自己像个搞商务公关的，每天都在接待来宾，并且还要和多方的人对接工作。

可想而知，李劭忱比她更忙。

直到婚礼的前一晚，两个人才安顿好自己的大后方，抽出一点点时间会合。

冯豫年望着月亮，隔了很久才问李劭忱："你说，月圆月缺，反反复复，你有很厌烦过现在的生活的时候吗？"

李劭忧从背后拥着她，轻声说："有过。"

冯豫年问："那怎么缓解？比如说，有时候就是很丧，心情不好，觉得自己什么都不是，干什么都提不起劲。"

李劭忧猜她最近太累了，也被太多人烦扰，她并不是一个能说会道的人。

"很丧的时候，我就想点其他的。比如加班到半夜，合作方根本谈不拢，我就会想你在做什么，实验是不是失败了，正气急败坏地叹气。"

冯豫年笑起来："你就不能盼着我点好？"

李劭忧安慰她："这段时间太累了，明天过后你休息休息。现在什么都别想，等我明天来接你。"

"我现在都没时间多想。"

李劭忧补充："就把明天当作一个礼物、一个节点，我们的人生到这里，完成了一个指标，然后我们俩组成一个小团体了。"

冯豫年："你还是你，我还是我，并没什么区别。"

李劭忧："我加上你，那就是质的区别。"

冯豫年的情绪总能被他安抚好。

第二天一早，冯豫年在西四院里出嫁。梁登义也同意，对于婚礼的所有事情，他没有提任何意见，只和冯豫年说他在酒店等着他们。

冯豫年本想回到吴城，在这里她很难一碗水端平，她不想伤害妈妈，也不想伤害爸爸。

李劭忧领着一帮伴郎，这院子里的每块砖他们都清清楚楚，几个伴娘根本拦不住人。等锁门的时候，张弛已经不知道从哪家的窗户翻进去了，从里面直接开了门。

这个环节，简直三秒被破。

冯豫年端庄地坐在床上，见李劭忧一身正装，短短的头发都不需要做发型，脸上带着笑，身边的伴郎个个神采奕奕。

李姝逸气得指着他们教训："你们简直是帮土匪！"

叶潮接话："姐姐，有什么招就拿出来吧，我绝没有二话。"

这话可害惨了他，余小雨就盯着他，直到最后，他哀号："我说没二话，也没说你们全冲我来呀！"

李劭忧抱着冯豫年出门时，冯明蕊和陈辉同坐在客厅里，看着冯豫年就开始笑，笑完又哭。

李劭忧安慰冯明蕊："妈，我们一起过去吧。"

总之，是个很贴心的女婿。

到达酒店后，冯豫年站在台上根本看不清台下的人。婚礼司仪是专业的主持人，妙语连珠，现场气氛十分欢快。

轮到交换戒指的时候，李劭忱望着冯豫年。冯豫年看到他眼睛里有水雾，只是他掩饰得好，转头看了眼台下的宾客，将那一瞬间的悸动掩盖过去了，怕自己太过狼狈。

她突然冲他笑了下。

李劭忱给冯豫年戴上戒指后，缓了很久才轻声说："冯豫年，我终于娶你了。"

冯豫年那一瞬间突然懂得婚礼于他的意义应该是不同的。

婚礼不光是女孩子的美梦，同样也是男孩子的美梦，所以他对婚礼一直这么执着。

她心里想，李劭忱，我一定小心保护好你的美梦。

整场婚礼，非常井然有序。

至于到底来了多少宾客，冯豫年根本不清楚，她只记得自己一直跟着李劭忱敬酒，敬到最后，李劭忱将她藏在后面的更衣室里，给她带了好些吃的。

他在外面放风，她在里面偷吃。

这是她对自己婚礼最深刻的记忆。

后来和李姝逸说起时，李姝逸生气地说："你们好烦人，我第一次给人当策划，却找不到两个新人了。"

冯豫年回北京工作之前考虑了很久，老师挽留过她，她考虑之后还是拒绝了。

若是进博士后站工作，又是三年，到那时候她年纪偏大，职业生涯变数也很大，而且婚后就要面临异地，实在不像样，她也不想过两地分居的生活了。

冯豫年回北京，最高兴的就是冯明蕊，她一直怕冯豫年远嫁离开北京。一个控制欲强烈的家长，这点是最不能忍的。冯明蕊背着她给李劭忱做过很多思想工作，李劭忱倒是一句都没和冯豫年提过。

结婚后的那半年，冯豫年不在北京，李劭忱经常回去看冯明蕊，甚至冯明蕊有什么事都会让李劭忱通知冯豫年。

陈璨结婚的消息还是李劭忱告诉冯豫年的。

她在下班回家的路上，李劭忱来接她，问："你下个月有时间吗？陈璨结婚，妈让你抽空回去一趟。"

冯豫年惊讶地问："下个月就结？"

其余的李劭忱也不清楚。

冯豫年周末回去后，冯明蕊正好买了菜，和阿姨两个人在整理。

见她回来，冯明蕊问："劭忱呢？"

冯豫年觉得莫名其妙："他出差去了。"

冯明蕊没好气地说："你说说你们两个过的这叫什么日子？谁都见不着谁。"

冯豫年笑了："也有好处啊，你看我们俩就从来不吵架，都没时间。"

冯明蕊瞪她一眼，又说："下个月璨璨结婚，你们俩把时间给我空出来，别到时候又说没时间。这可不是有时间没时间的事。"

冯豫年问："日子都定了？"

冯明蕊也有些一言难尽，看她的表情，好像对方并不是那么好说话。

"定是定了，你陈叔这几天正商量她结婚的事。男方家里条件很不错，就是规矩也多，前几天约在一起吃饭，看样子是有点挑剔。"

冯豫年暗自思量，陈璨没必要这样，她自己早已经实现了财务自由，凡是想要的，自己就能办到，不至于为了结婚委屈自己。

冯明蕊说话有时候不中听，但是心软，毕竟是做父母的人，谁都舍不得孩子们吃亏，和阿姨嘟囔："前天你也看见了，这要是成了，亲家有没有钱咱不知道，那个派头，比劭忱家里都大，璨璨指不定要吃亏。"

冯豫年失笑："行了，我知道了。那我完了给陈叔打个电话说一声吧。"

这时，李劭忱给她发消息：【我到门口了。】

冯豫年和冯女士说了声就出门了，没想到出门就撞见了陈璨父女俩。

陈辉同有些生气："我说了，我不同意你结这个婚！"

陈璨质问："从小到大，你同意过我什么呀？你什么都没同意过，我干什么你都觉得不顺眼。是，这人是我妈给我介绍的，那也是我男朋友。"

"你别跟我提那些，和谁给你介绍的没关系，我看不上他那一家子人，都是些什么乱七八糟的。"

陈璨似乎在哄他："我都说了，结婚谈钱不可避免，再说了，我自己有钱，不用你的钱。"

陈辉同是真的伤心了，指着她说："你……这个婚你要结就结，我不拦着你，你也别后悔。"

陈璨："我后不后悔自己知道。"

冯豫年怕彼此尴尬，等父女二人进去后才匆匆出去。

李劭忱问："怎么这么久？不舍得让你回家？"

"碰见陈叔和陈璨了。"

李劭忱也不多问。这两年，他们都能很轻松地聊起身边的人，包括温玉，言语中也不再有褒贬和偏袒。

冯豫年问李劭忱："我是不是不像个老师？今天有学生说我看起来太小了，压不住人。"

李劭忱回道："没有的事。你们实验室的事怎么样了？"

"还在筹建。"

两人每天就这么碎片化地聊天，和从前没什么区别，偶有争执，也大多是李劭忱赔罪了结。

等陈璨结婚的时候，冯豫年才了解，男方家确实规矩多。

因为男生的姐姐出任了国内时尚杂志的主编助理，所以和陈璨的妈妈林茹算是同行，家里之前是做卫浴生意，后来开拓了很多其他业务。

林茹的眼光向来不赖。

婚礼那日，要求新娘的父母出席。在子女结婚这件事上冯明蕊并不固执，只说："不用我发言那正好，我还不知道说什么呢。"

林茹把控全场，滴水不漏。

冯豫年和李劭忱坐在冯明蕊身边，静静看着，没有任何参与感。婚礼现场犹如一场时尚晚宴，到场的不乏明星和时尚界人士。

冯豫年看了半晌，扭头问李劭忱："你说，咱们结婚那会儿也这么呆呆的吗？"

李劭忱微微笑了下："没有，咱们结婚的那天，你特别漂亮，眼睛一直亮晶晶地看着我。"

冯豫年一时间对婚礼现场涌现出很多回忆，想起婚礼上播放的音乐、播放的视频、用到的道具，都是李劭忱事无巨细地安排。

台上终于到新郎给新娘戴戒指的环节了，冯豫年扭头凑到李劭忱耳边说："李劭忱，你当时给我戴戒指的时候，我看到你哭了。"

李劭忱悄声说："那你看错了。"

冯豫年不信："怎么可能，虽然你掩饰得很好，但我还是看出来了。"

李劭忱笑了起来。

两个人靠得太近，低声耳语。大部分人都注意着台上的新人，偶尔有人会看他俩。

他伸手摩挲着她的手指，最后才轻声说："今晚有时间约个会吧？"

冯豫年欣然点头。

冯明蕊心里也不是滋味，但是看了半天，始终还是觉得自己的女婿比较优秀，单论长相，李劭忱就比陈璨的老公好太多，家世财富，李劭忱也丝毫不输。但是这个婚礼非常满足一个家长的奉献欲，毕竟是林茹一手操办的。冯豫年结婚的时候，婚礼全是李劭忱家里准备的，她一点都没有沾手。

敬酒的时候，林茹领着女儿、女婿过来。冯豫年和李劭忱起身，两人的气质太搭，站在一起非常赏心悦目。

陈璨还是那个陈璨，和冯豫年对视几秒后，端着酒杯和冯豫年说："年年姐，今天是我的好日子，我和你喝两杯。"

　　冯豫年端过酒杯，和气地说："陈璨，祝你新婚快乐。"说完，一饮而尽。

　　现实里没有相逢一笑泯恩仇，只有一饮而尽，和对方，和前尘往事说声再见。

　　婚礼现场的人很多，她们之间的这段小插曲一晃而过，甚至都不算插曲。

　　从婚礼现场出来，李劭忱问："带你去看日落吧。"

　　冯豫年笑着说："那都是十几岁时爱做的事。"

　　李劭忱不知给谁打了个电话，就带着她出了城。等夜幕降临的时候，他们正吃完饭从农家乐里出来。上山到达山顶露营地的时候，那里已经有很多人了。露营地中间点了一座大篝火，很多人搭起帐篷，晚上就在山上过夜，大家坐在一起谈天说地。远处的山峦尽头只剩一线天光，那种感觉很奇妙。

　　初夏的傍晚再舒服不过了，两个人在山顶慢悠悠地散步。

　　冯豫年也很久没有享受过这种慢生活了。

　　李劭忱比她随意得多，一手揣在口袋里，一手牵着她的手，问："冯豫年，你现在的生活和你曾经预想的生活，有什么不一样的吗？"

　　冯豫年看着周围悠闲散步的人们，说："生活倒是没有预想过，只不过陪在我身边的人，一如既往。"

　　晚风吹起她的发梢，李劭忱轻轻搂着人，看着远方，亲了亲她的头顶，轻声说："希望再过三十年，你说起身边的人还是一如既往，才不辜负我们这一生。"

　　两个人在山上待到很晚，直到午夜才回去，白天婚礼上的小情绪一散而尽。

　　三十几岁的人，不经意的一场浪漫就能取悦自己。

　　冯豫年回母校做老师，虽是很普通的职员，起初工作也不是那么忙，闲暇时间还可以配合文晴的工作，也会参加活动，日子过得十分快乐，好像回到了大学时光。

　　偶尔遇上冯明蕊催生，她都装作没听见，冯明蕊开始给她洗脑："你们年纪都不小了，你还比他大两岁，就说他是个老实孩子，但毕竟他身份不一样，有钱人肯定有……"

　　冯豫年问："你一天就不能想点好的东西吗？每天都琢磨这些真的不影响心情吗？"

　　冯明蕊恼羞成怒："我还不都是为你？不为你我操这种闲心？"

　　"是你非要扯这些，你就不能想点积极的事吗？我生不生孩子，和男人出不出轨、影不影响我的婚姻没有任何关系。我们真要走到那一步了，肯定是体体面面分开，绝对不扯什么看在孩子的份上或者其他的理由凑合。"

　　"你就没良心吧，你以为结婚过日子容易？"

　　冯豫年也不生气了，歪头问："那你当年为什么偏要离婚，谁劝都不听？我外婆当年没有阻拦你吗？"

冯明蕊白她一眼，一句都不肯再说了。

冯豫年找到对抗冯明蕊的方法了，也不怕她唠叨了。

正值李劭忱去英国看温女士的时候，冯明蕊问："你不过去看看你婆婆？"

冯豫年一直都不问，也不打听。关于温女士，那是李劭忱不为外人道的隐痛，李劭忱不说，她就不多问。

"不去，挺好的，李劭忱也是去工作，顺便过去看看她。"

冯明蕊又忍不住八卦："陈璨那个婆婆看着挺厉害的了，没想到，家里光私生子就有两个，也是糟心得很。陈璨嫁的还是个小儿子，家里有两个哥哥，这么一算，家里光儿子就有五六个，再加上姑娘，再多的家产也不够分。自陈璨结婚后，你陈叔心情就不好，整日操心她。所以说儿女都是债。"

冯豫年听笑了："那你还催我赶紧生？"

冯明蕊一时间又被她顶住了。

母女俩就这个话题实在聊不下去了，就换了话题。

李劭忱打电话来时，冯豫年正坐在阳台外的小花园里。

李劭忱问："你干吗呢？"

冯豫年犹豫了一下，问："温老师还好吗？"

"挺好的，这几天正在参加活动，我明晚回来。"

"你可以陪她多待几天，下次再过去，又要好久以后。"

李劭忱笑了笑，温玉习惯了一个人，他在不在关系都不大。对他结婚的事，温玉没说同意，也没说不同意。大概是不满意的吧，毕竟温玉连一句关于结婚的事都没有和他说。

冯豫年见李劭忱不想说这个话题，就说："那我到时候去接你。"

李劭忱回来的第二天，正好李姝逸带男朋友回来，刘绍棠早就通知李劭忱和冯豫年来家里。

去姑姑家的路上，冯豫年问他："你三十岁生日想怎么过？"

李劭忱转头看她一眼，笑起来，说："不需要很隆重，咱们两个人悄悄过吧。"

冯豫年开玩笑说："你丈母娘计划给你隆重地过，不光给你过生日，还催我生孩子。"

他轻轻笑起来，说："生孩子的事，看你吧。今年生日就咱们两个过，不需要那么隆重。"

冯豫年问："为什么你过生日这么简约，叶潮他们几个过生日都很隆重的。"

李劭忱顿了下，没有马上回答，过了很久才轻声说："大概是因为我妈本来就不想生我吧。"

冯豫年的笑都没来得及收起来，就那么看他，才后知后觉他这次去英国应该很不愉快。

他们到李岩家里时，李姝逸已经回来了。她男朋友叫吕恒，是自由职业。

刘绍棠和吕恒正在聊天，李岩和李姝逸坐在旁边说事。冯豫年提着礼物，李劭忧顺势坐在刘绍棠身边。

李岩问："你妈怎么样？"

李劭忧面无异色，温和地回道："挺好的。"

李岩也没那么多问候温玉的，就不再提起了。

刘绍棠几个人聊起前几天的车展。李姝逸拉着冯豫年看她新买的化妆品，一直聊到开饭。

李姝逸这次恋爱非常认真，连朋友圈都没有发，甚至带男朋友回家了，亲朋好友都不知道。

李姝逸发现李劭忧今天话很少，饭桌上，她小声问："你今天怎么这么安静？"

李劭忧笑着说："你是姐姐，我是弟弟，你该拿出做姐姐的自觉了。"

李姝逸白他一眼："我从小大都让着你的，你让年年评理。"

冯豫年笑着说："你们是姐弟，我可不敢评理。"

刘绍棠也笑了："劭忧虽比她小，但一直像哥哥，姝逸从小就娇气。"

李姝逸反驳："怎么会？我再娇气，那也是姐姐。"

李劭忧淡淡瞥她一眼，说："给你补课的时候不就叫我哥？我的零花钱给你，你不也叫我哥？你叫我哥的时候多了。"

李姝逸被当场揭短也不害羞，和吕恒说："谁没点黑历史，这不正常的嘛。"

吕恒点点头："也是，就是没人管弟弟叫哥的。"

李姝逸嘿嘿笑。

见了家长之后，双方家长就开始探问婚期了。李姝逸的事业心不重，对结婚的事却也没那么积极，吕恒也全看她的意愿。

饭后，李劭忧和冯豫年告辞。冯豫年还在想给李劭忧过生日的事，想了很久，依旧不知道该怎么给他过。

热闹的聚会总少了几分内心的宁静，李劭忧并不是个喜欢热闹的人。

该怎么过生日冯豫年考虑了一周，一个星期后她才确定。

那天她一个人回了四合院，让钟点工将家里都打扫，还将客厅的家具都搬开。她在院子里新移栽了很多花草，新移栽的绣球有点缺水，她每天下班要先回去照看一趟花草，将房子里布置好，很晚才回家。

临近李劭忧生日的时候，他终于有了假期，冯豫年给亲朋好友一一通知后，准备给他一个惊喜。

那天是周末，冯豫年怕他起疑，让约的私房菜师傅先过去，其他人也都过去先准备气球、音乐和电影。

李劭忧和冯豫年进胡同的时候，遇见了老邻居，老邻居笑着说："今天胡同里挺热闹的。"

李劭忧看了冯豫年一眼，她当作没听见。

等进了院子，李劭忧笑起来，站在门口不再走了。

冯豫年知道藏不住，就拉了拉他的手："你别笑。"

李劭忧牵着她的手，跟着她往里走，二进门外就能听到里面的人就开始放音乐，厨房里的味道传出来，很香。

叶潮笑着说："你这个生日，冯豫年可花了心思了。"

李劭忧笑着，和他们几个坐在堂屋聊天，院里的花草茂密，像个小花园，墙边的酢浆草开得五颜六色，天竺葵在墙角铺了一地，绣球也开得正灿烂，上面的树荫庇护着它们，旁边的百合竹正绿，隔壁的花架上五彩缤纷，是个小型的园艺造景，两簇毛地黄开得正艳……

李劭忧站在花丛里，远远看着廊檐下的冯豫年，冯豫年还在指挥人把音响放在门口。

他站在那里看了很久，慢慢笑起来。

李姝逸正在厨房里偷吃菜，见冯豫年去门口接蛋糕回来，忙说："我今天住在厨房，不出来了。"

张弛来迟了，进门问："厨房怎么了？"

冯豫年看了眼餐厅，招呼他们："开饭了，让他们进来吃饭。"

李劭忧看起来心情很好，一直都笑着，他们起哄敬酒，他也默不作声都喝了。

饭桌上的几位男士都喝了不少。

最后切蛋糕的时候，李劭忧笑着说："年年帮我切吧，我喝多了。"

冯豫年摇摇头："这可不行，你是今天的寿星。"

他就着她的手将蛋糕分了，然后一手搭在她的椅背后，听着叶潮和张弛几个人笑闹。

生日宴的饭局完了到牌局，下午换到了院里，在院里喝茶聊天，少了年少放荡不羁爱自由的躁动，一整日的悠闲都觉得舒服。

傍晚的时候，他们都觉得难得好时光，也懒得出门，冯豫年便叫了外卖，就在院里吃烤串喝啤酒。

年过三十，大家都少了年少的疯狂和玩兴，多了一些可以慢慢聊的生活。几个老友，一壶茶，可以聊很久。

聚会散得很晚，等人都走了，李姝逸已经喝多了，头晕得厉害，冯豫年送回西厢房睡觉去了。

李劭忱还在院子里，冯豫年招呼他："别收拾了，明天早上有钟点工过来。"

李劭忱站在那里，看着廊檐下的人，问："那你送我的生日礼物呢？"

冯豫年笑问："你还要啊？"

李劭忱："当然。"

冯豫年有些傲娇地说："那，在午夜我送你一支舞吧，我学会跳舞了。"

李劭忱莞尔："荣幸之至。"

两个人在一片狼藉的院子里听着音乐，慢慢开始踱步。冯豫年是真的学会了，攀着他的肩膀，在他耳边说："三十岁生日快乐，李劭忱。"

李劭忱笑说："谢谢李太太。"

冯豫年见他偏头看她，到底没忍住，踮脚凑近他耳边轻声说："李劭忱，你要做爸爸了，恭喜呀。"

李劭忱像是没听见一样，顺着节拍走了几步才反应过来，盯着她看了几秒，然后猛地将人拦腰直接抱起。冯豫年吓得惊呼了一声，搂着他的脖子，低头看着他轻声笑起来。

李劭忱的眼里全是笑意，接着就笑出声了，抱着她转了几圈。

冯豫年呼喊："你再转，我头晕了。"

他这才放下人，问："你什么时候知道的？"

冯豫年盯着他的眼睛，他的眼睛微微带着笑，专注看着人的时候，特别迷人。

"上一周。"

李劭忱将她拥在怀里，笑着说："明天再去查一下，也恭喜你呀，要做妈妈了。"

冯豫年接受他的恭喜，说："同喜同喜。"

他轻叹了声，说："这个生日礼物，我很喜欢，很喜欢。"

冯豫年开玩笑说："你要是不喜欢，我还可以换个别的……"

他笑起来，放开她催促道："别瞎说，快去睡觉。"

冯豫年被他打断，顿了两秒才说："我没想到你是这种男人，翻脸就不认人了。"

李劭忱拉着她回东厢房，边走边哄："你看几点了？孕妇不能熬夜。要是让你妈妈知道了，饶不了你。"

冯豫年惊呆了："你竟然威胁我？李劭忱，你现在学会威胁我了？"

李劭忱拉着她进了卧室，替她脱了鞋，将人塞进被子里，并不理会她的胡闹。

"好了好了，我去倒杯水，你喝一点水再睡。"

冯豫年窝在被窝里，等他上来，她睡不着，翻起身坐在床上，看着他上床。

冯豫年说："等孩子出生就是明年了，到时候更忙了，你都不一定有时间。"

李劭忱："瞎想什么，我再忙也是孩子最重要。"

冯豫年笑起来："这是我第一次见你这么紧张。"

李劭忱伸手揽着她，忍不住摸她的肚子，问："有什么感觉吗？"

冯豫年摇摇头："没感觉，我也是体检时查出来的，我除了最近很容易饿，完全没感觉。"

李劭忱开始安排："我让司机来家里，你以后别开车了，房子暂且就不必装修了，家里要重新布置一下。"

冯豫年忙说："你别乱来。怀孕就是一个正常的状态，你这样让我感觉我像个病人，我本来也没有很热衷生孩子。"

李劭忱认真地看着她，然后考虑了一下，说："那你多久能适应怀孕？"

"这有什么适应的？我怀孕了，那就准备生呗。"

"你不抗拒，或者没有不喜欢孩子？"

"你别把我想得像个极端分子，我就是个很开朗的人，一辈子的事情，就顺其自然。你看我们谈恋爱自然而然，结婚也是，也没有备孕。我本质其实是个很乐观的人，对不对？"

李劭忱将她放倒，关上灯，说："对，你躺下说，别坐着。"

冯豫年真的想踢他一脚。

第二天一早，等冯豫年睡醒时，冯女士就知道了。

李姝逸也知道了。

李劭忱早上出去买早餐碰见了冯女士，两人就怀孕这件事达成共识。冯女士尾随李劭忱回来，盯着冯豫年说："你现在要注意身体，别整天上蹿下跳的。"

冯豫年睡眼惺忪："你讲讲理，我从小就很文静的。"

冯明蕊继续说："别动不动就往吴城跑，你别以为我不知道，你老子朋友圈恨不得天天晒你，你去了几次，我都知道。"

冯豫年心说，老梁，你怎么出卖我？

李劭忱见她委屈的样子，笑道："起来吃早餐了，明天一早我送你上班。"

冯豫年："我真没事，你们别这样吓我行不行？"

冯明蕊："你多大的人了，还三五不着调，连自己怀孕了都不知道。快起来，我去菜场买点羊排，你们收拾完就过来吃饭。"

这时，李姝逸也进来了，冯明蕊招呼道："姝逸也来，阿姨中午炖羊肉，你们都来吃。"

李姝逸笑着说："那可真好，阿姨的厨艺我可惦记着呢。"

午饭后，李姝逸拉着冯豫年去逛商场，李劭忱被叫回去开会了。

两个人第一次逛从来都没进去过的母婴店。

李姝逸简直开启了新世界，看见什么都想买，觉得婴儿衣服可爱得要命，看见奶瓶也觉得可爱，看见玩具也想买，所有的婴儿用品都写着可爱。

冯豫年还有理智，劝她："别，你这会儿就买，李劭忱回去铁定教训咱俩。"

最后两人还是没忍住买了一堆母婴用品。

晚上李劭忱回来给冯豫年带了夜宵，冯豫年明显感觉家里不一样了，空调温度变高，家里只能喝热水，加了夜灯……

第二天一早，冯豫年照样要上班，有时候上课要站大半天，她自己是真的毫无知觉，可李劭忱就是不放心。

三个月过后，李劭忱还是很紧张，并没有和冯明蕊一样过了前三个月就放心了。

他甚至和冯豫年商量："要不咱们搬到你们学校附近那边的房子去吧？"

冯豫年还在备课做 PPT，她怀孕后总觉得视力变模糊，就开始戴眼镜。她摘了眼镜，一头雾水地问："你又怎么了？"

家里的台阶多，他总担心她绊脚，又觉得家里没有长辈，怕自己哪里疏忽了。冯豫年怀孕五个月的时候感觉到了胎动，她当时在学校上课，肚子动了一下，她话说到一半，伸手摸了下肚子，笑了下，然后说："咱们接着讲。"

第一排的同学问了声："老师，你是不是不舒服？"

她温柔地笑起来，摇头："没事。"

下了课，她就给李劭忱发消息：【你孩子踢我了。】

李劭忱马上就打电话问："那你怎么样？有没有不舒服？"

冯豫年笑着说："没有，孩子很有劲，可见营养充足。"

李劭忱晚上就摸到了孩子的胎动，激动得半夜都睡不着。那种感觉太奇妙了，他一整夜都把手放在冯豫年肚子上。

李劭忱又一次给温玉打电话："妈？"

温玉平静地问："怎么了？怎么这个时候打电话？"

李劭忱不在意她的冷淡，问："你最近怎么样？胃疼有没有好一些？"

"好多了。"

温玉的话很少。

可是他想说的很多。

"没事，就是想问问你最近怎么样。年年怀孕了，明年你就做奶奶了。"

温玉问了句："多久了？"

李劭忱回道："五个多月了。"

温玉顿了顿，才说："挺好的。"

李劭忱原本想问问她怀孕应该注意什么，可是电话通了后，他又不想问了，最后也只说："那就这样，再见。"

挂了电话后，他在窗前站了很久。冯豫年其实听见他打电话了，只是装作不知道。

等李劭忱进来，冯豫年问："我想吃海鲜怎么办？我怕我一说，我爸带着海鲜就来了。"

李劭忱笑了："那就来啊。正好家里也热闹一点，有个人看着你，我也放心。"

冯豫年问："那我打电话了啊？"

果然，梁登义一听她想吃海鲜，带着海货第二天就来了，连老太太都来了。

小洋房里难得热闹，卢姨正和家里阿姨讨论孕妇能不能吃发物。

梁登义满面笑容，看着屋里的花草，笑着说："闺女就是不一样，我还是喜欢闺女。"

李劭忱笑了："我也喜欢女儿，但是年年想要儿子。"

梁登义教育冯豫年："你这个想法不对，你看我就你这么一个姑娘，我什么时候嫌弃过你？"

他已经不年轻了，但他这辈子从没遗憾过没有儿子。

冯豫年振振有词："我不是重男轻女，我是需要个儿子以后好干活。要是生个女儿，就太辛苦了，儿子累一点不要紧。"

梁登义笑骂："你这是哪儿来的歪理？那就生两个，我带回吴城，我帮你们带。"

他一时间忘了冯女士的存在。

冯豫年笑说："不着急，你们谁都跑不了。"

老太太上年纪后都不怎么出门了，这次是听见年年怀孕了，儿子邀请她来北京，她就跟着来了。

李劭忱见家里人多，就多请了一个阿姨，这几天每天回来，家里都热热闹闹的。他可能很久都没有见家里这么热闹了，也不觉得吵闹。

冯豫年的怀孕期过得简直可以用跌宕起伏来形容。

快七个月的时候正赶上云南的葡萄上市，冯豫年获得了当地政府颁发的一个脱贫攻坚奉献奖。

她本人一开始完全不知情，还是云南当地政府通过学校将这个消息通知给她的。校领导笑着和她说："咱们学校的老师们都在下属村里做农业技术顾问，但像你这样获奖的扶贫专员还是第一个。"

冯豫年看着那封发来的函，只觉得有种热泪盈眶的感觉。

事实上她并没有做什么特别的贡献，那是因为人家当地的农民勤劳，就算没有她，也一样会致富的。

因为她并不知道，李劭忱对县城电商投资的那些名目都是归在她名下。当地不光葡萄，鲜花、各种农产品的创收都达到了一个新的高度。

327

当地政府希望冯豫年去领这个奖。她回家的路上，给李劭忧打电话说："我要去一趟云南，你陪我去吧？"

李劭忧已经知道了，应声说："那我晚上回来准备一下。"

冯豫年问："你都不问什么事吗？"

李劭忧说："我是去照顾你，什么事不重要。"

如今他眼里孕妇最大，其他的都是小事。

晚上回去时，家里的阿姨正在做晚饭，冯豫年翻箱倒柜找以前的东西，刚下乡那年她还坚持写论文、写调研。

李劭忧见她挺着大肚子爬梯子，跪在地上翻箱子，简直心惊肉跳："你找什么？我帮你找！"

冯豫年说："你找不到，我要看看当时写的论文。那边政府要给我颁奖，你说我做了什么贡献？我也没干什么，所以才感觉有点惭愧。"

李劭忧拉着人坐在椅子上，笑着说："那还不如去看你那时候写的东西，你当时写的散文，把那里写得很美。"

冯豫年瞪他一眼："你到底从哪里调查到我写东西的？几乎没人知道这件事。"

李劭忧一直都不肯说，见她无奈地笑，难得听话地解释："我用过一次你的电脑。"

"那也不可能看到我写的东西。"

"我用了你的邮箱，看到了编辑发给你的很多邮件，一搜就能知道。"

"男人可真可怕。"

"要不然就不会发现你还喜欢我。"

冯豫年白他一眼。

李劭忧哄道："不用这么隆重，到时候我陪你去，你又不能太累。当地可能是有一个总结性的会议，你照常参加就可以了。"

冯豫年其实一直觉得不真实，她做的贡献肯定没有那么多，却收到这么大的赞誉，只觉得惶恐。

第二天两人启程去云南，还是住在曾经住过的洱海边上。这次冯豫年大着肚子，坐在露台上，看着远处的夕阳。李劭忧给她削水果。她一边吃着水果，一边感慨："等以后退休了就来这里养老，真的是个好地方。"

李劭忧笑问："不是回吴城吗？"

她长舒了口气："也对啊，我的故乡很多。我十几岁的时候，也没想到我会在千里之外的村子里认识一群可爱的人。"

李劭忧笑着说："你十几岁时像只小白鸽似的，不管见了谁都笑眯眯的，不说话。

谁能想到有一天你会做老师，每天对着一帮学生讲话讲到咽喉发炎。"

冯豫年听得笑起来："你十几岁的时候也不可爱，不也见谁都不说话？姝逸整天和我抱怨说你就是只黑乌鸦，而且又是那种不用很用功就能考得很好的学生。我对你的印象一直都不好。"

李劭忱皱眉，将橙子递给她："怎么可能？我见你每次见我都是笑眯眯的。"

"那是因为有一次坐车，你坐在我旁边，结果我看见你一路都低着头在做阅读理解。我就想，原来每次考满分的人也很努力，心理就平衡了很多，所以看你就顺眼多了。"

李劭忱听得笑起来，摸摸她的耳朵，不知道她原来有那么多小心思。

第二天早上去往县城的路上，冯豫年还在搜索今天的活动，到地方后才发现是省里一个扶贫丰收的展览，参展的全是本地的农产品，大部分是各色水果。参展的农户带着样品，来的还有很多企业人。

冯豫年问李劭忱："你说这样一个展览能创收多少？"

李劭忱保守地说："单单一个展览其实没多少，重要的是后续的订单。"

电商的订单每年都增加，只要水果品质有保障，消费者其实很喜欢这种口味。

会议开始后，领导在上面讲话。

刀杰也在，他现在在县里电商的集散中心工作，见冯豫年来，高兴地坐她后面。

冯豫年问他："你是每天都回去吗？"

他笑着说："搬到城里来了，村子里现在年轻人不多，孩子要念书，我要替孩子做准备。"

冯豫年到孕晚期了，浑身散发着母爱，笑着说："也是，小孩子要念书。"

刀杰见她大着肚子："我没想到你们会来，早知道该让阿杏准备午饭。"

冯豫年问："阿杏还好吗？我这次是请假来的，晚上就要回去了，等下次来再看阿杏。"

刀杰点点头："挺好的。村子里也都好。"

冯豫年经常收到他们寄的应季水果和特产。

她自己也没想到，下乡几年会和这里结下这段缘。

上面的开场已经讲完了，接下来就是颁奖时间，冯豫年作为扶贫先进人物，是县里的领导给她颁奖，台下掌声一片。

县里主管扶贫的领导动容地对她说："我代表县里的贫困群众，对冯女士致以诚挚的感谢，感谢冯女士对我县的水果种植和电商发展的大力支持和投资。"

冯豫年握着对方的手，目光寻找台下的李劭忱。她这才明白，她的扶贫奖里面很大部分都是李劭忱为她做的。

李劭忱坐在那里，微笑地望着她，跟着所有人一起为她鼓掌。

他把爱和耐心全给了她，也把荣耀和纪念一并都给了她。

颁奖活动后有表演，冯豫年接到冯明蕊的电话。听到她身边一片嘈杂，冯明蕊问："你在哪儿呢？"

她顺势回答："我在云南。"

冯明蕊听得操心极了，问："你一个孕妇还东跑西跑什么呀？你不知道你不能乱走吗？李劭忱也不管管你？你们两个可真是……"

冯豫年忙说："我们有工作要忙，他陪我来的。"

冯明蕊还是担心，没好气地说："工作再忙，也不能让一个孕妇挺着大肚子去云南。"

冯豫年见她还生气，就说："我是来领奖的，扶贫贡献奖。"

冯明蕊噎住了，顿了顿才说："你不知道，刚你陈叔打电话说，陈璨因为和赵盾吵架，两个人闹起来也没个轻重，孩子没保住。老陈去接陈璨了，让她在家里养着。"

冯豫年心说，我又不会和李劭忱吵架，李劭忱恨不得把我供起来。

她问："那，你要不要……"

冯明蕊爱唠叨，又有点心疼陈璨，又说："她要是回来了，这大小也是个月子，我这个月就顾不上你了。你说好好的怀着孕闹什么呀，这个赵盾可太不像样了。"

冯豫年也跟着说："就是，太不像样子了。"

"也就劭忱脾气好，从来也不见他发火，也有耐心。你可惜福吧，别整天不上心。"

"哎，你怎么这样，他脾气好，那我脾气也不坏啊。"

"行行行，你也好，你们都好，可别给我闹出幺蛾子。不和你说了，我要去收拾房间了。"

典礼差不多快结束了，李劭忱正和一个领导说话。等冯豫年挂了电话，他过来问："怎么了？"

冯豫年想了一下，说："没事。我妈问我们什么时候回去。"

回去的路上，她才说："陈璨出事了，我妈打电话嘱咐我这个孕妇心情要稳定。"

李劭忱皱眉问："怎么会？"

冯豫年也不清楚，说："说是和老公争吵，最后孩子没了。"

李劭忱伸手摸摸她的肚子，笑着说："咱们家这个小东西，每天就她最幸福。"

李劭忱和冯豫年回到北京时还不太晚。

叶潮来家里，见她大着肚子和阿姨们在晾衣服做家务，感慨："这孕妇和孕妇就是不一样。"

冯豫年随口问："和谁不一样？"

叶潮吐槽："冯威一听陈璨和老公动武，流产了，集结了一帮人，恨不得要把那个赵盾揍死。你们也知道，他喜欢陈璨这么多年，这会儿都贼心不死呢，我瞧着怪没意思的。"

李劭忧接话："所以你就躲我这里来了？"

冯豫年也没想到事情会闹得这么大。

叶潮接到电话，说有人进了医院，有人进了派出所。他听呆了，自言自语道："你们说，这都是什么破事啊？"

接着，冯豫年也接到冯明蕊的电话。冯明蕊匆匆地说："你能雇到那种专门照顾产妇的月嫂吗？我这一时半会儿也找不到合适的阿姨。"

冯豫年以为陈璨和冯明蕊闹矛盾了，问："怎么了？"

"陈璨不肯回来，她现在谁也不见，老陈着急上火，生怕她有个闪失，刚才又说赵盾被打了，还进医院了，陈璨也不肯好好养身体。"

李劭忧接过电话，和冯明蕊说："这样吧，我明天早上让人直接过去。不是大事，您别着急。"

什么事到他那里就不是大事了。等冯豫年睡了，他和叶潮才出去。

第二天，冯豫年给冯明蕊打电话，冯明蕊含含混混地说："没事了，护工劭忧也打发过来了。陈璨也不是十几岁的时候了，事事都要我操心，再说了，她妈也在呢。"

冯豫年一想，也对。

她快休产假了，觉得自己身体状况良好，她将产假卡在了临产前的半个月。

李劭忧也尊重她的意思。就是李岩有点着急，每逢月末他俩回李岩家里吃饭，李岩恨不得她辞职在家待产。

刘绍棠倒是开明，开导李岩说："年轻人，多运动还是有好处的。"

饭后李姝逸和冯豫年一起晒太阳，两人靠在窗前的金鱼草旁边，拍了张合照。李姝逸晒照片的时候，配文：【即将迎接我们家的大宝宝。】

冯豫年本就是一个女明星家属，还是一个网红家属。

结果照片下面的评论区有人爆料，说她在医院看到冯豫年的帅老公去探望另一个妇产科的女人……

鉴于女人的第六感，冯豫年立刻想，那个女人不会是陈璨吧？

事实，还真是。

那晚非常混乱，冯豫年睡后，沈南贺被叫去替冯威善后。都是一个院里长大的，叶潮躲了片刻清闲，但是没躲过去，被沈南贺叫去了。他没开车，也没带证件，不能去派出所保人，就让李劭忧陪他走一趟。李劭忧带着证件，去派出所交了罚款，保出来四五个。最严重的主犯冯威，头被打破了人在医院，李劭忧好人做到底，和叶潮两个又去了趟医院。

陈璨就在医院里。

叶潮路上还和李劭忧感慨："你说，陈璨长得也不怎么样，愣生生让威子给捧成了红颜祸水。"

李劭忱听着笑了声，但什么都没说。

到医院后，冯威也是硬气，额头上被利器划伤了有寸长的口子，一声不吭地坐在那里。见李劭忱来了，他明显有点惊讶，因为他知道李劭忱这人爱清静，从来不掺和这些破事。

李劭忱看了眼，还有民警在做笔录，问他："赵盾呢？这事是怎么处理？是私下协商，还是麻烦人家派出所的人？"

那个民警小伙子以为又来了个有钱少爷，一开始没吱声，但见李劭忱倒是挺有礼貌的，就接话说："一味报警起诉，于你们双方也没好处，能私下解决就私下解决吧。"

李劭忱客气地说："麻烦你们了，大半夜也不能休息。我们先商量商量，能私下处理就不给你们添麻烦了。"

叶潮问："那个赵盾呢？"

说起来那还是李劭忱的妹夫，这么论，赵盾和李劭忱关系还能近一些。

冯威回道："不知道。"

叶潮见李劭忱出去了，开玩笑和冯威说："赵盾论起来是劭忱的妹夫，他来捞你，不去看看赵盾有点说不过去。"

李劭忱在门外咨询了民警后，去看了眼赵盾，他不在病房，问了声，里面的人指了方向。

李劭忱又在妇产科的护士站问了声，赵盾人并不在，是陈璨在住院，她和她妈妈在病房里。他看了眼，见人没事，也不想节外生枝，就没打招呼先走了。

冯豫年看到评论后，一直都没作声。李劭忱一直和刘绍棠聊天，等晚上回家的路上，她问："叶潮那天晚上来，你们出去见谁了？"

李劭忱没想那么多，随口说："叶潮没带证件，让我去派出所捞人了。"

冯豫年问："只去了派出所？"

李劭忱扭头看她一眼，诚实地说："还去了医院，冯威受伤了，人在医院。"

冯豫年又问："赵盾没事？"

李劭忱已经觉察出问题了，顺着回答："当时没见到赵盾，只见陈璨和她妈妈在医院。不过，我见人没事，也不想节外生枝，就没打招呼，要让赵家人知道我去捞冯威，也不太好。"

冯豫年"哦"了声，也不再说什么了。

李劭忱问："谁说什么了？"

冯豫年逗他："你怕谁说什么？"

他抿抿嘴，斟酌着说："你这个情绪不太对，是因为这个事？"

冯豫年笑起来："我又没说什么，你心虚什么？"

李劭忧："你是没说什么，但是你明明什么都说了。"

冯豫年笑得开怀："那还是说明你心虚，你要是坦荡，根本不怕我说什么。"

李劭忧别有深意地看她一眼，但也并不纠结这个话题了。

过了几天正逢周末，冯明蕊过来看冯豫年。冯豫年大着肚子在打扫卫生，她懒得出门，但是又要锻炼身体，就在楼上整理房间。

冯明蕊带着煲好的汤，盯着她喝完，说："老陈和林茹都吵成乌鸡眼了，老陈怨她爱虚荣，非要给自己的女儿找这么一家人。结婚的时候老陈就不同意，如今林茹又怪要不是老陈万事不管，她也不能一肩挑起这种责任，理都让她说完了。我听得脑仁疼，就出来躲清闲。"

冯豫年好奇："回家里来吵了？"

冯明蕊点点头："新买的房子刚装修好，陈璨本来不回来，她妈妈一听我们买房子了，又把陈璨送新房子里来了。"

冯豫年顿了顿，头疼地说："她那么能耐，怎么不把女儿带回去自己照顾？"

冯明蕊抱怨："人家有老公，家里那个不准吧。"

冯豫年听得郁闷，她可不敢和妈妈说这事把李劭忧都卷进去了，要不然妈妈肯定得发飙。

结果下午李劭忧回来，见冯明蕊也在，就随口问了声："那个护工怎么样？"

冯豫年开玩笑说："陈璨受伤，最累的就是你了，又跑医院，又请护工。我和妹逸微博底下都有人和我告状，说在妇产科见你看别的女人，你说你冤不冤？"

冯明蕊一听，这还得了，当着小两口的面没吱声，大晚上就回家去了。

陈辉同和林茹吵了一天了。

冯明蕊这回可没早上好说话了，进门了先让护工回去。

陈辉同见她脸色不好，问："这护工走了，璨璨怎么办？"

冯明蕊听着就来气："你们舒服了，却给我闺女添堵。璨璨又不是没爹妈，这护工是我女婿给我找的，你们想要护工去找啊！你们除了有张嘴一天说个没完，有本事自己把事做明白了，别总指望我啊？"

林茹觉得这话不好听，开了房门，问："你什么意思？"

冯明蕊说："我没什么意思，麻烦你别赖在我家里趾高气扬，你要是疼闺女带回自己家里去，爱怎么照顾怎么照顾，在我家里耍威风算怎么回事？有意见你出去，我和我老公说话。"

陈辉同倒有些插不上嘴了。

见林茹又开始耍横，冯明蕊也不是善茬，当即开喷："你早干吗去了？这女婿是你找的，婚也是你主持的，你这会儿后悔了，怪我们没照顾好陈璨？你结婚闺女都不能回你家里去住，你结的什么婚？你让孩子一个人凄凄惶惶有妈不敢亲近，你算什么当妈的？这会儿就知道赖在前夫家撒泼。我不和你计较，是因为都是离过婚的女人，谁也不容易，我不和你一般见识，你当我好欺负是不是？"

陈辉同也有点蒙了，冯明蕊爱唠叨多嘴，但也没这么强势过。

她骂够了，也不含糊，和陈辉同说："你要和你前妻过，随你，我和儿子两个人过也清静。你们这破事，我真是听够了。正好年年也快生了，我还要照顾年年，你们也别来烦我，你们爱住这儿就在这儿住着吧。"

回去的路上，冯明蕊就给冯豫年打电话邀功："我可算出了口恶气。"

酣畅淋漓地吵了一架，她此刻心情痛快极了。

冯豫年哭笑不得，最后还是劝道："陈璨毕竟还在养身体，你别和他们闹，躲着清静就行了。"

冯明蕊振振有词："可不能一味躲着，不然她以为我好欺负。她女儿是公主，人人捧着？我闺女也是宝贝，平白受她们那些连累。你也别和劭忱闹，男人嘛，难免糊涂。"

冯豫年哭笑不得："你又乱想什么？李劭忱就是去捞打架的人，又不是专程去看陈璨。"

冯明蕊："这话你就说得不对，什么时候你都别不当回事，男人的话你也别一味相信。防人之心不可无，自己人没坏心，那难免外人没坏心，陈璨从前什么心思，你又不是不知道。"

冯豫年真为冯明蕊的深谋远虑叹服，真诚地说："妈，你说得非常有道理，我要记住你的话。"

冯明蕊又怕冯豫年心里对李劭忱有什么芥蒂，说："你也别为这种小事和劭忱闹，他整天那么忙，有什么疏忽的地方，你要体谅。"

冯豫年笑着说："道理都让你说完了。行了，我知道了。"

等冯豫年挂了电话，李劭忱问："什么事，这么久？"

冯豫年别有深意地看他一眼，李劭忱马上自我澄清："我今天什么也没干。"

"晚了，你现在就是有八张嘴都说不清。"

李劭忱无奈地笑："确实晚了，早知道那晚我就不应该出去。"

"不出去不合适，出去了也不合适。算了，这种事是真的很麻烦。"

李劭忱有些委屈地说："我这一通忙，尽给自己找麻烦。"

冯豫年拍拍他的肩："没事，我看好你。"

他叹气："这两个月你可不能动气，有什么不高兴的就直接和我说，如今家里你最重要，什么事都不如你重要。"

　　冯豫年笑他："这会儿知道表忠心了？"

　　李劭忱扶着她躺在床上，一边给她按摩浮肿的小腿，一边说道："这会儿长记性了，除了老婆知道担心我，其他人可不会心疼我。"

　　冯豫年也是不想惹麻烦，将冯明蕊拘在家里陪她。她快生了，家里的两个阿姨已经都准备就绪，李劭忱比她还先请假，李岩也给他准假，他每天只去点个卯就回来陪着她，反而她每天还在上班。

　　冯明蕊来家里一个星期后，陈辉同给冯明蕊打电话。

　　冯明蕊问起陈璨，才知道陈璨已经决定离婚，目前已经在协商中。

　　冯豫年半晌都没回过神，她至今都记得陈璨结婚那天神采飞扬，举着酒杯固执地要和她喝酒的样子，和十几岁的时候一样趾高气扬。

　　至少那时候，陈璨是真的开心。

　　冯明蕊也没想到两个年轻人才结婚就闹到了离婚。不管怎么说，孩子离婚总是家长不能言说的痛，这无关好坏。

　　冯明蕊沉默了片刻，问："那要不要我回来？你也别整天发脾气，孩子心情也不好。"

　　陈辉同深深叹了声气，陈璨从小被惯坏了，现在到了吃亏的时候，赵家乱糟糟的，本就不是什么好人家，赵盾也并不是什么有担当的人。他两个女婿，他自己心里清楚，赵盾没法和李劭忱比。从一开始他就不喜欢赵盾，一整个公子哥做派，没有担当，和陈璨吵架出事后，自始至终都躲在后面，让自己的妈妈出面处理。一个将近三十岁的男人还是这副样子，而李劭忱早在二十来岁时就已经独当一面了。

　　因为冯明蕊在家，李劭忱出差了一天半，等回来，母女俩都不见了，阿姨只说两个人出门去了，没说去哪里。

　　冯豫年这会儿一个人在逛街，她虽然已经怀孕九个月了，但是行动还比较灵活。冯明蕊总说她看起来像营养不良的样子。她原本和冯明蕊在散步，结果冯明蕊临时决定回家取东西，她就安抚妈妈说自己在商场转一圈就回家了。

　　没想到转头就遇上了梁政的妹妹和他母亲。

　　冯豫年在母婴店转了一圈，出来后在旁边的甜品店歇脚。

　　梁西和母亲两个人进来一眼就看到了冯豫年。

　　冯豫年并不像其他客人坐着，她站在窗前的吧台旁，尽管大着肚子，但气质还是很出众。

　　梁西叫了声："冯豫年？"

　　冯豫年回头茫然地看了眼，一时间都没有反应过来。

梁西见她大着肚子，也觉得有些尴尬。

那位辜女士显然还记得冯豫年，而且梁政至今都不结婚，也是她的心病。

梁西还是和从前一样热情，立刻说："你变了好多，但还是一样的漂亮。"

冯豫年笑了笑，并不习惯和特别健谈的人寒暄，尤其是她们母女。

辜女士问："你回北京了？"

冯豫年已经知道辜女士和温玉之间的恩怨了，就随口说："我毕业后回母校教书了。"

辜女士当初是真的对冯豫年非常满意，哪知道她和儿子就没有后续了。

两人就坐在冯豫年旁边，时不时和她聊几句。

冯豫年接了李劭忱的电话，怕他就这么进来。

她私心里并不希望李劭忱遇上她们母女。

李劭忱果然来得很快，冯豫年远远看到人，就立刻起身告辞："我先生来接我了，我先走了，再见。"

等冯豫年出了门，梁西有些惋惜地对辜女士说："我哥那时候真的很喜欢她。我也挺喜欢的，人漂亮，性格又好。"

接着她就看到了李劭忱。

李劭忱面色并不好看，皱着眉，他习惯穿黑色衣服，整个人都显得很严肃，这几年越发多了威严。他见了冯豫年也不说话，但很细心，自然而然接过冯豫年手里的提袋后才问："怎么样？腿难受吗？"

不得不说，李劭忱的颜值十分出色，两人站一起也十分般配。

李劭忱皱眉盯着冯豫年，冯豫年对他讨好地笑着。

冯豫年逗他："你这么严肃干什么？我又不是跑了。"

李劭忱还是严肃地看着她，冯豫年就那么温柔笑并看着他。

片刻后，他也没了脾气，无奈地笑起来，伸手摸摸她的头发，牵着她的手，说："你一个人出门，我真是听得心惊肉跳。"

冯豫年撒娇："我就在母婴店转了一圈，哪儿也没去。"

李劭忱回头望了眼甜品店，让梁西莫名心虚，仿佛偷窥被当事人察觉了一样。

李劭忱哄冯豫年："那你想吃什么，今天咱们在外面吃。"

冯豫年说："暂时什么也不想吃。"

李劭忱牵着她的手，绕过去坐电梯了。

梁西看着两人一直走远，显然两个人的感情很好。

良久后，辜女士突然问："这就是那个女人的儿子？"

梁西"嗯"了声。

李劭忱带着冯豫年下楼，冯豫年见他一直不说话就撒谎说脚疼。李劭忱就让她坐在休息区的椅子上，他蹲下撩起她的裙摆，给她捏了捏小腿，说："先休息会儿，等回去了给你敷一下。"

梁政顺路过来接母亲和妹妹，远远看见这两个人。冯豫年大着肚子低着头笑，她老公蹲在地上给她捏腿，两个人看起来很幸福。

他看了很久。世界就是这么小，有的人一辈子都遇不见，有的人猝不及防就能撞上。

李劭忱和冯豫年在外面吃过晚饭才回去，冯明蕊和两个阿姨默默地责备两个人不健康的饮食。

冯豫年甩锅："是他非要带我出去吃。"

李劭忱握着小孩子的衣服惊讶地看着她，大概没想到她就这么出卖了他。

等反应过来，他满口揽责："对，怪我。"

冯明蕊没好气地说："我还不知道你们？冯豫年说一，你不敢说二，你就惯着她吧。"

李劭忱听得直乐。

冯豫年抗议："这话听着就不合理，我才不是这种人。"

冯明蕊抱怨："孕妇哪能吃那么多海鲜！你爸也是，家里这么多海鲜了，还成天往家里寄。"

冯豫年不敢和她吵，背着她和李劭忱说："我现在可真是个端水大师，哄完爸，还要哄妈，还不能让两个人碰面。"

李劭忱笑了："没事，我帮你哄，再说他们俩现在挺友好的，也没矛盾。"

冯豫年笑着说："也是，我们家冯女士上年纪了，好说话了很多。"

李劭忱笑她贫嘴。

冯豫年休产假时已经接近预产期，李岩都来家里看了她两次，抱怨李劭忱不早做准备，家里的空间太过紧张。

李姝逸看着李劭忱组装玩具，笑着说："哎呀，小孩子还小，等再大一点再换。这里位置又好，不行就把墙拆了，住到隔壁去。"

李岩嘱咐冯豫年："哪里不舒服一定要早说，提前住到医院去，到时候月子中心那边也早点安排好。"

冯明蕊笑了："劭忱都准备好了，她什么心都不用操。"

李岩客气地说："她是孕妇，最大的罪都她受了，劭忱该勤快一些。"

双方家长谈话的气氛十分友好。

冯豫年和李劭忱说："姑姑说话特别真诚。"

李劭忱笑道："等我女儿生出来，也是个好脾气的姑娘。"

冯豫年不服气地说："我就偏生个儿子给你瞧瞧。"

李劭忱一直认为是个女儿，冯豫年偏偏不服气。

那天，梁登义来北京看冯豫年，一家人吃饭到一半，结果她发动了，一群人手忙脚乱地送她到了医院。

冯豫年自认为孕期锻炼得非常好，整个孕期的体重也维持得很好，体检、孕检的结果都正常，所以她自己觉得顺产应该没那么大困难，结果，她把事情想简单了。

一直疼到晚上，都没有结果。

疼的时候，她满头大汗的，跪在床上浑身发抖。李劭忱见她这样受罪，抱着人说："还是剖腹产吧，那样少受些罪。"

冯明蕊坚持认为顺产对孩子好。

李劭忱见不得冯豫年疼，有些动气了，找医生协商了半个小时后，送她进手术室。

临进手术室时，李劭忱握着她的手，哄说："顺产拖的时间越久，你就越受罪，也有危险，剖腹产固然也有一定的风险，但是可以让你少受罪，我会一直陪着你。"

冯豫年累得筋疲力尽、神志不清，全听他的。

手术室外，梁登义眼巴巴地等着，冯明蕊急躁得一直不停和阿姨抱怨："怎么回事呢，孕检明明好好的，怎么就生不了呢？"

梁登义没好气地说："你别转了，转得人脑仁疼。"

冯明蕊恨不得和他吵一架，缓解缓解焦虑。

两个小时后，小姑娘出生了。

冯豫年第一时间知道是个姑娘，和李劭忱说："这下如你的愿了。"

护士把小婴儿擦干净了，正在称重，说："爸爸来抱一下吧。"

李劭忱看着闭着眼号啕的胖姑娘，根本不敢伸手，只敢小心翼翼地用手指触碰她的脸，小声说："你好，我是爸爸。"

护士们听得轻轻笑起来。

冯豫年生完就睡了，等她醒来，见病房里就只有李劭忱守在她身边，于是问道："其他人呢？"

"他们都去新生儿科看孩子了。"

"你怎么不去？"

"我在手术室里见过了。你一直都没醒来，我不放心你。"

李劭忱坐在床边，伸手抚抚她的额头，问："感觉怎么样？有没有哪里不舒服？医生刚出去，我叫医生过来看看。"

冯豫年摇摇头："暂时没有不舒服。"

两个人静悄悄看着彼此，谁也不说话。

李劭忱轻声说："年年，我们有孩子了。"

他至今都没有从那种震撼的情绪里走出来，年年孕育了一个属于他们俩的孩子。

冯豫年笑着说："怎么感觉你比我都辛苦。"

李劭忱亲了亲她，说："从此以后，我们就是一家三口了。"

冯豫年点点头："对啊。新手爸妈，我们要加油了。"

李劭忱握着她的手，心里只觉得无限温柔。

她带给他一个亲人，也是这一生陪伴他的至亲。

　　李栀知是个非常乖的小朋友，不论李姝逸怎么逗她，她都是一板一眼的。妈妈说不能做的事情她坚决不做，是朋友圈里少见的乖孩子。

　　中秋节，一家人酒店聚餐，刘绍棠抱着小栀知在熟人的饭局上转了一圈回来，小栀知收了一圈礼物，不乏名贵的金石玉器。

　　李劭忱摸着女儿的头，笑说："咱们家将来最有钱的人可能是你。"

　　小栀知接话："姑姑说她最有钱。"

　　冯豫年警告李姝逸："你别带坏我女儿。"

　　李姝逸嘻嘻哈哈地说："女儿就是小公主嘛！她这么可爱，你们俩干吗这样？你看她多乖。"

　　冯豫年也说："你再让我发现你偷偷给她玩手机，你也别来我们家了。"

　　李姝逸刚想反驳，李岩就说："这才是做家长的样子，你当大家都和你一样，全靠周围人盯着你？"

　　刘绍棠见小栀知刚三岁就已经自己握筷子吃饭，自己喝汤，非常独立，也夸道："确实乖巧。"

　　李劭忱其实并不认同女儿应该过早懂规矩并且自力更生，但又不好在教育方面反驳冯豫年。

　　但是冯明蕊女士就不一样了，她对冯豫年的严母教育非常不认同，并且表示自己从来没有对冯豫年严苛过。冯豫年和李劭忱吐槽了一晚上冯女士，但最后也没有反驳什么。

　　比冯女士更甚的是梁登义，他来京住了一段时间，果真要给冯豫年买套小两居，他看了很多，新房子都在远郊，没人去那么远的地方，内环又买不起。冯豫年不让他买，父女俩吵了很久，最后李劭忱就把他读大学时住的小两居找人转手卖给了老丈人。

转了一圈，钱又回到了冯豫年手里，房子也到了她名下。冯豫年简直哭笑不得，称这可真是一本万利的买卖。

李劭忱看着餐桌上给栀知喂水果的老梁，轻笑了声，说："上年纪的人了，你别和他拧着来。"

冯豫年顺着他的目光望过去，不远处的祖孙俩，一个好声好气地哄，一个摇头晃脑地笑。

她撇嘴："他攒了好些年钱，非要买没用的房子。"

李劭忱说："人老了，可能就那么点念想。就像老爷子那几年天天念叨着让我结婚。"

做家长后，李劭忱和冯豫年极少有争执。

有一天，冯豫年难得问："温老师最近怎么样？"

李劭忱看她一眼，大概觉得有些意外，淡淡地说："挺好的。"

冯豫年劝他："你也说了，年纪大了，别拧着来，别恨她了。"

虽然李劭忱从来不说，也安排人照顾温玉的生活，但冯豫年知道，他心里一直有恨。今年开始，温玉频频发视频看孙女，李劭忱反而极冷淡，两人非必要不会聊天。

李劭忱有很多很多难以释怀的事情，即便抛开那些逝去的人。

冯豫年怀孕的时候，李劭忱突然梦见了爸爸，梦见爸爸看着他笑，然后他一个人去看了趟爸爸，回来后给温玉打电话，想和她说说他要做爸爸了。可惜她各啬到连一句关心的话都不肯说，让他把所有的话都咽下去了。孩子出生后，姑姑让他通知温玉一声，于是他发了一张母女俩的照片。温玉也只回了句，挺好的。

从那以后，李劭忱再也没主动联系过温玉，那边的家政负责人会定时和他汇报温玉的状况。

冯豫年盯着他，见他像没听见一样，无奈地说："我都不恨她了，你也别恨了。你一旦恨她，就会一直记着怨恨。我不想你有怨恨。"

李劭忱握了握她的手，温声说："没什么怨恨，都过去了。"

他其实一直都很固执。

栀知见爸爸妈妈看着她，但又不像看着她，就大声喊："爸爸！"

李劭忱笑起来，起身哄女儿去了。

冯豫年并不强势，很多时候家里的事她都不怎么过问，包括家里的财政问题，大多都是李劭忱讲给她听。他喜欢给她讲这些小事情，有时候还会给她讲和人打交道的小技巧。

她后来想，爱人最后可能变成这样的存在——互相之间随时可以分享和倾听。

冯豫年的母校和李劭忱的母校校庆的时间很相近，冯豫年在校工作，校庆的时候参与了活动，李劭忱带孩子去学校接她，正值遇上回校参观的校友，冯豫年和文晴遇上几个研究生的同学。当初冯豫年被取消直博的资格，不乏有同学落井下石，说她勾引富家子弟落到这个下场不冤云云。

只是她当时并不在意罢了。

李劭忱牵着女儿在校园里走，李栀知长得和冯豫年很像，但鼻子像爸爸很高，是个有名的漂亮姑娘，一路上不停有人看这对养眼的父女俩。

冯豫年和文晴还有几个同学刚从办公楼出来，有个女同学问冯豫年："那我今天组个局，你把家属带出来，咱们都见见，我们可要看看是哪位青年才俊把我们的系花娶走了。"

这话确实有些探究的意思，因为这位女生曾经喜欢当初表白冯豫年的那个师弟。

结果文晴一抬头就看到了李劭忱父女俩，立刻推了把接不上话的冯豫年，努努下巴。冯豫年抬眼就看见远处的父女俩牵着手在校园里散步，李劭忱看见了她，低头不知道和女儿说了什么，接着女儿立刻张望，看到她后撒开手朝她奔来。冯豫年接着扑过来的女儿，和她介绍身边的阿姨们，连刚才那位女生都不得不承认李栀知是真的漂亮，等她看到走过来的李劭忱，顿时卡壳了。

李劭忱不等冯豫年介绍，就问："你们同学？那正好，我订了地方，你们一起聚一聚。"

他这话说得太顺了，冯豫年这才一一介绍身边的同学。

李劭忱也不等冯豫年介绍，自己就说："我是李劭忱，你们读研的时候应该见过，也算老朋友了。"

其中一个女生惊讶："怎么可能？"

毕竟他太显眼了，本校好看的男生都非常有名。

李劭忱看了眼冯豫年："没见过吗？她读研的时候，我经常来你们学校接她。"

刚才说组局的那个女生盯着他惊讶问："你就是她……"说到一半自觉失言，不肯再说了。

李劭忱笑起来，冯豫年大大方方地说："我们那时候谈恋爱，好像没人见过你。"

李劭忱订的地方离学校不远，寸金寸土的地段，不对外开放的私家餐厅。

饭桌上李劭忱丝毫没有做高管的架子，脱了外套，认真照顾女儿吃饭，不经意间给冯豫年夹菜。冯豫年甚至都无知无觉，已婚的人都懂的细节，人最怕比较。

懂了就会忍不住酸，冯豫年何德何能，能有如此优秀的老公。但一想她读博期间出镜纪录片，已经有名有姓，又觉得冯豫年早已经甩开她们很远了。

文晴则对冯豫年夫妇的相处模式早已经习惯了。

饭局上大家都调笑读书时的恋爱，李栀知问冯豫年："你和爸爸读书的时候就恋爱了吗？"

冯豫年问："你知道什么是恋爱吗？"

李栀知很认真地回答："我知道啊，舅舅给一个姐姐送了一个玩偶。"

冯豫年觉得她这个想法有点早熟，就纠正说："那不叫恋爱，舅舅只是送给同学一个礼物。"

李栀知据理力争："那恋爱就是爸爸每天早上会偷偷亲吻妈妈，但是妈妈都没有醒来。"

冯豫年吓得赶紧捂上她的嘴，但在座的还是都听见了，并哄然大笑。

冯豫年被臊得脸红。

李劭忱笑着，拿开她的手，但并不说话。

冯豫年瞪他一眼，觉得好气又好笑。

这个事一直到回去的路上她都在强调："你就由她出去瞎说。"

李劭忱温柔地问："爸爸爱妈妈，有什么不能说的？"

冯豫年："我不是说这个，不和她强调，她会忍不住说其他的。"

李劭忱颇厚脸皮地说："不过是夫妻情趣，她不说大家也懂。"

冯豫年忍无可忍："你以后一个人洗澡，我再也不管你了。"

李劭忱忍着笑，偷偷看她一眼，又看了一眼一脸好奇的女儿，轻咳一声，哄李栀知："栀知，晚上要不要看电影？"

李栀知惊喜地问："可以看《纳尼亚传奇》吗？"

"当然可以。"

冯豫年眼不见为净，闭上眼睛不肯理会李劭忱。

文晴不停给她发消息：【你没看到，她们酸死了。】

【你们家栀知真是深得小李董真传。】

【秀恩爱的最高境界，我今天算是见识到了。】

【李劭忱还是那个李劭忱，教出来的女儿都不一样。】

冯豫年更生气了，回复：【我教的女儿，谢谢。】

文晴更乐了。

校庆后不久，李劭忱就出差了。冯豫年白天上班下午才回来，家里的阿姨和育儿师说栀知这几天很不开心。冯豫年进房间时，栀知在房间里看绘本，见冯豫年回来也不开心。

冯豫年问："怎么了？"

小栀知说："我想爸爸了。"

冯豫年听得有点酸，安慰她："爸爸去工作了，等工作结束就回来陪你。"

小栀知："可是他说了要带我去看外公，然后去看海。"

冯豫年心里暗骂李劭忱口无遮拦，教育女儿："可是你还在上学，等放假了才可以去。"

冯豫年庆幸的是女儿遗传了李劭忱的聪明，即便李劭忱经常带她出去游玩，但是她在学习方面从来不用操心。

小栀知突然固执地说："爸爸说只要我想去就可以，不用等放假。"

她固执起来和李劭忱一模一样。

冯豫年哭笑不得。

小栀知又说："爸爸说学习不用一直待在学校里。妈妈比较守规矩，又不那么聪明，所以就要很努力很努力。我不怪你。"

冯豫年觉得自己被他们父女伤害了，心说，很好，李劭忱，我记住你了。

但是她又不想输了气势，仿佛她不带女儿去，是因为她和他们父女俩不是一类人。反正就是莫名其妙掉进了女儿的语言陷阱里了。

刚到周末，冯豫年就带着女儿回了吴城。

李栀知大部分时间是个很乖的孩子，但是在老梁身边不一样，会变得非常野。老梁带着她去海边奔跑，有时候去出海，她像只海鸟一样在海滩上徘徊，不肯回家。

李劭忱周末到家，见母女俩不在家，就给冯豫年发消息。

冯豫年回复：【不聪明的小冯女士带着聪明女儿回吴城了。】

李劭忱一听就是女儿拱火，好声好气地哄了一通。周末晚上，李劭忱去机场接母女俩。

小栀知一直问李劭忱："爸爸，你有没有想我？"

李劭忱丝毫不吝啬表达对她的想念，冯豫年像个观众一样看着父女情深。

李栀知见冯豫年不说话，就催李劭忱："爸爸，你应该说你也想妈妈了，妈妈也想你了。"

冯豫年："李栀知，不可以乱说话，知道吗？"

李栀知丝毫不怵她，噘嘴："我让妈妈帮忙的时候，妈妈就会说，等你爸爸回来做。她一直在等爸爸。"

李劭忱挑眉："是吗？"

冯豫年偷懒被女儿戳穿，丝毫不以为意。

李劭忱教育女儿："妈妈很忙，我们不能打扰她，有什么事情就由爸爸来做。"

李栀知嘟囔："可是我同学都是妈妈做零食，送他们上学。"

李劭忱："爸爸送你，你不开心吗？"

李栀知："开心啊。"

李劭忱："那就对了，爸爸妈妈一样爱你，没有谁规定必须妈妈送孩子上学，照顾孩子生活。"

李栀知点头，从此以后理直气壮地和同学说，我妈妈要工作，家里的事都是我爸爸做。

导致有些家长以为李劭忱没有工作。

李劭忱过四十岁生日的时候，姑姑李岩已经退休，他已升任董事长，大部分时间都很忙。财经专题采访的主持人和他是老熟人，开始闲聊："我采访过你两次，这是第三次，每一次都不同。"

李劭忱衬衫的袖口敞开着，整个人很随意，笑着回道："但是每一次都很深刻。"

主持人："大家都知道你辞职后，才进入这个行业从头开始，这些年有过蹉跎吗？"

李劭忱温和地说："不论哪一个行业都要学习。要说学习天赋，我老婆的天赋其实比我要好。"

主持人八卦地问："都传你爱人是你少年时喜欢的第一个人，是吗？"

他坦荡地说："是，她是一个非常可爱的人。她研究生期间我们开始恋爱。她是一个非常坚韧的人，对我的影响非常大。"

主持人："她从事什么行业？"

李劭忱："教育科研。她在读书方面很能吃苦，我女儿很像她。"

他的只言片语中全是对妻子和女儿的爱。

专访稿的结尾，撰稿人写道：【他很坦诚，亦不吝啬表达对亲人的感情。从少年时开始的感情在他眼里和事业一样重要。】

当晚冯豫年给李劭忱过生日，孩子被舅舅带出去了，两个人难得约会。冯豫年买了花，订了餐厅，李劭忱特别捧场。

晚餐后，两个忙惯了的人突然有了闲暇时间，就去了从前去过的公园里散步。李劭忱揽着冯豫年的肩，轻声说："谢谢你，这些年每年都认真给我过生日。"

冯豫年正在挑照片，餐厅的灯光璀璨中，他依旧是最好看的那个少年。

她配文：【祝李先生生日快乐。】

李劭忱一低头就看到了，微微笑了下，没出声，牵住了她的手，路灯将两人的影子拉得很长。